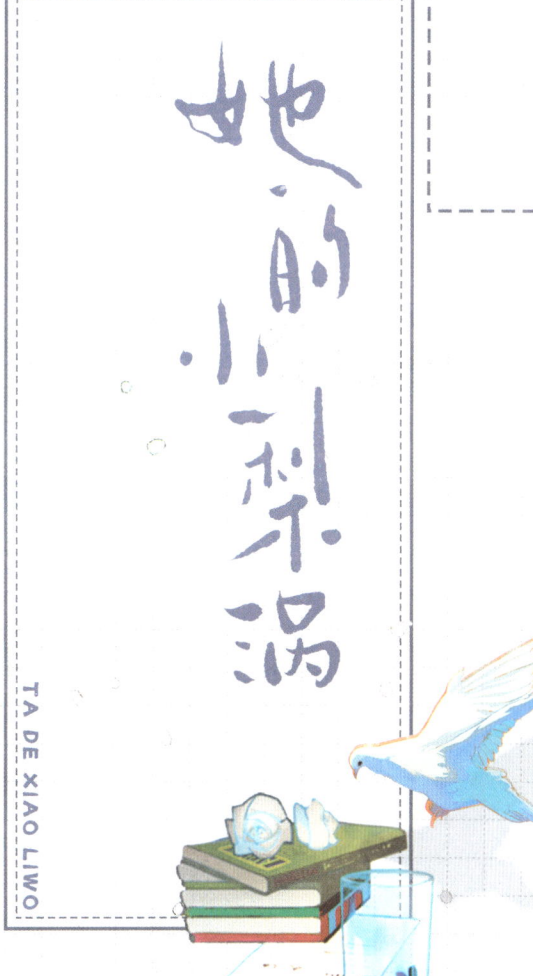

她的小梨涡

TA DE XIAO LIWO

唧唧的猫·著

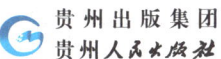

贵州出版集团
贵州人民出版社

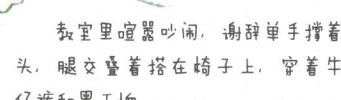

教室里喧嚣吵闹，谢辞单手撑着头，腿交叠着搭在椅子上，穿着牛仔裤和黑T恤。

她穿着白棉裙停在他面前。

窗外的天很蓝，树林青葱，阳光格外灿烂。

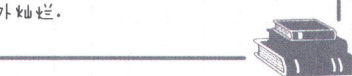

 DATE:

大魔王 × 小可爱.

一个缩小版的雪人正立在她课桌上.
像个葫芦的形状. 插了两根小树枝做
手脚. 小雪人被画了一张潦草的笑脸.

许呦想起他笑的模样。

眉峰微挑，唇角深深陷进去，漆黑的眼睛很亮，孩子气又迷人。

· XC ♥ XY ·

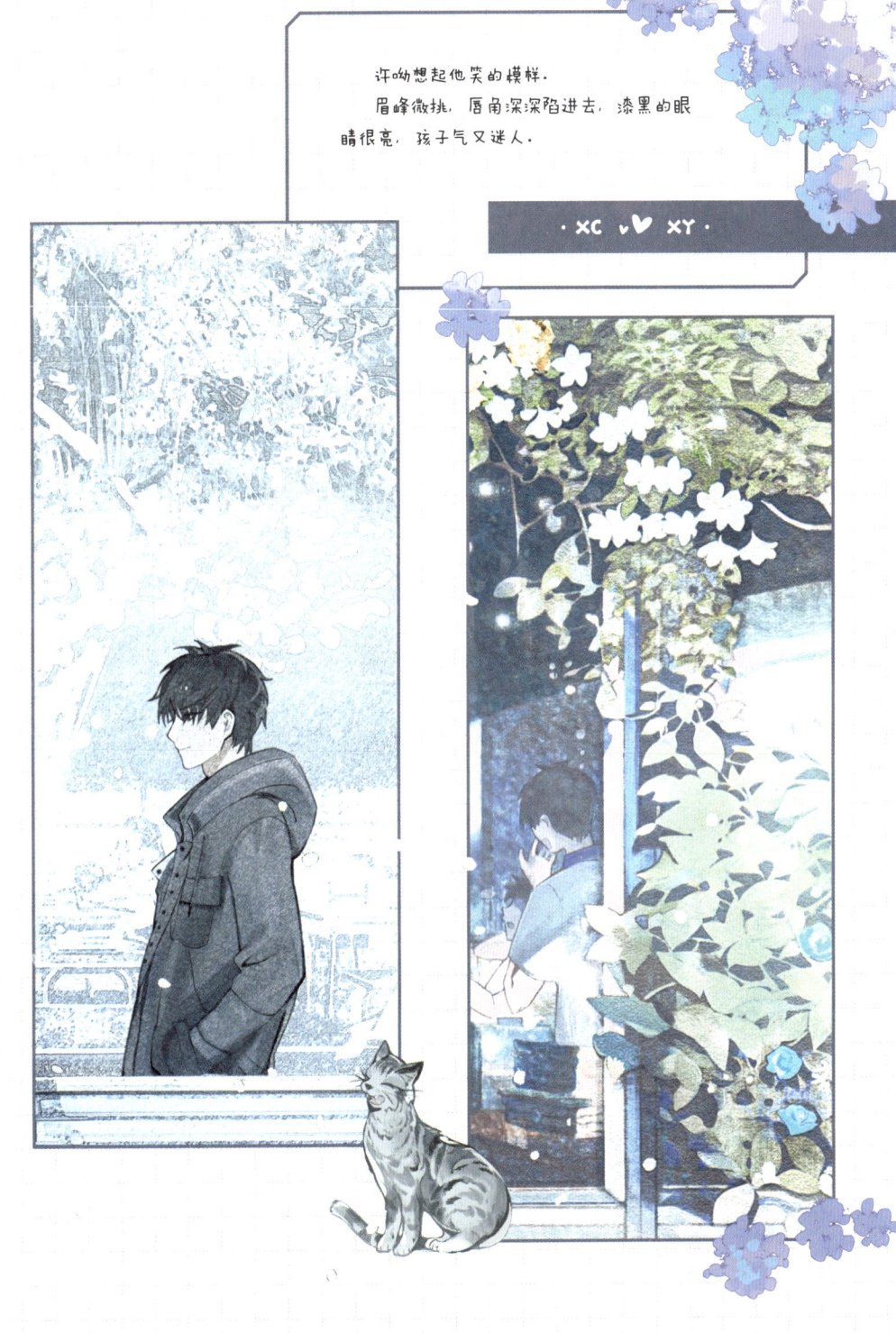

# 目录 Contents

**01** 序

**001** 第一章 转学

**033** 第二章 钻心的甜

**067** 第三章 别怕

**101** 第四章 真知棒

**135** 第五章 蜗牛与黄鹂鸟

**167** 第六章 新年

**199** 第七章 你走吧

**233** 第八章 X4

 DATE:

如果真的有下辈子,谢辞一定要早点遇到许呦,
从今夕到后青,每一秒每一分每一年,他要一直一直陪着她。

……

刻完名字,许呦转身的瞬间,
谢辞就把钥匙抛进了江里。
他那时候就知道,自己可能一
辈子再也不会喜欢上别的女生。

*Her little dimple*

# 序

认识唧唧是在《她的小梨涡》的连载期，不过当初的认识，也就停留在有联系方式、安静躺在微信联系人列表的状态。

写文之后，看文很少，看同频文更少。

追同频文，到如今，似乎也只有《她的小梨涡》一本。

故事里的临市一中、玩世不恭的少年，还有南方来的转校生，只要提及，便会在脑海浮现出画面，有些遥远，又分外鲜活。

《她的小梨涡》初次出版的时候，唧唧来我所在的城市签名，我们第一次见面。那时在机场见到她，清瘦高挑，穿一条漂亮的碎花吊带长裙，看得出对见面多少是有几分重视的。

今年《她的小梨涡》再版，她在我家签名，还是清瘦高挑，身上却只剩下了各式摆烂的睡衣。

唧唧是一个性格上和许呦有些相似的女生，有点胆子，但不大；有点脾气，也不大。我们吵过最激烈的一次架是因为一把麻将，她赌气且沉默地走了一段路，然后回家给我写了千字小作文证明她那把牌真的不是故意要那样打。

同时她也和许呦一样，做事有一种认真的劲头儿，拿"不正经"的麻将举个例，我们这边的地方麻将规则有点复杂，但某唧同学在研究视频反复复盘之后，以极短的时间学会了一种规则复杂且算法极其烦琐的麻将。

她经常会冷不丁跟我讲一句："菜菜，我想起件事。"

这种语气，怎么都以为至少跟工作挂个钩。

然后我问："什么？"

她："我今天那把碰碰和……"

我："……"

那时候我就想，她这种认真劲儿，写文这么慢，一定是有点理由在的。

我是个有点慢热的人，写作以来认识的朋友不算多，但一直觉得，认识唧唧是很幸运的事。

从《她的小梨涡》这本书与她结缘，到如今有五年多了。作者之间相识，作者与读者相识，其实都是靠文字的缘分。希望下一个五年，她依然能用文字与大家相识。

不止是颗菜
2023.1.1

第一章

转学

ZHUAN
XUE

● 忍一时风平浪静,退一步海阔天空。

盛夏的临城闷热不堪，天空透蓝，白云夹杂着一丝燥热。

昨夜一场雨下完，气温不降反升。

蝉鸣聒噪，学校黑色的铁栏上，蔷薇花开得正好。

许呦背着白色的书包，趴在二楼，透过茂密的树影间隙看远处热闹的篮球场。被暴晒的塑胶跑道上，有一群男孩子奔跑的身影。

又等了一会儿，陈丽芝和一个年轻的女老师终于从教务处走出来。

许呦站直，乖乖巧巧地喊了一声："小姨。"

陈丽芝点了点头，把她胳膊牵过来，和身边那个微胖的女老师笑着说："那我们家这孩子就交给您了。"

许慧如推了推眼镜，低头扫了一眼名单上的名字，念出来："许呦，怪巧的，跟我一个姓。"

临市一中，临城最好的私立学校。因为父母工作调动，许呦就跟着一起来了这座北方的大城市，托了小姨打听，转进这所学校当插班生。

临市一中分初中部和高中部，大多数学生是本地的，住宿生不多。

许志华送她来的时候，一路上嘱咐了许呦几句，让她到了学校好好学习，别浪费时间。不过许呦从小成绩拔尖，乖巧不闹事，所以许志华没有太担心，说了一会儿也没再多说。

走廊上。

许慧如看着许呦乖顺的模样，又询问了她以前学校的一些情况。

大致了解以后，许慧如心里很满意。终于来了个像模像样的插班生。像这种家教良好、成绩优异的学生，说不准还能正正班风。

许慧如想完又有点担心，这孩子文文静静的，看上去就老实，容易遭欺负。

她从上个学期开始被学校安排当九班的班主任，真是操了不少心。

班上的那群学生，一个赛一个让人头疼。

像一中这种私立学校，都是家庭条件优越的学生扎堆的地方。其中九班更是出了名的多，一群学生特别张扬，脾气一个比一个桀骜。

到教材科领了书本，许呦跟在班主任身后去班上。下课铃刚打，三三两两穿着校服的男生女生从两人身边走过。

走廊里迎面碰上两个穿着篮球衣的男生，他们一看到许慧如，立即停下来敬了个礼，齐声大吼："许老师好！"

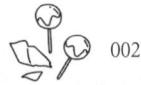

嗓门大得把许呦都吓了一跳。

北方的男同学,好像一个个都是这么人高马大的,声音也特洪亮。

许慧如点点头,算是示意,随口问了一句:"你们刚上完体育课?"

"嘿嘿。"其中一个皮肤黝黑、满脸淌汗的男生,伸出脖子瞧了瞧班主任身后安安静静站着的许呦,笑嘻嘻地问,"老师,这是我们班那个新同学吗?"

许慧如挥了挥手,打发他们道:"管那么多。"

走远了,许慧如交代许呦:"你以后少搭理班上那群不学无术的男生,好好学习,知道吗?"

许呦点头:"知道了,老师。"

"嗯。"许慧如看了看她身上穿的棉布连衣裙,补充道,"等会儿上午上完课,去至诚楼大厅把校服给领了。"

走过一个拐角,九班就在楼梯旁边。

教室里热热闹闹,人声喧哗,学生追逐打闹,都在各玩各的。许慧如踏进门的一瞬间,教室渐渐安静下来,大家的视线都集中在班主任身后那个陌生的转学生身上。

许呦抱着书,站在靠近讲台的地方。

明亮晕黄的阳光,柔和勾勒着她的身形。松软的黑发垂在胸前,脚下有斜斜的影子。刚过膝的白色连衣裙,短棉袜,露出细瘦的脚踝。

因为下一节物理课马上要开始,老师夹着书已经等在门口,许慧如也没打算让许呦来个自我介绍,直接手心下压示意安静,而后简短地介绍了一下:"这是新同学,叫许呦,大家欢迎一下。"

大多数人看着许呦,有新奇有惊讶,在气氛短暂凝固后:"欢迎新同学啊!"

后排有个调皮的男生坐在课桌上,手肘撑着膝盖,对许呦吹了一声口哨,伴随几个男生的哈哈大笑。

"好了好了,不要闹!"许慧如单手拍了拍课桌,止住即将躁动起来的气氛。她眼睛四处瞄了瞄,手指往四组后面的方向随意一指,对许呦说:"你先坐到那个空位子上。"

过了两秒,许慧如好像意识到不妥,犹豫了一会儿,拍拍许呦的肩:"你先坐一段时间,下个星期就要换位子了。"

"好。"

于是许呦在全班的注视下,穿过小组间隙,走到四组后面倒数几排的过道。

那里很乱,书本和草稿纸毫无章法地堆在桌椅上,板凳下还有篮球。

许呦停了脚步,站在那儿,有点犹豫。

倒数第二排,一个穿着黑T恤的男生坐在里面,没穿校服。他靠在墙壁上,在低头玩手机，好像从她进教室起，就没抬过头。

见许呦停在那儿，刚刚吹口哨的人冲那个玩手机的男生笑："阿辞，你新同桌来了。"

被叫"阿辞"的男生，单手撑着头，支在课桌上。

估计刚刚在体育课上奔跑过，一头黑发湿漉漉的。

他嚼着口香糖，一开始没理，被人倾身推了一下后，才慢慢地抬头。

漆黑的眼，上下扫了一遍站在面前的女生，过了一两秒，他慵懒散漫地把交叠在椅子上的双腿挪下来，给许呦让位置。

"等等。"许慧如临时反悔，站在教室门口喊："宋一帆，你跟新同学换个位子，让许呦坐到前面一排。"

许呦在心里松了口气。

下节课是物理课，老师是个谢顶的中年男人，外号叫"李铁头"。他在年级里也是数一数二出了名的严格，对待学生如同秋风扫落叶一般无情。

尽管九班的学生皮得不行，但还是有点怵他。

每组小组长走出座位，挨个收上次物理作业的练习本。

许呦低头，把书包里的本子和文具盒拿出来放到课桌上，然后整理刚刚领到的新书，一本本摆放整齐。

她的同桌是个很漂亮的女生，桌上的东西乱七八糟摆放着，一头小卷发披在身后，正在举着小镜子照。

许呦匆匆扫了一眼就端正身体，看向黑板，准备认真听讲。

四组的小组长是个戴眼镜的女生，高高的，扎着马尾。她收到许呦后面一排的时候，故意把本子往桌上一蹾，声音尖细："谢辞，交作业。"

原来他叫谢辞，许呦在心里默默想。

过了一会儿，一个无所谓的声音响起来，似笑非笑："我的啊？没写。"

宋一帆阴阳怪气地说："小组长，后面我们一群人的作业你都不收，怎么就盯上阿辞了呢？他到底怎么你了？"

旁边有人搭腔："对啊，不就是长得帅点儿，至于老找碴儿吗，夏菲北？"

"是不是……嗯？"宋一帆故意拉长音调，带着挑衅又有点玩笑的意味。这种暧昧的语气，话只说半截，立刻惹得后面一群人哄笑。

"宋黑皮，你怎么这么讨厌！真烦人！"夏菲北气得骂了一句，头发一甩，把作业抱到臂弯走了。那语气虽然气急败坏，但还是有被戳中心事、掩饰不住的娇羞。

许呦努力把精力集中到讲台上，还是听到右后方传来阵阵笑声："辞哥的作业也敢收，小组长牛。"

"李铁头"准备讲新课，电磁学。

电磁学是高中物理比较重要的难点之一，许呦早早就在补习班学完，刷了很多套题目。她拿出物理书，翻到老师要讲的那一页。

对她来说，学习和做题就是像呼吸一样本能的事情。

"哎，新同学，你叫什么？"付雪梨自来熟地拿起许呦放在桌上的学生证，瞅了两眼又放回去，"许呦？"

"嗯。"许呦压低了嗓音，垂下眼睑轻轻点了点头。

"名字怪绕口的。"

"念多了就不会了。"许呦认真地说。

"噗，我叫付雪梨，下雪的雪，梨子的梨。"她忍着笑自我介绍。

许呦悄悄看她一眼，又点点头："记住了，你名字真好听。"

付雪梨笑出来，心想这孩子是不是有点天然呆[①]。

看她一副乖乖好学生、上课讲话怕被老师发现的模样，付雪梨觉得真可爱。

和她在一起玩的朋友，不是老油条就是叛逆分子，没一个怕老师的。

九班两极分化严重，小团体很多，大致分成两拨，学习好的和家里条件优越的。两边人谁也看不上谁，但都有共识地互不招惹。付雪梨就属于典型混日子的，处的朋友也是不学无术、整天吃喝玩乐的类型。

像许呦这种，声音轻柔、眉眼细长、洁净的女孩子，她还真是第一次接触。

脸小小的，个子也小小的，像个初中生。

一看就是生活作息规律、学习成绩优良的好学生。

付雪梨心里暗自揣测，把许呦的学生证给她放回原处，百无聊赖地拿出手机来玩。

上午还剩下两节课，一晃就过去了。

第五节课下课铃一打响，班上的人迅速跑去吃饭。

许呦不喜欢和别人挤，于是打算等人走光了再走。她随手扯了一张草稿纸，趴在桌子上，一步步地算老师上课时布置的一道题目。

"新同学，这么爱学习啊。"宋一帆走过许呦身边，随意一瞟，看她在低头唰唰写字，他嘴贫惯了，爱捉弄人，顺势开腔感叹，"哎哟，很上进嘛。"

吊儿郎当的声音，很不正经。

许呦笔尖一顿，过了几秒，不知道说什么，于是又埋头继续算题。

突然唰的一下，一本书砸到宋一帆身上。

付雪梨瞪了他一眼，毫不避讳地直接说："你一大老爷们儿，别成天捉弄人

---

[①] 指有些迟钝笨拙，但纯真可爱的性格。

家小姑娘成不成?"

"疼死了!什么成天捉弄!"宋一帆吃痛地揉了揉肩膀,"我刚刚还是你同桌呢,怎么这么暴力!表示一下对新同学的关怀不行吗?"

"滚啊!"付雪梨懒得理宋一帆,她还不知道他在想什么,他们那群人,看到许呦这种乖乖学生就习惯性地贫嘴,喜欢在人面前找存在感。

她挎上单肩包,从许呦后面挤出去:"许呦,你什么时候去吃饭啊?"

"啊?"许呦仰头看付雪梨,思考了一会儿说,"马上就去了。"

"你现在不走?"

"题目没写完。"

这时,班门口等了一群外班的男生,三三两两倚靠在走廊上,有人往里探头叫:"阿辞,你好了没有?"

宋一帆立马答应:"来了来了,我和他马上就去,你们先去。"

似乎有风声。

许呦余光里出现一双黑红色的运动鞋。

谢辞停在她身边,单手拎着蓝白色的校服外套。

桌上的草稿纸突然被抽走,许呦猝不及防,胳膊顺势一抬,黑色水性笔在纸上画出一条线。

她视线下意识地向上移,撞上一双漆黑的眼睛,眼角稍稍挑起。那个人靠着她的课桌,食指和中指夹着薄薄的纸张,玩世不恭地歪头,随意上下扫了一眼。

他边看边挑眉,薄薄的唇角带点弧度。

草稿纸上半点胡乱涂鸦的痕迹都无,几行方正秀丽的小楷,解题公式列得整整齐齐,旁边还写着一句:业精于勤,荒于嬉。

讲台上,宋一帆百无聊赖,看谢辞戳在那儿拎着张纸笑,随便挑了半截粉笔往他身上丢:"大哥,外面一群人都等着你呢,快点啊。"

教室外七八个男生跟着应和:"阿辞,速度。"

"咻。"闻言,谢辞偏头看了他们一眼,手一松,纸张轻飘飘地落到桌上,伴随着似有若无的一句话,"这么爱学习啊?"

谢辞单手撑在课桌上,头低下来对着许呦:"那商量个事儿呗,新同学?"

他身子长,看她时不得不弯点腰。

许呦沉默不语,整理着被弄乱的草稿纸。

"帮我写份物理作业。"

他也不管她同意没同意,懒洋洋地说完,就带着班上剩下的男生离开教室。

等许呦认真做完老师布置的题目,教室里基本上没有人了。

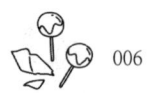

头顶的电风扇还在晃悠悠地转，立式的空调扇叶合拢。

她收拾好东西，掩上教室的门出去。

学校很大，初中部、高中部不在一个区，一路过去有几家超市和奶茶店。风里夹杂着一股股热浪，柏油路面发烫。

小道两旁树荫掩映着一栋栋教学楼，许呦找了个人问路，才找到至诚楼领校服。

春季、秋季校服各两套，都用透明的塑料袋装着。

从至诚楼出来，许呦转了几圈，发现旁边有一条栽满月季花的过道，隔着一片草地，有一堵老旧的墙壁。爬山虎被阳光打出斑驳的光斑。

很僻静的地方。

她脚步一顿，看到一只猫，有些欢欣地跑过去，蹲下身子。

潮湿的土壤里，还有一些不知名的小白花和偶然停留的蝴蝶。

许呦喜欢花。她从小跟外婆在一起过，外婆家前面有一个小花圃，种满了栀子花、兰花、太阳花、玉兰花。大概是没有小朋友一起玩，许呦性格一直很文静。每次一放学，她就背着书包蹲在花圃面前看，有时候闻一闻，一晃就到了吃晚饭的时间。

树叶被风吹得哗哗直响，她又看了一会儿，撑着膝盖，打算站起来去找寝室。

突然，一阵急促的脚步声，夹杂着一群男生骂骂咧咧的声音靠近。

许呦心里一紧，侧头从缝隙里往外看，当即一愣，用手捂住嘴巴。

好像有两拨人，推推搡搡，在争吵着什么。

许呦屏住呼吸，小心翼翼地观察了一会儿，也不敢动弹，生怕被发现。

瞧了几眼，她发现那群人里面，居然有两个人有点眼熟。

好像是同班同学……

许呦有点呆住。

那个很没礼貌、抢她草稿纸的男生和另一个调皮的黑小子——谢辞、宋一帆。

一群推推搡搡的人中，他们俩就站在一边聊天。谢辞披着校服外套，斜斜倚着墙，一副漫不经心的样子。

"谢辞，狂什么？别以为人多我就怕你！"付一瞬双拳握紧，很是愤怒，"你以为自己是谁？"

"哎哎哎哎，你怎么说话呢？"有人忍不住了，上前推搡付一瞬的肩膀，也是火气大，"你自己犯蠢，让你别去找邱青青，不知道是辞哥罩着的？"

这个名字一说出来，付一瞬脸色立刻变了，倒是谢辞，仍旧一副事不关己的懒散模样，也不搭腔。

气氛剑拔弩张，一触即发。

宋一帆嘴贫，这时候还不忘记开玩笑："怎么还有人不知道我们辞哥是谁呢？"

谢辞淡淡地瞟了他一眼。

"听过口号没？"咳了两声，宋一帆正色，他指着谢辞，另一只手抛着小石头，下巴抬起来，"一中乱不乱，辞哥说了算，知道不？"

那一圈男生笑起来，连谢辞都忍不住，笑着踹了一脚宋一帆。

许呦躲在不远处树丛的夹缝中，在心里默默想，这样一群人，看着就不太好惹。

她以前读的学校也有这种学生，不过不多。他们总是成群结队，或者三两走在一起，笑闹总是很大声，打扮时髦，有时还会逃课。

许呦感觉和他们永远在两个世界。她每每碰到，就习惯性地避开走，一点不沾惹是非，但今天……

那边两拨人说起什么，又发生了口角之争。付一瞬不知道听到了什么，一点就炸。

谢辞分开人群，扯着付一瞬的衣服。付一瞬挣扎着，却被他制住。

许呦不远不近地看着。

谢辞单手插口袋，俯下身，歪着头对上付一瞬的脸庞："别来惹我。"说完，他抬臂松手，转身离开。

等那群人走了，许呦脸色苍白地蹲在原地，平复了半个小时的情绪，才敢站起来。

才来学校半天，就已经见识到那群不良少年有多疯狂。

饭也吃不下了，她不敢在校园里多转悠，背着书包，怀里抱着校服，按照标示牌找到寝室。

因为是插班生，加上九班的住宿生不多，许呦就被分配到了别班的寝室。

四人间，配空调和独立卫浴，条件还可以。

午休时间，宿舍楼人很少。

许呦的寝室在四楼。

早上陈丽芝已经帮她收拾好床铺，东西都安置好，女生寝室的阿姨也来交代过。许呦推门进去的时候，里面几个女生并不是很惊讶。

陈小扎着丸子头，盘腿坐在床上玩手机，一抬头就看到许呦推门进来。

寝室里开了空调，许呦一进去，汗湿的背贴着棉质衣服，被冷空气吹得瞬间发凉。

寝室里有三个女生，其中两个人是五班的，还有一个是阳光班的。

舍友人都很好，许呦简单地和她们聊了两句，就去收拾自己的东西，抓紧时间去浴室洗了个澡，顺便把其他几套校服洗了。

出来时，许呦用毛巾擦拭湿着的长发，穿着小熊维尼的睡裙，露出大腿。

008

陈小眼睛一亮，感叹道："我天，许呦，你好白啊！"

还不是普通的苍白，是那种水水润润的、肤里透红的白皙。

怪不得是南方来的，真是一方水土养一方人。

许呦不好意思地笑了一下。

阳光班的女生叫李玲芳，此时正趴在书桌上写作业，闻言瞧了一眼许呦，问："你是哪个班来着？"

"啊？"许呦动作一顿，想了想，说，"好像是九班……"

"哇，你在九班啊！"陈小瞬间来了兴趣，手机也不玩了，兴致勃勃地说，"那个班帅哥很多的，而且好像家里条件都蛮好的。"

帅哥……她脑海里蹦出来一个人。

"我……不是很清楚。"许呦坐到自己床上，抿了抿唇，又想到中午发生的事情。

"九班……"

廖月敏和陈小一个班，都听说过九班的事情。

每次星期一的升旗仪式，教务处的警告名单就列出一大串九班人的名字。那几个名字大家听得都耳熟了，在年级是出了名的。

廖月敏有时候下课去上厕所，在走廊上经常碰到一群抱着篮球、三三两两走在一起的男生。他们不穿校服，个子很高，喜欢对来往的漂亮女生吹口哨。有时候不小心和里面一个人对视，她就羞得不行，匆匆低头。

一开始还以为他们是体育班的特长生，后来才从其他人口中零零落落的八卦里知道，那些人是九班的，惹不起。他们就算整天无所事事，不学无术，以后日子也无忧。

和她不是一个世界的人。

"我们年级级草也在你们班。"廖月敏加入话题，看着许呦，"你早上去，看到一个特别帅的男生了吗？"

"谢辞？"李玲芳转着手里的笔，抢着问。

陈小和廖月敏同时发问："你不是两耳不闻窗外事，一心只读圣贤书吗？"

李玲芳耸肩："谢辞好像跟我们班的班花有点关系。"

阳光班的班花，邱青青，长得漂亮，成绩也好，人特别傲，很多人追。

"不不，不是谢辞。是许星纯，年级前三名的学霸，好像还是班长。"

廖月敏噘嘴："不过谢辞也很帅啦，可是感觉他太受欢迎了，身边总是跟着不同的女生。"

"……"

许呦听她们八卦，感觉加入不了话题，只好沉默。

她坐在床上，慢慢等头发干。发着呆，她开始忧愁起来。

那个惹不起的年级大佬，好像叫谢辞吧……

他的物理作业，到底该怎么办？

午休时间一晃而过。

下午的课两点半开始，有三节，晚自习不强求走读生上。许呦把书本装进书包，换上一件短袖，穿好校服外套去教室。

九月天，中午一过就格外闷热。一路走过去，到教室的时候，额头都冒出了汗。

都两点十五分了，教室里还只有零星两三个人。

许呦坐在座位上，望了四周一眼，把书拿出来，摇摇头。要不是知道早上他们班刚上完体育课，她几乎要怀疑第一节课是不是人都跑去运动场集合了。

她安静地写了一会儿数学题，教室里陆陆续续来了人。许呦手里拿着笔，低头翻书，一杯碎冰突然搁在课桌上。

她抬头，付雪梨挎着Hello Kitty的小皮包，笑眯眯地说："小朋友，给你买的。"

"啊？"许呦匆匆站起来，让付雪梨进去，结结巴巴，"这……我……"

"什么你啊我的。"付雪梨晃晃脑袋，扬起眉毛，"你不喝我就丢了。"

过了几秒，许呦低下头，很轻地说了一声："谢谢。"

她想了想，觉得这个班的新同学好像并没有外界传言的那么糟糕。

至少她的同桌，付雪梨，真是一个热情又好看的女孩子。

许呦咬着吸管，偷偷地瞄了坐在旁边玩手机的人两眼。

不小心吸了一大口，碎冰太冷了，冻得她一激灵，忍不住咳嗽出来，又怕影响到教室里其他同学，只能捂着嘴。

许呦很少喝这种东西，她在家的时候只喝奶奶烧的凉白开和绿豆水，那种奇奇怪怪的饮料和冷饮，从来都不碰。

付雪梨看她这个样子，"扑哧"一声笑出来，突然问："喂……小朋友，你有没有人追啊？"

"啊？"许呦愣了愣，摇摇头，"没有。"

"你长这么可爱，没人追你？"

许呦被说得不好意思了："我不可爱，你是第一个夸我可爱的人。"

"真的吗？"付雪梨又笑起来，"说明我眼光好啊。"

两个人就这么窝在座位上，你一句我一句聊了起来。

其实许呦不是传统意义上的内向女生，只是略有些慢热。熟了之后，她觉得自己其实也有很多话说。

渐渐地，班上人都坐满了，还有些嘈杂，老师夹着讲义走上讲台。

许呦快速喝完杯子里剩下的东西，收拾收拾桌面，拿出自己的语文课本。

"欸，四组后面怎么空了两个位子，坐的谁？"语文老师手指过来，问班长。

"谢辞和宋一帆。"班长站起来，不咸不淡地回答，显然对付这种问题已经很多次了。

语文老师也不再继续问。

这两个人，好一点就踩点进教室，坏一点就迟到。各科老师觉得烦，却拿他们没什么办法。

语文老师喝完一口水，拿起粉笔，在黑板上写"荆轲刺秦王"。

她写到一半，教室后门被砰的一声撞开。

全班学生都看过去，语文老师手一顿，转头。

谢辞和宋一帆若无其事地迎着全班的目光，一前一后，晃晃悠悠地进来。

语文老师似乎是忍了一下，没发脾气，转过头把黑板上的字继续写完。

许呦胆战心惊地听着后面的动静。

——哐当，咚。谢辞和宋一帆拉出椅子，搞出一番不小的声响，终于坐下来。

"你们干什么去了啊？付一瞬的事情解决了没？"付雪梨背靠在谢辞桌子上，压低声音，转头去看他们。

谢辞懒得说话，从抽屉里随手翻了一本书，啪的一声甩到桌上。

宋一帆抖着腿，无所谓地说："他算个啥，还用我们解决？我和阿辞警告了他一顿，然后去打游戏了。"

"哎，不是，阿辞，你真的护着邱青青啊？"付雪梨瞅他，"那个女的，我不喜欢。"

"你就是嫉妒别人比你好看。"宋一帆不以为然。

"宋一帆，你不觉得吗？"付雪梨一脸认真，"阿辞把她带出去玩了几次，感觉她很瞧不起我们这些成绩差的。"

宋一帆又不在乎，"哦"了一声，说："人家出淤泥而不染嘛。"

谢辞从始至终没说一句话，有些不耐烦，趴到课桌上准备睡觉。

"好，我们今天来学新课。"语文老师站在讲台上，清了清嗓子，"都安静啊，我来找个人读一下课文。"

班上瞬间鸦雀无声。

那么长的文言文，非要找人读……

班上大多数人迅速低下头，躲避她巡视的目光。

语文老师扫视了一周，眼睛一亮，指了指坐得端正的许呦问："那个，后面的女生，早上来的插班生吗？"

许呦呆滞了一瞬，等反应过来老师在问她时，四面八方都注视着自己，不由得羞红了脸，默默站起来，点点头。

"叫什么？"

"许呦。"

"从哪儿来的？"

"溪镇。"

"这个地方啊。"语文老师想了想，若有所思地点点头，"南方人，怪不得这么白呢！"

话一落音，全班哄堂大笑。

许呦木讷地站着，微微低头。

她虽然从小到大成绩优异，算是老师眼里的宠儿，但是不知道为什么，就是怕被点起来回答问题，每次一站起来，耳朵都会红透。

这种乖巧文静的女同学很招语文老师喜欢，她点点头，说："那你来给我们把这篇课文读一下。"

夏日的阳光穿过玻璃，空气里一束束光柱，有细小的颗粒沉浮。

许呦校服的袖子被撸到手肘处，露出一段瘦弱白皙的手臂。她捧起语文书，从第一行开始念起。

一字一句，声音带着江南特有的软糯，语速慢慢的，特别舒缓柔和。

"秦将王翦破赵，虏赵王，尽收其地，进兵北略地，至燕南界……"

语文老师边听边点头，脸上皱纹都笑出来了，看得出来很满意。

许呦读得不仅顺畅，而且许多生涩的字音都咬得很准。

是提前预习的效果。

她读到"风萧萧兮易水寒"的时候，被老师打断。

"停。"语文老师做了个手势，温和地说，"你把这句话再念一遍。"

许呦迟疑着："风萧萧兮……"

"是风，fēng，后鼻音。"语文老师打断她，和善道，"不是 fēn，你读成分萧萧了。"

"风、风……"许呦反应了一会儿，底气不足。

有的南方人确实常常分不清后鼻音和前鼻音。

宋一帆就在许呦身后，听得一清二楚。他终于忍不住笑出来，抖着身子。

一旁的谢辞单手撑着头，低垂着眼睛看书上那一句"风萧萧兮易水寒"，咧着嘴也在笑。

兄弟俩一笑，其他人也"扑哧"笑出声。

课堂纪律瞬间被破坏。

语文老师正说着话，发现后面又起喧哗，忍不住大力敲了敲黑板，看那群男生痞痞的样子就来气："宋一帆！笑什么笑，你来读！"

宋一帆一秒钟收住笑，苦兮兮地说："又不是我一个人在笑，我同桌也在笑啊。"

"那你们一起！"

语文老师顺了口气，说："许呦，你先坐下来。后面的某些人，别破坏课堂纪律！"

许呦虽然被笑得有些难堪，但心里舒了口气，安安静静坐了下去。

付雪梨蹭过来安慰她："没关系，小朋友，宋一帆他们就是这么闹习惯了，别放心上。"

许呦点点头，也不恼火，小声说："我不介意的。"

其实也没什么大关系，反正她脾气好。

等了一会儿，后面两个人拖拖拉拉站了起来。

"老师，我和谢辞是文盲，大字不识两个，能不能放过我们？"宋一帆大大咧咧地，继续贫。

语文老师眼睛一瞪："要你们念就念，哪来这么多废话！谢辞先开始。"

谢辞肩膀靠着墙歪着站，把书拿到眼前，扫了一眼，懒洋洋地继续念："分萧萧兮易水寒。"

这句话一出来，全班哄堂大笑。

语文老师怒目圆睁："你们有完没完？给我好好读！"

许呦低着头，看看语文课本，并没有笑。被后面那个人故意这么一念，她更觉窘迫。

唉。

她有点疲惫。

发了一会儿呆，宋一帆阴阳怪气的调子让许呦提起点精神，于是她继续握起笔，认真听讲。

好不容易熬完两节语文课，最后一节是自习课。

课间十分钟，班里很多人在闹，桌子板凳被一群打闹的男生搞得嘎吱响。

许呦打开一本有文言文注释的课外资料，准备把新课一些重点句子的解释抄写上去。

唰唰唰写了一会儿，上课铃打响。每个人都回到原位，上厕所的也从走廊上飞跑回教室。

付雪梨从第二节课下了就开始睡觉，许呦把她放在桌上的书拿过来，顺便帮她也誊了一份笔记上去。

自习课大体还是安静的，偶尔有几声响动。

"喂，换个位子。"谢辞突然发声。

宋一帆莫名其妙："干吗？"

谢辞踹了他一脚:"快点,废话那么多。"

然后两人窸窸窣窣一阵动静。

许呦笔尖顿了一会儿,确定没什么事情发生后,才放下心来,继续写作业。

安安静静过了十几分钟,她的板凳突然被人踢了一脚,伴随着一个声音传来:"喂,我物理作业……"

许呦心一紧,不知道怎么回答,她没写,又不想跟他解释打扰到别人,只好装作听不到的样子,继续抄笔记。

过了一会儿,她的板凳又被踢了两脚。许呦脊背绷直,等他踢完,继续写作业。

宋一帆频频投来意味深长的目光。

许呦表情僵硬,一直没理。

直到她坐的板凳被人用脚钩住,猛地往后一拖。

吱吱啦啦一阵刺耳的声音,吓了她一跳,赶忙扶住桌沿。

周围人都投来诧异的目光,付雪梨也被吵醒。

许呦终于忍不住了。她转过去,也不敢看他,只能低头喃喃道:"同学,你的物理作业,我……"

"你怎么?"

"我不知道做哪个。"

"书拿来啊。"谢辞居高临下看着她。

"什么?"许呦愣住。

"物理书。"

"啊?"

谢辞背往椅背上那么一靠,微抬下巴,挑了挑眉:"我帮你把题勾出来。"

真是很少能见到这么不讲道理的男生。

许呦压下心头火气,摊开桌上被勾画得乱七八糟的物理书,边往练习本上抄题,边自我安慰。

帮后面那个写作业,写就写吧,反正她也惹不起。

忍一时风平浪静,退一步海阔天空。

忍了脾气,她还是想冲后面的男生吼一句:自己的作业不能自己写吗?

他练习本上,以往的物理作业,每一次的字迹都不大一样。许呦翻了翻,大概知道自己不是第一个帮他写作业的。

老师批阅和修改的痕迹也很少,一般只签一个日期。显然谢辞对这种要同学代写的恶劣行为,完全是屡教不改。

科任老师都管不了他,何况她呢!

三下五除二,只用了十几分钟,许呦就把他的物理作业写好了。

书上练习题都是基础的，许呦的物理一直都是强项，写起来很轻松。

还有几分钟就下课，教室里后排几个男生陆陆续续走完了。

付雪梨伸了个懒腰，手按在肩上转动胳膊，对许呦说："不用写得那么认真，随便画两笔就行了。"

其实付雪梨觉得有点莫名其妙。谢辞为什么要许呦帮他写作业，反正老师也不管他交没交。

"没关系，已经写完了。"许呦微抿唇，写完最后一个字，把笔放下。

她抬头看教室里挂着的钟表，马上要打铃了。

许呦合上物理作业本，没回头，举在手里往后递。

等了两三秒没人接，她转头，和谢辞似笑非笑的目光撞上。

他一点伸手接的意思都没有。

许呦能感觉到那道视线里的兴味，心里默默叹气，没再说什么，把作业本放到他课桌上，转身。

转眼到了星期五下午，高一、高二的学生第二节课上完就可以放周末了。临市一中校门口堵着许多其他学校来的人，熙熙攘攘，热闹极了。

谢辞他们早早就出了校门，一群人等在学校旁边的咖啡店。

今天是四班李杰毅的生日。他平时和谢辞一群人玩得好，刚好碰上周末，就准备晚上出去玩。

手机在原木桌上嗡嗡振动，响了又停。谢辞手里拿着牌，抽空瞄了一眼，没理。

没一会儿，宋一帆捅捅他的背，小声说："兄弟，门口。"

邱青青手握成拳，在咖啡店台阶那儿站了一会儿，各种视线不怀好意地在她身上打转。高傲和强烈的自尊心让她无法迈进那扇门。

透过透明的玻璃窗，她能轻易地看到谢辞的侧影，嘴里叼着根吸管，手里甩出一张张扑克牌。

电话就在手边，可他就是不接。

"你朋友还要多久？"谢辞玩了会儿牌，觉得没意思，把剩下的牌往桌上一丢，问李杰毅，"能不能打电话让她快点？"

"这不吃饭还早呢嘛，你想去哪儿啊？"李杰毅看他不玩了，也把手里的牌搁下，刚想说话，抬眼看到谢辞身后的人，口里即将蹦出的话转了个弯，玩味地挑眉，"哟，我朋友没等来，把你的等来了。"

"谢辞。"一个隐忍的女声响起来。

谢辞还叼着根吸管，有一下没一下地喝着饮料。他手肘撑着桌沿，转头看去。

015

邱青青离他两米远，红着眼眶，一字一句地说："你跟我出来，把话说清楚。"

她选择进来找他，终归是相信谢辞对她不一样，仗着他喜欢自己。

谢辞不说话，其他人也不敢作声，你看看我，我看看你，集体沉默。

怎么回事啊这？阿辞和邱青青什么时候闹起来了？

谢辞撸了一把头发，脸上淡淡的，没什么表情："出去干什么？"

邱青青："不出去我们就绝交。"

谢辞松开咬着的吸管，笑道："那绝交啊。"

话一说完，被迎面泼了一杯冷水，他只来得及把眼睛闭上。

水珠从他黑发、眼睫、嘴唇、脸颊缓缓滑落。

所有人倒吸一口冷气。

这女的，有勇气啊。敢这么对阿辞的，一中没几个吧？

付雪梨本来在低头玩手机，被这么一闹，抬头往那边看，只看到邱青青跑出门的背影。

老板娘拿了块干净的白毛巾递给谢辞。

"不追？"

谢辞还是那副无所谓的样子，低着眼睛"嗯"了一声。

宋一帆知道他压着火气，迟疑了两秒，问："你和邱青青怎么回事？"

"是不是昨天晚上的事儿啊？"李杰毅嘁着笑，贼兮兮地追问。

谢辞懒得回话，兀自沉默。

昨天晚上他们去唱歌，邱青青也来了，一直坐在谢辞旁边，谁也不搭理。看她那副不愿意和他们"同流合污"的样子，大家都识相地不去打扰。毕竟是年级有名的三好学生，长得又漂亮，就是人太傲。

唱到后来，开始玩真心话大冒险。一群人都玩嗨了，有一盘大冒险谢辞输了，就和一个女生玩了个游戏。

反正都开玩笑习惯了，没谁放在心上。

然而没想到邱青青脸色难看，当场直接甩门走了。今天就闹这一出。

付雪梨一脸不以为意的表情："走就走喽，又不缺她一个。"

话说着，李杰毅的同班同学涂悠悠终于带着朋友来了，是两三个学妹，都有点害羞。

她们看到高二的一群人坐那儿，齐声喊了一句："学长学姐好。"

"妹妹好啊。"有人看到漂亮的小姑娘，就喜欢搭话。

谢辞拿起桌上的手机，对一群人说："走。"


身边车流穿梭，天色暗下来。这座城市里的灯火渐次亮起，空气里浮动着蔷

薇和栀子花的香气。

周五的晚上，街道喧哗。

许呦两手提着袋子，里面装着刚刚在超市买的日用品和小零食。

下午放学没多久，她被陈小拉着出学校，去超市采购东西。两人顺便在外面吃了个饭。

此时胃有点胀，就打算步行回学校，顺便消食。

"今天人好多呢。"陈小挽着许呦的胳膊，沿着路旁，边走边说，"终于放假了，我等会儿回寝室要把之前没看完的剧补回来。"

许呦目光在她脸上转了一圈："马上就要月考了，你不复习吗？"

"有什么好复习的，反正我爸妈也不管我的成绩。"

陈小撇撇嘴，低头回短信，没注意一辆黑色的SUV缓缓地停在她们身边。

一阵急促的喇叭声响起来。

许呦脚步一顿，下意识地转头往声源看过去。

SUV前后两个车窗的黑色玻璃缓缓下降。

付雪梨趴在车窗边沿，探出半个身子，笑靥如花地冲她们招手："好巧呀，小朋友，你和你朋友去哪儿？我们带你们。"

陈小嘴巴已经小小地张成了一个"O"形。

这不是……九班的那群人？

谢辞单手搭着方向盘，屈肘支在窗沿上，直勾勾地往这边看。

晚风吹拂，夹着夏夜的暖。

许呦回神，应了一句："不用麻烦了，谢谢你们。"

"别啊。"付雪梨作势要推开车门下来。

许呦后退两步，举了举手里的东西，认真道："不重，我和我朋友刚刚吃完饭，顺便散会儿步。"

其实她是怕谢辞开车。

许呦不知道谢辞已经满十八周岁，只以为他跟自己一样是未成年，无证驾驶就上路，真的很危险啊。

她的长发松松垮垮地扎在脑后，穿着白色的校服短袖，站在路灯不远处，气质温柔。

车内，李杰毅坐在副驾驶座上，头往后仰看着许呦，顺口问道："那人谁啊？好像没在学校见过，你们认识？"

谢辞往后视镜里瞄了一眼就收回目光，看着前面，手指有一下没一下地敲击方向盘："嗯，我们班的，付雪梨同桌。"

付雪梨一听就知道李杰毅在想什么，瞪了他一眼："人家是好学生，你省省吧。"

意思很明显，让他别招惹许呦。

"好学生怎么了？你问阿辞，喜欢他的好学生还少了？"李杰毅一脸暧昧。

付雪梨翻了个白眼："和那些人不同，她特单纯。你要是敢动我同桌，我跟你没完，你信不信？"

看着她老母鸡护崽的架势，坐在一旁的宋一帆不懂了。

"许呦是你失散多年的妹妹吧，怎么人家才转学几天，'单纯'这词都来了？你们才处多久啊大梨子，关系就这么好了？"

"不是啊。"付雪梨郑重地说，"学习好、人还特别好的人，我就特喜欢。"

"而且，"她转头看宋一帆，说，"你不觉得她特别可爱吗？脾气也超级好，我觉得你们都配不上这种好姑娘。"

真的。

许呦身上带着一种付雪梨觉得自己大概此生都不会拥有的柔和宁静气质，很招人喜欢。

车内一阵沉默。

谢辞"哧"了一声，头一偏，视线又扫了扫窗外。

许呦和付雪梨道别之后，已经和身边的女生一起走了。

他烦躁地"啧"了一声，脚踩油门，车子一下冲出去老远。


周末总是过得最快，大多数人疯玩了整整两天。

六点半，许呦抱着书，爬到教室所在的楼层。

一进教室，她就有点怀疑自己眼花。

星期一的早自习，人并不多，教室后面的座位空了大半，只有寥寥几人在晨读。

她拿着面包到座位上坐下，环顾四周，心里只有一个想法——早自习大家都上得很随性潇洒。

她从书桌里拿出英语书，翻到单词表那一页，开始默写，一边写，一边还在想，这个班的老师管得好像不怎么严格。

她以前读的学校也是市里重点高中，迟到是大忌，要求所有人早上六点十分必须到班，迟一分钟罚站一节课。班上的同学都是抓紧每一分每一秒学习，上课不讲闲话，下课从来不追赶打闹。和她现在的班级形成鲜明反差。

早自习过去半个小时，接近第一节课上课的时间，班上人渐渐多了起来。

教室里人声鼎沸。要赶作业的，要收作业的，要抄作业的，有点兵荒马乱。

隔着一条过道，有个男生向许呦借周末写的数学卷子对答案。

许呦没说什么，就从抽屉里翻找出来，递给那个男生。

她还在低头整理英语笔记，余光瞄到有人停在自己身边。

许呦笔尖一停,抬头,一个高高的男生站在她的身侧。

他穿着干净的白色校服、简单的黑色运动长裤,手里拿着一张表格:"同学,你好,我是九班班长。"

"啊,你好,有事吗?"她放下手里的笔。

在她身边玩手机的付雪梨动作一顿。

"是这样,"班长把表格放到她课桌上,三言两语解释道,"这是我们班的执勤表,你排在周三打扫卫生。"

许呦拿起来看了看,点点头:"我知道了,是打扫教室的卫生吗?"

"嗯,和付雪梨一组。"

班长交代完,视线似有若无地掠过旁边,便转身走回自己位子上。

付雪梨看着那人走远的背影,收回目光,装作漫不经心地重新玩手机。

玩了一会儿,她忍不住找许呦搭话:"哎,跟你讲,我们班班长和你一个姓。"

许呦"啊"了一声,侧头看她:"也姓许?"

"对的。"付雪梨凑近她,"叫许星纯,名字是不是特像女生?长得也是。"

许星纯啊,好像在哪里听过这个名字……

许呦皱眉一想,老实道:"我觉得他的名字和你的一样,都很好听。"

说完,她在脑海里回想刚刚那个男生的样子,脸部有点瘦,眉眼很秀气,眼尾狭长。

"长得也不像女生。"许呦很诚实。

付雪梨"哼"了一声,脸色不自然:"什么叫跟我的一样,我名字可比他的好听多了。"

许呦觉得有点奇怪,想问出口,又觉得不妥,于是继续低头写作业。

写了一会儿,旁边有人把一张试卷放到她桌上:"同学,有一题我跟你算得不一样,你写的方法我有点不懂。"

是向许呦借卷子对答案的那个男生。

他微微弯腰,推了推眼镜,把草稿纸递给许呦:"能麻烦你给我讲讲吗?"

"啊,哪道题?"许呦拔掉黑色水笔的盖帽,接过草稿纸。

"倒数第二道大题。"

她把卷子翻过来,找到那道题目。许呦扫了一眼,边往纸上写,边跟那个男生说解题思路:"这道解析几何题我用三角函数求的……"

宋一帆刚好这个时候进教室。

他把校服外套塞到抽屉里,问付雪梨:"眼镜仔跟你同桌在干吗?"

"请教题目。"

"啊?"宋一帆非常吃惊,拿出两本作业,扭头干净利落地疯狂开抄,"能让

019

眼镜仔请教问题,你同桌学霸啊?"

眼镜仔叫陈春林,在班级里也算名学霸,可惜语文一直不好,所以在年级排名并不高,但是他平时心高气傲的,很瞧不上成绩差的学生。

付雪梨心不在焉地点头,把玩手机:"是啊。"

宋一帆继续说:"那你以后上课别拉着人家讲话了,耽误别人考Q大、B大。"

"谁考Q大、B大?"谢辞踩点进教室。他站在宋一帆背后听到他们对话,随口问了一句,把书包扔到自己桌上。

宋一帆起来给他让位置:"你怎么来得这么晚?作业都没时间给你抄啦。"

说话间,教室的门被推开,教数学的班主任许老师走进来,上课铃声打响,班上嘈杂声渐小。

宋一帆抄完最后一个字,把试卷抖了抖,斜睨谢辞:"你数学卷子咋搞?等会儿老师下来一个个收,你又要罚站。"

"咻。"谢辞轻蔑地扫了他一眼,勾勾唇角,靠在椅背上喊付雪梨。

付雪梨转过身:"干吗?"

"帮我喊你同桌。"谢辞下巴往许呦的方向示意。

没等付雪梨开口,许呦直接从桌上一堆纸里抽出一张写完的数学卷子,递给她。递完之后,许呦又把笔拿起,低头做起了习题,一副事不关己的模样。

整个过程都没看他们一眼。

付雪梨懂了,但是很无语。她把试卷拍在谢辞课桌上:"你不能自己抄吗,怎么老让别人帮你写作业啊?"

宋一帆在一旁当听众,表情也有些微妙。

在他印象里,谢辞是不太喜欢招惹女生的。可是……

宋一帆搭上谢辞的肩膀,略微压低声音问:"你一大男人,怎么总欺负人家小姑娘?"

"欺负什么?新同学就喜欢帮我写作业。"谢辞按着手机,若无其事地笑,懒洋洋的。

话一落音,许呦就霍地转头,对上他的双眼。

两人对视了几秒钟,她认真地说:"新同学不是很喜欢。"

语气有点恼,但是又带着点江南那边的糯,听起来毫无攻击性。

谢辞身体略微前倾,胳膊压在课桌上,歪了歪头,盯着她笑:"为什么不喜欢?"

她的眼睛干净如水,眉头却稍微拧起,似乎很不解:"你为什么要问这种问题?"

谢辞挑眉。

然后,周围一群不喜欢学习的败家子,听到一句来自南方转学生的心灵鸡汤:"作业要自己写,知识是自己的。"

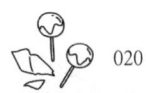

020

空气凝固。

"扑哧——"氛围本来有些紧张，结果宋一帆一个没忍住喷笑出来。

谢辞怔了一下，也缓缓扯起唇角。

"哈哈哈——"付雪梨把手伸过去，忍俊不禁地捏捏许呦的脸。

哎哟，这孩子真是可爱。

"喀，"宋一帆手握成拳头，放到唇边，勉强止住笑，一副状似严肃的样子说，"对对，许同学教育得对，说得太好了，不愧是我们祖国的未来啊！"说完，还啪啪啪鼓起掌。

许呦不知道他们在笑什么，心里有些烦闷，什么也没说，转过身去。

她脊背挺直，又薄又瘦，柔软的黑发松松地束在脑后，额前几缕碎发垂下，遮住侧脸轮廓。

从谢辞的角度看去，只能看到那一截白嫩的脖颈。他收回目光，低声骂了一句脏话。

周一第二节课下课，高一、高二的全体学生去北操场参加每周惯例的升旗仪式。

九班的位置正对升旗台，在操场正中间。男生一竖列，女生一竖列，按高矮顺序站。

夏日的阳光灼烈，虽然刚过十点，光线照在人裸露的皮肤上，还是汗意涔涔。

临市一中的校规，学生参加升旗仪式时必须穿校服。远远望去是一片蓝白色的海洋，除了中间那块有些突兀。

班级队伍末的那群男生，穿的都是自己的衣服。黑色、黄色、红色，一小片不一样颜色的 T 恤夹杂在里面，彰显着自己的另类感。

高二九班，是年级里一个很特殊的存在。里面有能赶超实验班的学霸，也有年级吊车尾。九班的人爱惹事，多少让其他学生对这个班的人怀着点敬而远之的心情。

其间教导主任来过一次，询问站在班级最前面的许星纯："你们班那些学生，为什么又不穿校服？"

许星纯抿了下唇，公式化地回答："忘记带了。"

"又忘记带了？这第几次了？！"李志平皱眉，声音拔高，"你们九班，不要老想着在年级里面搞特殊，在这个学校读书，就要遵守这个学校的校规！"

许星纯安静地听着，表情不变。深冷沉静的眉眼，轮廓清冽。

又教育了几句，碍于面前这个男生是次次名列年级前茅的三好学生，李志平也不好直接发火，只能说："你下次记得提前提醒他们，别太过分了。"

等教导主任走了，站在最前面的几个女生才敢吐出口气，叽叽咕咕，小声

021

议论。

"李志平每次都只敢在班长面前说,有本事去后面跟谢辞他们说啊……"

"嘿,和那些人说有什么用,他们会听吗?"

"那和班长说有什么用?"

旁边一堆人的谈话不时传入耳朵,马萱蕊忍不住悄悄瞄站在斜前方的男生。

看的时间有点长,或是视线太直勾勾,他有所察觉,偏头回望,侧脸被日光勾勒出轮廓。

她不敢继续看,快速低下头,心里却不由得一阵恍惚。

马萱蕊和许星纯同班两个学期,讲话的次数却寥寥无几。

她知道他长得好看,成绩优异,被班上很多女同学暗恋。下课的时候,会有女生故意拿着作业本向他请教问题,他从来都不会不耐烦,脸上表情淡淡的,却很有礼貌。

老天爷要真是偏爱一个人,会把最好的东西都给他。

许星纯就是这样的人。

是老师们会互相吹嘘的好学生、每科成绩接近满分的学霸,长相无可挑剔。

她自知平凡,在一群光鲜亮丽的女生中毫不起眼,也从未妄想过向他表白。只是偶尔上课走神,草稿纸上写满了"许星纯"三个字。

上体育课偷偷看着他,他的兴趣爱好甚至成绩,她都烂熟于心,却不敢让别人知道她的爱慕,怕他们会觉得她痴心妄想。

只能偷偷看他。

安静而骄傲的许星纯。


升旗仪式已经进行到第五项。

升旗台上,主持人对着名单念:"下面请高二八班的邱青青同学国旗下讲话。"

念完,主持人就下去了。

底下掌声却经久不息,甚至夹杂着欢呼和口哨声。

许呦本来低头在看手里的书,听到动静不由得抬头。

远远看到升旗台上的女生扎着高马尾,穿着白色校服和百褶裙,浑身上下散发着一种很自信的气质。

邱青青,许呦在脑海里回忆这个名字。

哦,就是那天中午,冲突事件的女主角。

收回心神,许呦继续看书,低头的瞬间,她听到旁边两个男生大大咧咧在议论。

"哎哟,邱青青啊,不是前段时间刚跟谢辞闹掰吗?"

022

"什么时候的事儿啊？"

"上个星期，大概吧。"一个男生随口回答。

站在许呦后面的付雪梨忍不住翻个白眼，不耐烦地冲旁边两个人说："方启程，你嘴巴好大啊！"明明是谢辞甩的邱青青，不知道谁在乱传。

方启程无辜地扬眉，一边笑一边说："雪梨姐，我也是听别人讲的，你别介意啊。"

他知道付雪梨和谢辞那帮人关系好，自觉不再多言。

付雪梨从鼻孔哼了一声："谁是你姐？"说完她就关了手机，视线乱转，又停在许呦身上。

她的同桌穿着蓝白色的秋季外套，马尾末梢松松垂在肩上，低头安静地看手里的书。

和周围吵闹的气氛格格不入。

"你在看什么呀？这么认真。"付雪梨稍稍弯腰，把头搁到许呦肩上，垂眼问。

"啊，什么？"许呦微微侧头，举了举手里的书，"这个吗？"

"是啊。"

许呦合上书页，把封面给她看，唇边漾出一抹浅笑："课外书。"

付雪梨低头瞄了一眼，想起另一件事，她问道："对了，你怎么老穿着校服，不嫌丑吗？"

她早就想问许呦了，为什么总穿校服外套。在付雪梨印象里，许呦就算热也只是卷起袖子，从来不脱。

"校规不是规定要穿吗？"许呦一怔，很认真地反问道。

旁边站着的徐晓成闻言笑得停不下来。

许呦："……"

很快，升旗仪式到了尾声。

由年级纪律委员讲话，先是简单总结了一番上周的卫生情况和各班迟到情况，然后大喇叭里例行传来学校的通报批评：

> 高二九班谢辞、宋一帆、李青与高二一班付一瞬为首，纠集其他在校学生，于×月××日校内斗殴，影响极坏，严重违反了校纪校规，经学校决定，给予四人留校察看处分。
>
> 希望其他同学能引以为戒，认真学习，遵守学校各种规章制度。

通报批评还没念完，下面就起了一阵阵唏嘘。

同学们表示听这种类型的通报批评已经无数次，点名批评九班几乎成为临市一中升旗仪式的特色了。

他们班留校察看的学生，估计是全校其他班留校察看过的学生加起来的总和。

晒了半个小时的太阳，升旗仪式终于结束。

各班队伍解散，许呦和付雪梨也融进人群，往教学楼的方向移动。

走了一段路，付雪梨挽住许呦的胳膊，认真地问她，声音很小："你暗恋过别人吗，或者被表白？"

许呦傻愣了一会儿，慢慢反应过来后，明显招架不住这种问题，摆摆手："这太奇怪了，我们还是高中生呢。"

"喊。"付雪梨用力地踢开脚边的石子，心情似乎突然烦闷。

她嘟嘟囔囔的，依旧语出惊人。

许呦还没来得及开口说什么，身边就走过去两个人，一男一女。两人貌似相谈正欢，女生几乎是擦着许呦的肩过去的。

许呦抬头，和正好转过脸来的男生对上视线。

不过对方没看许呦，眼神淡淡地滑过许呦身边的人。

付雪梨仍旧毫无察觉，低头踢脚下的石子，一边踢还一边骂："许星纯傻狗，垃圾，呸呸呸，拈花惹草……"

许呦迅速扯扯她的衣服，心虚地说："雪梨，你小声一点。"

她同桌破口大骂的男主角，就离他们几米远啊。

说话间，许星纯似有若无地又看了这边一眼。

等前面那两个人走远，许呦才忧心忡忡地对付雪梨解释："你刚刚骂班长，应该被他听见了。"

付雪梨瞥她一眼："听到就听到，我骂他又不止这一回。"

从操场回到教室，第三节课马上开始。

许呦坐在座位上收拾书，立式空调在身后吐着冷气，风口刚好对着她，冷得身上起了一层鸡皮疙瘩。

源源不断的凉风吹着。

她指尖冰凉，刚刚拿出笔准备写字，就感觉小腹一阵热流往下涌。

糟了，这个月因为转学，过得匆匆忙忙，连大姨妈的日期都忘记了。

许呦懊恼，从书包里翻出卫生巾，塞到外套口袋里，看了看时间。

"雪梨，还有多久上课？"许呦问付雪梨。

付雪梨看她一脸焦急，莫名其妙："还有五分钟，怎么了？"

许呦点点头，咬咬唇，起身就往洗手间跑。

等解决好出来，走廊里人已经不多，楼道里静悄悄的。

许呦怕迟到，忍不住加快步伐，小跑着去教室。

024

九班的教室在三楼中段，后门那儿出去有个楼梯。

快到拐角处的楼梯时，她却脚步一停，当场呆住。

有人在不远处表白……被拒绝了？

从她这个角度，一眼就看到那个男生的脸。

是谢辞。

许呦反应过来后，不禁愕然。

这，他们……老师经过怎么办？

她戳在原地，进退不是。

这样贸然走过去，肯定很尴尬……可是不过去，上课又要迟到。

正在踌躇，她羞得眼神到处乱飘，小脸泛起红晕。

一道深邃的视线看过来。

谢辞发现了她。黑亮的瞳孔深处有不知名的意味，眉毛挑起。

许呦脸颊微红，低着头尴尬万分，想假装没看见，快点过去。

她急匆匆加快脚步时，却听到旁边传来一道戏谑的男声："许同学，看够了？"

"谁看你！"不要脸。

后半句她只敢在心里说。

许呦又羞又气，神情难看，又不敢太大声对谢辞吼出来，说完就向前跑。

后面的人故意喊："哎，你看就看啊，我又不介意。"

她没理，提了一口气在心口，快跑到教室才泄。

步子慢下来，许呦推开教室的后门，举起手，轻轻喊了一声"报告"。

英语老师拿着练习册正在讲题，看了她好一会儿，慢悠悠地问："干什么去了？"

这个老师姓张，中年女人，更年期上头，对待学生特别严厉，可怜许呦新来的不清楚。

她咬咬唇，不想耽误上课时间，支支吾吾解释道："老师，对不起，我上厕所。"

张老师问："谢辞你呢，也是上厕所？"

什么？

许呦愣住。

听到身后有人笑出来，她猛地转头，被吓了一跳，肩膀一颤。

谢辞不知道什么时候已经站在她身后，两人距离极近。他颀长的身子斜斜地靠在门沿上，夹克外套微微地敞开，露出里面T恤上的骷髅头，和主人一样，冲着许呦的脸耀武扬威。

看她一脸蒙，谢辞笑得更厉害了，用只有两个人能听见的声音，低声说："我说你，看完就想跑。"

后排有人起哄。

"问你话呢,谢辞,我哪节课你不迟到心里不舒服是吧?"张老师把练习册摔到讲台上,尖厉的嗓音划破教室。

许呦听得心惊胆战,不敢再和谢辞说话,垂头不语。

过了几秒,身后那人抬眼,漫不经心地问:"老师你怎么知道?"

全班鸦雀无声,随后便爆发惊天动地的阵阵哄闹。

后面的男生嬉闹着,有的吹口哨,有的已经笑得趴在桌上直不起腰。

他们这样嬉皮笑脸、口无遮拦,让老师更加愤怒,憋得脸通红,咬住牙,碍着人多没发作。

结果就是,许呦被准许回到位子上,谢辞在教室外面罚站一节课。

不过他没那么老实,没过几分钟,教室外面便没了人影。

张老师重新拿回书,抖了抖,说:"后天就要考试了,看你们到时候成绩出来了还能不能笑得这么开心!"

此话一出,班上顿时阵阵哀号。

有人问:"老师,这才开学没多久啊……"

"就是开学没多久,才给你们提个醒。"

许呦把书全部拿出来,手掌按住小腹,下巴抵着桌子,做第三篇英语阅读。

她不舒服,只好用写作业来分散一些注意力。

下课铃一响,老师走出去,教室里立刻乱哄哄的。许呦无精打采地趴在座位上,脸色苍白。

前面坐着的郑晓琳拿着纸和笔,刚转过来准备请教问题,就被许呦虚弱的样子吓了一跳。

她把东西搁到一边,脸凑到许呦跟前问:"同学,你怎么了?"

"她那个了,肚子疼。"付雪梨边嗑瓜子边抽空代替她回了一句。

同为女生,郑晓琳立刻反应过来,"哦哦"两声。

许呦从胳膊中抬起头,有气无力地问:"怎么了,有事吗?"

"没事没事,本来想问你一道题目,你不舒服就算了。"

"哪道题?"

郑晓琳用笔指着练习本上的一道英语题目,问:"feel 为什么在句子的这个地方?老师讲得太快了,我没听懂。"

"我看看。"许呦把练习本接过来,仔细读了一遍题目。

腹间酸痛,痛楚一阵一阵的。

冷汗浮在额头上,她抿了抿干涩的嘴唇,组织语言跟郑晓琳解释:"feel 是系动词,后面跟表语,说明主语情况,所以……"

许呦强撑着精神给郑晓琳讲题。

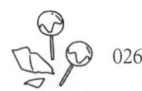

"噢！我懂了！"讲了一会儿，郑晓琳一脸恍然大悟，感激地对许呦道谢，双手合十，"大神啊，谢谢、谢谢，我现在就抄到改错本上。"说完，她就转过去了。

许呦支撑不住，又倒回桌子上。

稍微缓了会儿，等阵痛过去，她从抽屉里摸索出水杯，扶着桌子起身，准备去教室后面饮水机那儿接点热水。

谢辞坐在四组靠过道的座位上，两条长腿大剌剌地交叠伸在过道上，和宋一帆有一搭没一搭地聊天。

他心不在焉的，余光瞥到许呦停在旁边。

"同学，我想接水，能让我过去一下吗？"她微低着头，小脸苍白，声音很低，淹没在嘈杂的人声里。

谢辞不知道是没听见，还是故意无视，眼睛都没抬一下。

许呦在原地等了会儿，发现他的脚没有要收进去的意思。她懒得和他继续说话，也没力气，直接抬脚准备跨过去。

谢辞突然一笑，舌尖顶了顶脸颊，跟别人说着话，右脚却出其不意地往上一挡。

许呦的脚腕猝不及防被他钩住碰到一起，动作一个没刹住，身子往前倒去。她双手乱划，想要撑着桌沿稳住，整个人却重心不稳。

混乱中，她感觉自己的胳膊被人用力往旁边扯。

旁边的宋一帆嘴巴张成"O"形，眼睁睁看着电光石火之间，许呦整个人扑倒在谢辞身上，一个念头突然闪过脑海：谢辞是不是故意的？

谢辞被迎面的水杯砸中，疼得"嘶"了一声，张开双手接了许呦满怀。

背撞到后面的桌子上，他闷哼一声。

两人在班上弄出这么大动静，哐当一下，世界好像都安静了，所有人的视线都集中过来，刚好看到这一幕。

他一呼一吸喷洒出的热气吹在她耳边。

仿佛是一瞬间的事，又好像过了很久。

许呦还没从惊吓中回过神，反应了几秒，颤得厉害，迅速地推开谢辞，想站起来。

耳边全是口哨和起哄声。

谢辞闻到她身上一点清淡的茉莉花的香味。

"你，你快点放开我。"

感受到她的挣扎，他喉咙上下滑动，脸凑近，声音低沉："放啊，但是我给你当人肉垫，谢谢都不说一声，是不是有点过分了？"

许呦震惊于这个人的厚脸皮，生平第一次这么不想跟一个人说话。她咬了咬嘴唇，脸羞得通红，使劲挣脱他的束缚："同学，你先放开我。"

"叫什么同学，不知道我名字？"他"啧"了一声，笑得更加厉害，胸腔都在震动。

看两个人耗了这么久，其他人起哄声音越来越大。

"谢、辞，你把手松开。"许呦一字一句地说，难堪至极。饶是她性格好，此时耐心也快被磨光了。

谢辞哼笑一声，慢悠悠道："不是你赖在我身上不走吗？"

付雪梨刚刚听到一声巨响，迅速回头看。反应了几秒，她快步走过来，把许呦一把拽起，皱着眉头道："阿辞，你别太过分了。"

谢辞"哦"了一声，漫不经心地拍了拍衣服，唇角痞痞的笑意不减。

许呦站稳后，低声对付雪梨说了一声"谢谢"，然后在一圈人的注视下，默默地蹲下身子，把撞倒撒落在地面的书一本本捡起来，放回到桌上。自始至终，她头都不抬，一声不吭地缓缓走回到座位上。

宽大的校服外套罩在身上，衬得身影愈显纤弱。

"大哥，你搞什么啊？"宋一帆此时也反应过来，讷讷问了一句废话。

谢辞没应声，黑眸盯着许呦的背影看。

付雪梨皱着眉头指责道："许呦本来就不舒服，你还故意去折腾她。"

"啊？"宋一帆震惊，"她怎么了啊？得病了吗？"

"你个傻子，你才得病了！"付雪梨气急败坏，打了他一下，"女孩子不舒服，你说为什么！"

谢辞在一边不说话，不紧不慢地俯身，把滚落在一旁的蓝色水杯捡起来。

许呦单手撑着额头，死死地咬着唇，拿着笔在草稿纸上一遍遍默写数学公式。

从三角函数到空间几何、点线面、方根、括号、小数点……她写了一会儿，心情还是烦躁无比，没法静下来。

她低头，刚想从抽屉抽出数学练习册找题目做，脸上突然一热。

许呦一惊，反射性抬头往上看。

谢辞懒散地靠在她桌边，嘴角微微勾起，手心里握着刚刚注满温开水的水杯，贴在她脸上。

他低垂眼睑，微微倾下身子，笑了笑，说道："别生气了。"

"小朋友，想什么呢？转过去啊。"付雪梨打断她的发呆。

许呦"啊"了一声，眼睛从水杯上移开，从走神的状态恢复过来，懵懂道："怎么了？"

"喏。"付雪梨示意她往讲台上看，"老师说小组讨论，前后排。"

什么？

老师刚刚说了什么，她根本没听。

许呦抬头，看到黑板正中央写着一行白色粉笔字：用英语写出你们认为最开心的五件事，等会儿找同学起来念。

付雪梨本来已经转过去了，见许呦不动，又扭头催她："宝宝，快点，我们需要你，英语老师超喜欢点我们这一块的人。"

刚好老师这个时候接完水从教室外进来，边走边说："大家抓紧时间啊，还有十分钟。"

许呦身体一震，来不及多想，拿了一支笔和一张白纸就转过去。

后座两个男生本来在闲聊，此时却不约而同地停下来，视线一同看向转过来的许呦。

她微微低着头，眼睛看着草稿纸，握着笔，温暾又小声地说："你们讲吧，我翻译。"

教室里学生们七嘴八舌都在热烈交谈着，他们这儿却异样安静。

付雪梨回完消息，把手机收起来，抬起头来就发现气氛有些尴尬。

"怎么回事？"她莫名其妙。

"欸，"宋一帆沉默了一下，"不知道。"

其实他是因为刚刚自己兄弟欺负了人家小姑娘，有点心虚。

至于谢辞为什么不说话……他也不知道。

过了几秒，许呦手指微微屈起，在纸上无意识滑动，耳边响起宋一帆的声音："你们怎么都不说啊？那我先吧，让我想想啊。"

说完他皱起眉斜着眼看天，一副冥思苦想的样子。

"你快点。"付雪梨单手托腮，百无聊赖道，"你有什么好想的。你这种肤浅的人，除了吃饭睡觉还剩下什么？"

"喂，大梨子，话不能这么说啊！我是一个有内涵、有梦想的男人好吧。"

付雪梨揉了一团纸，使劲往宋一帆身上丢过去："我不喜欢大梨子这个外号，叫你别说，是不是听不懂人话啊？"

"而且，"她坐在宋一帆对角线的位置，起身作势要打他，"除了会打游戏，你的内涵恕我真的不太看得出来。"

宋一帆挺了挺胸膛，义正词严地说："说实话，我除了学习成绩有点差之外——"

"等会儿，不是有点差，是差得要命。"

许呦没忍住，笑了起来。

宋一帆看新同学总算是笑了，松口气："不跟你吵了，我要和我们许同学一起当个有内涵的人，你就和谢辞继续堕落下去吧。"

然后他故意无视掉他的同桌因为这句话而瞥过来的淡淡的眼神。

他们吵架的工夫，许呦早就在纸上写好自己的。她按动圆珠笔，顺势点点头对宋一帆道："那你说吧。"

"说什么都可以吗？你都会吗？"

许呦一愣："你想说什么？我不一定都会。"

"嗯……"宋一帆想了一会儿，"我喜欢打篮球、睡觉、玩游戏……"

许呦听他说，认真地在草稿纸上一样样记下来：play basketball, sleep, play games…

在一旁的付雪梨听不下去了，伸出手打断："停停停，您可别说了，等会儿起来念丢死个人。"

"我怎么了？"宋一帆不服气。

付雪梨转头找谢辞找认同感："阿辞，你说他是不是很白痴？"

谢辞不言不语，没什么反应，嘴角微扯了一下。

许呦一边写字，一边跟他们说："还有吗？没有我先转过去了。"

"等会儿。"半天没声音的人，此时慢悠悠开口，他勾起嘴角，声音悠长，"我说——"

你要说什么就快点说，许呦在心里默念，没接茬儿。

谢辞没出声，她也不讲话，就拿着笔安安静静等，也不着急。

他的手腕靠在桌沿上，手指不停翻转黑色的手机，眼睛却看着她。

许呦安安静静地趴在桌上，乖巧极了，像只老实的小白兔。和第一眼见到的一样，一点没变过。

宋一帆的目光在许呦和谢辞之间来回转，发现有点不对劲。

这个谢辞，盯着人家小姑娘的眼神……

谢辞懒洋洋的声音响起来："我想想啊……"

他停顿了一会儿，手指一下一下敲着桌面，像是在认真思考。

许呦看了一眼手表，还有三分钟，她凝神听，准备记。

"好像没什么喜欢的，怎么办？"他语气正经。

"……"付雪梨微微蹙眉，"那你别写好了，事儿多。"

"那不行，老师罚站我怎么办？"谢辞话是对着付雪梨说的，眼睛却不离许呦："写你的名字，你看怎么样？"

这话暧昧得过分。付雪梨一脸无语地看着谢辞，不知道他今天又吃错了什么药。

一旁的宋一帆恍然大悟地笑着，捶了他胸口一拳："多简单，许呦，你就帮他写个 women。"

许呦绷着一张小脸，不理会他们的胡言乱语，在白纸上快速写下"nothing"，写完放他们桌上，收拾东西准备转过去。

"哦，对，我想起来了。"谢辞挑眉，又喊住许呦。

她缓缓抬眼看他。

"还有什么？"她轻声问。

这个人真的……怎么事这么多？

"你不是知道吗？"他反问。

许呦沉默了，过了两秒皱起眉头："我怎么知道？"

谢辞蓦地笑了声，故意又问道："你真不知道吗？"

他的话有点儿意味深长，许呦却懒得琢磨。

转过头的瞬间，她的耳边，突然一股热气靠近，带着一股风。

谢辞起身，单手撑在桌面上，俯身靠近许呦。他一双黑瞳直视前方，喉结微动，勾起唇，低声对她说出一句话。

许呦身形石化般地一顿。

谢辞坐回座位上，手肘撑在后面人的桌沿上，支着头，盯着许呦涨红的侧脸，笑得越发厉害。

突然感觉有人在看自己，谢辞眼神一移。

"哥们儿，"宋一帆靠过来，神色复杂地说，"你什么时候变得……"

"怎么？"

宋一帆忍了一下，用了个比较收敛的问法："这么喜欢招惹小姑娘了？"

谢辞看他一眼，淡淡地问："你有意见？"

"哪敢啊。"

"不是，我就是觉得，"过了一会儿，宋一帆实在忍不住，又凑过来，用只有两个人能听到的声音说，"我就是觉得吧，你最近跟中了邪似的，爱和新同学套近乎。你觉得呢？"

他说完，小腿就被人狠狠踹了一脚。宋一帆疼得闷哼一声，立即识相地噤声。

许呦用手背抹了一把额头的浮汗，低头在草稿纸上飞速写了一段话，撕下来拍在后面那个人桌上。

教室里，英语老师站在讲台上，底下渐渐安静下来。

她清了清嗓子，拿着教案问："都讨论好了吗？"

没人回答。

张老师眼睛搜索着，抬了抬下巴，指着四组："谢辞，你上节课跑去哪儿了？真是无法无天了，来来来，你说一说我写的题目。"

许呦忍不住咬着下唇。

031

身后那人不紧不慢地站起来，凳脚在地上摩擦，发出声响。

见他不说话，张老师淡淡扫过来一眼，毫不留情道："说不出来站一节课。"

谢辞懒懒倚着墙壁，两根手指从桌上拎起一张白色草稿纸。

在安静的课堂上，他用蹩脚的英语把圆珠笔写的那句话慢悠悠念出来："I love to give somebody a glass of boiled water."

张老师听了一遍，想了几秒钟，莫名其妙道："你喜欢帮别人打开水？"

第二章

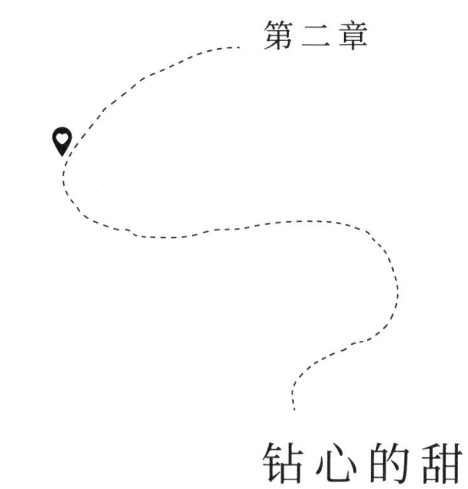

钻心的甜

ZUANXIN
DE
TIAN

● 怎么，你好像对你的救命恩人很不满意啊？

最后一节英语课上完，铃声打响，学生们一扫课堂上的死气沉沉，欢欢喜喜地收拾东西去吃饭。

体育委员在讲台上用书砸着喊："明天月考，今天体育课没了！下午直接来教室，别去操场啊！"

一阵阵唏嘘声响起。

一出教室，没了冷气，汹涌的热潮扑面而来，温度骤升。

许呦热得有点晕，臂弯里抱着书本和作业，拐了个弯下楼。

人潮拥挤，夹杂着咋咋呼呼的吵闹声。

前面两个女生手挽在一起聊天，声音不高不低，刚好传入许呦耳朵里。

"哎，你听说没啊？刚刚陈晶倚去找高三文科班的一个女生了，好多人围观呢。"

"高三文科班？谁？"

"好像是何丹璐吧，听人说当时陈晶倚在教室门口直接抄书往何丹璐脸上扔。"

"这么狂？怎么回事、怎么回事？"语气好奇极了。

"我也是听我朋友说的，好像是何丹璐和朋友上厕所的时候碰到陈晶倚了，不知道两个人有什么恩怨，何丹璐骂了陈晶倚一句，结果当场就被陈晶倚冲上去甩了一巴掌。"

"啊？"另外一个人不可思议道，"高二打高三的？！"

而后她又不解道："她好端端骂人家干什么？"

一个女生小声抖八卦："好像是因为一个男生吧。"

"谁啊？我认不认识？我的天，好'狗血'。"

"谢辞啊，认识不认识？"

其中一个人停顿了几秒，才说："一中谁不认识他啊？"

又转了个弯，前面的声音渐渐变小。

许呦一步一步踩着楼梯往下走，没心思听别人的八卦事。

她自问来这个学校没几天，在九班认识的人也不多，大多不熟悉。可是不管她走到哪儿都能听见那几个熟悉的名字。真是阴魂不散。

正出神，肩膀被人拍了一下，许呦一转头就看到舍友站在旁边："呦呦，你现在去食堂吗？"

"嗯。"许呦点头。

陈小"啊"了一声，拉过她手臂摇："你陪我去学校外面买东西吃嘛，我不想一个人排队。好不好啦？"

许呦不擅长拒绝别人，愣了一下之后，说："我还抱着书，远吗？"

"不远不远，就在校门口。"说完，她就扯着许呦走，毫不拖泥带水。

中午放学，正是学校门口那块地方最热闹的时候。周围几家小店门口一堆一堆聚集着学生，有不少高大的男生在树旁或靠或蹲，边等人边聊天。

她们排的是一家炒面店，有些年头了，口碑很好。前面已经有很多人，队伍排到店外，顾客大多是学生。

陈小兴致勃勃地拉着许呦站在末尾，踮起脚往前面望了望："哎呀，人好多，估计要排一会儿了，阿拆，你不饿吧？"她转头问许呦。

阿拆是许呦小名。陈丽芝上次周末来学校宿舍看她，喊了几次，刚好被陈小听见。她觉得好听，之后便偶尔跟着喊。

两人站在路上，被阳光暴晒，许呦穿着长袖和外套，此时脸上已经有了汗水。她摇摇头："没事，我不饿。"

被痛经折磨着，她的小脸蛋苍白，嘴唇毫无血色。

排了很久，前面总有零星的人插队，队伍好像没怎么移动，她们还在原地。

许呦单手扶着腰，拍拍正在玩手机的陈小，虚弱道："我去蹲一会儿，你先排。"

小腹处坠坠的痛感，让人想蜷缩起来，蹲下或许会好受一点。

陈小被她虚弱的样子吓了一跳，忙收起手机，扶着她问："你怎么了？"

许呦皱起眉，顿了一下，缓缓道："痛经，没关系。"

"要不你先回去，别陪我排队了。"

"没事，我先去缓一会儿，你好了喊我。"

她蹲在不远处人很少的一棵树下，身后是一家咖啡店，有钢琴清脆的叮咚声缓缓流淌。

许呦从外套口袋里摸出一根苹果味的棒棒糖，放进嘴里。

腹间绞痛，甚至有些胃痉挛，让人提不起力气呼吸。

咖啡店里。

涂悠悠冲着李杰毅低声问："我们下午放学去哪儿玩呀？"

身边有个人闻言回了一句："去你心里玩儿啊。"

"你讨厌。"涂悠悠笑骂一声。

那人没抬头，低声嗤笑，咳了一声。

李杰毅抬手，拍了拍涂悠悠的肩膀，侧头说话："阿辞，怎么样啊，下午去不去玩？"

"不去啊。"他声音慵懒，手臂往椅子上一搭，扯起嘴角笑了笑。

"为啥不去？留学校里有什么好玩的？"

035

谢辞反问："去了有什么好玩的？"

"你想玩什么都可以啊。"

宋一帆端着饮料过来，正好听见这句话，到卡座上坐下，顺便替谢辞回答了："他现在一心一意只想和我们班一个女生玩。"

"真的？谁这么大魅力能吸引我辞哥的目光？我见过吗？漂亮吗？"李杰毅一连串问题抛出来，满脸好奇。

宋一帆一本正经地说："没没没，他们单纯讨论学习，那女生教阿辞学习英语。"说着说着他就暴露本性，一脸坏笑地说，"至于以后怎么发展，我就不知道了。"

这话说得暧昧，当事人没承认也没反驳，仿佛事不关己。

倒是一旁坐着的王晓谦嘿嘿一笑，对李杰毅说："你还想着今天出去玩呢，明天月考，上次你不是说你爸把你卡冻结了，考好了再说吗？"

李杰毅不耐烦："能考多好啊，非提这茬儿，败兴玩意儿。"

其他人笑起来。

临市一中挺有钱，什么都建设得挺好，包括考场屏蔽仪。投入使用的时候，学校是怀着和高考考场那效果媲美的自信。学生不信邪，考过一次后彻底拜服。这破玩意儿真是好使，手机完全用不了。

"嘿，你这人。"王晓谦翻了个白眼。

宋一帆翻着桌上的菜单，高深莫测道："没关系，哥们儿，这次我们考场有大神。"

"什么大神？"李杰毅眼睛一亮，催促道，"哎哟，你倒是快点说啊，别把你哥们儿急死了！"

宋一帆喝了一口饮料，拿起手机慢悠悠回消息，说："我都打听好了，这次转校生、复读生都跟我们一个考场。"

"然后呢？"

"傻，跟你说过了，我们班刚刚转来的那个学生成绩好得很，人也好，跟我关系最好，我都和她打好招呼了，你到时候直接抄人家的。"

闻言，谢辞轻轻扬了扬眉毛："跟你关系最好？"他单手扬起，往宋一帆脑袋上抽了一下。

宋一帆手疾眼快挡住，嘻嘻哈哈笑起来，眼神随意往外瞥，接着定住。

"那个……那个，兄弟，"过了几秒，宋一帆站起来，往前走了走，眯眼看，拍拍谢辞说，"你看外面是不是蹲了个我们认识的人？"

许呦柔软的头发松松垮垮滑落，遮盖住大半侧脸，她臂弯抱着一摞书，蹲在那儿。

炎炎烈日夹杂一阵风，茂密的树荫里，蝉儿止不住地叫。

她低着头，屈起食指揉了揉额角，再睁开眼时，眼前出现一双黑色运动鞋。

许呦目光上移。

谢辞穿着黑色夹克和T恤，微微弯腰，歪头打量着她，脸上是隐藏不住的坏笑："许同学，你蹲这儿等我吗？"

她仰起脸，神情恹恹，下颌尖细，脸蛋苍白。

许呦不想理他，撑住膝盖准备站起来。

谁料蹲得太久，小腿发麻，站起来的一瞬间重心有些不稳。

谢辞反应快，手疾眼快扶住她。

许呦手臂被他抓住，校服外套的长袖包裹住半个手心，露出霜白纤细的手指。

"站稳了吗？"他眼睛看着她头顶的黑色发旋，低声问。

瘦削的胸膛和她靠得很近。

许呦点点头，想推开他，心里已经不耐烦，心不在焉地低声道谢："谢谢，你的手可以放开了。"

谢辞"哦"了一声，却不放手，而是漫不经心地问："你故意的啊？一天往我怀里倒两次。"

"侬捞搓气哦！（你好烦啊！）"许呦人不舒服，此时火气也起来了，忍不住用家乡话大声骂了他一句，然后使劲一推，他被推得往后趔趄几步。

听她叽里咕噜骂了一句鸟语，谢辞偏头失笑，薄唇轻扬问她："侬什么？"

许呦转身走远，头也不回。

许呦找到陈小的时候，她已经排到了，老板正在给她做面。许呦抱着书，在队伍旁边等她。

这里油烟气味很重，食物的热气、香气蒸腾着飘散。

陈小接过老板打包好的塑料袋，付了钱便对许呦说："走吧，我好了。"

许呦点点头，跟上她往学校侧门走。

她们没走出去多远，就听到后面一阵急促的脚步声，伴随着一阵呼喊："哎，前面的小姑娘，等一等！"

许呦和陈小回头，看到一人奔跑着过来，没一会儿就到两人跟前。

是一个年轻的女孩子，穿着工作服和绿色的围裙，上面是吾饮奶茶店的标志。

她气喘吁吁地停下来，手里提着一杯东西，递给许呦："小姑娘，刚刚有人帮你买了一杯红枣牛奶，要我给你。"

也不知道那个人想干什么，喜怒无常的。

许呦想得有些疲惫，手里提着那杯热饮，一路默默无语。

突然感觉有人在看自己，许呦回神，对上陈小的视线。她微笑地看着许呦，但神色略复杂，幽幽的声音响起："阿拆，给你买奶茶的是谁啊？"

几秒钟的沉默后,许呦问:"怎么了?"

"没什么,就是有点好奇。"

许呦不知道陈小已经撒欢似的开始"脑补",她摇摇头,含糊其词:"我也不知道。"

"你别装!"陈小一副像煞有介事的表情,追问道,"你说,是不是有人暗恋你?"

这词一蹦出来就把许呦吓到了。

都什么和什么,简直太荒唐了,她才转学几天,人都没认全!

"你想哪儿去了?"许呦不知道怎么说,有点急,"哎呀"了两声,"你想象力太丰富了。"

"肯定是你们班上同学买的!"陈小看许呦的样子,还以为她真的不知道,开始头头是道地分析,"不过你们班男生都挺优质的,长得帅的多,家境好的也多,你们班可以说是年级里质量很高的班级了。"

这个年纪,大部分学生待在学校里学习实在枯燥,一边学,一边肯定要给自己找个乐子。所以年级大大小小的事,各种花边新闻琐事,课下时间凑在一起分享,你传我的,我传他的,一会儿就能传遍年级。

陈小知道的八卦很多,更遑论是有关那些风云人物的。谁喜欢谁,哪个班的帅哥跟哪个班的美女受欢迎,谁和谁有恩恩怨怨,她了如指掌。

但许呦明显心不在焉。

陈小还在继续,并且拉着她越说越兴奋:"说不定你们班哪个男生偷偷喜欢你,阿拆!九班欸。"

"那个,"许呦不想继续讨论这种事情,开始转移话题,"你知道多媒体教室在哪儿吗?"

"多媒体教室?"陈小话头停住,疑惑地皱起眉来,"你要去那儿干吗?"

许呦回答:"我们老师把明天月考的考场分布贴出来了,我在那儿考试。"

"哦、哦、哦。"陈小反应过来,"你是转校生,我都忘记了,不过这个考场里都是那些吊车尾的学生。"

许呦点头,表示知道。

两个人走进学校,从林荫小道拐个弯,一栋教学楼出现在眼前。

陈小往喷泉对面一指,对许呦说:"喏,音乐房旁边,一楼就是多媒体教室。"

许呦朝她指的方向看,默默记在心里。

按照一中的惯例,考试那两天不上早自习。

因为还没分文理班,所以文综、理综都要考。第一天上午考语文,下午考理综和文综。第二天上午考数学,下午考英语。

许呦定了六点的闹钟起床。她静悄悄地穿上衣服，爬下床坐在桌前默读了半个小时作文。

又过了一会儿，舍友一个个陆续起床。

廖月敏揉着眼睛打哈欠，路过许呦，精神不济地打招呼："呦呦，起这么早啊。"

许呦应了一声，收拾好书，去洗手间刷牙洗脸。

出门前，她往自己的大水杯里灌满热水，然后放进书包。

拿着食堂买的早餐，许呦慢吞吞走去考场，身边总有三三两两的学生经过。

清晨的校园，路边种了几株桂花，正是开花的季节，凉风一吹，淡淡的花香飘散开来。

天空微微透亮，金光洒落在天际。

到了考场，许呦找到自己的位子坐下来，拿出书，边吃早餐边开始复习。

八点三十分开考。

许呦低头看了看手表，已经八点钟，考场里的人依旧寥寥无几。

又过了十来分钟，人渐渐多起来。

李杰毅和宋一帆、谢辞一起来的，几个人其他都没带，就拿了支笔，吊儿郎当地一前一后进入考场。

李杰毅手搭在宋一帆肩膀上，站在门口环视了一圈，问："哥们儿，我的希望之光坐哪儿呢？指给我看看。"

宋一帆仰着脖子，四处找。

"那儿，那儿！"他手往右前方指，"你的光，你的希望女神。"

李杰毅眼神看过去，随意一掠。

一道清瘦的背影安安静静坐在不远处，低着头，黑色马尾垂在肩上。

许呦专注地看着课本，全神贯注地背诵诗词，突然感觉背被人戳了戳。她回头一看，一颗脑袋唰一下凑到跟前。

许呦反射性地往后一仰，"呀"了一声。

那一声软绵绵的叫唤，听得在场几个男生都笑了，还有人小声学了几句。

宋一帆趴在她身后那张桌子上，觍着脸笑嘻嘻地说："姐姐，咱打个商量好不？"

"什么？"许呦视线上移，发现旁边还站着两个男生。

一个她不认识，一个是——

谢辞和她四目相对的瞬间，许呦愣了一下，迅速移开眼。

宋一帆指着身旁的李杰毅说："这是我哥们儿，等会儿坐你旁边，你考试的时候给他抄一下可以不？"

反应了两秒，许呦呆呆地问："怎么抄啊？老师都在的。"

她以前从来没干过这种事，一点经验都没有。

宋一帆自来熟地拍了拍她的肩，示意她不用担心："你不用干什么，把卷子稍微举起来给他看点选择题就行了。"

李杰毅看着面前乖乖穿着校服的文弱女生，心里暗暗感叹：怪不得，怪不得。

"小姐姐，谢谢了啊，我下个月生活费就都靠你了，考完了请你吃饭。"李杰毅说。

他谢谢都说了，许呦更不知道怎么拒绝。稍微犹豫了会儿，她还是迟疑地点点头："欸，饭不用请了。"

还有十几分钟开考，监考老师已经坐在讲台上数卷子了。

李杰毅和谢辞瞎侃完，从桌上跳下来，刚准备走回自己位子，他想起来什么似的，倒回来说："阿辞，问你个事儿啊。"

"说。"谢辞懒懒地靠在桌上。

"就是，"李杰毅抬起一条胳膊压到他肩膀上，低声问，"你刚刚一直盯着人家姑娘看什么？觉得人好看？"

谢辞不动声色。

李杰毅又推他："给个话啊！"

"什么话？"他不耐烦。

"你觉得人家特漂亮？"

谢辞听完，抬起头看了他一眼，淡淡地"嗯"了一声，问："你想怎么？"

李杰毅走向座位的时候，心里还在想：幸好刚刚他没跟谢辞说自己有点想追许呦这种类型的女生。

虽然平时他们身边美女也不少，但都看习惯了。乍一看这种素着张脸的女生，个子娇小，文文静静的模样，难免有些心猿意马。

这个考场很大，前后各有一位老师坐着，不过管得很宽松就是了，把卷子发下去以后就坐在那儿开始看书。

两个半小时，考到十一点结束。铃声打响那一刻，考场里的人已经所剩无几，大多数人早早就提前交卷离开。

李杰毅头一次那么认真地在考场凑完800字作文，写完以后精疲力竭，瘫倒在座位上。

宋一帆来找他，看到他那副半死不活的样子，好笑道："怎么，这就萎了？"

"快了。"李杰毅把桌上草稿纸揉成一团，探头对旁边的许呦道谢："谢谢你啊同学。"语气真诚。

许呦正在收拾桌上的东西，把文具盒装到书包后拉上拉链。她起身把桌上水杯抱在怀里，点点头，随意回了一句："不用谢。"然后就走了。

动作利落，毫不拖泥带水，连看都没看他们一眼。

她身后，两人对视一眼。李杰毅咂咂嘴，挑眉道："挺有个性啊！"

下午先考理综。

许呦怕自己草稿纸不够用，特地带了几张白纸。

李杰毅考试之前一直拉着许呦讲话，不停地套近乎："哎，同学啊，你哪儿的啊？"

过了会儿他又问："那你多大了？咋看着这么小呢。"

再然后："考完了我请你吃顿饭咋样啊？"

李杰毅歪着身子，伸长脖子。许呦低头整理东西，有一句没一句地回答。

刚找到书包里装着的笔记本，她的桌子突然被一股力气撞得一歪。

两个男生在她旁边纠缠打闹，导致桌身一阵抖动。水杯轰地倒下，水从没盖紧的杯子里流出，瞬间淌了满桌子，许呦的衣服也被沾湿。

她从座位上站起来，下意识惊呼一声，忙扶稳杯子。

与此同时，李杰毅也反应过来。

他站起来，不耐烦地对那两个男生骂了一句，用手一推："付一瞬，你有病吧？"

付一瞬低头整了整衣服，也不甘示弱，带着火气回骂："撞你了？怎么，你有意见？"

两人之间的矛盾一触即发。

正好谢辞和宋一帆从后面走过来。

谢辞皱眉打量站在一旁的许呦，看她衣袖都湿了，转头问李杰毅："怎么回事？"

"付一瞬把许呦水杯撞倒了。"

"没关系，衣服一会儿就干了。"许呦微微皱眉，用纸巾擦拭桌子，打断他们，"快回位子上吧，马上开始考试了。"

她实在不想这个时间弄出什么麻烦来。

谢辞恍若未闻，推了一下付一瞬的肩膀，特别嚣张地扬着下巴："怎么回事儿啊？你眼神不好？不好赶紧滚回家治治！"

周围的人都不敢说话，看着发生冲突的两个人，谁也不敢上前去阻拦。

最后还是监考老师从讲台上下来，分开人群，对他们说："都干什么呢！快回位子上去！马上开始考试了啊。"

付一瞬走之前恶狠狠地瞪了他们一眼，说："等着。"

谢辞和许呦前面的人换了位子，考试一开始就趴着睡觉。

理综考到一半，许呦把选择题写完，涂到答题卡上后便放到一边，把卷子翻了个面，开始写后面的大题。

写了一会儿，桌上突然出现一团纸，她愣了一下，没理会。

过了几秒,她的背又被砸了一下。

许呦回头,刚刚撞倒她水杯的男生坐在斜后方,继续往这边扔纸团。

这次有点偏,刚好砸到正在睡觉的人头上。

许呦抿了抿唇,低下头继续写卷子,无视后面的干扰。

纸团还在丢。

谢辞头从胳膊里抬起,转头。

许呦趴在桌上,提笔写理综卷,身边零零落落有几个纸团。

她五官清秀,长睫垂下,阴影覆盖眼底,遮住所有情绪。

"你有病啊?"安静的考场里,突然一声平地惊雷。

在场的考生,包括老师在内,头唰一下往声源处看。

谢辞发火了,猛地推开桌子站起来,随便拿了本书,走到付一瞬那儿。

啪的一下——风带起书页哗啦啦翻动,直直砸到付一瞬脸上。

所有人都被他惊住了。

谢辞把付一瞬桌子一脚踹歪,指着他说:"你今天再扔一个试试?"

教室里寂静了几秒钟,针落地上的声音仿佛都能听见。

满考场能听到监考老师急急忙忙的喊声:"谢辞,你们快给我停下!"

谢辞当场发飙,吓傻了一些不明就里的人。不过落在某些女生眼中,那个模样真是又帅又酷。

后来,年级主任都赶了过来,闹事的两个人被揪出考场。

监考老师把门关上,来回巡视,嘱咐道:"都别看了,别看了,好好考试。"

经过这么一出,大家都心不在焉的,哪还有心思做卷子,何况外面还时不时地隐隐约约传来主任的训诫声。

"不是我说你们,在考场上闹腾像什么样子!"

"还有你,谢辞,你自己说说,我们学校的老师谁不认识你,这么大的人了不知道收敛点!"

等外面声音没了,多媒体教室里又渐渐恢复安静。

许呦拿笔的手在轻微颤抖。她强迫自己静下心,眼睛盯着草稿纸眨也不眨,放空脑袋去算物理倒数第二道大题的答案。

小球 A,电势差,电势能,带电粒子……一个个专业名词和数据,在脑海里一步步推导。

草稿纸上写满了演算过程,黑色水笔写下的字迹蔓延开来。

宋一帆和李杰毅早早交卷出了考场,不知道去干什么。

她前面的座位一直空着,谢辞始终没回来。

文综考试结束的铃声打响,许呦收拾好东西,抱着书包准备起身走。走到门口,她稍微犹豫了一会儿,又返回去,把那个人塞在抽屉里的外套拿出来。

在食堂吃完晚饭,许呦抱着一堆东西回宿舍。

寝室里只有李玲芳和廖月敏在讨论题目,陈小在床上玩手机。

"回来啦呦呦,你下午考得怎么样?"考完理综,大家心情都轻松不少,李玲芳放下笔,问许呦,"你卷子做完了吗?我感觉时间好紧,连检查都没来得及。"

一旁的廖月敏也附和,安慰道:"我们考场今天考完,好多人也在抱怨时间不够用来着,别怕别怕。"

许呦把书包取下来放到一旁,对她们点点头:"我也写得很赶,没关系的。"

事实上,她考试结束前二十分钟就做完了整张卷子,剩下时间全部用在发呆。

拿着书复习了一会儿,许呦脑袋里始终想着下午的事情。

心思不知道为什么很浮躁,总是动不动就走神。她实在是看不下去了,从衣柜里取出睡衣去洗澡。

洗完出来,她从桌上随手拿了一本书,爬上床拧开台灯,准备晾干头发便睡觉。

陈小睡在许呦对面的床铺上,她还在用手机和朋友聊天,余光瞥到许呦也上床,感到讶异,随口道:"阿拆,你怎么今天睡这么早?"

许呦跪在床上拍枕头,轻轻"嗯"了一声,回答说:"今天有点累了。"

"怎么了?看上去心事重重的。"陈小以为她考差了心情不好,翻了个身,手撑着下巴摇晃脚丫,"一场考试而已,别太放在心上啦。"

"嗯。"

许呦还在想明天怎么把衣服给谢辞,就听到陈小问:"今天你们考场,是不是谢辞和谁起冲突了,好像闹得还挺大的?"

在下面泡脚的廖月敏抬头,倒也不算太惊讶:"啊,是真的吗?我刚刚好像也听别人说了。"

反正一出考场大家都在传,八卦陈小向来知道得最快,她点点头,兴致勃勃地继续说:"好像是谢辞和付一瞬。"

"为什么?"

"不知道啊,应该是以前也有什么过节吧。"陈小又翻了个身,打了个哈欠。

这时候一直没怎么说话的李玲芳却突然出声:"不会是因为邱青青吧?"

"和邱青青又有什么关系?"廖月敏不解。

"不是说付一瞬暗恋她很久了吗?以前我有个朋友是他们初中同学,她不是一直挺傲的嘛,我们都以为邱青青不接受就是因为看不上像他们那种成绩差的,谁知道跟谢辞……你们懂的。"

"他们俩关系不是早僵了吗?"

"说不定还有续集呢!"

"算了吧，自古帅哥的心都是留不住的，你觉得他像那种能收心的人吗？"李玲芳忍不住开口。

陈小仿佛情感专家一样，开始滔滔不绝地分析起来："我觉得吧，像邱青青这种女生，长得那么好看，成绩又好，指不定真的能成为谢辞这种男生的真爱，然后就按照言情小说里面的虐恋情节发展，最后 happy ending[①]。"

说完她又否定自己："不过也说不准，我觉得邱青青性格太高冷了，估计没几个男的能受得了。我要是男的，我就喜欢许呦这种，温柔乖巧多好。"

许呦闭着眼睛，像是睡着的模样，没接话。

"问题是，"廖月敏奇怪地说，"邱青青这么多人追，也不一定看得上谢辞啊！其实说实话，我们年级的帅哥还挺多的。"

陈小哼笑一声，她看了看廖月敏问："你认真的吗？"

没人说话。

寝室里就剩下陈小一个人的声音："听我闺密说，谢辞他们家里搞房地产的，他爸爸还给我们学校捐款建楼。我有个朋友和他们那群人玩得算是比较近的，说每次出去都是谢辞请客，花起钱来不带手软的。"

舍友的闲聊还在继续。

许呦头压着枕头，默默翻了个身。

她思绪有些飘移，眼前浮现谢辞那总是懒散的、带着坏坏笑意的样子，又想起从别人那里听说的话。

唉。

两天的月考一晃而过。

从理综那场考试之后，付一瞬和谢辞两个人都没有再出现过。

第二天下午最后一场考英语。

开考之前，许呦把橡皮擦、2B 铅笔一样一样拿出来摆在桌上。

李杰毅坐在旁边不安分，又找她搭话："许姐，等会儿最后一场要靠你啊！"

他已经自来熟地直接喊上了"姐"，许呦心里无语，看了他一眼。

李杰毅显得有些迫不及待，整个人都快贴过来："哎，考完了我请你吃饭呀！姐。"

"不用喊我姐。"

"这不是重点，重点是吃饭！"

许呦不动声色地往旁边移了移，摆摆手："不用了。"

---

① 指有一个幸福、美好的结局。

她想了一会儿，还是问："你知道谢辞去哪儿了吗？他为什么不考试？"

李杰毅右手玩弄着手机，闻言"啊"了一声，不在意地回答："不想考了呗。"

"那他……没什么事吧？"许呦声音小小的，低得几乎听不见。

李杰毅眉毛一挑，眼睛看向她，似乎很莫名其妙："他能有什么事？"

许呦被噎住两秒。她坐直身体，摇摇头。

李杰毅又问了一遍同样的问题。许呦听到他带点意味的笑声，不知是宽慰还是别的什么："谁有事也轮不到阿辞有事。"

这次英语卷子出奇地简单。许呦花了不到一个小时时间把卷子全部做完，交完答题卡出考场，校园里人还很少。

她四处转了一会儿，回到教室。

教室里只有几个人，包括她在内也就四个。

许呦到位子上坐下，把这两天考完的卷子整理分类，整理完后有些口渴，她把桌上的水杯拿起来。

不知道为什么，这次杯盖特别紧，她试了两三次，总是卡在那儿拧不开。

吐了口气，把水杯重新放到桌上，甩甩手，许呦咬紧下唇，白皙的瓜子脸皱成一团，把手放在胸前，弯腰准备再试一遍，忽然感觉旁边站了个人。

她反应不及，手里的水杯被人抽走。

许呦一转头，看到谢辞靠在她身后的课桌上。

他懒懒散散笑着，手一用劲，轻轻松松把水杯拧开。

她整个人都看呆了，讷讷说了一句"谢谢"。

谢辞唇角勾起一抹笑，把水杯搁在一旁。他弯腰歪着头，手撑着椅子，微俯身打量着她的眼睛："听李杰毅说，你很关心我？"

"怎么？"谢辞还想继续说什么，一人在教室门口喊："阿辞，都在等你呢，快点啊！"

见他有事，许呦顿时松了口气，悄悄转过去。

忽然又想起一件事，她转头喊住要走的人，有些犹豫："那个，你外套在我这儿。"

"什么？"他像没听到的样子，侧首看她。

"你衣服落在考场，我帮你拿回来了。"许呦好脾气地解释，低着头手伸进抽屉，摸索着把外套拿出来。

外面等的人看谢辞还在磨蹭，忍不住探头冲着教室里面又喊了一声："阿辞，快点。"

她第一次跟他主动说话。

谢辞被几个人催着，倒也不着急，看着她一本正经的样子，突然就笑了，恍然道："你私藏我衣服啊？"

许呦把黑色的运动外套递过去，无声地看着他，也不理睬那些玩笑话。

她的手很白，被黑色衬得尤其光洁透白，手背上细细的青色血管若隐若现。

"你再不拿着你的衣服，我就要丢到地上了。"许呦皱眉，看着没动静的某人。

不过软绵绵的声音，听上去一点威胁性都没有。

他慢腾腾地接过衣服，一如平时的懒散，带着一点轻浮浪荡的腔调："呵呵，您脾气还挺大。"

脾气很大的许呦没理他的调侃，转过身。

最后一场考试结束的铃声打响，校园里逐渐恢复生气。楼道里都是上上下下的学生，充斥着喧闹的杂音。

班上的同学没一会儿都拿着卷子回到教室，三三两两聚在一起对答案。

"唉，好烦啊，英语终于考完了。"旁边一个人不耐烦地抱怨着。

另一个人说："别烦恼，鸡哥，你永远是最菜的。"

然后便是一阵追逐打闹，板凳课桌被碰撞得歪斜。

前面的郑晓琳拿着许呦的英语卷子对答案，看到半途就很沮丧，唉声叹气地瘪嘴："天啊，我阅读理解好多题和你不一样。"

许呦被她悲伤的表情逗笑，把卷子拿回来收好，安慰道："没关系，我很多题都是瞎蒙的。"

一般学霸都是不显山不露水的。

所以郑晓琳才不相信，依然心情沉重："我刚刚还在考场写作文，就见你提前交卷了。"

"小可爱，你居然会提前交卷？"付雪梨吸着不知道哪来的奶茶，边翻杂志边和许呦说话，翻过一页，又打了个哈欠。

她今天不知道为什么，有些精神不济，和往常活力四射的模样差了许多。

许呦有点担心，摸了摸同桌的额头，问："你不舒服吗？"

"没有啦。"付雪梨好笑地拉下许呦的手，"昨晚没睡好。"

话说了没两句，班主任从教室门口进来，走到讲台上。

她一言不发，教室里却渐渐安静下来，所有人各回各位。

"这次月考已经完了，你们是个什么水平自己心里也有数。"许慧如双手撑在讲台上，目光扫视了下面一圈，"成绩明天就可以出来，我打算下个星期给你们换座位，有意愿的私下找我。"

不出所料，底下一片唉声叹气。

"老师，成绩这次怎么出来得这么快啊？"有人大声问了一句。

班上又开始窃窃私语。

谢辞和宋一帆换了位子，就坐在许呦正后面，看她低头找了半天的东西，心不在焉地打量着她的背影。

付雪梨凑过去，好奇地问："小可爱，你干什么呢？"

"我找我的钥匙。"许呦蹲下身子，把抽屉里书本全部翻出来看了一遍，没有。

她又拉开书包拉链，在里面翻了半天。

付雪梨帮她看桌面上有没有，一边翻一边问："啥时候不见的？"

"不知道。"许呦仍在低头乱找。

宋一帆凑热闹，扒着课桌看她们："怎么了，怎么了？发生什么了？"

许呦把座位翻了个遍，还是没有，不由得沮丧地说："我钥匙掉啦。"

"掉了你捡起来呗。"宋一帆顺口回答。

"可是它掉了，"许呦蒙了一下，"怎么捡？"

宋一帆理所当然地说："用手捡啊！"

"可是，钥匙掉了，它掉了。"许呦不明白他为什么不懂。

一旁的付雪梨突然明白过来，说："许呦，你钥匙这是丢了吧？"

"对啊。"许呦转过脸，一副天然呆的模样，茫然道，"怎么了？"

"哎哟。"宋一帆被她逗笑，"原来你们那儿'掉了'和'丢了'一个意思？"

许呦坐回原位，不想搭理他。

这个时候她没心思去管南方北方说法的差异，在脑海里想了一遍又一遍，钥匙会去哪儿呢？

她记得明明放在书包里了……然后……

哦！对了。

许呦眼睛一亮，转过身去，双手扒在桌沿上，问："你衣服里面有我钥匙吗？是不是刚刚不小心一起给你了？"

谢辞身体略微前倾，挑了挑眉，低声说："你猜？"

"我不猜。"许呦一口回绝，说，"你把钥匙还我。"

谢辞笑了一声："你要我还我就还啊？"

懒懒的语调，痞痞的模样，十分欠揍。

旁边，可以说很不识相的宋一帆插嘴道："阿辞，你看人家急了这么久，快还别人，欺负小姑娘，是不是大老爷们儿你？"

"有你什么事？"谢辞声音很淡，反问他。

许呦以为他真不打算还她了，不由得着急，摊开白白的掌心："谢辞，你快点给我，我的钥匙。"

谢辞单手搁在桌上转笔，打量了她几秒钟。

他皮肤很白，瞳仁黑亮，明明一副好皮相，却总是不正经的样子。谢辞偏头，玩味道："叫一声哥哥就还你。"

宋一帆："……"

这人有病吧，什么年头了还玩这种把戏？

许呦一听这话，薄薄的脸皮登时涨得通红。

"喊不喊啊？就给你三秒钟。"他无耻极了，见她犹犹豫豫，便直接倒数，"3——2——1——"

许呦没反应过来，又害怕他真的不给她，情急之下脱口而出："哥哥。"

他好像愣了一下。

几个人都寂静了几秒。

谢辞最先笑出声。他舌尖抵在牙齿上，转了一圈，声音低哑着说："许呦，你怎么这么嗲？"


"你真的就是太好欺负了。"

星期三下午放学，许呦和付雪梨留下来做值日。

教室里的人渐渐走光，落日余晖的昏黄光线笼罩整个校园。

"许呦。"付雪梨一手捂着口鼻擦黑板，叫许呦名字。

她把板凳一个个翻到桌上，手里拿着扫把，闻言"啊"了一声："怎么了？"

"告诉你，对待谢辞他们这种人，就要强势一点。"付雪梨把黑板擦丢到讲台上，拍拍手，"以后他再欺负你，你就一巴掌上去，要他知道什么叫女性的力量。"

许呦继续低头扫地，认真地把各种小垃圾从角落里划拉出来，听付雪梨唠叨。

"不过据我所知，整个年级，应该还有不少高一的学妹，"她戳开一瓶酸奶，放在口里吸，"好像蛮多人暗恋谢辞的，老有人来我们班要他的联系方式。"

"嗯。"许呦余光看见窗户外面有人。

付雪梨还在继续说，念叨个不停："所以他太受欢迎了，这确实是个问题，但怎么说，其实人还行，真的。"

许呦扫完地，把垃圾铲到垃圾桶里，用手背擦了擦额头上的汗，有些疑惑地回望："雪梨，你……跟我说这些干吗？"

"啊？"犹豫了好久，付雪梨走过来，手撑在膝盖上，侧脸看许呦，"我觉得谢辞好像有点，嗯……那个啥，你……你懂吧？"

她不太懂。

"是真的，我跟他在一起玩了这么久，第一次看他这么有耐心给女生打水，而且我现在越想越觉得不对劲儿。宋一帆跟我说你在考场被人骚扰，谢辞当场就发火了。"

许呦急急忙忙打断她，脸变得通红："别说了，你误会了，真的。"

她后退两步，把垃圾桶提起来，落荒而逃："我下楼去倒垃圾。"

付雪梨百无聊赖地坐在桌子上，晃动两条细白的腿，边喝酸奶边玩手机等许呦回来。

过了几分钟，她等得不耐烦，从课桌上跳下来跑去教室门口准备看看。

还没冲出教室，刚到门口，付雪梨扶着门框，身形一顿。

许星纯手里拎着书包，靠在外面的墙上，表情寡淡地看着她。

"你……怎么在这里？"

他静默着不说话。

付雪梨咬唇，小声嘀咕了几句。

许星纯默不作声地看着她的小动作，良久才开口："你想怎么样？"

"什么啊？"付雪梨每次看他这种样子就没有底气，结巴了一会儿，还是壮着胆子说，"你找我有事儿？"

她已经厌倦这种被管束的日子了，从初中开始到现在。

许星纯是她初一的同桌。一开始她总喜欢让他帮忙倒水，上课做小动作也喜欢让他帮着看老师有没有来。后来知道他成绩好，考试就直接让他传答案，平时作业也交给他写。

到了初二，两个人还在一个班，她一如既往"欺负"他，许星纯也一直默默忍受。

可是不知道为什么，初三的时候，两个人的关系越来越近，近到她觉得有点儿稀里糊涂。

就比如，付雪梨那时才知道许星纯远远没有看上去好欺负。在外人眼里是十佳好班长，其实性格隐忍沉闷，占有欲特别强，管她跟管女儿似的。

上高中以后，繁忙程度是初中没法比的。许星纯没那么多精力，不变的是依旧喜欢管她，甚至到了干涉她交什么朋友的地步。

像付雪梨这种天生大大咧咧、放荡不羁爱自由的美少女，虽然喜欢帅哥，可是真的不想被别人管来管去啊……

她还在回忆往事，许星纯早已走到她面前："付雪梨。"他总是喜欢连名带姓叫她。

被喊的人心里一咯噔。

他眼底有很重的阴影，看样子就是很多天没睡好。

许星纯停顿了会儿，压着声音，低低地说："你说的事，我不同意。"

平时沉静的眼底，流淌着压抑复杂的感情。

措辞太强硬，轻易激起叛逆少女那一颗不服输的心。

"凭什么？你怎么这么自私？"付雪梨毫不客气地反击。

喊完话，发现两人太近了，她想后退，却被他一把抓住："对，我就是这么自私。"

对，他是自私。

就是没办法忍受她为了开心去接触别人。本来对其他人没有情绪，可她投入太多精力让他太嫉妒。从以前到现在，他一直都不能忍受她对别人笑。

看着她没心没肺的样子，许星纯真想把心掏出来给她看。

傍晚，太阳灼烧了一天的地面开始散发热量。

一中校园里到处洒落着金色的晚霞，远处有一些打完篮球的男生，三三两两走出校门。

许呦坐在楼梯上，下巴枕着膝盖，头发垂到腿弯，呆呆地直视前方，脑袋里一直回想刚刚不小心看到的那一幕……

她只看了一眼，就落荒而逃，像不小心窥破了天大的秘密似的。

班长居然……居然和雪梨……

黄昏里的热风有栀子花的气味，树叶被吹得簌簌响。

许呦还坐在台阶上发愣，眼前的霞光被一道黑影挡住。

她的头顶上方传来一道熟悉的声音："您坐这儿欣赏风景呢？"

谢辞穿着无袖的白色球衣，右臂抱着篮球，垂眼看她。

他刚刚打完球，黑色短发被浸湿，漆黑的瞳孔亮得吓人。

许呦没搭理他，重新低下头，专注地看地面。

谢辞笑了笑，把篮球抛给远处等着的人，歪了歪头，示意他们先走。

那边几个哥们儿看谢辞好像有情况，识相地比了个手势。

篮球砸在地上，咚咚咚，脚步声、人群的笑谈声渐渐远去。

谢辞微微活动脖颈，蹲下身子，手肘屈起来搭在膝盖上，仰脸瞧她。

许呦坐在台阶上，比他高一点。

"啧，还跟我生气呢？不就让你喊了一声哥哥吗？"他说完自己都忍不住笑了。

许呦抬起眼皮，自以为很有威慑力地瞪他。

瞪完还不解气，她又气鼓鼓白了他一眼，头朝旁边扭，一句话也不说。

谢辞嘴边一抹笑。他伸出一根手指，撩过她的头发，问："你是小哑巴？"

许呦下意识躲开他的手，情急之下把他一推。

明明也没用太大力，不知为什么他就势往后倒，手里还拽着她的胳膊。

一阵天旋地转，两人双双摔倒在地。

刚刚运动完，谢辞身上有一点点汗味，皮肤还散发着热量。许呦鼻尖撞到他肩膀上。他大大咧咧地躺在地上，抬眼看着近在咫尺的她，嘴角上扬。

许呦挣扎着要起来，却被谢辞单手固定住，只能不停扑腾。

"你要干什么！"许呦咬着唇，脸颊泛红，因为羞恼眼里有亮晶晶的水光。

触感温暖柔软，有点干净的茉莉花淡香。

他吹了吹许呦颊边落下的碎发，微微凑近她耳郭，低声笑道："不干什么，跟许呦同学看看夕阳呗。"

许呦手忙脚乱爬起来，腿直起来的时候，又被他屈起的腿恶意一绊，差点歪倒。

她堪堪用手撑在地面上，稳住身形，掌心黏黏腻腻出了一些汗。

许呦气得脸颊通红发烫，半跪坐在水泥地上瞪他。

躺在地上的人也不急着起来，慢悠悠地撑起半个身子，和她面对面。

晚风拂面，谢辞的心情忽然好到不行。

"怎么，你好像对你的救命恩人很不满意啊？"他抬了抬眼皮，嘴角带笑。

许呦还在生气，下意识用脚踢他："你算什么救命恩人？"

这一脚直接踢到谢辞身上，反应过来之后，两个人都是短暂的安静。

见他一直不说话，她有点儿心虚，忍不住小声问了句："很……疼吗？"

谢辞绷不住，嘴边挂着笑轻声回道："疼。"

"真的吗？"

"真的啊。"谢辞不正经，懒洋洋地说，"看不出来你还挺喜欢对同学使用校园暴力啊。"

"那是你活该。"许呦乌溜溜的大眼睛看着他，心里觉得终于吐了口气，破罐破摔地说，"还不是因为你老欺负我。"

远处的天际被染成温暖的晕黄，空气里有点属于夏天的花香。

谢辞喉结微微上下滑动，心里有种发痒的感觉。他低声说："你没见过真正的欺负是什么吧？"说完他"欸"了一声，微抬下颌，似笑非笑地对许呦道，"你低个头？"

许呦先是一愣，接着后知后觉，猛地低头。

她的短袖领口本来就有些宽大，刚刚和他纠缠拉扯之中又滑了一点。

"你……你这个变态！"许呦大脑一片空白。

她又羞又气，伸手拧了他一下，迅速爬起来捂好衣服倒退几步。

谢辞看着她跑远的背影，扯起唇角"啧"了一声。

钻心的甜。


第二天是星期四。上午第三节课下课，教室里气氛沉闷。

因为第四节课是数学课，也就是班主任的课。

除了念成绩，还要换座位。

课间已经有不少学生按捺不住心急，跑去办公室偷偷看成绩。

许呦前面的郑晓琳也是其中之一。

前面位子空着，周围的人都趴在桌上睡觉，就许呦一个人边整理笔记边啃小苹果。

课间十分钟一晃而过。上课铃打响之前，看成绩的同学陆陆续续跑回来。

他们仿佛凯旋的英雄，一到教室就有一圈人围着问。

"你看到我成绩了吗？"

"你考了多少名？"

"看到了吗？看到了吗？"

"怎么样，帮我看了没？我多少分？！"

"……"

郑晓琳气喘吁吁地回到座位，看样子考得不错，心情很好。

她一脸喜色，正准备转头说些什么，班主任就推开门进来。

许呦抬头，把啃到一半的苹果收起来。她小幅度推了推身边的人，小声说："别睡了，老师来了。"

许慧如走向讲台，目光在教室里环顾了一遍，手里捏着张成绩单。

她清了清嗓子，开口道："都安静一下，今天有点事要跟你们说。"

底下一片鸦雀无声，针落到地上的声音都可以听见。

"这次月考成绩出来了。"她一边说着，一边又看了看单子，"我知道，你们有些人不关心成绩，我这次就着重表扬一下，这次月考我们班进年级一百名的有七个人。"

此话一出，底下一片哗然。

年级有接近三十个班，重点班就有好几个，还不包括阳光班和火箭班。平行班一般能有两三个学生进前一百名，老师脸上都很有光了。

没想到这次平行班里最混的九班，第一次月考就拿了个开门红。

班上的学生漫不经心地听，后面一群人更是百无聊赖。

宋一帆无聊地转着笔，和谢辞聊天："阿辞，下午体育课我们要不翘了吧？"

"干什么？"

"去打台球吧，好久没打了。"

"不去。"很平淡的声音。

宋一帆搂住谢辞的肩，凑近说："阿辞，怎么清心寡欲起来了？别啊！"

"滚！"

宋一帆自讨没趣，转向隔着一个过道的徐晓成："阿成，下午去耍不？"

徐晓成正在看东西，没工夫搭理他，随口回："昨晚上睡得晚了，没精力。"

"嘿，你这人。"宋一帆撇嘴，正准备损他两句。

许慧如目光看过来，大声呵斥："宋一帆，你还讲话，看看自己考成什么样了！"

宋一帆被点名，瑟缩了一下肩膀，苦着脸耍宝："老师，您不能因为我考得差，连话都不让我说啊！"

班上有人被逗笑。

许慧如瞪着眼睛："考了年级倒数，还跟我嬉皮笑脸！"

宋一帆摸摸鼻子。

讲台上的声音还在继续："你就不能跟坐在你前面的同学多学一学？在同一个地方学习，你考最后，人家考年级第一！"

被点名的许呦正在写字的手一停。

班上一片倒抽气的声音。

许多人不敢置信地扭头，看向坐在后排的新同学，目光都变得不一样了。

这个转学生有这么厉害吗，一来就把年级第一许星纯给超了？

他们姓许的，是不是天生有学神光环？

要知道，九班之所以有名，其中一个原因就是年级第一十分稳定地出在这个班上。

许星纯在排行榜上的名次基本雷打不动，在高中部一直位居第一。不少人还疑惑过他为什么不去学霸聚集的火箭班而非要待在九班。

没想到这一次，不声不响就被一个女生给压了。

"我现在把这七个人的名字念一下，其他人的排名等会儿我让班长贴到后面，自己去看。"班上议论的声音渐大，许慧如示意他们安静，顿了顿继续说，"许呦，班级第一，年级第一，总分678。

"许星纯，班级第二，年级第二，总分677。

"陈春林，班级第三，年级三十二名，总分645。

"向飞，班级第四，年级六十七名，总分633。"

"……"

教室里空调运作着，吐出丝丝冷风。

许呦有点感冒，低低咳嗽了几声，继续握着笔写作业。

她没什么表情，仿佛考第一的不是自己，或者已经习惯了。

把练习册上最后一题算出来，许呦停笔，她吸了吸鼻子，低头在抽屉里找卫生纸。

圆珠笔被震得从桌上滚到地上，许呦扭身，弯腰把笔捡起来，抬头的一瞬间，对上谢辞的双眼。

他嘴里嚼着口香糖。

两人均是一愣。

讲台上，许慧如说："等会儿大家把东西收拾好，下午体育课上完了回来换位子。"

中午在食堂吃完饭回寝室，许呦简单洗了个澡，换了睡衣出来。

廖月敏本来在写作业，看到许呦，突然说："许呦，你看月考排名了吗？你是年级第一呢！"

许呦动作一顿，点点头，没接话。

"真的是许呦？"李玲芳刚上完厕所，在洗手，很不可思议地转头。

她是阳光班的。早上成绩出来以后，班上同学都在议论，这次年级第一是九班一个女生，力压各路学霸，重点是压过了许星纯，以678的恐怖高分直接空降第一。

大家都在感叹，真是自古九班出学神。

"是许呦。"廖月敏肯定道。她放学之后专门跑去分数榜看了。

许呦默默听舍友说话，拉开抽屉找到一板感冒药，抠了两粒放到手心。

耳边的议论声还在继续。

"太厉害了，考这么高的分，简直不像话。"

"对啊，678分，太吓人了。"

陈小转头问廖月敏："哎，我们班这次第一是谁啊？"

"不知道，好像还是张珂珂吧。"

"哦……对了对了，是不是月考之后要开运动会了啊？"

"听体育班的人说应该快了……"

许呦握着玻璃杯，往嘴里灌水，吞咽下药片。吃完感冒药，她慢吞吞爬上床睡午觉。

下午第一节课就是体育课，体育委员让全班人直接去操场集合。

正午刚过，日光仍旧强烈，聒噪的蝉声隐在树荫下。

周遭空气闷热，许呦却浑身冒冷汗，面色发白。

全班按照高矮顺序站成四排，女生两排，男生两排。

体育老师在前面点名，问体育委员："你们班怎么回事，人这么少？"

马志伟喊："有的男生去拿器材了。"

体育老师点点头，不再追究，开始布置今天的任务。

原地解散以后，许呦找老师请了个假，回教室休息。

她经过走廊，许多班级已经开始上课。

外面的阳光被树叶切割成细细缕缕，亮得晃眼。

许呦从后门进教室,推开门,她一愣,里面有人。

男生女生都有,一眼看过去很陌生,她基本都不认识。

凉丝丝的冷气混合着一点浑浊的气味扑面而来,激得许呦打了个喷嚏。

"你进不进来啊?把门关上,热死了。"有个长头发女生朝许呦喊,声音很不耐烦。

许呦刚想把门给他们带上,突然一个惊喜的男声响起来:"哎哟,我的小姐姐啊!恩人啊!别走别走!"

他的声音太大了,许呦想无视都没办法。

李杰毅快步追上去,拉着想走的许呦进教室。

其他几个人此时也反应过来。谢辞想起身。

许呦使劲挣脱李杰毅,仰头问:"怎么了?你先把我放开。"

她感觉很多人在看这边,很不自在。

李杰毅笑嘻嘻地搓手,"嘿嘿"两声,说:"托您大福,我这次考了五百多分呢!"

许呦敷衍地"嗯"了一声,见走不了,便低头想绕过他回自己的位子。

"哎,"李杰毅转身,对着她的背影喊,"有时间请你吃个饭啊!"

在一群陌生人的注视下,许呦觉得很困窘。

但她吃完感冒药,此时脑袋昏昏沉沉的,没有力气去想别的。

陈晶倚看着走到座位上的女生,问宋一帆:"这谁啊?"

"年级第一。"他随口就回了一句。

"She is my hero.(她是我的英雄。)"李杰毅美滋滋地说。

有人翻了个白眼:"毅哥,就咱这英语水平,平平淡淡说句中文不好吗?"

后面那群人没一会儿又开始嬉笑玩闹,吵得许呦脑袋疼。

许呦把练习册拿出来,写了几题就写不下去了。

教室里四个风扇在不停转悠,立式大空调也在运作,吐出冷气。

许呦捂着嘴巴,连打几个小小的喷嚏,鼻子也好像堵塞住了,呼吸不太顺畅。

她头又疼,没一会儿就迷糊起来,趴到课桌上,在吵闹声里渐渐睡过去。

"张天宇。"谢辞背抵墙,懒洋洋喊旁边男生的名字。

张天宇动作一顿,侧头问:"咋了?"

"把你嘴巴闭上——"

张天宇:"咋了?"

"太吵了。"

还没来得及吐出的一口气,被他硬生生憋回去。

众人还没来得及反应,就见谢辞从位子上起身,走到一组后面,啪一下摁了开关。

睡得迷迷糊糊的许呦，恍惚感觉头顶上的电风扇缓缓停下来。

许呦被叫醒的时候，教室里的人都在吵吵闹闹收拾东西。

她从臂弯里抬起头，揉了揉眼睛。

付雪梨的脸近在咫尺，她的睫毛眨了眨，低声说："小可爱，要换位子了，收拾东西呀。"

许呦抬头，发现每个人的名字都抄在黑板上，她第一次看到这么新奇的排座位方式。

许呦找到自己的名字，在一组第四排靠外面。

许呦把水杯、小本子装到书包里，抬头在黑板上找付雪梨的位子，找了半天没找到："雪梨，你坐哪儿啊？"

"你前面啊。"付雪梨"喏"了一声，"一组第三排。"

许呦又仔细看了一遍，发现她名字上面一行赫然写着：许星纯、付雪梨。

"你跟班长坐在一起了？"许呦有些惊讶，转头问。

"嗯。"付雪梨答得很敷衍，有点闷闷不乐，"唉，不知道老师怎么想的。"

许呦知道她和班长关系不一般，沉默了一下，还是什么都没说，静静收拾自己的东西。

没过一会儿，位子换得差不多了。

许呦把书搬到一组。她的新同桌是个戴眼镜的男生，看上去很老实。

"哎，学霸你好，我叫杨康。"那个男生很热情，帮许呦把书搬到桌上。

许呦鼻尖沁了点汗，她点点头："你好。"

两个人刚说了几句话，杨康身边的透明玻璃窗被人用力拉开。

许呦抬眼，杨康回头。

谢辞单手撑在窗台上，斜了一眼杨康说："哥们儿，帮个忙？换个位子呗。"

杨康是个老实人，二话没说就收拾东西麻溜走人。

旁边的桌子被人强行清空。

许呦甚至没来得及说句挽留的话。

她有苦在心中口难开，生着闷气，手搁在桌上，低头写作业。

旁边的人站着，她就是故意不起身。

谢辞有耐心地陪她耗着，时不时就用膝盖顶她课桌："让一让啊，你想让我上课坐过道啊同学？"

"你和别人换回来。"许呦抬头，想和他讲道理。

"我不。"

"那我也不。"

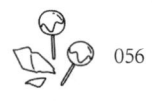

"你不什么?"

"不让你进去。"

两人就这么废话了半晌,到最后谢辞都被逗笑了,懒得和她再绕。

他从教室门口出去,走到窗户外面。在许呦震惊的目光下,谢辞手扒着窗框,一使力,从窗户上直接跳进来。

"你是土匪吗?这么不讲道理!"

谢辞拉开椅子坐下来,竟然还"嗯"了一声,反问她:"土匪讲什么道理?"

"你、你、你到底要干什么啊?"许呦憋了半天,就冒出这一句话。

你说我想干什么。

谢辞垂眼,手肘放在膝盖上,倾身靠近许呦耳朵边:"你说呢?"

她没吭声,后退一点拉开距离。

他的视线从她的眼睛滑到鼻梁,再停到花瓣一样的唇上。

许呦觉得有点不对劲,不想再说话,急急撇过头。

可耳边他的声音还在继续:"我想跟你当同桌呗。"

许呦:"但是我不想。"

"什么?"谢辞直起身,惊讶地大声说,"你也想跟我当同桌啊?"

许呦呆了几秒,然后涨红着脸骂了一句:"神经病。"

她不知道自己生气的样子有点可爱,鼓着脸颊,一个人在那儿嘟嘟囔囔。

"害羞了?"他倾身,歪头打量她的表情。

她被看得不自在,闷闷地说:"滚开。"

"嗯?"

"烦人呀你。"

许呦紧闭嘴唇,一副努力克制的样子。

谢辞单手支着头,压低的声音里满是调笑:"想骂什么就大点声,我听不清。"

许呦把手里的笔一摔,深吸一口气,冷静两三秒钟。

算了,忍吧。

没一会儿化学老师就走进教室,手里拿着考试的卷子。

他站在讲台上,环视了教室一圈,第一句话就是:"谁是许呦?站起来我看看。"

许呦被点名,手撑在桌子上站起来。

"你叫许呦?"何老师笑眯眯地问。

许呦点点头。

"小姑娘挺厉害呀!"

这种大庭广众之下直白的表扬,让许呦有点脸红,讷讷低头说不出话来。

何老师在办公室也听各科老师讨论了,这次年级第一是九班的一个转学生,

057

每门分数都很高，尤其是物理和数学，考出了两门满分。

他象征性说了两句，就让许呦坐下了。

许呦刚一坐下，旁边的人一笑："哎哟，许学霸哟。"

"好，现在大家把试卷拿出来，我给你们把这次考试的错题简单讲一下。"

教室里一片哗啦啦翻试卷的声音。

何老师在讲台上，手背在身后来回踱步："这次呢，有几个重点难点……"

题目讲了大概二十分钟，课堂过半，老师便让同学们自己把黑板上的题目整理到改错本上，不懂的可以互相讨论或者请教他。

刚刚换了座位，或多或少有点新鲜感，老师一让自由讨论，教室里就开始有嗡嗡的嘈杂声音。

许呦把改错本打开，刚写了两道题目，付雪梨就凑过来找许呦讲话："小可爱，下个星期开运动会，我带你出去玩好不好？"

许呦看她满脸灿烂的笑容，犹豫了一会儿说："去哪儿玩？老师应该会说吧……"

"没事儿。"付雪梨兴致勃勃，还欲再说。

前面传来一道冰冷的男声，还有点不耐烦："付雪梨，转过来。"

付雪梨表情僵在那里，有点尴尬，这大庭广众的，她有点生气了，唰地回身，恼火道："干吗？！"

许星纯低垂着睫毛写作业，脸上的表情一如既往地冷淡，像没听到一样。

他的校服领口干净，侧脸看上去很安静，付雪梨却越看越气。

谁能比她更清楚，许星纯表面上看着单纯得不食人间烟火，其实就是一个斯文败类。

她一把抢过他手上的笔，故意在他试卷上划拉两下，幼稚地说："大猩猩。"

许星纯低眼看试卷上被画出来两条蜈蚣似的黑线，沉默了两秒。

"略略略。"看他不说话，付雪梨得逞似的哈哈大笑。

她从以前到现在都以欺负他为乐，每次欺负到他默默忍气吞声就很开心。

"上课不许和别人讲话。"许星纯略微停顿了一下，一板一眼说完就撇开眼，正经又严肃的样子。

付雪梨轻哼一声，趴到桌子上转头不理他。披散的黑发尾梢擦过他的手背。

这句话她都快听烦了。

不许和这个讲话，不许和那个讲话，不许和任何一个人讲话！

他那么沉闷的性格，付雪梨又是个小话痨，不和别人讲话，那她和谁去讲啊？

真不知道自己是怎么忍受这几年的。付雪梨瘪嘴，要不是看他除了管得比较宽之外，性格还算无可挑剔，长相又清秀，她才不高兴和他当同桌呢。

"哎，给我讲个题呗。"许呦正专注着写题呢，旁边又响起一道漫不经心的声

音,玩世不恭又很欠揍。

她假装没听到,笔下不停。

谢辞慢悠悠收起手中的东西,板凳移过来了点。

他腿长,故意挤到许呦桌子底下,抖个不停:"讲不讲,倒是给个信儿啊。"

许呦本来不愿意搭理谢辞,桌子却不停地跟着他的节奏抖。

而且始作俑者似乎乐此不疲。

许呦被颠簸得写不了字,气不过,低下头准备踩他一脚,没想到谢辞反应更快,手疾眼快地一把捞过她的脚腕抓住。

她穿着宽大的深蓝色校服裤子,露出来一点白细的脚踝,干净得晃眼。

"喂,你、你放开我,我跟你讲!!"

他像是没有那种男女授受不亲的意识,许呦急了,身体平衡也没怎么把握好,微微弯腰去扯他的手。

他力气大,哪是她这种弱鸡崽能比的。

谢辞微微低下头,舌尖舔了舔齿槽,抬眼问她:"还跟不跟我闹了?"

教室里乱哄哄的,谁也没发现这里的动静。

她蹙起眉头,狠狠地深呼吸,半天才憋出来一句:"明明是你——"

"嗯?"他挑了挑眉,单只手就圈起她的脚腕,固定住,五指稍微收紧。

这无声的威胁,让许呦彻底没了声。

她快被这个不讲道理的人气哭了,脚还被谢辞握在手里,羞愤到极致:"我不闹了。"

"给不给我讲题?"他得寸进尺。

许呦强忍住把书拍到他脸上的冲动,一字一句地说:"你、先、松、开。"

"你给我讲我就松。"

其实他现在就是想跟她绕,一点也不想放开。

磨叽了很久,许呦实在受不了,伸出手臂够到他的卷子拿过来:"我给你讲!哪一题?讲完你可别烦我了。"

谢辞听罢笑了。

宋一帆和孟行泽就坐在第二组,许呦斜后方。别人看不到,他俩可是瞧得一清二楚。

孟行泽看了半天,"哎哟"一声,乐了:"阿辞这人真没素质!"

宋一帆不以为意:"我早习惯了。"

孟行泽不怀好意地笑了声:"还是我辞哥会啊。"

"咻。"宋一帆压根儿没听进去。他和谢辞兄弟这么多年,就没见过他有什么耐心和女生玩。

"你要我讲哪道题?"许呦按动圆珠笔,找了一张白纸。

"随便你啊。"

许呦再次被他气到噎住。

她翻了翻谢辞的答题卡,无语地发现,除了空着的题目,他写上去的每一道题都有问题。

许呦心里暗暗叹息,单手托着脑袋,打算先给他讲一点最基础的氧化还原方程。

她在草稿纸上列了几个化学方程式,刚写完,一抬眼就看到他的脸近在咫尺。

谢辞有男孩特有的干净味道,还夹杂着一点点薄荷的气味。

秀挺的鼻尖上一点淡痣,嘴唇薄。

很好看的一张脸,就是眼神太有侵略性了,让人不敢直视。

许呦不着痕迹拉开点距离。

最后一节课的铃声很快打响。

班上的人收拾东西离开教室,许呦低头整理作业,不着急走。她是住宿生,晚上吃完饭还要来教室自习到八点。

"嗯,不知道,吃完饭再去吧。"谢辞背靠墙,大大咧咧地把腿伸到许呦凳子底下,悠闲自在地和人打着电话,时不时还故意碰碰她,以欺负她取乐。

许呦默默忍受着,刚把文具盒收拾好,旁边的玻璃窗被人拉开,一道甜腻的女声传来:"阿辞,还不走啊?等着你呢。"

陈晶倚双手撑在窗台边,娇俏可爱的模样。

她等谢辞挂了电话,不着痕迹地打量了许呦一眼,有点撒娇的意味,故意说:"今天出去玩就别带邱青青了吧。"

宿舍女生喜欢聊八卦,邱青青这个名字许呦是熟悉的,也知道她和谢辞的那些纠葛恩怨。

只不过许呦无心参与这些,只想快点收拾好东西离开现场。

谢辞打了个哈欠,站起来伸着懒腰,外套松松垮垮,拉链也没拉。

他低垂下眉眼,声音淡淡凉凉的,也不知对着谁说:"邱青青谁啊?不认识。"

夜晚,临街的一家店。

这里的老板是李杰毅的姐姐,他们常来消遣娱乐。

宋一帆踏着高脚凳,和其他几个人边喝饮料边玩游戏。桌子有点小,几张拼起来,上面散乱地放着果汁、零食。

谢辞靠在沙发上坐着,腿架到茶几上。

李杰毅上完厕所回来,顺势在他身边坐下:"不去跟他们玩?"

"玩什么？"谢辞懒洋洋地把掌心里的钥匙扣随手一抛。

钥匙扣在空中转悠两圈，没落回他的手里，咕噜咕噜滚到沙发一边去了。

"你爸——"李杰毅刚问两个字就止住了，抬眼看去，陈晶倚在谢辞旁边落座。

"你们聊什么呢？"她拨开落在胸前的头发，倾身在小茶几上找了一个小金橘。

"这不刚说两句您就来了嘛。"李杰毅开始低头玩手机，指尖在键盘上噼里啪啦乱飞。

陈晶倚仔细剥好橘子的外皮，掰下一瓣果肉，递到谢辞眼前："喏。"

谢辞偏头，打了个哈欠，拒绝的意思很明显。

陈晶倚笑笑，若无其事地放进自己口中，跟李杰毅搭话："阿毅，听别人说你有喜欢的人了？"

"哎哟，姑奶奶，您别老喊我'阿姨'行不行？"

李杰毅有个外号叫"阿姨"，都是一群朋友"阿毅""阿毅"地喊，最后故意升调喊出来的。反正他不喜欢别人喊他阿毅，也不喜欢阿姨这个外号。

陈晶倚在旁边笑，小腿轻轻上抬，踢了踢谢辞的腿，小声问："你呢？"

"我什么？"

室内冷气很足，陈晶倚似乎有点冷，坐得近了些。

谢辞腿交叠在一起，看上去挺安静的。他往旁边挪了挪。

"我就没喜欢的。"她这话半真半假，带点试探，"你呢？"

可惜当事人并不能理会其中的小心思。

谢辞微抬眼，跟她说："我有呢。"

李杰毅并没注意到他们这边的动静，他翻了翻手机，找出来一个女生的图片，递到谢辞面前："嘿嘿，兄弟，看一看，长得怎么样？"

照片里的女生很清纯，长发，一张白净的娃娃脸，戴着黑色的美瞳。

"什么意思？"过了两分钟，谢辞问。

李杰毅不怀好意地笑："这高一的学妹，我朋友的妹妹，我有联系方式呢。"

"然后？"谢辞扫了他一眼。

李杰毅笑了一声："嗯？你不懂吗？"

旁边几个人玩累了，纷纷来这边休息。

宋一帆灌了一大口冰的矿泉水，抢过李杰毅手机，嘴里喊着："看啥呢？给我看看，给我看看。"

他拿到手里，眯着眼，仔细瞧了一会儿。

越看，宋一帆眉头皱得越紧。他转过头，顿了顿，犹豫地说："这女生，怎么和我们班那个转学来的女神学霸长这么像？"

许呦从半夜开始发烧，一直到凌晨三点，吃了点退烧药才有些好转。

她躺在床上，没什么力气，头脑昏沉，快到天亮才睡去。

舍友走的时候弄醒了她。许呦摸出手机给老师发了个短信，请假半天。

又浑浑噩噩睡了一会儿，许呦爬下床，去浴室洗了脸，换好校服。

临走前，她瞄了瞄镜子里的自己。

巴掌大的脸沾着水，没有一丝血色，瞳仁乌黑，唇色极淡。病恹恹的。

高二年级办公室。

许慧如正在批作业，旁边冷不丁站了个人，她往旁边一看。

许呦用袖子捂着嘴，低低咳嗽两声，喊了一声："老师。"

"哎哟，你不是病着吗，跑这儿来干什么？"许慧如停笔，把许呦拉到身前，"怎么了，要紧吗？"

许呦摇头，对她说："老师，我烧已经退了，下午可以上课。"

许慧如内心称赞这孩子听话，简直乖巧到让人心疼。她拍拍许呦肩膀："来办公室找我有什么事吗？"

许呦低着头，沉默了一会儿，才小声说："老师，我想换个位子。"

星期五是放假的日子，学生们心情都很好。

教室里打打闹闹，嬉笑声不绝于耳。

郑晓琳帮许呦搬书，看她静静收拾东西："大神，你真要去我那儿坐啊？"

许呦点点头。

"真是太棒了，以后又能问你问题了。"郑晓琳心满意足，脸上绽开一朵花似的。

她坐在二组第一排。

那是一个没人想去的地方，一共两个位子，都在老师眼皮子底下。

这次月考成绩出来后，郑晓琳发挥得出奇好，更加激励了她奋发学习的斗志，于是主动要求坐在第一排。那排位子无疑是班上人最讨厌的地方，上课除了听讲啥也不能干，所以郑晓琳就只能一个人坐了。

许呦蹲下身子，把抽屉里的笔记本一样一样拿出来。

她的书已经搬到新座位，在收拾最后一点零碎物品。

没多久，头顶上方传来一道熟悉的声音："你在干什么？"

谢辞刚打完篮球回来，手里还握着一瓶矿泉水。

跟在他后面的宋一帆探出头，有些诧异道："小许同学，你这是要换座位啊？"

这时候东西都收拾得差不多了。

许呦把一堆零零散散的小东西抱在怀里，挎上书包。她低头，躲避他们的打量:"不好意思了,我眼睛有点近视,要去前面坐。"

理由很敷衍,摆明了不想坐这里而已。

谢辞一只手插兜,腿横跨过道上架着,动也不动,面无表情地拦住她的去路。

他虽然不说话,周遭的空气却要凝固住了似的,连宋一帆都不敢再嬉皮笑脸。

这是他发火的前兆。

许呦沉默了一会儿。

她从小到大都乖乖的,没惹过别人生气。这次公然换位子的行为,让谢辞或多或少有些难堪。许呦内心知道她的行为不对,也有点愧疚。

可是她也不能继续坐在这里和他当同桌。对她来说,比起和同学处好关系,更重要的是学习成绩。这也是父母一直重视的,她并不能任性。

周围都是嘈杂的说话声,许呦苍白着脸,安安静静站在那儿。

外面的阳光从玻璃窗投进教室,打在身侧,显得她柔软又脆弱。

两个人无声对峙。

宋一帆望着那抹纤细的身影,忍不住撞了撞谢辞,想让他差不多得了,多大点事儿啊。

只是他心里总有种直觉,看兄弟这副样子……反正以后,不知道多久以后,也许一年两年,抑或三年,就这么认栽在这个女生身上了也说不准。

谢辞依旧毫无反应,就盯着面前的人看。

许呦腾出一只手,慢吞吞地伸进外套口袋,摸索出一个东西。

一颗旺仔牛奶糖。

在她看来,这是能让人心情变好的东西。

许呦猜测他不会伸手接,于是把怀里抱着的零零散散的东西搁到一边,仍旧低着头,去拉谢辞。

谢辞头一回没逗她,静静地看着她的动作,低下眼睛,任由自己被人轻轻抓住。

"谢辞。"许呦平静地喊出他的名字,松开五指,让糖滚到他摊开的手心上,第一次心平气和地跟他讲话,"对不起了,能让我过去吗?"

很多年以后,有人问谢辞:"当初许呦那种乖乖女,是怎么把你这种横行霸道多年、浪天浪地的浑蛋收服的?"

他思索了很久,慢悠悠地说:"可简单了。"

还不够简单吗?

一颗糖,一句话,足以让他溃不成军。

谢辞被她这么看着,手里被一颗糖硌着,心里暗暗骂了一声。

"谢辞?"她又喊了一声。

他被她这么柔柔地一遍遍叫名字,终究抵挡不住,让出过道的位置。

许呦心里松了口气。她没再多耽搁，把东西拿在怀里，越过他准备去前面的座位。

经过他身边的时候，她的胳膊被拽住，许呦没挣扎，停下脚步看他。

"一颗糖就想贿赂我，许呦？"谢辞声音很低，像是在反复咀嚼这两个字。

许呦不知道他在想什么，就静静听他讲。

这个人真奇怪。

笑的时候像孩子，冷的时候像个谜。

脾气也阴晴不定，像一个拥有少女心的忧郁大佬。

"你还要答应我件事。"他已经恢复成往昔玩世不恭的样子，淡淡地说。

她没再拒绝，乖乖地说"好"。

少了谢辞的折腾，许呦的生活总算恢复平静。

每天三点一线，食堂、教室、寝室。除了睡觉就是学习，时间过得也快，转眼就到了一中秋季运动会。高一、高二一起举办，每个班在看台上划分了自己的区域。

许呦那段时间生病，没报项目，就闲着无所事事。

早上是开幕式，下午才有比赛。

她睡完午觉，拿了一本散文集，带着自己的水杯到操场边的看台上坐好。

运动会期间，晚上有文艺晚会。一中管得很松，很多学生会出去玩。

就比如现在，许呦坐的地方，只有零零落落几个人，其他同学不见踪影。

九班学生有多混，一场运动会体现得一清二楚。

她伸出手挡住太阳光，眺望了操场一眼，跑道上有学生已经开始热身。

被煦风吹着，很惬意，是她难得放松的时刻。

许呦收回目光，低下头，一页一页翻着手上的书，看得津津有味。

操场上的广播放起来，偶尔有枪声砰砰砰响。

"许呦！小可爱！"

许呦正看着书，仿佛听到有人在叫自己，她猛然抬头。

付雪梨站在看台底下。她已经换了身衣服，粉白色的小裙子，有点跟的凉鞋。她戴着墨镜对许呦招手。

"怎么了？"许呦跑到栏杆那儿，双手搭在上面和付雪梨讲话。

付雪梨仰头，手放在唇边做喇叭状："你先下来，下来了我再跟你讲。"

许呦还以为她有急事，点点头，就从旁边的楼梯顺着跑下去。

她手里拿着书，一个转身，抬头看到迎面走来一群人。

谢辞打头，懒洋洋地和身边的男生说着话，没看这边。他今天照样没穿校服，短短的黑发有点凌乱，袖子松松卷起，外套拉链也不拉好。

那群男生一个个都是吊儿郎当的模样，往篮球场的方向去。

那一群人浩浩荡荡地经过，引起许呦身边人的低声议论。

"这是高二的男生？"

"对啊，快看快看，那个穿蓝白色外套的男生。"

"看到了，怎么了？"

"就是我跟你说的谢辞啊！怎么样，很帅吧！"

"长得蛮好看的，比校草都帅，就是听说有点凶……"

许呦背贴着墙，看着谢辞走远了，才往另一个方向跑去找付雪梨："雪梨，怎么了？"

付雪梨正在玩iPad，看到许呦终于来了，她吐口气，摘掉墨镜。

"呦呦，拜托你个事啦。"付雪梨递了个黑色手机给许呦，"半个小时之后帮我给谢辞，他在篮球场。"

许呦伸出手去接，后知后觉地反应过来："啊？给他……"

付雪梨叹口气，拍拍她的肩膀："我现在有点事，麻烦你了。"

走之前，她又想到什么似的，转头冲留在原地的许呦喊："明天穿好看一点啊，带你出去玩。"

许呦不太想去找那群人，但是好友拜托，她也不好拒绝。

尽管是运动会，但篮球场上的人气一点都没减。男生们在场上挥洒汗水，球被拍得咚咚咚响，场下有一些女生围着尖叫。

许呦稍微有点近视，分不清那几拨打篮球的，走近了才能看清楚。

在一群人里穿着蓝白校服穿梭的她有点显眼。

她正想着，谢辞他们是不是没打篮球，出校门去玩了，耳边就有人喊她名字。

是宋一帆。

他刚刚下场，跑到许呦身边，浑身汗水淋漓，擦了一把汗笑嘻嘻地问："来找阿辞？"

许呦看清来人，心里暗暗松口气，点点头把手机递过去："哦，对，我来送个东西，你能帮我给他吗？"

哪承想宋一帆立马摆手拒绝，毫不避讳地说："别别别，这个你要我来给，我手都要被掰折了。"

他手指向一个方向，对她说："阿辞还在打球，你先等等。"

男生打球，许呦向来看不懂，就看着他们在场上两边跑，投球。

她好脾气地等了一会儿，人群中起了喝彩声，是某个人投进了三分球。

谢辞终于肯下场，三四个女生围过去，给他送水递毛巾。他全都拒绝了，扯起篮球衣的下摆，随意往脸上抹汗，往篮球架那儿走。

劲瘦的腰线随动作起伏露出。

许呦等人稍微散了，才走过去。

谢辞背靠篮球架一边，大大咧咧坐在地上，喉结上下滑动，仰头正在灌水。

他余光看到许呦靠近，在离他有两米的距离停下，安安静静等他喝完水。

谢辞眼睛直勾勾盯着许呦，喝完的水瓶在手里捏扁，丢到一旁。

"你的东西。"许呦往前走了两步，把手里东西递过去。

谢辞上衣的两边袖子全部卷到肩膀上，单手搭在屈起的膝盖上，就这么看着她。

他坐，她站，这个姿势不太好。

许呦犹豫了一会儿，蹲下身子，和他视线平齐："给你。"

谢辞脸上全是汗，睫毛也被打湿，没了往常懒洋洋的样子。

因为没上课，她的头发随意扎着，衣领口处，白皙的脖颈缠绕着一根细细的红线。

汗水从紧绷的颈线流下，他眼睛里有幽暗的光。

"许呦。"谢辞喊她名字，声音有点哑，接过她手里的手机。

许呦"嗯"了一声。

他说："你别故意惹我啊。"

第三章

别怕

BIE
PA

● 你觉得咱俩以后有可能吗？

许呦极为平静地看着他:"我不觉得自己哪里有惹到你。"

谢辞被她的不解风情噎住。

"你现在胆子挺大啊,还跟我顶嘴?"他扬着下巴,故意痞痞地伸出食指点了点许呦的肩膀,"小同学,怕不怕我揍你?"

这个人肆无忌惮地坐在地上,浑身上下有一种无赖强硬的气质,又带点童真。

许呦差点被逗笑。

远处两三个人聚在一起打趣。

一个人脖子上挂着短毛巾,手搭在宋一帆肩上,小声问:"哎,那个穿校服的女生,阿辞在追?"

宋一帆笑道:"我们阿辞单纯少年,怎么会追女生啊?"

"你在跟我开玩笑吗?"那人无语极了,这辈子都没想过"单纯少年"这个词能跟谢辞搭上边。

宋一帆笑而不语。

根据他的观察,谢辞一般很少主动招惹女生。但是对许呦,谢辞那真的叫一个穷追猛打,每次不把人逗弄狠了就绝对不收手。可惜许呦反射弧太长,并不能理会其中的特殊。

还有人闲闲地站在一旁八卦讨论。

过了会儿,宋一帆才慢悠悠道:"谢辞要是喜欢谁,还轮得到别人倒追他?"

话音刚落,篮球场内突然有女生失声尖叫。

一个在半空中脱手的篮球,呼啦啦带着迅疾的风声砸向篮球架。

那儿有两个人。

许呦还没反应过来,只看到谢辞一个快动作,把她扑倒在地。

她被那股极大的力气带翻,下意识闭上眼,头磕在地上,咚的一声。

耳旁哐的一声巨响,许呦被吓得心跳加速。

她感觉身上的人被砸得一声闷哼,撑在她耳边的手臂一软。

篮球砸在人的身上,又被反弹回去,在地面上一下一下弹跳。

过了两三秒,被这场突发事件吓傻的众人才反应过来,纷纷围上去大呼小叫。

许呦呆呆愣愣的,惊得没回过神。

嘈杂的人声和混乱的脚步声中,有汗从他下巴滴落。

谢辞按住她的肩,偏过头,趴在她耳边轻声说:"别怕。"

当晚许呦躺在寝室的那张小床上，眼睛看着天花板，翻来覆去睡不着，满脑子都是谢辞被一群人搀扶着走远的背影。不知道他怎么样。

寝室还没熄灯，舍友都上了床，在讨论今天运动会的各种趣事，以及年级里大大小小的八卦。

"哎，你们认不认识曾麒麟啊？"一道细细的女声响起来，是陈小。

"曾麒麟？"廖月敏想了想，"好像知道，高三的吧？"

"对，校队的。"陈小回答，带着一点神秘的语气说，"我们学校的学生前几天好像和二中的人杠上了，过几天曾麒麟他们估计会去二中。"

"我的天，什么事啊，我怎么一点都不知道？"廖月敏惊讶的声音响起来。

李玲芳和许呦一样，对这种话题兴致缺缺，还没看小说来得有趣。寝室里一时间只剩下两个人在一问一答。

陈小分享着自己所知道的八卦："具体为什么我也不是太清楚，反正我朋友就跟我说二中的人惹到曾麒麟他们了。"

"曾麒麟……很厉害吗？"

陈小翻了个白眼："你说呢？"

"我好像没怎么听别人说过啊。"

"那是人家低调啊。"

许呦不知道她们在说什么，一只耳朵进一只耳朵出，自己专心发着呆。

八卦还在继续。

与此同时，许呦放在枕下的手机轻轻响了一下，是短信提示音。

其实她平时不怎么用手机的，都是锁在柜子里，偶尔拿出来和父母、小姨打电话。只不过今天运动会，她答应了明天要和付雪梨出去玩，就拿出来方便联系。

她翻了个身，摸索到手机，拿到眼前。

凉凉的金属壳贴在掌心，许呦按亮屏幕，眯着眼睛适应突然的强光。

发短信的是一个陌生号码，短信内容只有一个句号。

许呦纳闷了一会儿，她的手机号是来临市以后才办的，知道的也就亲人和付雪梨，以前的同学都没来得及告知。这个陌生人又会是谁……

正当她以为是谁误发准备关手机的时候，又一条短信过来，依旧简短，两个字：睡了？

许呦心里突然有种预感，隐隐猜测到对方是谁了。

仿佛和她心灵感应一般，陈小在旁边说："对了，谢辞你总该知道吧，曾麒麟是他哥哥。"

谢辞……

许呦想问问他是谁，在发送信息栏里删删打打，还是忍住了。她把手机收起来，放回枕边。

没多久，又有叮叮叮的短信提示音传来。

第四次响起来的时候，许呦叹口气，抓过手机准备调成静音。打开之后，她的手指一顿，不由自主点开信箱。

那个人很是执着，又发来几条：

你很嚣张啊。

不理我。

？

连个标点符号都要单发一条，话费像不要钱似的。

许呦无奈地摇摇头，斟酌着字句，给他发回去：谢辞吗？

那边几乎是秒回：不然呢？

许呦又是半晌想不出来话回他。

手机却在持续振动：有没有良心啊，你这人？

看到莫名其妙的谴责，许呦摸不着头脑，愣了下，她回：我怎么了？

谢辞收到短信，读完这几个字的瞬间就忍不住笑起来，甚至可以想到许呦发这条短信的时候的表情，多么认真，多么正经，还有点小心翼翼和疑惑。

他忍俊不禁，单手打字，拇指在键盘上飞：你当然怎么了。

许呦看到这条消息，琢磨了小半会儿，也没琢磨出什么来，只觉得两人对话太无聊。她把手机收起来，准备睡觉。

那边却不依不饶，打了个电话过来。

电话铃声一响起，舍友的话头就止住了，朝许呦床上看。

"谁呀阿拆，这么晚给你打电话？"陈小问。

许呦被这么一问，开始心虚起来，也没看电话想直接挂断，谁知一个不小心按错了，那边立刻传来一声——"喂？"

犹豫了两三秒，许呦从床上坐起来，把手机放在睡衣口袋里，摸索着爬下床。

"是我哥哥。"许呦硬着头皮解释，又干巴巴加了一句，"他应该刚刚下晚自习。"

陈小聊八卦聊得正开心呢，也没发现她表情不自然，点点头相信了。

许呦拉开阳台玻璃门，一个侧身钻进去。

"喂？"她声音小小的，被夜风一吹就散。

电话那头的声音有些戏谑："我俩之间有什么见不得人的事儿吗，还专门跑出来接电话？"

"你别自恋了，我是因为不想吵到舍友。"许呦忍不住反驳。

深夜的校园，树旁有晕黄的路灯。虫鸣蝉叫，漫天的星光。

远处隐隐有不知名的花的香味混合着飘来。

许呦盯着某一点发呆。她本来就寡言,谢辞不说话,她更说不出来。

"呵呵。"他低低笑了两声,"听说我是你哥哥?喊两句来听。"

许呦就知道他刚刚肯定听见了。她脸不由得一红,尴尬极了:"你不要老跟我开玩笑好不好?"

"没啊。"他说,"我认真的。"

"你……"她皱着眉,没搭理这茬,而是迟疑道,"没事吧?下午被篮球砸了。"

谢辞答:"怎么没事?可疼了,哪想到你这么没良心,转眼人都不见了。"

他感觉出许呦的内疚,更加得寸进尺:"你自己说,怎么赔偿我。"

终于说回正事。

"我给你买药吧。"许呦真心实意道。她刚刚憋了很久,都没机会说出口。

毕竟谢辞是为了给她挡球才被砸伤的。

"我还差你这点钱?"

许呦默然不语。过了片刻,她说:"我不习惯欠别人人情。"

他似乎毫不在意:"我什么都不缺,你先欠着吧。"

"还人情这种事不能欠,"许呦对家里人的教导深信不疑,认真道,"欠着欠着,以后就还不上了。"

"还不上没事,以后把你人抵给我就行。"

许呦不知道怎么天底下居然有人能这么不正经,气闷之下把电话掐断了。

寝室里,室友还在闲聊,她走到桌前,喝了口水,又在心里小声地骂了谢辞几遍,这才稍稍解气。

运动会一共开两天。第一天晚上有文艺晚会,第二天晚上放假,学生可以自由活动。

到了第二天,剩下的比赛不算很多,仅跳高和扔铅球。反正班主任都睁一只眼闭一只眼,班上同学当然更加肆意,运动会过得就像是休息日。

付雪梨为了带许呦出去玩,特地弄来了一张假条。她知道像许呦这种乖到不行的好学生,一定不同意私自出去和她玩,没办法,只好去求了许星纯半天,他是学生会主席,手里有大把学校的请假条。付雪梨费尽心思终于让他松口。

天公作美,今天天气特别好。学校门口大开,来来往往有学生和车辆经过。

付雪梨来学校接许呦,坐在校门口处的凉亭里低头玩手机等着。

她在电话里好说歹说,软磨硬泡了半天,许呦才同意中午吃饭时间去玩。

又等了十几分钟,许呦背着包,终于姗姗来迟。

她气喘吁吁地跑上前,拍拍付雪梨的肩膀,手搭在上面微喘:"不好意思啊雪梨,我中途去买了点东西。"

付雪梨抬头看她，眼睛一亮："你总算听了点话，没穿校服跟我出去玩了。"她把手机收起来，退后两步，满意地上下打量好友。

今天许呦的打扮其实没有多特别，仍旧是普普通通的圆领过膝白裙、一双白色球鞋。

只不过除了开学那天，她一直穿的都是校服，如今换上别的衣服，感觉就像变了个人。

付雪梨点点头，接着又摇摇头，不知道第几次感叹："我的天啊，许呦，你简直白到不行！"

她小腿和手臂露出的肌肤白如霜雪，也不知道从小吃什么长大的，皮肤能这么好……

许呦被付雪梨直勾勾的目光看得不好意思，微红了脸颊。她低头，跟着付雪梨走，把刚刚买的东西装进包里。

这时，旁边突然响起一道调侃声："大梨子，你这是要去哪儿玩啊？"

两人同时回头。

四班的几个人站在马路旁，和她们一样在等红绿灯。

付雪梨看是熟人，随口打了个招呼："和朋友去玩啊。你们班这么多人，搞班级聚会吗？"

四班和九班差不多，里面的学生大多数比较混，算是难兄难弟班级，平时关系不错。

那边打头的人笑着说："你和你朋友要不跟我们一起去玩？"

付雪梨拒绝了，走过红绿灯就拉着许呦往另一个方向走。

"我们去哪儿呀？"许呦刚来这儿，觉得什么都新鲜，走在路上东看西看。

"先去吃饭，吃完饭洗个头发，我带你去电玩城。"

付雪梨回答她，用手机查路线，随便在路边拦了辆的士。

一上车，她报了个地址，司机师傅答应一声，只用了十几分钟，就熟门熟路地把车开到地方。

中午吃饭的地方是一家火锅店。许呦吃不了辣，只能吃点清淡的。

中途付雪梨给她强行喂了一块从红锅里捞出来的肉，许呦嚼了两口就受不了了，被呛得咳嗽，捧起旁边的杯子灌水。

在对面坐着的付雪梨很诧异，急急站起身拍拍她的背："小可爱，你还好吧？这点辣就不行了？"

许呦又咳嗽了两声，摆摆手："没事没事，我就是很少吃辣，刚刚被呛着了。"

两人吃完从店里出来，沾了一身的烟火气味。

走了两步，付雪梨揽住许呦肩膀，低下头凑到她发间闻了闻，又抬起脸正经道："呦呦，你的头发也全是火锅味了，我们一起去洗头吧？"

许呦本想推辞，可是味道实在有点大，犹豫片刻便同意了。

两个人跑去附近的一家理发店。

付雪梨先洗完，坐在外面吹头发。许呦洗完出来时，看到付雪梨不知道和谁在打电话。

后面有个小哥扶住许呦肩膀，把她头上的毛巾拆了，在镜子里与她对视："小姑娘，想吹个什么造型？"

付雪梨中途往这边瞥了一眼，替许呦做决定："帮她吹个大波浪。"

说完，她又继续讲电话，眼睛盯着自己的鞋子看："嗯，几个人？"

"那么多！去哪儿？"

"对啊，我们在外面。"

"在我旁边吹头发。"

"是吗，几点啊？"

"哎，是上次去的地方吗？我问问她，等会儿给你发消息。"

许呦耳边是吹风机轰鸣的响声，她没让小哥给她吹什么造型，直接说："给我吹干就行了。"

那个理发小哥手捧起许呦的黑发，边吹边和她闲聊："小姑娘，你头发没烫也没染过吧？"

许呦"嗯"了一声。

小哥点点头："发质挺好的，就是有点软。"

付雪梨把手机收到包里，转头对许呦喊："呦呦，我们计划有变啊。"

吹风机声音太吵，她的声音断断续续，许呦听不清："我听不到，等会儿再跟我说。"

理发小哥算是把服务做到位了，没有违背许呦的意愿把她头发吹成大波浪，但是把那头披散柔顺的黑发用卷发棒弄了个小卷。

许呦偏圆脸，有点婴儿肥，嘴唇红嘟嘟的。

付雪梨蹭过来，问了她一个莫名其妙的问题："小可爱，你裙子底下穿安全裤了吗？"

"啊……"

"穿了吗？如果没有，我们现在去买一条。"她又追加一句。

"不用不用，我穿了。"许呦打断她，小声说，"你问这个干什么呀？"

两人无声对视许久。

付雪梨纠结着措辞，怎么说才能让许呦同意。

踌躇着，她试探性地对许呦说："我们去溜冰好不好？"

溜冰场在正大广场二楼。

付雪梨一路都在和许呦解释:"就是那种很正规的溜冰场,不是你想象中的那种灯红酒绿的场所。"

许呦没吭声。

"而且你看嘛,我们班的人几乎都去了。"付雪梨给她宽心,挽着她胳膊说,"这个溜冰场平时我们学校也有很多人去,别担心啦。"

这次不知道是谁组织的活动,说是九班和四班联谊,找个地方一起去玩。大家都是年轻人,又爱闹,于是两方人马一拍即合,把运动会硬生生过成了一场聚会。

溜冰场门口站着两个穿黑金马甲的服务生。

看到付雪梨她们过来,两个服务生拉开玻璃门,齐声喊了一句:"欢迎光临。"

许呦没来过这种地方,紧跟着付雪梨,拉了拉她的衣袖问:"我们要不要去买票啊什么的?"

"不用啊。"付雪梨明显来过多次,轻车熟路地拐了两个弯。

越往里走,音乐声和人群的喧闹声越大。

她从一个蓝色的箱子里取出两张卡,对身后的许呦说:"这家店是谢辞家里开的,今天他免费请我们玩。"

一听到这个名字,许呦就浑身不自在,可是来都来了,她也不能走人……

她们进溜冰场的时候,里面许多人已经玩起来了。许呦转学过来没多久,也分不清谁是哪个班的,目光掠过人群,只能看到一两个稍微眼熟一点的。

付雪梨推开一扇齐腰高的门,和许呦一前一后走进去。

换冰刀鞋的地方在旁边,工作人员已经在每个位置上提前放好各种码数的鞋。

"你脚多大?"付雪梨蹲下身子认真挑选,问身后的人。

许呦低头看着自己的脚,想了想:"36。"

"这么小?!"付雪梨有点诧异,随即上下打量许呦的个子,反应过来点点头,"和你身高很配。"

场上放的音乐许呦没听过,节奏感很强。

许呦坐在长椅上换鞋,使劲穿进去后,她仔细把鞋带绑好,生怕等会儿滑到一半鞋子掉了。

"好了没?"付雪梨已经换上溜冰鞋,娴熟地滑过来,停在她身边。

许呦点点头,撑着座椅,慢慢站起来。

这副小心翼翼的样子,一看就是没怎么滑过。

付雪梨觉得她可爱,忍不住笑了。她很有耐心地挽着许呦滑了几步,说:"来来,我先教你,你把脚迈开。"

"不不不,别别别,你不用管我,自己去玩。"

在许呦的再三拒绝下，付雪梨最终没守着她，被另外一个人拉去玩接龙。

许呦一个人，扶着护栏，慢慢移动身体。

其实她平衡感很差，玩这种东西老是容易摔倒，所以习惯性恐惧。

周围的人都玩嗨了，不时有男生的嬉闹声和女生的尖叫声传来。

许呦靠着边缘慢慢滑，完全不敢靠近他们。她就怕谁突然失控冲出来，连带着撞倒了她。

刚刚洗完的头发还没扎起来，此时有些凌乱地垂落至她的胸前。

许呦双手紧紧握着栏杆，不停深呼吸，紧张得小腿都在抖。

在角落里摸索半天，许呦总算找到一点小窍门。她稍微松开手，往前滑了两步，仅仅一两秒，双手又抓回栏杆上。

这样自娱自乐玩了一会儿，许呦听到有人轻笑出声。

在她身后的方向。

她猛地回头，谢辞靠在扶栏上，懒洋洋地双手抱在胸前，不知道跟了她多久。

他眉毛微抬，偏暗的环境里，看不清表情。

这么毫无预兆地和谢辞面对面，许呦一时半会儿不知道做何反应，脑子里一片混乱。

他昨天说完那句话，她就直接掐断了电话。

现在，这也……太尴尬了……

谢辞刚有起身的动作，许呦大叫一声："等等，你别过来。"

吼完之后，她意识到自己反应过激，又结结巴巴解释："就、就是，我要先一个人滑，我不太会，你别撞到我……"

谢辞扬起一点唇角，他偏不，两三步就滑到她眼前。

双手死死握着栏杆，许呦不自觉眼睛睁圆，心里有种想把鞋脱了逃跑的冲动。

"别慌啊，谢老师免费教你滑冰。"他偏头似乎在思考，打量着面前的她。

许呦穿着白色的过膝裙，头发软软地披下来，因为着急，眼里有亮亮的水光。

两人站得很近，许呦莫名心跳一阵慌乱，后退一步。

谢辞感觉到她退缩的动作，不由分说揽过她，仗着力气大，直接把许呦半拖半拽带离休息区。

"你放开我，放开我，神经病！"许呦弓着腰挣扎，又怕滑倒，不敢使太大劲，她像个小孩一样耍赖，"不行不行！我怕！我怕！谢辞，我怕呀！"

她被动地被人拖着走，背上汗都急出来了。

离开了栏杆，谢辞成为许呦唯一能支撑身体的东西。她不得不轻轻抓住他，低垂着头，耳朵都快烧起来了。

谢辞俯身，凑近她耳边："你抓我小点力气啊，昨天胳膊那儿还疼呢。"

这一句低语，故意撩拨人心。

许呦信以为真，慌张抬头，"啊"了一声："真的还痛吗？"

不远处有人对着这边吹口哨，明显发现了他们这落单的一对。

谢辞指尖悄悄捻起一缕她细软带香的发。他黑色的碎发落在眼前，黑漆漆的瞳仁探索着她的眼睛："很痛啊，怎么办？"

不停闪烁的光线下，他听到许呦冷静且坚定的声音："敷药。"

安静片刻，他低垂下眼，用一种吊儿郎当的声音说："许同学，你别破坏气氛行吗？"

许呦身体轻微颤抖。她抬起胳膊，出其不意一使力，推开谢辞，歪歪斜斜往前面滑去。

没滑几步，全场灯光忽然暗下来，音乐静止。场上的人群爆发出兴奋的尖叫。

她感觉自己从背后被人伸手抓住。

许呦走神片刻，刚想挣扎，听到一道低哑的声音："喂，你身上有股奶味。"

只有几秒钟的时间，周围的空气仿佛凝滞。

溜冰场上男男女女拥挤成堆，有嬉笑声，有尖叫声，众人兴奋得一起高声倒数。

曾麒麟手撑着扶栏，目光掠过不远处的两个人，随口问旁边的人："阿辞什么情况？"

一个男生说："你自己弟弟你不清楚吗？"

"咻，我哪有时间管这，他就是一天到晚闲得慌。"

"不过阿辞比你厉害，挺招小姑娘喜欢。"

"长得好嘛，和他爸一样。"曾麒麟转头望向前方，突然挑眉，"哟呵"一声，"他们那儿吵架呢？"

谢辞坐在地上，痛得蹙起眉揉自己肩膀。

许呦刚刚也不知道哪来的那么大力气，被谢辞死缠着不放，她情急之下一侧身，对准他的胳膊一口咬下去。

在身后那人吃痛的一瞬间，她几乎使出全身力气，迅速把他推开。

冰上不比路面，平衡没那么好掌握，谢辞猝不及防，那么高的个子一下被她掀翻在地，人都有点蒙了。

"神经病！"许呦骂了一句。

"不是，我说，"谢辞低头，卷起衣袖，看那一道深深的整齐的牙印，忍不住嚷嚷，"你咬我倒是挺不留情的啊！有那么恨我吗？"

许呦瞪他一眼，壮着胆说："是你活该，你先惹我的。"

她气不过想走人，奈何人被带到场地中央，不会溜冰，迈不开步子，焦急之下，心里满是绝望。

谢辞倒是不慌不忙。他就这么大大咧咧坐在地上，单手撑在身后，自下而上仰望着她，玩味道："我哪儿惹你了？说你香不是夸你吗？"

浑蛋。

脸皮比城墙拐角都厚的浑蛋。

许呦咬紧牙不作声，蹲下身子，开始解溜冰鞋的鞋带。

谢辞还在说个没完。

反正她也不搭理他。

谢辞说了一会儿，舔唇笑，漫不经心道："哎，感觉你脸挺软啊，我刚刚近距离瞧了一下……"

"你能不能别说了？"许呦受不了，真想爆发一次，把鞋直接扔他脸上。

她已经脱下一只鞋，脱另一只就方便多了。

脚板心贴到冰面时，一股凉气顺着脚底一直蹿到身上，冻得许呦瞬间打了个冷战。她穿着印着小兔子的短棉袜，忍不住在原地跺跺脚，四处张望找换鞋子的地方。

"您这是干吗呢？太不雅了吧。"谢辞盯着她的袜子看了一会儿，懒洋洋地从地上起来。

本来谢辞就比她高不少，还穿了一双冰刀鞋，两个人面对面站着，高度差就像巨人和小矮子。

灯光太暗，许呦有点看不清路，大致分辨了一下方向，拎着手里的鞋子就走。

谢辞挡住她的路："脚不冷？"

许呦绕开他，低着头一副没听到的模样，依旧在冰面上走。

被人故意无视了，谢辞也不气，哼笑一声，从后面追上去。

他伸长胳膊，微微弯腰，轻轻松松把许呦打横抱到半空中。

许呦忽然整个人腾空，反射性抓住他。反应过来时，谢辞一张脸近在咫尺，呼吸可闻。

提在手里的两只鞋应声而落。

她被人大庭广众之下横抱起来，一点心理准备都没有，第一反应是震惊，然后整个人都羞愤不已。

"你、你快点放开我！"许呦双腿在空中乱蹬，不停扑腾，用手去掐谢辞的胳膊。

她个子小，人也轻，这点动静就像在挠痒痒。

"这里不能走路，你不是最遵守规则吗，许同学？"

他的手臂穿过她的腿弯，另一只手搭在她的腰际。这种姿势就像许呦整个人窝在他怀里一样。

白色的裙角垂在他手臂边，随风晃荡。

他们闹出的这点动静，有些眼尖的人早已发现。

谢辞抱着一个女生，慢悠悠穿过大半个溜冰场。

一路过去都是口哨声和哄笑声。

这次虽然是九班和四班的班级联谊，但其他班的人也来了一些。来的人基本都认识谢辞。

毕竟都是高中生，正是青春躁动的年纪，看到这一幕，大家相视一笑，便你懂我懂。

人群里有人偷偷摸出手机在拍。

一个人问："这不是你们九班那个大帅哥吗？"

"是啊，"九班一同学直摇头感叹，"还以为他从来不跟班上女生……"

"这女生是你们班上的？"

"对啊，才转来没多久。"

休息区。

付雪梨坐在许星纯身边喝果汁，有一搭没一搭地和他聊天，忽然余光瞥到这一幕，惊得她立刻就站了起来，三步并作两步跑上前，睁圆了眼睛："你们两个在演偶像剧？"

谢辞已经滑到边缘地区，低着头不知道在许呦耳边说什么，唇边勾着一抹笑。

许呦的脸早就红得像熟透了，多半是被气得。

看到熟人，许呦"啊"了一声，恨不得把脸埋到地底下去。

"已经到了安全区，你快点放我下来。"她不敢直视付雪梨，低着头着急地不停小声催促着。

谢辞一副坦荡荡的样子，不紧不慢地对付雪梨说："帮她把鞋拿来。"

付雪梨看他自然指使自己的模样，噎了口气："我为什么听你的？"

话是这么说，但是看在许呦的分儿上，还是老实地听了指挥。

许呦双脚终于落地，蹲在地上穿好鞋子，抬起头时发现谢辞已经走了。

付雪梨在一旁看她："他被别人喊去有事。"

顿了两秒，付雪梨忍不住把许呦拉到一边，目光落在她白皙透红的脸颊上，低声询问："你跟谢辞……"

话没说完，许呦的头已经摇得像拨浪鼓："我们俩没什么关系。"

她这么说，付雪梨也不好再问什么。

溜冰场旁边连着其他游乐设施和餐厅，标准一条龙服务。本来这次就是临时的班级聚会，大家懒得再去订位置，就决定直接在这儿吃晚饭。反正也是免费的。

这种聚餐无非就是吃吃喝喝、玩玩乐乐。

许呦折腾了一天，精神疲累，不想继续。她去上了个厕所，出来把东西收拾好，准备和付雪梨打个招呼就走。

只是找了半天都找不到人。

正踮脚四处张望着，后面有个人拍了拍她的肩膀，许呦回头，是一个不认识的女生。

对方笑嘻嘻地指着前面偏右一点的方向："喏，你朋友在那儿。"

许呦顺着她指的方向看。

那是大厅门口的一圈小沙发，一群男生在坐着聊天。

谢辞也在里面。他穿着短袖，懒洋洋地架着腿，支着头和身边的人讲话。

许呦收回视线，往另一个方向走。

场地太过热闹，到哪儿都能听见震耳欲聋的音乐声。人群也是一拨一拨的，聚在一起聊天欢笑，许呦实在是找不到付雪梨。

她怕到学校的时候太晚，于是摸出手机给付雪梨发消息，告诉对方自己先走了。

许呦从大厅出来就不知道怎么走了，好不容易找到电梯口下去，不小心又到了地下停车场。

她本想着应该也不远，这么顺着路走出去就行了，谁知道地下停车场那么大，像个迷宫一样。

许呦努力看标志，b1、b2、c1……

停车场的灯亮得惨白，就像鬼片里事故常发生的经典场地。四周空荡荡的，似乎一个人也没有，只有自己的脚步声。

许呦有点怕了，不敢再乱转，正好包里的手机嗡嗡振起来。

是付雪梨。

许呦立马接通。

那边声音很嘈杂，付雪梨"喂"了一声，声音断断续续传来："呦呦，你到哪儿了？怎么自己先走了？我送你啊，你又不知道路。"

"我好像有点迷路了……"

"你在哪儿？我去接你。"

许呦四处张望，实在找不到什么比较显眼的标志，只能气馁道："在地下停车场，c——"

话未说完，电话就断了。

许呦把手机从耳边拿下来看，信号强度太弱，显示不在服务区。

她又往前走了几步，低头捣鼓着手机，突然闻到一点点烟味，隐约听到声音。

许呦第一反应就是有人。她抬头四处看，不远处一个角落有两个男人，其中一个人一头黄毛。

几乎在她看到的同时，他们也发现了她。

许呦心里一紧，捏着手机，想装作没看到，低着头往旁边走。

没走出两步，后面就传来两声流里流气的口哨，那两人跟了上来。其中一人对另一个使了个眼色，快步上前挡住许呦去路："妹妹，别走啊，一起玩玩怎么样？"

挡住路的就是那个黄毛男人，一张猥琐的脸，笑容别有深意，露出满口黄牙。

许呦的后背瞬间爬满了汗，脑子一片空白，捏紧手机不知道怎么办。

后面的人也紧跟过来，一双粗糙的手直接摸上她的腰，浑浊的气息扑在耳边。

许呦吓得大叫起来，不停挣扎。她腿软，没跑出几步，一下蹲到地上抱住膝盖，眼眶忍不住红了。

那两人咧开嘴笑了，摸着下巴，色眯眯地打量着面前的女生。

"哎哟，别哭啊。"他们一步步逼近。

"这等会儿有人来怎么办？"黄毛和身边的人商量。

"把她拖到前面，有个小仓库，那里没人。"

两个人商量完就猴急地上前，用很大的力气拽许呦胳膊，扯她衣服。

身上被几只手不停乱摸，许呦这次是真的怕了，眼泪从眼眶涌出，她双手紧紧捂住胸口："你们别碰我，我、我包里有钱……"

"要你钱，也要你人。"

"这个女的皮肤真好……"

"别废话了，先拖走。"

黄毛两只手从许呦腋下穿过，硬生生把她在水泥地上拖行。

许呦双腿乱踢，呜呜哭出声，内心是从未有过的绝望。

那副梨花带雨的样子更能勾起男人的邪念。其中一个人心痒痒，忍不住伸手，顺着她光滑的脖颈一直摸到脸，反复摩挲。挣扎中，许呦裙子的领口被扯到肩膀下，她只感觉很恶心、无比恶心，伸出手胡乱地挥扇眼前那张令人作呕的大脸，大声哭喊尖叫："放开我！！！呜呜呜，你们放开我！！放开我！！好恶心……"

被扇巴掌的男人先是蒙了一下，随即反应过来，感觉失了面子，高扬起手反扇回去，口里骂骂咧咧："给脸不要脸！"

啪的一声，许呦感觉脑袋一阵嗡鸣。

她哭得快断了气，整个人晕晕的，感觉世界都在转，耳边突然响起来一声怒不可遏的吼叫。

随即许呦感到身上的力量骤然减轻。

那两个男人感觉不对劲，停止手上的动作，同时抬头看去。

黄毛一转头，只看到一个人飞快地往这边冲过来，还没来得及反应，来人抬起腿一脚狠狠踹在他肚子上，像锤子一样重击，他猝不及防跌倒在地，捂着肚子呻吟。

许呦的手堪堪撑在地上，边抽泣边看，泪眼蒙眬，只能恍惚看到人影。

是谢辞。

另外一个男人很快反应过来，和他扭打到一起。

那个男人很快落败，被谢辞按在地上狠狠地往脸上挥拳。

他就像一头狂怒暴躁的小狮子，被人完全激怒了，疯狂起来让人害怕。

没多久，两个男人被他打得满地呻吟，抱着头不停求饶，口里喊着："别打了，别打了，别打了。"

"啊！"

一阵鬼哭狼嚎。

许呦劫后余生，呼吸都不均匀，眼泪止不住地流。看到面前的场景，她人都吓傻了，连滚带爬地过去，口里哭喊着，只会不停地叫："谢辞、谢辞、谢辞……"

谢辞听到许呦的哭声，手上的动作顿了顿。他转头看，许呦跪坐在不远处的地上，散乱的黑发铺在雪白的肩膀上，小小的脸上泪痕斑驳，不停喊他的名字。

她抽噎得上气不接下气。

谢辞忍了一下，走过去，深呼吸几下，找回理智，然后蹲到许呦面前，喑哑着声音说不出话来。

他眼里的戾气因为刚刚的冲突还未消退。

许呦恍恍惚惚，精神和内心已经处于崩溃的边缘。她惊魂未定，一下子扑到谢辞身边，头抵着他的肩膀，哽咽道："你没事吧，谢辞，你没事吧……"

沉默两三秒，谢辞抬起手，单手按住她的后脑勺，僵着声音安慰："别怕。"

从小到大，那个天不怕地不怕、没心也没肺的大魔王，第一次体会到为一个女孩心脏发酸发涩的感觉。

等许呦情绪稍微平复了一点，谢辞带着她站起来，让她靠着。

他拿出手机，拨了一个电话。

嘟嘟几声，那边接通。

谢辞冷着声音，直接说："停车场。"

没一会儿，曾麒麟就带着一群人到了。

被打的两个男人躺在地上。

曾麒麟看到这个场景，眉梢一挑，看向自己的弟弟。

谢辞正低着头，抱着一个女生，低声在说什么。

曾麒麟走过去，问："怎么回事？"

谢辞抬头，看到是他，第一句话就是："把那两个人弄走。"

"你小子。"曾麒麟被气笑，下巴抬抬，"没事吧？"

谢辞皱着眉:"拿个外套来。"

他们兄弟俩在那儿讲话,剩下的人互相对视两眼,不知道要干什么。

谢辞把外套披到许呦身上,牵着她的手准备走。走出两步,他想起什么似的,冲着不远处打电话的人喊:"哥,给我把车钥匙。"

许呦现在整个人还是没缓过来,乖乖任人牵着。

她的手指又凉又软,被他握在手心里。

谢辞把车开出地下车库,外面天已经有点黑了,街边路灯一盏盏亮起。

他时不时从后视镜里看许呦。她低着头,看不清表情,整个人一言不发,身上披着宽大的外套,更显得她又瘦又小。

车拐了个弯,开上马路,渐渐加速。

"想去哪儿?"谢辞按下车窗,让夜风吹进来,转头问许呦。

她半天没反应。

"许呦?"他喊她名字。

谢辞单手打方向盘,把车停到路边。车熄火后,他倾身过去,手抬起许呦的下巴:"喂……"

她一抬头,眼里全是泪水,不停地掉:"我……我……"许呦说了两个字,又哽咽了,抬起手背抹不停落下的泪,"对不起……"

谢辞心一揪,使劲儿蹙着眉,从抽纸盒里连抽几张纸,胡乱塞到她手里,不知所措道:"你,啧,别哭了啊。"

"好。"许呦答应着,却依旧管不住泪水。

她垂在身侧的手紧紧握住,摇摇头,动了动唇,努力说:"你……你……把我送回学校吧,谢谢……"

她这副样子,不晓得多招人疼。

心坎疼。

谢辞暗骂了一句。

他头一次对一个哭着的女生毫无办法。

不是不耐烦的那种,就是心里压抑又很酸,人很焦躁,却不知道怎么办。

窗外夜风带着点凉意吹进来。

"哎,求你了小姑奶奶,别哭了行不行?"谢辞手撑到许呦的座椅上,头凑过去看她的表情,"带你去玩儿?"

"我想回学校。"

"你这样子怎么回学校啊?"谢辞盯着她的侧脸,稍稍抬眉,"要不我现在带你回去找——"

话音没落,许呦手里捏紧的手机响起来。

她低垂着眼睛,看了一眼来电显示。

半响,许呦吸了吸鼻子,咳嗽几声,酝酿好情绪,假装若无其事地接通。

她低低地"喂"了一声。

付雪梨声音很焦急:"呦呦,你怎么老不接电话?出什么事了吗?"

她那边背景声音很杂,很多人的讲话声混在一起。

"没事……我……"许呦说完三个字,又要哽咽。

谢辞一把拿过她的手机,放在自己耳边:"许呦跟我在一起,别操心了。"

"你们现在在哪儿?我刚刚打你电话你怎么不接?我快急死了!"付雪梨在电话里一顿噼里啪啦。

她刚刚本来想去找许呦,奈何停车场的位置她也不是很熟悉,就找了谢辞去把许呦接回来。结果许呦没人影,电话也打不通,谢辞也是好半天没回来。

没办法,她匆匆忙忙跑去停车场准备自己找,结果一出电梯门就被两个工作人员拦住。

付雪梨本来就着急,被人挡住路更加暴躁,她火气噌噌往上蹿,大声质问:"你们干吗?我找我朋友,快让开!"

两个工作人员还是不让,很礼貌地解释:"不好意思,小姐,里边工作人员在处理一点事情。"

"处理什么?我朋友还在里面啊!"

付雪梨和他们周旋着,隐约听到空旷的停车场有什么声音。她知道事情不太对劲,就在原地不停地打谢辞和许呦的电话。打了有十几分钟,许呦电话才通。

"我等会儿送她回学校。"谢辞不慌不忙地回答,眼睛往旁边瞟。

付雪梨大怒,几乎是吼出来的:"送你个头,你把许呦送回来,我自己陪她回学校。"

谢辞"啧"了一声:"车都开到半路了。"

付雪梨问他:"到底出什么事了?"

"没出事啊。"

"你当我傻?"付雪梨懒得和他废话,冷声道,"停车场怎么被人封了?里面在干什么?"

谢辞不紧不慢,随口瞎编:"哦,就我刚刚和许呦出来,碰到一群小混混发生了点冲突,他们人多,我就带着她跑了,跑了之后我气不过,打电话给我哥让他处理……"

付雪梨:"……"

"行,就这样吧。"谢辞不等她说话,直接掐断通话。

挂了电话后,车里又是一阵安静。

谢辞单手屈着，搭在车窗沿上。他手背抵着脑袋，低眼随意把玩许呦的手机。不知过了多久，他忽然问了一句："哎，你没存我号码啊？"

许呦转过头来，默默拿回自己的手机。她眼神倦怠，声音沙哑："今天谢谢你。"

顿了顿，许呦继续说："别告诉雪梨。"

"嗯。"他答应。

"也别告诉别人。"她补充。

谢辞懒洋洋地"哼"了一声，他的头微微仰着，背靠着座椅，上下打量着她。过了会儿，他翻开车里的小抽屉，从里面拿了几张现金。

"等我啊。"他交代完就打开车门下车。

许呦转头，车门嘭的一声关上，车身猛地一震，连带着她的身子也抖了一抖。

他穿过马路，浑身上下脏兮兮的，有灰。谢辞往一家二十四小时营业的超市拐，头也不回，举起手里的车钥匙。

许呦坐在车里，听见咔嗒一声，车灯亮了亮，车子落了锁。

几乎是同时，握在手里的手机一振，许呦拿起来，联系人"谢辞"发来一条短信——怕你跑了。

谢辞没去多久就折回来了，手里拿着一件T恤和两包湿纸巾。

他上车，关门，丢了一包湿纸巾到许呦怀里。

她坐在那儿，没一点动静，直到谢辞问："要我亲自给你擦？"

"我想早点儿回学校。"

"我知道。"他说。

"我要回学校。"她重复了一遍。

谢辞真是被磨得一点脾气都没了。他低头拆开一包湿纸巾，抽了一张，边擦手指上的污渍边说："现在六点半是吧，我八点钟准时把你送到学校门口，成不成？"

车内很安静，没人回话。

谢辞又试探性地说："ball ball you.（求求你。）"

许呦想了两秒这个英语是什么意思，反应过来后，"噗"的一下，满脸泪痕的她被他的无厘头逗笑。

车停在路边停车位，偶尔有散步的老人、小孩经过，往车里投来好奇的目光。

夜风穿过车厢，带着一阵凉爽。

许呦坐在那儿，泪流完了，脑子突然很安静，什么也想不到，就是一片空白。脸颊涩涩的，皮肤发紧。

许呦懒得再想什么、争什么。她默默把腿上那包薄荷绿的湿纸巾拿起来。

谢辞趴在方向盘上，视线在她身上流连了一下。直到确认她已经默许后，他才放松一笑，清清嗓子："你头转过去一下，我要换衣服了。"

许呦静静看了他一眼,把头扭向车窗。

另一侧车窗缓缓上升,外界的嘈杂声被隔绝。

他双手交叉,把上衣掀到头顶,精瘦的腰露出来,声音闷在里面:"别偷偷转过头来,占我便宜啊。"

"知道了。"她慢吞吞地回道。

这座城市到了夜晚格外热闹,霓虹灯闪着光亮,车流不息。

他们顺着拥挤的人潮,漫无目的地逛附近的夜市。

卖首饰的两元杂货店流淌出节奏感强烈的音乐。海鲜,面,路边摊上摆的烤面筋和羊肉串,许多不知名的食物香味混合在一起。

许呦穿着宽大的黑色外套,拉链拉到最上面,完全包裹住她清瘦的身子。她安静地跟在谢辞身边,小口咬着手里红豆馅的面包。

"你喜欢吃什么啊?"谢辞的黑色短发乱糟糟顶在头上,他手插在裤兜里,带着许呦自由散漫地到处乱逛。

许呦咀嚼了两下,咽下口里的食物,轻声说:"我吃这个就好了。"

"就这你能饱?"谢辞低头打量她手里的东西,狐疑地说,"我家喂的小黄都比你吃得多。"

"嗯。"她应了一声,没再说话。

他们一路走过去,走到靠近夜市的一条小河。

那里是最热闹的地方,有小孩聚集着做游戏,有卖糖人的老伯伯,也有年轻人坐在草地上聊天谈笑。

谢辞眼睛乱瞟,突然看到一个地方,他挑眉,拉过许呦的手腕往那处挤。

一个地摊,面前黑压压一群人,多半是大人带着小孩来玩的。

"老板,玩一次这个多少钱啊?"谢辞站定后,手依旧拽着许呦,仗着个高冲里面忙活的老板喊。

小摊老板是个发福的中年男人,正忙着收钱呢,头也不抬地说:"看旁边,牌子上写着呢。"

地摊上什么都有,小到旋转的音乐盒、陶瓷叮当猫,大到一米多高的棕色熊娃娃。旁边立着一块白板,上面用加粗的蓝色水性笔歪歪扭扭写着:十块钱十个圈,圈到带回家。

那边老板还在吆喝生意。

谢辞低头,自信地对身边的女生说:"喂,你看着啊,今天我就要这个老板破产。"

他臭屁地说完,也不管许呦愿不愿意,就把她强行拉过去。

"老板，来十个圈。"谢辞从口袋里摸出钱递过去。

老板看了他一眼，把圈递过来，然后低头找钱。

"老板，这圈这么小怎么圈熊啊？"谢辞把玩着细细的钢丝圈，有点纳闷。

老板找钱给他，心想：这高高瘦瘦的小伙子长得挺帅，怎么缺心眼呢？他翻个白眼，没好气地说："谁让你圈熊了？"

"那我想要啊。"谢辞理所当然地说了一句，然后又有点生气，"您说您不卖还摆这儿干吗呢？"

"嘿，你这小伙子。"老板不耐烦，冲着他们嚷嚷，指着旁边一条用粉笔画出来的白线，"看到没有？你站这里扔，扔到最里面那个矿泉水瓶子就能拿到熊，前面几个摆着的你能扔中也拿去！"

谢辞认真地估算了一下距离，又不满道："这么远？"

他还想再争，许呦忍不住伸出手扯了扯谢辞衣服下摆："你快点吧，还有人等着呢。"

终于准备就绪。

他们身边围满了人，大家兴冲冲挤在一起。

一个年轻的妈妈把小孩抱在身上，指着谢辞说："看哥哥给姐姐扔圈套东西。"

小孩子在扑腾，大吵道："我要小金鱼，我要小金鱼嘛，我也要扔。"

谢辞表情挺严肃的，站在原地还活动活动了筋骨。

周围人看他这副样子，都以为他挺厉害的，是个高手。

许呦安静地站到一边，可能被周围氛围影响了，她心底竟不自觉冒出点期待。

谢辞扔第一个之前，转头问她："喜欢什么？"

许呦看他跟个小孩似的，不由得摇摇头，说："你快点吧。"

然后他就擅自决定，站在白线处，微微弯腰，聚精会神地伸长手臂扔出第一个圈。

没中。

人群中发出一阵唏嘘声。

谢辞表情淡淡。

第二个。

又没中。

谢辞咳嗽了一声。

第三个、第四个、第五个……

谢辞一连扔了十个，连最近的都没扔中，他的表情终于僵住了。

把圈扔完之后，他两手空空，站在原地默默和许呦对视。其实说起来也挺尴尬的，横行霸道习惯了，什么时候这么丢脸过。

谢辞摸了摸鼻子，想想还是觉得不服气，又去找老板买了十个圈。

他回来的时候，许呦看他那一副跃跃欲试的样子，微不可闻地叹口气。她摇摇头，站到谢辞身边，拿过他手里的圈，低声说："我来吧。"

然后，许呦站在那儿，眼睛看着面前的小物品，静了一会儿。

她出手，一丢，套住一个小礼物盒。

又是一个圈，套住了金鱼缸。

人群中响起惊叹声。

…………

最后一个圈，许呦在手里掂量了一会儿，晚风微微吹拂，撩起她披散的黑发，纯白的裙角拍打在小腿上。

细钢圈脱了手，直直往前飞去，划出一道完美的抛物线，咚的一声，稳稳套住最里面的矿泉水瓶。

周围人群爆发出喝彩声，掌声响起来。

这才是真的高手在民间啊！

谢辞完全惊呆了，愣愣地看着面前发生的一切。

面色不太好的老板把大熊取出来，递到许呦怀里。

许呦单手抱过，低声道谢，然后商量说："其他东西我不要了，小金鱼能给我吗？"

老板当然没意见。

许呦点点头，走上前去蹲下身子，把小金鱼拿起来。

她抬头，四处找了找，看到那个年轻的妈妈，于是走过去，把手里的东西递给那个小朋友："喏，小金鱼。"

逛完夜市，已经快八点了。

他们沿着原路返回。许呦在前面抱着熊，默默走路，谢辞手插兜，在后面慢悠悠跟着。

到了马路边，天色昏暗，路灯把她影子拖长。

"真人不露相啊！"谢辞忽然就笑了，加紧两步追上她，"没看出来啊，许呦。"

许呦"嗯"了一声，她说："因为你太蠢了。"

谢辞"啐"了一声，又继续听她说："那种圈，重心分布不均匀，前头比较重，加上有风，你不能对着东西扔，要稍微往旁边移个角度，还要考虑抛出去的高度。"

她心平气和地看着他："你平时在学校里不好好学习，所以什么也不知道。"

她破天荒对他说了很多话。

谢辞眼睛盯着许呦，连连点头："对对对，学霸就是学霸，佩服佩服。"

087

他又是一副嬉皮笑脸不正经的样子，许呦懒得理，移开眼睛往前走。

谢辞哼笑一声，懒洋洋地继续跟在她后面。

走了几步远，许呦突然停下来。

谢辞脚步也停住，他刚想开口问怎么了，就看她折回来。

她把臂弯里一直抱着的大熊递给谢辞，微微抬起头看他，认真地说："这个送你的。"

身边是来来往往的人流。

许呦仰着脸，乌黑干净的眼睛静静和他对视。

深深浅浅的光影掠过她身上。

谢辞呼吸一顿，想他从小到大，什么大风大浪没见过，居然第一次在女生面前脸红了。

晚上八点，车子稳稳停在临市一中门口。

谢辞从后视镜里看了一眼许呦。

柔和的鹅黄光线下，她闭着眼，半垂着头歪在靠椅上，面容困倦。

似乎是睡着了。

他把车子熄了火，引擎的杂音没了，安静得只能听到她细细的呼吸声。

谢辞指尖无意识地敲打方向盘。他偏头，不动声色地打量她。

一张苍白小巧的脸。随意披着的黑色外套，对她这样瘦削单薄的身子来说还是太大了，露出锁骨窝，一片雪白。

夜晚安静得厉害。

他觉得渴，慢慢地，身子靠过去，没发出一点声音。

一点一点，离她越来越近。

许呦的呼吸声很微弱，胸口缓慢起伏着。

谢辞总喜欢闻她身上的味道，享受一呼一吸都被她身上柔和清凉的香味萦绕的感觉。

想知道这是什么味。

他感到一股燥热，整个人被一种不知名的愉悦感所包围，从胃里蹿腾而上，直达脊髓的饥饿感。

很饿。

突然惊醒过来，许呦打了个战。她睁开眼，反应了一会儿，不知身在何处。

驾驶位上的人不见踪影，车子也熄了火。

许呦揉揉眼睛，支起身，解开安全带下车。

她一抬头，看到谢辞背对着她，靠坐在车子引擎盖上抬头望着夜空。

他知道她下车了，却没有回头。

许呦把车门关上，对他的背影说了一句："谢辞，我走了。"

遥远的天边，星光暗淡，她的背影渐渐隐没在黑暗之中。

谢辞收回目光。

白色的雾被夜风吹淡。

晚上吃完饭，李杰毅喊了一群人聚会。

谢辞过去的时候，已经快十点钟。

房间里隐隐有吆喝声传出来，他推开门进去，听到宋一帆的哀号："怎么又是我开啊？"

一局刚刚结束，李杰毅一抬头看到谢辞过来，"哟"了一声，玩味道："阿辞好少女心啊，还抱着娃娃呢！"

宋一帆应声回头，瞪大了眼睛："谢辞，你哪来的熊啊？"

"哎呀，好可爱啊！"陈晶倚兴冲冲跑到他身边，弯下腰，手摸了摸大棕熊的耳朵。

她玩得爱不释手，抬头弯着眼，语气有点撒娇的意味："阿辞，你给我好不好吗？"

谢辞没回答，把熊扯出她手握的范围，淡淡地朝宋一帆说："起来，给我玩。"

"成成成，您来。"宋一帆说着，让开了位置。

谢辞坐下来，把熊放自己腿上横坐着，开始玩游戏。

一起玩的有一个四班的女生，和陈晶倚关系不错。不知道女生是不是天生对玩偶有种喜爱之情，她坐谢辞对面，手撑着下巴，笑盈盈地说："谢辞，你这个熊哪儿买的？好可爱啊！"

"不是买的。"

"啊？"

谢辞眼睛垂下去，看着手机，漫不经心地说："我女神送的。"

陈晶倚停了手中动作，微微愣怔。

李杰毅反应倒是快，抓住重点："你还有女神？"

宋一帆搬了个板凳坐在他们旁边嗑瓜子，狐疑地瞟了谢辞一眼。

谢辞："关你们什么事儿？"

"嗬，看你这说的。"

李杰毅正打算点外卖，手机界面刚巧被谢辞看到，就听到谢辞说："别在这儿吃东西。"

李杰毅动作一顿，眼睛斜过去："合着我现在吃夜宵也碍着您事了？"

谢辞："把我的熊熏臭了。"

此话一出，现场的人集体沉默。
李杰毅差点喷了："为了这个破熊，你已经幼稚出天际了谢辞！"

上学的日子平平淡淡地过，一转眼就到了11月中旬。
上午第二节课下课，大课间跑操前，班主任拿着一沓纸进教室："回位子上，我快点说完，你们就能集合去跑操了。"
许呦就坐在第一排，她停了手中的笔，合上书本看向讲台。
许慧如把那沓纸大致分了几份，丢到每组第一排学生的桌上，让他们一张张发。
许呦拿起桌上的纸，低头看了一眼。
分班意愿表。
她站起来，拿着这沓纸一张张发。
许慧如站在讲台上说："你们把这张表带回家，和父母商量一下读文还是读理，过段时间交，班长收齐放我办公室。还有啊，我之前跟你们说了，从今天开始，我们就要开始上晚自习了，上到八点，有特殊情况的单独来找我请假。"
一段话让教室里哀号一片。
许呦表格发到二组后面时，不知是谁喊了句什么，闲闲散散聚在一起的那群男生突然大声起哄，暧昧地笑起来。
她不明所以，抬头看去，视线刚好和一个人撞上。
谢辞脸上也是淡淡的笑意，嘴里嚼着口香糖，单手搁在桌上转着笔，靠在椅背上仰头看她。
他不知道什么时候剪了头发，两边的头发剃得很短，黑色碎发垂在额前。
许呦微不可察地朝他点点头，算是打招呼了，就收回目光，继续低头发东西。
发到后面，手里的表格没了，还剩下两排。
"等等，我没有啊。"谢辞故意喊住她，脸上是插科打诨的笑。
许呦点了点头，对他说："你们去讲台上找老师要吧。"
说完她就转身走了。
徐晓成嗤笑一声，凑过来损了谢辞一句："我怎么感觉人家对你挺冷淡的啊！"
"不应该啊，我的辞。"徐晓成贱兮兮地笑着又补充了一句。
他们这群玩在一起的，都知道谢辞好像对班上刚来的学霸转学生挺有兴趣。就是过了这么久，人家好像还是对他爱理不理的。
被戳心窝子了，谢辞抬眼，懒得回话，直接踹了他一脚。
"喂喂喂，你别恼羞成怒啊！"徐晓成拍拍裤子，靠过去搂住谢辞脖子，"要不要哥们儿传授你几招？"
谢辞把他胳膊从脖子上拿下来，使劲一扭，没好气道："滚一边玩去，别烦你辞哥。"

两人互相打闹着,后面突然传来宋一帆的声音:"阿辞现在老是很暴躁,我猜应该是因为没得到女神的怜爱。"

谢辞丢了本书到他脸上,骂了一句:"傻狗,你也一起滚!"

大课间的跑操,高二年级是围着教学楼跑三圈。年级各个班先列好队,然后音乐响起来,跟着音乐里的口号跑。

高二九班每次都是被年级主任逮着批评的对象。

队伍拖拖拉拉不整齐,男生还喜欢嬉皮笑脸,互相打闹。

这次也一样,刚跑完一圈,年级主任叉着腰站在二楼,拿着话筒大喊:"九班的那群人,你们给我好好跑,跑不好再多跑一圈啊!"

许呦抹了一把额头上的汗。她从小体育就不好,跑步什么的都不是长项,每次跑操跑两圈都够她受的了,还要多加一圈。

许呦微微喘着气,看到鞋带散了,她稍微放慢步子,准备出队伍系鞋带,身边就赶超一群男生,把她硬生生和女生队伍分离。

许呦呆了呆,仰头看那些挡在她前面高高大大的男生。

"干什么?"她出声。

"受人所托。"前面男生边跑边嘿嘿笑,没回头。

男生有三列,许呦现在的位置就是被包在第一列和第二列中间。她无语,准备横穿出队列,突然伸出一只胳膊把她拉住。

"你在我跟前跑什么?吸引我注意力吗?"谢辞欠欠的声音响起来。

许呦算是被他拖着跑,想挣挣不开,她有点气,皱着脸拍他手臂:"你别拉着我,放开!"

谢辞"啧"了一声,淡定地瞟她一眼,很"清高"地说:"你别老对我动手动脚的啊。"

周围的人眼观鼻,鼻观口,口观心,并不敢围观。

许呦伸手掐他,拧起一块肉:"你放不放开?不放我就要生气了。"

她现在不怕谢辞了,就是有时候有点烦他,死皮赖脸的。

谢辞低眸看她,小声说:"最近脾气见长啊你。"

跑完操,全体原地解散。

许呦从兜里掏出校园卡,去食堂买了一瓶水出来。她拧开瓶盖往教室方向走,刚喝两口水,身边就有人跟了上来。

谢辞把外套甩在肩上,笑容有点野:"这么巧。"

身边是涌动的人潮,密密麻麻的学生汇集在一起。

两人的距离被挤得近了一些。

好像自从那天出去玩开始，他们关系变得稍微好了一点，虽然平时在班上许呦也不怎么和他讲话。不过两个人不太像朋友，反正也说不清楚。

许呦看了他一眼："你一天到晚怎么这么闲？"

"不是睡觉就是玩。"她又说。

谢辞想了想，微偏过头，心情很不错地回："看不出来你还挺关注我的啊。"

明知道他就是轻浮，爱逗她玩，许呦还是忍不住在心里叹气。

他们默默走着，一高一矮。

谢辞突然抢过她手里拎着的水瓶，拧开盖子仰头喝了一口水。

许呦没理他，一个人默默走。

"你送我的熊，我天天抱床上睡觉呢。"他舌尖舔去唇边的水渍，假装漫不经心地说。

"嗯。"她听了有点想笑，觉得谢辞跟个小孩似的。

就是有时候喜欢耍无赖，暴戾又天真的性格，有点矛盾。

发现他站得太近了，许呦不着痕迹往旁边挪一步："不脏吗？都是灰。"

谢辞马上说："我洗了。"

话题就这么结束了，两人又默默无语。

憋了很久，快走到楼梯口时，谢辞把许呦拉到一个人很少的角落，光线有些暗。

许呦校服外套都要被他扯掉了。她蹙眉，低头把衣服扯正，不耐烦地说："你又发什么疯啊？"

"不是，我就是想问你一个问题。"谢辞语气里没了吊儿郎当的意味，他眼睛漆黑，透着点认真，"你觉得咱俩以后有可能吗？"

许呦就站在他面前，非常安静，似乎没听懂他说什么。

谢辞伸手，把她下巴抬起来。他低下头看她的眼睛："嗯？"

许呦拧起眉毛，摆摆头想甩开他的手。

谢辞一手扳过她的肩，手指紧紧捏着下巴那块的皮肤，眼神漆黑幽暗。

许呦拍打他："谢辞，你放手，弄疼我了啊。"

这个角落不算太隐蔽，偶尔有两三个学生经过。

他松开对她的钳制，许呦立刻低头看表。

还有五分钟上下一节课。

她退后一步，看向谢辞，很认真地说："我们年纪还小，不要天天想这种事情。"说完就移开视线，打算走。

谢辞反应迅速，错开一步，扯住她的手臂，眉头蹙起："唉，我现在真挺烦的，你别那么古板行不行？"

许呦停住脚步，略微想了想，半晌，她点点头："再说吧。"

谢辞被她敷衍的态度弄得心烦气躁。他深吸一口气："你就跟我装。"

许呦一动不动，也没回话，像是在发呆。

"我又不是让你现在当我女朋友，有这么难回答？"

她依旧沉默。

两人原地僵持着，彼此相顾无言，上课铃在校园里响起。

"算了。"他忽然发脾气，丢下这一句就走了，留给她一个远去的背影。

许呦原地站了一会儿才回教室。

进教室的时候，老师在讲台上讲课，许呦站在门口，举起手喊了声"报告"。

老师皱着眉，看到是她，没过多为难，点点头就让许呦回座位了。

"你干什么去了？"郑晓琳凑过来，压低声音，欲言又止，"我刚刚看你和谢辞走在一起，还以为你……"

许呦低头把书拿出来，打开文具盒，用食指堵住唇："嘘，下课了再说。"

老师在黑板上写板书，学生在底下抄笔记，本来安静的教室里突然砰的一声巨响。

教室后门被人直接用脚踹开，门板撞到墙上又被弹回来，吱呀吱呀地晃了几个来回。

班上同学往后看，老师也停下手里的粉笔。

谢辞冷着一张脸，径直走到座位上，从抽屉里拿出自己的手机。

"谢辞，你干什么！"老师反应过来之后，大声骂了一句，把黑板拍得震天响。

谢辞十分没素质，甚至眼神都没给一个，拿了手机就往外走，完全无视身后暴跳如雷的老师。

全班鸦雀无声，大气都不敢出。

徐晓成给宋一帆使了个眼神，歪歪头。两人趁其他人不注意，猫着腰偷偷从后门溜出去。

他俩从教室出来，走了几步下楼梯就给谢辞打电话。

连续打了好几个都被掐了，宋一帆锲而不舍接着拨，电话终于接通。

"阿辞，你又怎么了？谁惹你了？

"什么？！那你现在去哪儿了？

"付一瞬？他活腻了吧？"

徐晓成和他对视一眼，把手机抢过来，自己说："我和黑皮出来了，你在哪儿？我们去找你。"

教室里。

郑晓琳心有余悸地拍拍胸口，感叹道："我的天啊！谢辞是怎么了？好久没看他发这么大火了……"

上次看到谢辞生气，还是外班有人来找碴儿。

谢辞虽然不爱学习，但是人还算比较低调，除了偶尔翘课、迟到或者睡觉，也没做过特别过火的事情。

郑晓琳问："呦呦，你知道发生了什么吗？"

许呦埋头抄笔记，轻声回："我不知道呀。"

"实在是太恐怖了……"郑晓琳转开眼，也开始抄笔记，嘴里念念有词，也不知道在嘀咕什么。

这节课下课，许呦和许星纯被班主任喊到办公室。

许慧如手里拿着成绩单，正在看他们10月月考的成绩。

"是这样，"许慧如把他们带到走廊，咳了两声，开门见山地说，"你们两个是我们班比较优秀的学生，当然也是年级里很优秀的学生。今天文理分班表发下来了，我就是想问一问你们的意见。"

许星纯先开口，他点点头，直接说："读理。"

许慧如点头表示知道了，又问："按你的成绩，以后肯定是要去火箭班的，你有什么想法吗？"

这一次，许星纯没有很快回答，站在原地沉默着。

许慧如对他说："学校是指望你考市状元的，火箭班和普通班比，各方面条件都要好一点。"

许呦静静听他们讲，眼睛低垂下去，看着地上一块被阳光投射出的阴影。

讲了一会儿，许慧如让许星纯先回教室，单独留下许呦。

她先是表扬了几句："我看得出来你的基础很扎实，能静下心学习，这次月考也是年级前几名。"

许呦不知道说什么，就点点头。

"听你小姨讲，你之前是搞物理竞赛的？"许慧如又低头看了看许呦的成绩单，物理那一栏上，分数赫然写着109，接近满分。

许呦点点头。

许慧如又问："你是什么时候开始搞这个的？"

许呦声音细细小小的，回答："初二。"

"每年都考吗？"

"今年我没报名。"

"我们学校是没开竞赛班的，你知道吧？"

"知道。"

"嗯，"老师对成绩好的学生，总是有很多好感，许慧如脸上有点笑意，拍了

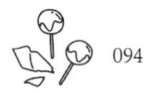

拍她的肩,"你以后应该也是要读理的吧?"

许呦点头。

许慧如看着她,有些感叹地说:"好好学,争取考 Q 大、B 大。"

"对了,"走之前,许慧如叫住她,递给许呦一张表格,交代道,"把这个填好,下午去交到教务处。"

中午回寝室,大家都在讨论文理分科的事情。

许呦的感冒拖拖拉拉,一直没好透。她咳嗽两声,坐到椅子上,拉开抽屉,拿出手机给父母打电话。

响了几声那边才接通。

"妈。"许呦低声叫。

陈秀云"欸"了两声,问:"阿拆啊,怎么了?在新学校过得好吗?"

"挺好的。"许呦低眼,无意识玩手指,"今天老师问我们要读文科还是理科。"

"当然读理科呀!读文科有什么前途。"许爸爸接过电话,在那头说,"对了,我们在学校外面给你租了个房子,下个星期你妈去照顾你,别住宿了。"

许呦"啊"了一声,愣了一会儿:"那妈妈……"

"你现在安心学习,什么都别管,快高三了,还是学习重要。"

"外面租的房子,离学校远吗?贵不贵?"

"不是太远,这些你都先别管。"

许呦不言不语,静静听。

许爸爸不停念叨:"你小姨跟我说了,她和你们班主任谈过几次,你现在在学校成绩很不错。要不是我工程调到这边,你物理竞赛……唉……"

"没事的,爸爸。"许呦转了话题,"我们今天开始要上晚自习了。"

"是吗?你晚上在学校食堂吃得好吗?"

许呦"嗯"了一声。

陈秀云接过手机:"这边房子准备几天,你这个周末就别去你小姨家了,以后和妈妈住,我每天做饭给你吃,你在学校听话一点,过几天我就去你寝室帮你收拾东西。"

许呦答应:"妈,我听话的。"

那边又说了几句,许呦把电话挂了。

廖月敏一手托着腮,她刚刚断断续续听到几句许呦和父母的通话内容。

"你要搬出去住啦,呦呦?"她问。

许呦点点头。

廖月敏遗憾地叹口气:"唉,宿舍要少一名学霸了,以后也不能问你问题了,好伤心。"

许呦轻轻一笑，她说："没关系的，你想找我，可以去我们班。"

"那你肯定读理了？"没等许呦回答，廖月敏又肯定道，"你理科成绩那么好，怎么会去读文科。"

许呦低头，把玩手里的手机。

她翻开通信录，一眼就看到"谢辞"。想到早上他对她说的话，许呦稍微有点走神，手指下意识点开信箱。

他发的十几条短信全在里面。许呦撑着额头，一条条点开看。

寝室里很安静，陈小抱着手机，突然发出一声惊呼："天！"

许呦离她最近，侧头问："怎么了？"

陈小有点结巴，她瞪大眼睛把手机递过去："天啊，你看你看，学校贴吧，谢辞出事了，他、他居然……"

听到陈小惊呼，寝室里另外两个人也纷纷围上来。

"怎么了，怎么了？"

陈小半掩着嘴，转过头，指了指手机对舍友说："贴吧有人发帖子，说……高一一个学妹出事了，好像是跟谢辞有关，已经被告到学校了……"

帖子大致阐述了一下事发时间和经过，许呦翻看着，眉头却越皱越紧。

陈小和廖月敏你一言我一语地分析起情况。

"当时天那么黑，那个学妹怎么知道是谢辞啊？"

"不是说了嘛，学妹被人救了以后，虽然那个人跑了，但是别人在地上发现谢辞的校牌了。"

"那也不对啊，当时运动会谢辞压根儿不在学校啊，他们班和四班一起出去玩了。"

"你看帖子上，有四班的人说谢辞下午五六点就不见了，不知道跑哪儿去了，这不是正好对上了吗？"

"那个学妹几点钟出事的？"

"就是谢辞不在的时候，好像晚上六点多钟，那个学妹出去买奶茶，回来的路上……"

"出什么事了吗？还是说……"

"出事倒是没出事，被路过的人救了，可是你想这种事情性质多恶劣啊！！学校要把他开除了都是小问题，说不定闹大了……"陈小表情夸张，剩下的话却没有继续说。

运动会晚上，五六点，遗落的校牌。

没有不在场的证人，时间又刚好对得上，还有貌似确凿的证据。

许呦把陈小的手机放下，安静地坐了一会儿。

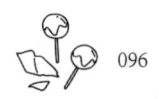

她不知道想到了什么,脸色苍白,额角冒汗,手紧紧捏在一起。

下午上课,班上的同学果然都在讨论这件事。

谢辞的座位空着,宋一帆也不见人影。

教务处在高二教学楼旁边的一栋楼。许呦手里拿着班主任早上给的表格,把它交到了教务处。

安静的长廊上,只有一束束光柱投射到瓷砖地上。

交完表格,许呦低头走出教务处。

走过一个转角,路经一扇门,她渐渐停下脚步。

校长办公室。

里面有激烈的争吵声音传来,隐约夹杂着间断的啜泣声。

"谢辞!你给我说清楚,这怎么回事?!"一个中年男人中气十足的咆哮声响起,听得出来情绪很愤怒。

一个女人很焦急,不停催促道:"这是闹着玩的吗?!你这孩子别不吭声,倒是说话啊!"

有人低声劝解。

另一个稍显尖锐的女声拔高:"你说不是你,又说不出那天晚上到底干什么去了!还不承认?!我女儿出了这种事情,你还不说,我现在就打110!"

许呦脚退了半步,手搭在门把上。

里面突然有人爆发,不知道是砸了或者碰倒什么东西,一阵兵荒马乱。

谢辞的声音传出来,冷漠里带着漫不经心:"我说了我没干这种破事,退学就退学,随你们报警。"

到这种时候他还在死犟,不肯松口。

一记响亮的巴掌,啪的一声脆响,那力道大得听着声音就惊人。

中年男人沉着声音说:"你今天不跟老子在这儿说清楚,你那天晚上五六点钟去干什么了,过会儿就等着警察来问你!!"

"你倒是说啊!谢辞,你要把我急死吗?!"

不停有人在焦急地催促,谢辞还是安静,始终缄默,也不去解释什么。

许呦心里有种说不出的感受,肩膀无力地靠着墙,脑子里思绪纷乱复杂。

"别告诉雪梨。"

"嗯。"

"也别告诉别人。"

清爽的晚风吹进车厢,温柔橘黄的晚霞,拥挤的人潮……他头仰靠在椅背上,懒洋洋地答应她:"好。"

阳光照在裸露的皮肤上,却让人感受不到丝毫暖意。

许呦深吸一口气，拖着步子，藏到角落的阴影下。

她顺着墙壁缓缓蹲下，抱住自己膝盖，眼睛愣愣地直视前方。

吵闹不休不止。

门突然打开，有人从里面冲出来。

谢辞眼神冷淡，不管不顾往前走，丝毫不理会身后乱成一团的所有人：女孩的父母、学校领导、班主任、他的父母……

眨眼间，谢辞的身影就消失不见。

许呦回过神，反应片刻，她站起身，从楼梯一路跑下去。

追到楼下时，他已经走出很远，快到校门口。

"谢辞！"许呦不知道从哪儿来的力气，站在原地吼出他名字。

他没听见，仍旧头也不回地走。

许呦提气，拔足狂奔，一口气追到他身后。

她跑得上气不接下气，微微弯腰喘气："谢、谢辞……"许呦用了很大的力气，攥住他手腕。

谢辞听到动静，回头。

他的眼神先是停在许呦因为剧烈奔跑而变得通红的脸颊上，随即往下移，她细白的手指紧紧抓住他的手腕，生怕他跑了似的。

第二节课的铃声早就打响，宽阔的校园里学生很少，不远处保安室的门卫探出头，狐疑地冲这边看。

许呦大口呼吸，心快跳到嗓子眼，说不出话来，只知道把谢辞往后拽。

他皱眉，只是轻轻抽了一下手，当然没抽出来。

"你、你跟我回去……我和你一起把话说清楚。"许呦眼睛有点发红，死死咬着唇，有点不知如何是好。

谢辞看着她，闷了半响。

"说什么？没什么好说的。"他低声道，"我爸妈又不管我，反正——"

"你别害怕。"许呦低着头看地面，轻声打断他，说，"别怕，谢辞。"

重新回到那间办公室，里面所有人的目光瞬间被许呦吸引。

谢天云正坐在沙发上联系什么人，一抬头看到自己儿子被一个小女孩牵着进门。

看到谢辞，女生的家长又激动起来。女生妈妈噌的一下站起来，激动地指着他们说："你还敢回来！"

谢辞刚想发作，感觉手被人轻轻一捏，他所有话都堵在喉间。

许呦悄悄吐口气，不着痕迹地挡在谢辞面前，小小的个子，腰板挺得笔直："阿姨，你好，我叫许呦，是高二九班的，谢辞同学。"

在场的人不知道是什么情况，互相看了两眼，都没作声。

针落地可闻。

只有许呦一个人在说话，嗓音惯常很软，吐字却很清晰。

"运动会那天晚上五六点，谢辞和我在一起。我们在正大广场地下停车场，我想，您愿意的话应该可以看监控录像。从五点到八点，就是您女儿受到伤害到被路人解救的这段时间，谢辞一直都和我在一起，我能当证人。"

谢辞张了张嘴。

周围静悄悄的。

她护在他身前，就像护小鸡崽，却不知道，自己都瘦弱得让人心疼。

第四章

# 真知棒

ZHENZHIBANG

●我要一盒真知棒，
你今天能买到我就答应你。

那女孩的父母也是怔了一下，欲冲出口的责骂噎在喉间。

剧情反转得如此之快，让在场的人始料未及。

"小姑娘，你确定当时和谢辞在一起？"有人发问，声音严肃道，"这可不是闹着玩的。"

"我确定。喀喀——"许呦脸色苍白，手虚握成拳放在唇边低低咳了两声。

她一咳，瘦小的肩背微微弓着颤抖，脑后扎着的马尾松松地滑到肩前。

谢辞比许呦高一个头不止，他和她靠得近，下意识想去扶住她胳膊。手臂刚有动作，就被自己父亲狠狠一瞪。

他讪讪地收手。

谢天云皱紧的眉总算舒展开了些。

他拿起手机不知道拨了谁的号码，那边一接通，他立刻说："给我调10月17日下午正大广场地下停车场的录像。"

"什么？！"谢天云从沙发上站起来，快步走到外面走廊上。

剩下的人在办公室里面面相觑。

沉默了一会儿，女孩的妈妈冲许呦嚷嚷："难道你说什么就是什么？先拿出证据来！我的女儿怎么这么命苦哦，摊上这种事……"

她又是哭天抢地一番抹泪。

许呦没说话，年级主任倒是先出来打圆场："既然说了有监控录像，那柳妈妈您也别着急，到底是不是我们学校的学生做的，现在还有待证明。"

毕竟这种事，闹大了传出去也不太好，校方更倾向于息事宁人的解决方法。

又争论了一会儿，谢天云从外面打完电话回来。

他先是看了一眼谢辞，然后沉声道："商场那边有五点二十分我儿子在电梯里的录像，监控显示他六点十五分才开车出商场，至于您女儿出事这段时间，我儿子有充分不在场的证据……"

这段话一出来，在场大半的人松了口气。

从校长办公室里出来，许呦在前面走，谢辞眼睛盯着路面，默默一路跟着。

快到12月份了，温度骤然下降。尽管下午阳光明媚，风吹到人脸上，仍旧割得生疼。

走到喷水池旁，她渐渐停下脚步，看着汨汨的一簇簇小水柱出神。

"那个……"谢辞突然发声,倒是把许呦吓了一跳。

他歪着头,凑得很近。

"你稍微让开一点。"许呦想拨开他。

谢辞既不说话,也不后退,只眼睛盯着她看。

"你今天为什么要帮我?"

许呦移开眼。

他却依旧固执,仿佛非要得出什么答案:"你不是很讨厌我吗?"谢辞追着她不停地问。

许呦不语。她只是有点累,绕过他走到旁边的木质长椅上坐了下来。

谢辞还在原地,一动不动地站着。

许呦伸直双腿,手撑在长椅边沿上,微微倾下身子叹口气。

离下课还有一会儿时间,这时候上去,又会扰乱课堂纪律。

许呦手指轻点长椅,过了两秒,她对着不远处招招手,像在召唤小狗一样:"你别站着了。"她声音不大,手掌拍拍身侧的位置,"过来坐。"

谢辞反应了半晌,几乎怀疑自己出现了幻听。

他偷偷观察许呦的脸色,然后默默地、听话地走过去,在她身侧坐下来。

两个人离得很近,腿几乎挨在一起,许呦似乎也没发现。

"谢辞,"她喊他的名字,问,"你今天为什么要跟你爸爸吵架?"

谢辞不说话,她就继续说,声音缓慢又轻柔:"你的爸爸妈妈也很担心你,出了这种事情,你应该来找我商量,或者和他们说清楚,免得——"

"哼,他们又不担心我。"谢辞眼睛转开,声音平淡无波,面无表情地说,"他们早离婚了,就各玩各的,谁有工夫管我?"

许呦愣怔,过了一会儿,才道:"不好意思,我不知道,我不太会说话,你别介意。"

"干吗?不会是因为我被我爸骂了你才帮我说话的吧?"他转头。

谢辞坐着也比许呦高,她仰起头,认真地说:"你是我同学,你帮了我,不论怎么样,我也不可能坐视不管的。"

"我们就不能不当同学啊?"他不满,嘟嘟囔囔。

谢辞见她不出声,就继续道:"你是不是特烦我?"

许呦摇头。

"那你能不能别故意冷淡我?"

他一直在忍,但是现在忍不住了。

那种突如其来、无可逃避的焦躁又渴望的情绪。

真的,谢辞长这么大从来没这么烦躁过。

被一个女生的一举一动影响这么深。

和她待在一起时的那种感觉，想也想不够，说又说不出。

"我没有故意。"许呦眼睛看着天上的白云，平静道，"我和你的生活不同，我们成长的环境也不一样，可能对待人的方式也不同，你之前会惹我生气，但是也没有到讨厌的程度。"

她说到这里，看了他一眼："我以前挺害怕你的，因为你脾气太坏了。"

谢辞板着脸："我脾气哪里差了？"

"反正不好。"许呦摇摇头，"还喜欢耍贫嘴……"

她还没说完，眼前突然一黑，谢辞的脸近在咫尺："你这张嘴那么能说，怎么不去说相声？"

上学的日子就这么过，平平淡淡又枯燥。

谢辞那件事情爆到贴吧上以后，过了几个小时就被删帖。后续也有澄清帖子出来，总之没有掀起什么大风浪，这件事情就那么过去了。

倒是那个学妹没过多久就转了学。

班上又调了一次位子，许呦还在第一排没动。

她现在从住宿生变成了走读生。租的房子在学校附近的街区，不是很远，她平时有母亲照料着。

星期五下午一般没什么正课，一节体育课、两节自习课，上完就放双休。

许呦昨晚被楼下小孩的哭闹声弄得失眠，中午没来得及睡午觉，此时眼皮直打架。

她在教室强撑着写完一套模拟试卷，便把书丢到一旁，趴在课桌上沉沉睡过去，连放学铃声都没听到。

等醒过来，教室里只有零零落落几个人，静悄悄的。

许呦打了个哈欠，收拾桌面上的书本，背好书包离开学校。

学校门口人流量很大，人头攒动。

她过马路的时候，脑海里还在想刚刚做的一道函数题。

走过几条街，许呦停在一家卖糕点的店门口。她进去排了快半个小时的队，冬天黑得早，走出来时，路边的街灯都已经亮起来了。

许呦手里拎着塑料袋，低着头，慢慢走过一盏盏路灯。

这条街人很少，走过一个坡，下了两级台阶，她身子顿了顿。

"你别跟着我了。"许呦回头。

不远处，晃出一道黑影，谢辞两手插兜，离她不远不近。

已经快一个星期了，自从知道许呦在校外住，谢辞天天放学都跟着她，一直到家。

他每次都在后面默默跟着,也不打扰。

许呦本来想一直装作不知道,可是他那副样子,像只流浪猫一样跟着她,看起来又有点可怜。

原地站了一会儿,许呦于心不忍,紧了紧手里的袋子,折回去,走到谢辞面前仰头问:"你家在哪儿?"

谢辞脑子有点空。

她被磨得没了性子,扯了扯他的外套:"大冬天你跟着我不冷吗?"

"不冷啊。"他回答得很快。

许呦又问:"那你跟着我干什么?"

又回到这个问题。

她声音轻轻的,挺软。

谢辞不说话,"啧"了一声,眼睛看向别处。

凉风吹过,两个人都冷得缩了缩肩膀。

许呦厚外套外面还穿着一件校服,一看就是学生。他们站在路边,偶尔有经过的人将好奇的目光投向他们。

气氛怪怪的。

许呦觉得不自在,转身迈开步子。

身后的人反应很快,追上来和她并肩走。

两人也没什么话说,刚走了几步,他的电话就响起来。

谢辞接通,宋一帆的大嗓门大大咧咧传来:"我说你送女神送到家没啊?几点了都,这里人都等着你来呢,阿辞。"

声音很大,很清晰,传到许呦耳朵里,她听得一清二楚。

谢辞在旁边走了几步,不耐烦地拧起眉:"我今天不去了,别烦我。"

宋一帆怕他挂电话,忙"哎哎"两声:"别不来啊!我们……"然后被人直接挂断电话。

谢辞表情还挺严肃,把电话收起来,一抬头就撞上许呦的目光。

"看帅哥用得着这么专注吗?"谢辞又开始逗贫。

许呦低头,从塑料袋里捞出一个还有点热乎的青团递给他:"给你吃,快点回去吧。"

谢辞一声不吭地接过去,人依旧赖着不走。

无赖本性。

"谢辞,你到底想干吗啊?"许呦拿他没办法,甩也甩不掉,劝也劝不走。

她又憋了半天,说:"你别老跟着我回家了。"

"你先站着别动。"

谢辞的表情隐在月光下,低头看着离自己很近的她,薄唇抿紧。

许呦听完这句话,尚未反应过来,只感觉自己双肩被人扶住,他飞快凑过来,跟许呦面对面。

谢辞气息很重,热气呵出来在她耳边:"给我抱一下就走。"

许呦肩膀被他固定住,动弹不了。

路边的灯散发着昏黄温暖的光晕,街边人很少。

寒夜里的冷风轻轻一吹,指尖发凉,脖颈也凉。

温度转瞬即逝,他不敢久留,那点温热却一路酥麻到心底。

许呦回到家,打开门,发现爸爸坐在沙发上。

陈秀云坐在旁边织毛衣,抬头看到许呦,责怪了一句:"今天怎么这么晚才回来?"

"我去买了点东西。"许呦低下头,一边换鞋子一边答。

饭桌上,饭吃到一半,又说起文理分科的事情。

许爸爸停下筷子:"阿拆,你今天怎么老走神?我一个事情问你几遍了。"

"啊、啊……什么?"许呦抬头,一副刚刚回神的模样。

许爸爸皱眉:"你最近在想什么?别到学校也是这个样子,那还怎么学习?"

客厅里的电视机没关,晚间新闻的女主持人声音传来,新闻大概内容是:关于×××,于全市×××全面停产……

许呦分了心去听。

"你爸问你填好那个表没有。"陈秀云往许呦碗里夹了块肉,出来打圆场,"这种东西应该要给我们签字的吧?"

许呦点点头,半晌又低头,看着碗里的米饭,小声说:"我知道。"

晚上洗完澡,许呦拧亮台灯,打开一本物理习题。

这本物理资料还是高一买的,厚厚一本,里面每一页的题都有满满当当的笔记。

她坐在桌前发了几秒的呆,把书翻到上次没做完的地方,抽出一张草稿纸继续算。

途中陈秀云进来过一次,她把一杯牛奶放到许呦手边,叮嘱道:"趁热喝了,明天休息,今天就早点儿睡。"

许呦点点头:"我知道了,妈妈。"

"别怪你爸爸对你严一点,他也是盼着你好。"

"嗯,我知道。"

"在新学校还适应吗?和同学关系处理得怎么样?和以前的朋友还有联系吗?"

"适应的。很少联系了。"

中间的问题许呦跳过了,陈秀云也没再问。

许爸爸在客厅里看电视,声音调得很小。

陈秀云看着她桌上被写得密密麻麻的草稿纸,心里叹口气,带上房门出去了。

下周又要月考。

许呦单手托腮,转转手里的笔,打算继续算刚刚没算完的题。

这是一道物理大题,需结合电磁场和动能定理。她算了半天发现总是不对,思路被卡在一个地方前进不了。

她列了好几个算式,排列在一起。看着那些堆挤在一起的数字和字母,许呦第一次有点走神。

她丢了笔,趴在桌上,侧着脸盯着雪白的墙壁发呆。

怎么会有这么不要脸的人……

许呦脑子有点乱,眼睫慢慢扇动。

放在床上的手机响起来,许呦推开椅子站起身,走到床边捞过手机看来电显示。

联系人"谢辞"不断跳跃在屏幕上。

许呦怔了两秒,手指悬停在挂断键上。

她手机玩得少,不知道怎么把人加入黑名单。

手机不间断响了几次,陈秀云听到动静,在客厅里喊:"阿拆,你手机怎么一直在响?"

许呦正坐在床边,听到母亲的喊声,她回头急急应了一声:"没事,我同学的电话!"

手忙脚乱之中,她不知道怎么就按了接通键。

犹豫了几秒,她还是把手机放到耳边,"喂"了一声。

那边没人说话,只是背景音有点吵。

门突然被叩响,许呦吓一跳,电话还举在耳边。

许爸爸打开房门,探头进来:"谁的电话?"

"我同学。"许呦暗暗捏紧手心,强装镇定,"他在问我题目。"

许爸爸怀疑:"你同学怎么这时候跟你打电话?男生还是女生?"

"是我同桌,一个女生。"

"不写作业就去休息,别浪费时间。"

"知道了,爸爸,我写完物理题就睡觉。"

许爸爸眉目间依旧有疑惑,但也没多说什么,把房门带上。

许呦暗暗松口气。

那边传来一阵调侃的声音,谢辞忍俊不禁:"你刚刚叽里咕噜讲什么呢?"

许呦和爸爸交谈用的是江南那边的方言，在外人听起来就像天书一样。

谢辞在那边笑，也不知道在笑什么，许呦就默默听着。

"你给我打电话干什么？"她等他笑完，很平静地问。

谢辞蹲在路边，仰头看黑沉沉的天。

冷风吹过脸颊，灌进脖子。

"没什么，想你啊，行不行？"

刚才一圈好友在桌上吃吃喝喝，欢笑碰杯，食物的香气缭绕，他却越来越觉得这种活动无聊。

谢辞干什么都提不起兴趣，忽然想听许呦的声音。

普通话不是很好的她，有时候气急了，还是用那么软的嗓音结结巴巴骂人。

他从外套里拿出手机，放在桌上，眼睛看着手机屏幕，一遍遍地拨号。

那边一直不接，也没掐断。

宋一帆就坐他旁边，随意一瞟就能看到联系人的名字。

他想起谢辞之前的光荣事迹，心里不由得一阵感叹。从来都是他们出来玩，女生动不动就打电话给谢辞。电话每次一来，谢辞就把手机放桌上，任它响着，也懒得接。

在谢辞面无表情拨出第四遍的时候，宋一帆终于忍不住，嘲讽了一句："哥们儿，你还记不记得我以前跟你说的话？"

谢辞心不在焉："什么话？"

"走心了？"宋一帆试探性地问。

还没等他说完，就看到谢辞起身离开了座位，推开包厢的门出去。

不明情况的人互相看了两眼，有人问："小黑，阿辞怎么走了？"

宋一帆慢悠悠地跷起二郎腿，装腔作势地叹口气："都是因果报应啊，你们辞哥他还债去了。"

许呦眼睛一眨不眨地看着地面，不发一言。

谢辞那边风声有点大，偶尔还能听到呼啸而过的摩托车的声音。

"我要挂电话了。"许呦说完，又停顿两秒，像是在等他回应。

谢辞："嗯？"

"没什么……"

他笑了一声："睡这么早啊？"

许呦攥着手机，忍不住说："现在一点都不早了，谁像你还在外面玩到那么晚。"

她说完，又好像意识到有点不妥，停住了话头。

"好好好，行行行，您是乖宝宝。"他咳嗽了一声，语气有点软。

又是一阵安静，许呦没吭声。

他忽然说："我能不能去找你啊？我想见你了。"

许呦猜谢辞这时候脑子不太清醒，她淡淡地说："你是不是有毛病？"

谢辞"呵呵"了一声，被她骂了，不怒反笑："你下次再骂我一次，我就抱你十次。信不信？"

门外父母在催，许呦应了一声，想把电话挂断，手机离开耳畔时又听到他说："咱俩真的没戏吗？"

她一愣。

"就给我一次机会成不成？你给我一次机会，我以后真的不缠着你了，保证。"

许呦脑海里想着事，有点出神。

过了许久，她轻声问："你要是做不到，真的不会缠着我了吗？"

"……"

"谢辞？"

"大概吧。"谢辞没料到她这么快松口，反应慢了半拍，"也别太为难我啊！"

手指关节都被攥得发白，许呦眼睛看着窗户，那儿有一块小小的光影。

她听到自己说："我要一盒真知棒，你今天能买到我就答应你。"

他挂电话前最后一句是——

别睡，等我去找你。

许呦关了灯，掀开棉被爬到床上，她手里握着的手机还亮着。

想到晚间吃饭时听到的新闻，许呦打开网页，输入"真知棒"三个字，相关搜索蹦出来，第一条：20××年，真知棒全城停产。

夜晚似乎下起了淅淅沥沥的雨。

外面的冷风拍打着窗户，枝丫被刮断在路中央。

许呦把身体蜷缩起来，睡得一直不太安稳。

半夜时分，她被惊醒，脚猛地一蹬。

不知道为什么，迷迷糊糊之间，许呦总觉得心里有事。也说不上来到底是什么，就是身体很乏力，喘不上气。

她翻了个身，鬼使神差地把放在枕边的手机拿起来。

凌晨三点，有一条未读短信。

许呦没反应过来，手指下意识点开短信，一行字蹦出来——醒了就下楼。

两个小时之前发的。

天啊……

许呦有点乱，脑子还有点迷糊，没反应过来现在是什么情况。

不知道是不是真的有心灵感应这种东西，就在她刚刚看完短信准备放下手机的时候，谢辞的电话突然打进来了。

109

许呦被吓了一跳，意识瞬间清醒过来。

寂静的漆黑里，手机亮光不停闪烁。

她一个激灵钻进被窝里，接通后低低地"喂"了一声。

"接这么快。"那边像是低笑了一声。

许呦不敢大声说话，闷声道："这都几点啦，你干吗要给我打电话？"

她怕声音太大吵醒父母，于是换了个姿势，跪趴在床上，头埋在臂弯里。

不过这样，能进的氧气更少了。

谢辞若有似无地笑了一声："我冷死了，能不能快点下来？"

许呦以为他在说玩笑话："现在？"

"嗯。"

"现在？"她不敢置信，又问了一遍。

"嗯。"等了几秒，谢辞语气认真地说，"真的，等两个小时了，姐姐，还要不要你的糖了？海枯石烂了都。"

许呦先是一愣，讷讷道："我开玩笑的。"

"我当真了。"他声音很淡，也不恼。

"对不起，你快点回家吧，我要睡觉了，再见。"

许呦没敢等他出声，急忙说完，迅速挂了电话。

心怦怦直跳。

等钻出被窝，她才发觉自己有点儿缺氧。许呦张开口，急促呼吸了几口新鲜空气，抱着被子坐在床上，愣愣地盯着眼前漆黑的空气发了会儿呆，睡不着。

雨点有点沉重地打在地上，像敲进她心里。

小区里的流浪犬又吠了几声。

她最终还是下床去，披上衣服，按亮玄关墙壁上的灯，悄悄推开门。

下雨的凌晨，寒气逼人。

许呦脚步轻轻地下楼梯，也不敢喊亮声控灯，一只手举着手机，微弱的光亮照路。

她精神紧绷，头一次体会到做坏事的紧张感。

许呦家在四楼，她下了一层，转弯，再下一层。

停在二楼的楼梯，她的手紧紧抓着旁边的扶手，探出脑袋透过缝隙想看一楼有没有人。

外面下着倾盆大雨，一楼的楼道口只有一盏灯。

暗淡的昏黄灯光下，谢辞靠着墙，蹲在地上。

许呦单手捂住嘴。

他头仰着，吐出一口气，就这么转过来，直直对上她的视线，黑发全部被打湿，水珠从眼睛上滚落。

两人就这么对视了一会儿，也不说话。

许呦是真没辙了。

这么冷的天，这么晚的夜，他身上都湿透了，外套上还有水迹。

谢辞在楼道风口不知道吹了多久。

"你……"她内心斗争了一会儿，犹豫着走下去，停在他面前。

"我不是让你回去吗？"许呦紧紧捏着手机，低下眼，避开他的注视。

她下来得匆忙，头发披散着，只来得及披上一件外套，拉链都没拉上，里面睡衣上的白色小兔子露出来，两只耳朵耷拉着，和主人一样，有点垂头丧气的可爱。

夜里寒气浓重。

谢辞侧头，咳嗽了两声站起来。

他手背到身后，歪了歪头看许呦，忽然笑出来："猜你的棒棒糖在哪只手。"

那副样子，就像是做对了事情、想得到大人表扬的小朋友。

在那一瞬间，许呦忽然觉得内疚。她说不出话。

谢辞就继续说："你挺坏的啊许呦，害我找遍全城，求了好多人，还淋了雨。"

"对不起……"许呦茫然地看着他，"我没想到你真的去买了……"

"我不管啊。"他神情有点疲倦，看着她，"左手右手？"

她手足无措地站在原地。

"算了，别猜了。"谢辞等了一会儿，主动伸出右手，把真知棒递到她面前。

苹果口味的。

冬天的雨夜，漆黑寒冷。

楼道里有风吹过留下细碎的声音，两个人都很冷。

许呦终于伸出手去接，碰到他的指尖，冰凉冰凉的。

"对不起……"这是她第二次道歉。

谢辞靠近她，光线只照出他小半部分侧脸，鼻梁秀挺。

"哎，我不想听对不起。"他在她耳边低语，"你要说到做到啊！糖给你。"

"不行！"许呦想也不想就反驳，有点急了。

他动作一顿。

她不知道说什么好，踌躇半天，指甲抠着棒棒糖的糖纸。

"因为……因为……"

"因为？"

"就是……我……"

"你说啊。"

"我说的是一盒，你只买到一个。"许呦找不到理由了，随便瞎掰扯。

111

"非要一盒，不能一个？"他轻轻问。

"嗯……"

"能不能通融通融啊？"

"不行的，我们说好的是一盒……"许呦喃喃地解释，因为愧疚，声音变得很小很小。

"嘿。"谢辞反而站得更近。

他身上潮湿的雨水味和清淡的薄荷味蹿进许呦鼻子。

"你早点儿说啊。"

谢辞薄唇勾起一点弧度，冰凉的指尖碰了碰她温热的脸颊。

许呦后退半步，看到他伸出一直背在身后的左手。

昏暗光线下，他的中指上挂着满满一桶真知棒。

许呦目瞪口呆，大脑死机。

怎么藏了这么久？这个人……

"行了吧，别再折腾我了。"谢辞说。

他拉过她的手，想把那桶真知棒放在她手上，随即又笑了："你能不能给我乖一点，嗯？"

从小时候一直到现在，十六年里，许呦从没和哪一个男生这样频繁地接触过。

她自己都没发现，不知不觉中，自己现在已经很能容忍谢辞的许多举动。

月光很淡。许呦没有说话，也没有动。

过了许久，她猛地回神，抽出自己的手。

"我现在……没有考虑这种事情。"许呦低下头，不敢看谢辞的眼睛。

"能不能以后再说这个问题？我觉得我们太小了，而且认识的时间也太短了，其实你并不了解我，这样太突然了，真的很突然……这样不合适……真的……学习才是最重要的……"

静静的深夜，她声音刻意地压低，絮絮叨叨，话语却颠三倒四的。

谢辞倚着墙，时不时侧头咳嗽几声，也不知道听进去多少。

看那样子应该是没有怎么听。

折腾到这么晚，许呦说完一大串话，也身心疲惫。

她默默接过他手里那一桶真知棒，抱在胸前，另一只手拿着手机："早点儿回去吧，吃点感冒药，我要上去了。"

谢辞视线停在她身上，顿了一会儿，慢慢地说："反正我耐心不好，你现在可以不接受我，我能等一段时间让你适应，其他免谈，反正以后你肯定是我的。"

说起来明明也没认识多久，他却不知道对许呦来的那么强的占有欲。

喜欢她，就很直接，毫不拐弯抹角，连掩饰都懒得掩饰。

许呦知道和他讲不通道理，也自知今晚理亏。她悄悄叹口气，劝道："你先回去吧，松手，我真的要上去了。"

谢辞刚想说话，又偏过头咳嗽两声。

许呦沉默不语。

两人站得很近，几乎能听到彼此的呼吸声。

在这深夜里，时间都好像过得特别缓慢。

良久，他叹了一声。

周一就是考试。这次考三天，星期一到星期三。

星期三，许呦考完最后一场英语回教室。

班里吵吵闹闹，考试刚刚过去，大家心情都比较愉悦。

因为教室要当考场，班上桌椅被打乱顺序，许呦的课桌在倒数第一排。她走回自己位子上，突然有人叫道："许呦。"

许呦回头，发现是班上一个不太眼熟的男生。

那个男生似乎有点羞涩，站在许呦身后，比她高了半个头。

教室里人不算很多，三五个人聚在位子上对答案。

许呦莫名其妙，小声问："怎么了？"

男生挠挠头，把手里提着的一个小礼盒递给许呦，"嘿嘿"笑了一声："祝天天快乐。"

她措手不及，往后退了两步摆摆手："不行不行，我不能要。"

"没事，一个苹果而已。"那个男生想把东西直接塞进许呦怀里。

班上有的人看到这一幕，好事地吹了一声口哨。

许呦正推拒着，听到教室外面闹哄哄的，是班上一群去打篮球的男生回来了。

她没在意，身后突然传来一声巨响。

是篮球猛地砸在教室后门的声音。

这么大的动静，把大多数人吓了一跳。

许呦回望，一眼就看到谢辞。大冬天的，他身上就穿着件黑色的运动短袖，没什么表情，盯着这边看。

两人视线不偏不倚撞上，许呦怔怔地看着他，莫名心虚。

谢辞身后跟着的那群打篮球的男生也不知道发生了什么，面面相觑，不知道谁又惹到他了。

学委自然也不知道怎么回事，一脸蒙，就看到谢辞一脸似笑非笑的表情，冲这边问："你们在干吗呢？"

在他旁边站着的宋一帆暗暗叫糟。这学委是不是书读傻了……全班都知道谢辞对许呦不一般，他还去招惹……

"别激动，别冲动，冲动是魔鬼。"宋一帆赶忙上前一步，拉住谢辞的胳膊，"哥们儿，冷静冷静，来跟我深吸一口气。"

谢辞甩开他的手，轻骂了一句："滚！"

许呦不知道为什么，总有一种做贼心虚的感觉，像干了什么亏心事被发现了一样。

她低下头，匆匆走回自己座位上。

晚上是英语晚自习，因为刚考完试，老师提前批准今天晚上在班上放电影。

考完试大家都去吃饭了，座位也就没换回去，依旧是考试时候的单人单座。

冬天总是黑得特别快。

刚到六点，外面的天色已经完全暗了下来。教室里灯关掉了，一片漆黑。英语课代表把电脑搬到讲台上，打开投影仪，蹲在那儿倒腾。

英语老师中途来过一次，简单交代了几句，大致就是让他们看电影的时候安静一点，不要吵到其他班的学生。

然而并没有谁把老师的话放在心上。

不知道黑暗是不是更能让年轻人兴奋，电影一边放，班里就跟菜市场一样吵闹，气氛挺躁动。

许呦本来想去前排坐着一心一意看电影，结果付雪梨跑来找她玩。

她坐在许呦前面的位子上，一边啃苹果一边和许呦闲聊。

今天晚上大家的情绪都分外高涨，某个角落不时响起几声欢笑。

付雪梨低头看着手机，突然想起分科的事情，随口问了一句："小可爱，文理科你打算选什么啊？"

"理科吧，你呢？"许呦单手托腮。

付雪梨放下手机，想了一会儿："许星纯要读理科，但是我打算读文科。"

"哦。"别人的私事或者八卦，许呦很少过问，她点点头。

付雪梨继续说，神色略有些复杂："但是，谢辞估计也要选文科……"

突然提到他，许呦安静两秒，点点头："嗯。"

手里的大苹果一点点被啃干净，付雪梨踌躇了半天，还是问："呦呦啊，你和谢辞他……就是……"

她组织了半天语言，还是不知道怎么说。

"嗯……就是……你会不会觉得很耽误时间？"

"啊？"许呦有些尴尬。

付雪梨身子往她那边一侧，还欲再说，余光看到教室后门打开。她话头止住。

一群男生陆续走进来，他们应该刚在外面吃完饭，身上有味道。

过了一会儿，付雪梨被人喊走，是一个外班的朋友来给她送苹果。

付雪梨举着手里的果核示意："刚刚吃饱了。"

陈晶倚笑着："再吃一个嘛，留着也行。"

她把小礼盒塞到付雪梨怀里，状似无意问："宋一帆他们在不在？"

付雪梨知道她醉翁之意不在酒，懒洋洋地打个哈欠，说："谢辞他们刚刚出去了，你等会儿再来吧。"

前边没了人讲话，许呦就继续专心看电影。

只是她的位子实在太靠后，身边的男生很闹，不知谁还带了手电筒，一圈人围在那儿做游戏，各种吆喝的声音。

许呦考虑着要不要把板凳搬到前面一点。

她眼睛正四处看着，看有没有合适的位子，就感觉旁边站了一道黑影。

"找什么呢？"谢辞沉沉的嗓音从上方传来。

许呦不敢抬头，也没说话。

谢辞脚随便钩了一张板凳过来，大大咧咧在她旁边坐下，两条长腿就这么放在过道上。

"你干吗啊？"许呦忍不住小声问。

反正黑暗里她也看不太清他的表情，胆子就稍微大了一点。

谢辞看着她，却不说话。

许呦被他这种目光看得背后有些发毛。

谢辞看她那样子，喉咙里闷闷笑了一声，他依旧不罢休，用脚碰了碰许呦的小腿。

许呦被打扰得不胜其烦。她脸颊通红，低头拍自己的裤脚："你别碰我！"

谢辞挨近了点："碰都不能碰了？"

"你也别靠那么近……"她脸上滚烫的热度仍在，身体后倾。

谢辞外套敞着，呼吸之间带点热气。他的手懒散地搭在许呦椅子上，食指屈起，轻点她的衣服。她怕痒，就躲。

正玩得兴起，一组后面突然有人叫："谢辞！"

谢辞转头看过去，坐在后面的男生打开门，示意外面："有女生给你送苹果。"

过了会儿，见谢辞坐在位子上没动静，那男生又扯着嗓子催："速度啊阿辞，人家等半天了。"

许呦的目光不由自主往外看。

走廊声控灯没亮，只旁边班上的白炽灯投过来一点光影，影影绰绰的，能看到两三个女生站在那里。

徐晓成看足球比赛看得正嗨，嫌后面男生没一点眼力见儿，冲那边吼了一句:"李小强,你快点把门关上,冷死了!"

真是蠢。

谢辞连眼皮都没抬。

许呦趴在桌上,谢辞的手指还在有一下没一下地弹。

她直起身,啪的一下打掉他的手,往旁边躲了一点:"你别碰我,好烦呀。"

"哟呵。"他挑眉,吊儿郎当地笑,"火气不小啊,你倒是。"

许呦盯着他,嘴唇咬紧,也不搭腔。

谢辞被她看得好笑,想了想,不咸不淡地问:"你气什么呢?有人给我送东西?"

班上其实挺吵的,没几个人在认真看电影,都在做自己的事。有人吃东西,有人聊天,有人玩手机看视频。

宋一帆越看越无聊,倒是偶尔侧眼,见谢辞还在那儿招惹许呦,只能自觉默默咽下无数吐槽。

许呦双手在桌子上放好,眼睛看着银幕,看样子是在认真看电影。

身边的人一个劲儿逗贫。

谢辞叹口气,顺着杆儿往上爬:"看到没?都是来给我送东西的女生。我太招人喜欢了,有没有危机感?"

许呦听他语气还挺认真,忍不住回了一句:"你真自恋,你又不是人民币。"

话刚落音,谢辞突然指着许呦脚底下说:"哎,有老鼠跑过去了。"

"啊啊!"许呦身体一弹,尖叫了一声,脚抬起来。

底下乌黑,她不敢仔细看,闭着眼,脚跷得高高的,声音颤着问:"还有吗?它还在底下吗?老鼠……"

谢辞本来没笑,后来绷不住,哈哈哈哈地弯腰笑出声,越笑越停不下来。

许呦这才后知后觉反应过来被人耍了。她有点恼羞成怒,但是又不懂骂人的那些话,只能坐在座位上生闷气。

等谢辞笑够,他清了清嗓子,身子凑过来:"真的,还是你声音最好听。"

这话逗得许呦拳头握紧,她忍无可忍,踢了谢辞一脚,任凭他怎么逗,也不再说一句话,专心看着电影。


最近天气变得越来越冷。

许呦从小在南方长大,冬天的气候一般都比较温和湿润。这几天临城温度陡降,直直逼近零下,让她有点不适应。

一到换季的时候,许呦就特别容易感冒。早上出门之前,陈秀云给她围上一条宽毛线织的绿色围巾,嘱咐道:"中午就到食堂吃,天气预报说今天雨夹雪,路上小心一点。"

许呦蹲在玄关处换上小靴子，听话地点点头："晓得啦，妈妈。"

南方那边很少见雪。反正在许呦从小到大的记忆中，她几乎没看过像书中"雪晴云淡日光寒"这般的场景。

走到街上，房顶和地上已经铺了一小层白色的碎雪，鞋踩上去有咯吱咯吱的轻响。

许呦觉得新奇。她戴着毛茸茸的手套，捧了一把雪，手撑着伞，一路上都在研究雪花的形状。

一路走过去，她隐约觉得有点奇怪，又说不上哪里奇怪。

等到了学校，发现今天校门口有"红马甲"执勤。

"红马甲"是高一学生会的，管学校风纪。他们手里拿着小本子，偶尔拦住经过的学生。

许呦用肩膀顶着伞，卸下一边书包背带，低头在一堆书里翻找自己的校牌。

翻了一会儿没找到，她觉得手套碍事，摘了之后继续摸索。

底朝天翻了个遍，还是没有。

许呦抬头想了一会儿，心里暗叫糟糕。肯定是昨天没把校牌装进书包，落到教室里面了。

此时距离上课还有十几分钟。

她怕被记名字扣班级的分，于是只好在原地徘徊，进退两难。

正纠结着，不远处传来一道熟悉的调侃声音："哟，您这全副武装站校门口，干吗呢？"

许呦猛然抬头，看向声音来源。

谢辞朝她这边走过来，旁边还跟着两个她不认识的男生。

"谢辞！"她眼睛一亮，总算看到一个同班同学，也顾不上什么了，上前两步说，"你能不能帮我个忙？"

谢辞后退两步，双手插在兜里，低头打量伞底下的她，不说话。

许呦被看得不自在，不禁后退两步："你在看什么？"

"我说你……"他歪着头，玩味道，"怎么裹得跟个熊似的。"

许呦："……"

旁边两个男生"扑哧"一声笑出来，谢辞淡淡看了他们一眼。

一个男生努了努嘴："谢辞，你朋友啊？"

"不然呢？"

另外一个人说："还举把伞，你朋友也挺逗的啊。"

谢辞也笑出声，骂了一句："滚。"

许呦头上戴着帽子，围着巨大的毛线围巾，把半张脸都遮了去，乌发软趴趴地垂在脸颊边，只留下一双黑乎乎的眼睛。

就这么一点雪，还撑着一把伞，远远看过去真的特搞笑。

"我怎么了？"许呦不知道发生了什么，弱弱的声音从围巾里传出来，有些郁闷地瞪着眼前的人。

她自己没发觉，她现在这个样子就像是受了委屈的小猫咪，在外人面前就哑了火，只敢对着主人发脾气，喵喵呜呜，张牙舞爪吓唬人。

谢辞貌似正经地说："你一路过来，除了你，还看到有谁打伞吗？"

许呦愣了三秒钟。

怪不得今天总感觉别人看她……

许呦忙收起伞，有点尴尬："这样很奇怪吗……我以为下雪都会打伞的。"

她正儿八经不好意思的样子实在有点可爱，让人忍不住想再逗一逗。

于是谢辞原本要说的话，到嘴边就变成了："你这样真是太奇怪了同学，幸好你提前碰见我了，不然等会儿进学校还要被人嘲笑。"

"也没多奇怪吧……"

眼见着时间不多了，许呦突然想起她还没校牌，不由得着急地说："对了，你能不能去教室把我桌上的校牌给我送过来？我这会儿进不去，门口有人在记名字……"

听了这番话，谢辞不由得笑了："要校牌干吗？"

"叫声哥哥就把你带进去。"

"嗲一点。"他顿了顿，补充道。

这个时间，校门口已经没有多少学生。

许呦急了，这个人真是……

她后退几步，用伞抽了他胳膊一下，很严肃地说："我没心思跟你开玩笑，要迟到了，快点快点，真的要迟到了。"

语气很焦急，一下重复了两遍。

谢辞终于不再继续逗她，转身往前走，丢下一句："谁跟你开玩笑？"

许呦跟在谢辞后面，做贼心虚地低下头，脚步匆匆走过校门。

也不知道是不是学校里每个人都认识他，值日的人果然没拦他们。

进校门后，转弯走过喷水池，她就拔足狂奔，朝教学楼那边跑。

谢辞被远远抛在身后，连句话都没来得及喊出来，她就已经跑远。

上午时间过半，外面的雪越下越急，远远看去，天地都白成一片。

教学楼通了暖气，教室里面热乎乎的，玻璃窗上都有一层水汽。

大课间休息有四十分钟，加上下一节课是体育课，班里很多人跑去下面打雪仗。

许呦趴在桌子上睡了一会儿，醒了之后揉了揉眼睛，发现周围几乎没人了。

郑晓琳重感冒，不太舒服。她就坐在座位上写作业，也没下去。

看许呦醒了，郑晓琳对她说："你睡了好久哦，都快上下一节课了。"

许呦拿出上节课刚讲完的卷子和改错本。她打了个哈欠，翻开本子："外面太冷了，我感觉自己要冬眠了，变成一只小动物缩起来……"

"扑哧。"郑晓琳笑出声来，"你怎么这么可爱啊，时不时给我一种冷幽默的感觉……"

和许呦相处越久，她越发现这个姑娘有一种一本正经的萌感。

准确来说，是有点天然呆，有时候冷不丁说出一两句话来，能让人笑得停不下来。

"为什么你们冬天不用空调呀？"许呦一边抄题目，一边和郑晓琳聊天，"我觉得好奇怪，还有暖气片这种东西，真是太神奇了……"

"你们那儿没有吗？"郑晓琳正在看手里的杂志，侧头问，"你们那边冬天没暖气？"

许呦摇摇头："我以前听别人说暖气，一直以为是空调的意思……"

"扑哧……"

"到了这里，才知道暖气是用热水烧的，可以通全楼。"

两人又东拉西扯聊了一会儿。

"对了！"郑晓琳想起一件事，"听说我们年级的零班学生名单好像出来了，你肯定在里面。"

"啊？"

"你之前是不是填过一个表格，就是问你志愿之类的？"郑晓琳问。

许呦点头。

"那就对了，你以后绝对要进零班的。"

等12月份月考成绩出来，按照一中以往的惯例，理科重点班的学生基本上已经尘埃落定。这个班的学生是按学生9月份到12月份的年级排名安排的。

今年学校理科火箭班班级号数是零，这件事不知道被人暗地里吐槽了多久。

12月份月考成绩出来，许呦依旧是年级前几名，如果选理科，毫无悬念肯定进火箭班。

郑晓琳继续道："唉……以后就看不到你了，你是我见过讲题最仔细、耐心最好的学霸了……"

她说着又咳嗽两声。

"不行了，我嗓子好痛，我得去找老师请个假。"郑晓琳收拾书本。

许呦仰头看她："要不要我陪你去医务室？"

郑晓琳摆手:"不用了,我没什么事,就是想回去休息一下。"

教室里面就剩下两三个人。许呦试卷错的题目不多,她把错题改完,又在资料上找同类型的题目练了几道。

越写手心里的汗越多。教室里太热了,许呦穿着厚厚的羽绒服,由于怕冷,她还穿了两件毛衣,这个时候真是闷死了。

真是大冬天的还能把自己热出汗来……

她又不敢脱外套,怕感冒,就只把拉链拉开。

写着写着,她渐渐停笔,侧头看向窗户。

许呦摘了围巾走出座位,趴到窗台上,开了一点缝隙。

凉丝丝的空气钻进来,吸入肺里很凉爽。

她指尖从窗沿上沾了一小撮雪,凑到鼻子底下闻,又放到指腹上看。就这么自娱自乐,玩得不亦乐乎。

在那儿玩了不知道多久,突然有笑声响起来。

许呦不明就里,转头往后面看。

谢辞坐在桌子上,腿伸直,不知道看了多久。

外套被丢在一边,他身上只穿着灰色的低领毛衣,下巴到锁骨的曲线棱角分明。

她脸被闷得很红,看着他,两人安静地对视了一会儿。

谢辞笑着问:"没玩过雪啊?"

许呦摇头,绕过他走回自己的座位上。

走到位子前,她一愣。

一个缩小版的雪人正立在她课桌上。

像个葫芦的形状,插了两根小树枝做手脚,小雪人被画了一张潦草的笑脸。

许呦看了这个丑丑的小雪人几秒钟,转过头来,问谢辞:"你捏的啊?"

他没作声,伸出手,趁她不备放到她温热的脖颈处。

冷热猝然相遇。

谢辞的指尖像冰块。

他懒洋洋地说:"不然呢?我手都要冻僵了。"

"喂!很冷的啊!"许呦小声惊呼。

"太冰了,你快点放开我!"他的手就像在冰窖里冻过一样。她觉得太冷了,不由得蜷缩起来,转动着脖颈想挣脱。

谢辞微微倾下身,认真看着她的眼:"还不是为了帮你捏那个破雪人?怎么这么没良心啊,小坏蛋?"

"坏你个头,你才是坏蛋。"

谢辞笑了一声:"好,行,我是坏蛋,您是小可爱成了吧?"

他把"小可爱"三个字拖得尤其长,还故意升了个腔调,让许呦瞬间红了脸。

"你这个人真的是好奇怪啊,怎么老喜欢瞎喊!"她凶巴巴地冲谢辞吼一顿,猛地转身,快步回到座位上。

前后座的时候,付雪梨天天这样喊她。女生之间这样喊没什么,让谢辞这么一喊倒有了点别的意思,反正听着就很别扭。

谢辞跟着过去,坐到郑晓琳的位子上。

"你干什么?"许呦收书的手一顿,眼睛朝他睨过去。

"不知道啊。"他打了个哈欠,一贯的漫不经心。

许呦无语了,又问:"那你坐在这儿干吗?"

谢辞趴到桌上,头枕着手臂瞧她,懒洋洋地问:"除了看你还能干什么?"

她转过头不搭理这人。

这节体育课是室内排球。

付雪梨从小身体素质就不好,又是怕累的懒骨头,她趁着老师不注意偷偷溜到一边坐着。

不过场馆里太闷,她憋得不舒服,去更衣室拿了外套就去外面透气。

在操场上逛了两圈,空气很新鲜。

付雪梨低着头,在雪地上踩了一长串脚印。

她单手扶着腰,一回头就看到许星纯跟在不远处,不知道跟了多久。

"干吗?你要吓死我啊?"

许星纯站在原地,没说话。

"不许动啊!"付雪梨背着手,小跑过去。

她笑靥如花,让许星纯一时间有些怔住。

下一秒,一团雪就被塞到后颈,他皱眉,拉住她的手腕。

"我故意报复你的。"付雪梨"哼"了一声,噘起嘴。

许星纯皱眉。

付雪梨边把围巾取下来,边说:"你对我越来越不好了许星纯,我决定要跟你拜拜。"

许星纯不理她这种话,亲自动手把围巾一圈圈围好,直到她声音被闷住,他才罢手。

"你这么娇气……"许星纯话没说完,付雪梨就气得拍了一下他的背。

他不着痕迹地牵了牵嘴角,她一时间忘了发脾气。

等想起来,付雪梨噌地抬头,扯住许星纯:"哦,对了,我想起来了,我还在生气呢。"

"你下次再在我面前和别的女生讲话,我说的就是旁边班的那个,你们俩再到班门口叽叽歪歪，都等着完蛋吧，我跟你说。"说到这件事，付雪梨就一肚子火。

许星纯说："他们班……"

"打住。"付雪梨不管不顾，嚷嚷道，"除了我，你不准和别人讲话。"

"好。"

体育课快下课了，班上人陆陆续续回来了。

谢辞趴在许呦旁边的桌子上睡觉。

她神情专注地写习题，直到旁边路过的人小声提醒："哎呀，许呦，你的雪人都要化了。"许呦这才抬头。

丑丑的小雪人还立在桌角，桌面上那一小块地方都被融化的雪打湿了。

她放下笔，两根手指轻轻捏起小雪人，托在掌心里。

外面还在不停地飘雪，走廊上人很少。

冷风吹过，许呦缩了缩脖子。她踮起脚，手臂穿过栏杆，把雪人安置在一个堆满雪的小角落。

雪人手臂的小树枝歪了一点，她伸手把它扶正。

弄好后，她转身准备回教室，被一个人拦下。

很面生的一个男生，挺帅的。大冬天穿着黑夹克，个子很高。

"小同学，帮个忙成不？"

曾麒麟低头打量着许呦，心想：这姑娘怎么看着这么眼熟呢？

"什么忙？"许呦被看得不自在，往旁边站了一小步。

"哦。"曾麒麟移开视线，探头朝教室里看了看，"谢辞在你们班是吧，能帮我把他喊出来吗？"

谢辞睡眼惺忪地走出教室，抬头就看到曾麒麟靠着栏杆打电话。

"滚过来。"曾麒麟抽空瞟了他一眼。

谢辞单手撑在门框上，揉了揉头发："好冷，我进去拿个外套。"

"什么事儿啊？"谢辞披上外套出来，看到曾麒麟挂了电话戳在那儿。

还没来得及反应，曾麒麟随手抓了一把雪就往他身上扔。

要说从小到大谢辞怕的人，真没几个，曾麒麟绝对排得上号。谢辞比曾麒麟小一岁。他们兄弟俩从小就是家里的混世魔王，大魔王带着小魔王调皮捣蛋欺负同龄小朋友。不过更小的时候，逢年过节聚在一起谢辞也老被曾麒麟欺负，帮其背锅无数。曾麒麟小时候学过跆拳道，打架什么的都是一流好手，反正谢辞打不赢，还挨揍不少。

"有病啊，我怎么你了？"谢辞掸干净身上的雪屑，怪不高兴的。

曾麒麟"嘀"了一声："你现在脾气挺大的啊，小崽子。"

"找我干吗？"

"你说呢？"曾麒麟低头掏出一盒口香糖，倒了两粒到手心，"昨天又和你妈……"

他一副促膝长谈的样子。谢辞赶忙道："打住，我没工夫和您在这儿交心。"

曾麒麟笑骂一句："我就问你，你爸后天过生日你回不回家？"

谢辞低头看手机，没说话。

曾麒麟朝他后脑勺拍了一巴掌，跟训小孩似的："问你话呢，玩什么手机！"

"回啥啊回。"谢辞不耐烦，嘴一撇。

曾麒麟"啧"了一声，说："算了，先不说这个，我找你有别的事。"

"什么事啊？"

"你现在还天天送你们班那妹子回家吗？"曾麒麟嚼着口香糖，问得有些口齿不清。

谢辞说："许呦？送啊。"

"以后不用送了，那两个人的事你爸解决了。"

"解决就解决了呗。"

"什么意思？听你语气你好像挺不在意啊？"

谢辞"嗯"了一声。

曾麒麟气笑了，又忍不住骂了一句："你以后下手轻点，有没有点分寸，差点闹出大事儿来了。"

正说着，历史老师夹着电脑从楼上走下来，经过他们身边，冲谢辞说："还不进去上课，站这干吗呢？"

这节课是历史课，老师给放的纪录片。

老师在讲台上调试机器，学生就在底下讲话，吵得不得了。

反正这种课，老师管得也不严，学生就随便乱换位子，关系好的凑一堆。

谢辞本来还想继续坐在许呦旁边呢，结果一进教室，郑晓琳的位子被付雪梨霸占了。

"怎么回事你？"谢辞不满，退而求其次在许呦身后的位子坐下。

"我还要问你呢。"付雪梨无语地看着好友，故意揭短，"我以前真没发现你这么黏人。"

天天缠着许呦，上课下课都是，没完没了的。

没过多久，谢辞又趴到桌上补觉。他嫌冷，就扯过许呦垂在身后的围巾，拉起一个角在桌上垫了一圈。

许呦一直没发现。

"呦呦，来给你做个测试。"

许呦视线从书上移开，看向付雪梨："什么测试？"

"测试你未来另一半的性格类型那种。"

许呦听了直摆手。

"好不好吗？就几道题目，做起来很快的。"付雪梨央求。

最后还是抵不过付雪梨纠缠，许呦用铅笔一题题勾画五花八门的问题选项。

Q：你是否很难做出决断？

Q：你觉得自己依赖人吗？

Q：如果你拥有一个花园，你会选择种什么花呢？

…………

这都是些什么东西……

许呦把做完的题递给付雪梨，最后瞄了一眼纸上结果显示的那几大类型：颓废型、阳光运动型、幽默风趣型、冷酷型、浪漫型、孩子气型、沧桑型、港湾型……

付雪梨接过来，趴到桌上给许呦算结果，边算边止不住地乐和。

许呦看她笑得停不下来，莫名其妙。

"结果显示——"

"什么？"

"你居然喜欢的是 A 类型男生。"

"A 类型？那是什么？"

"颓废型。"

许呦有点心不在焉："我……"

付雪梨逗她："你什么？"

许呦摇了摇头："我觉得有点不准确。我喜欢的，应该是身体健康，喜欢锻炼，阳光一点……"

女孩子之间讨论这种事情，有时候话题会像脱缰的野马，越说越过分。

"其实女生内心最爱的都是颓废型。"付雪梨开始头头是道地分析起来。

"嗯……"付雪梨在脑海里寻找例子，想了半天，她眼睛一亮，在许呦耳朵旁边说，"就比如谢辞这种男生。"

"啊？"

"对的！"

"他……"

"你刚来不知道，谢辞其实挺多人喜欢的。"付雪梨声音很小，"你觉得他不帅吗？就那种，冷颜的气质，还有点儿小坏的味道。"

许呦一愣，脑海里想起对谢辞的印象。

高瘦，很白。

不管是热是冷，都喜欢穿短袖。外套总是穿得松松垮垮，拉链也不拉好。玩世不恭，笑起来吊儿郎当，嘴贫。

付雪梨忽然笑了一下："欸，嘿嘿……"

趁着许呦还在愣神，她问了一句："呦呦，你以后男朋友找北方还是南方的？"

"不知道，我没想过。"

付雪梨揉揉她的头发："找个北方男人，疼老婆。

"而且，我们北方人……都挺喜欢运动，身体素质挺好的。"

"噗——"许呦差点没喷出来。

"为什么说北方男人疼老婆？"她没怎么懂。

付雪梨还没开口解释，一直趴在桌上闭目睡觉的谢辞终于忍不住弯起嘴角。

他突然抬起头，冲付雪梨说："哎，你挺坏啊付雪梨，教坏人家小朋友。"

付雪梨吓了一跳，手往桌子上一拍："你什么时候醒的？！"

谢辞起身，斜斜靠在后面的桌子上，似笑非笑地说："就你们北方人啊。"

"扑哧。"这回付雪梨也没忍住，一下子喷笑出来。

旁边的李小强转过来，冲谢辞抛了个媚眼："阿辞，偷听人家女孩子说话，你很坏哟。"

谢辞反手丢了一本书砸过去。

吵闹声中，许呦一直低着头，就是那红红的耳尖透露着主人此时此刻害羞的心情。

她垂眸，假装镇定地看着桌面，过了会儿，脖子上的围巾被人往后拉扯。

许呦转头，伸出手臂，想抢回自己的围巾。

"你无聊！"她气。

谢辞挑眉，舌头拱了拱脸颊，眼神里有点别的意味："要不要我跟你解释？"

许呦恨不得堵住他的嘴了，她一连说了几个："我不要，不要，不要！！"

"我非要说。"

她连围巾都不管了，双手忙捂住耳朵。

可是没用。

第二天早自习，许呦在课桌上发现了一张小字条。

上面写着：

*小可爱。*

*因为我们北方人都很强哦。*

"看什么东西那么有趣呀，让我也瞧瞧！"郑晓琳探过身，猝不及防，吓了许呦一跳。

她脸颊发烫，单手撑着额头，把手里的小字条迅速揉成一团，攥到手心里。

"什么呀？搞得这么神神秘秘的！"

"没什么。"许呦拿过书，手指压着书页，低着头掩饰一般地看起来。

因为下午要体检，上午提前一节课放学，下午体检结束后也不用上课，直接放学。

许呦回家吃中饭，一打开门就发现气氛有些不对劲。

屋里没有烟火气，有种诡异的安静。

陈秀云红着眼眶坐在沙发上抹泪，低着头不言不语。许爸爸也蹙着眉头，坐在另一边拿着手机打电话。

"爸、妈？"许呦心一沉，换了鞋小跑过去，连书包都没来得及放下。

陈秀云抬头看到许呦，张口想说话，一个字还没说出来，眼泪就先掉下来。

"妈，你怎么了？"许呦怕了，跪到母亲面前，用手给她抹泪，"妈妈，到底怎么了？你别哭……"

许爸爸那边挂了电话，重重地叹口气："中心医院那边说还没脱离生命危险，肇事者逃跑了，还没找到。"

生命危险……肇事者逃跑……

许呦焦急地仰头问："爸爸，到底怎么了？"

陈秀云满腹心事，摇摇头，三言两语简单地说："你外婆……她早上出门买菜，被一辆摩托车撞了，送进医院，现在还在抢救……"

话说得断断续续，陈秀云一度哽咽。

许呦愣愣的，以为自己听错了，大脑一片空白。

反应了许久，她才说："我能回去看看阿嬷吗？"

许爸爸烟一根接一根地抽，静默了一段时间，沉着声道："你去了能干什么？好好上学，小孩子别操心这种事情。"

"不行的，可是阿嬷……"

"你别管了！"许爸爸一副不想再谈论这个话题的样子。

没想到这句话让陈秀云突然爆发，恨声道："别管别管！我爸都死了那么多年，你心里还要记恨多久？我妈现在……"她说着说着就说不下去了，捂住脸小声啜泣。

"喂喂，你知不知道许呦怎么了？"宋一帆低声问付雪梨。

"我不知道啊，刚刚问了半天，她也不说。"付雪梨嘟囔。

下午一来，许呦就明显不对劲，一直低着头，魂不守舍的，别人问她她也不说。刚刚检查视力的时候，还盯着视力表走了几次神，被医生询问了几次才反应过来。

这会儿在抽血，九班的人都排着队。

等轮到许呦，一个年轻的女护士戴着口罩，打量了她两眼，问："同学，你是不是贫血啊？"

她脸色实在是苍白得有点吓人。

许呦摇摇头，脱掉外套坐到椅子上，把毛衣袖子撸起来，露出细瘦的一条胳膊。

那个女护士低头拿起旁边的橡皮筋扎紧许呦胳膊，然后拿起酒精棉球在上面擦，找她的血管。

找了半天，女护士凑上去又仔细看，皱着眉道："哎哟，你血管太细了，不太好找位置。"

说着她撕开包装袋，拇指按住推管，针尖抵住许呦胳膊上的皮肤，慢慢往里刺。

第一次扎歪了，血珠冒出来。

许呦咬紧唇，闭着眼转过头去不敢看。

又试了两三次，针头每次都扎不准血管的位置，无奈之下又换了另一条胳膊抽血。

排在许呦后面的女生看得心都揪起来，背后汗毛竖起。

那白白细细的小胳膊，已经被针扎得青紫一片。

最后谢辞都忍不住，从队伍里探出头冲前面喊："我说还能不能行啊，把人胳膊扎穿才算完事儿吗？"

女护士脸色也有点挂不住，翻了个白眼。

站在谢辞后面玩手机的徐晓成赶忙拉住要发飙的人："你先别激动，别激动，公共场合，咱对医生尊敬点。"

折腾了大半天，许呦两条胳膊被扎得都是针孔，用胶带绑住一圈棉花止血。

还好抽血是体检最后一项。弄完以后，她一句话没说，披着外套就从体检厅出去了。

外面风很大，吹得外套摇摇欲坠，刮过脸颊，掀起发丝。

许呦低着头，安静地走，一直走。

远处篮球场隐隐约约有嬉闹的声音传来，全被她抛在身后。

终于走到没人的地方。

她苍白着脸，浑身脱了力气，双臂抱着腿，蹲在地上。

蹲了不知道有多久，脚已经麻了，忍在眼眶里的泪水终于控制不住，全部涌出来。

她不敢哭得太大声，只能把声音憋在喉咙里，一下又一下地抽动肩膀。

憋了一下午的情绪接近崩溃，知道外婆出事，许呦的心都要碎了，脑子里全都乱了套。她想去看外婆，可是中午父母又爆发了激烈的争吵，就不敢再提……

可是事情闷在心里发酵，让人越来越难受。

不知道为什么，许呦哭得越来越停不下来。她开始只是想找个没人的角落平复心情，不想面对他人的询问和关心，也没有力气解释这些。然而到现在一个人，悲伤的情绪把整个人都要淹没。

脸颊都被泪淌湿，哭到后来，她干脆坐到地上。

许呦哭了不知道有多久，直到手腕被人拉起来，她很迟钝地抬头，泪眼蒙眬，谢辞的身影立在眼前。

"你怎么了？"他问。

许呦脑袋发蒙了一会儿，忙用手背胡乱地擦泪。

可是越擦眼泪越止不住地流。

真是要命。

谢辞皱眉，蹲下来，又问了一遍："你怎么了？扎针扎痛了？"

许呦只是摇摇头，泣不成声。

于是他就耐着性子等。

等到最后，许呦终于忍不住，小声喊他名字。她哽咽地说："谢辞，我外婆出事了，我好怕……

"阿嬷年纪很大了……很大了……我想去看看她……我爸爸不准……可是我想我阿嬷了，我怕再也看不到了……"

实在是找不到人说了。

她说得断断续续，快要喘不上气。谢辞总算抓住了重点。他被许呦哭得心疼，立刻拿出手机问："好好好，别哭了，去哪儿看你外婆？"

看她愣愣的，谢辞哑着声音又问了一句："你以前读书的地方？"

许呦湿着眼，没反应过来，点点头。

"叫什么？"

"溪镇。"

没过几分钟，谢辞把她扯起来："机票订好了，走。"

"要去哪儿？"许呦脸上泪迹未干，手被拉住，慌忙地就跟着谢辞跑起来。

"找你外婆啊。"他头也不回。

两人在校园里狂奔，引起一路上的人纷纷回首。

跑得那么快，心脏疼痛得仿佛要跳出喉咙。

刚刚一场沉重的哭泣实在太耗费体力，许呦整个人都虚软无力。

"谢辞、谢辞，"她气喘吁吁，仰着头说，"先停下。我身份证还在教室里。"

谢辞问清楚具体位置，掏出手机给付雪梨打电话。

那边很快就接通了："喂？"

谢辞："许呦身份证在书包里，给她拿下来。"

付雪梨一时没说话。

"听到没有？"

付雪梨问："你要她身份证干什么？"

"啧。"谢辞皱眉，"快点啊，很急。"

两人停在学校奶茶店门口。许呦的心怦怦跳着，她捂着胸口，感觉呼吸不太顺畅。

"我们这样是不是有点不太好？"

许呦被风一吹，脑子稍微冷静了点。

就这么莽撞回去，学校和父母都不知道，她要是晚上不回家，白天又不在学校，肯定会出事。

不论出现哪种情况，都会变得一团糟……

谢辞抬了眼皮去瞅她："机票都订好了。"

许呦一阵沉默后问："你怎么订的？"

"花钱订啊。"

"我是说，"她看着他的眼睛，"你怎么知道我的身份证号？"

谢辞掩饰性地咳了一声，别开眼。

许呦还想再问，一个男生从奶茶店出来，站在门口，挤眉弄眼八卦地问："哟，这不是我们辞哥嘛，站这儿干吗呢？"

两人回头看去。

李杰毅端着杯奶茶，靠在门框上："干什么去了刚刚？瞧瞧你们这大冬天满头大汗的。"

他一出现，许呦才发现奶茶店里聚了不少人，都是一中的学生。

里面那些男男女女显然都认识谢辞，有两三个人在喊："谢辞，进来啊！"

许呦低着头，呆立在一旁。

察觉到李杰毅的打量，她往旁边退了一小步。

李杰毅不在意，微微一哂，转头问谢辞："你们要去干吗？"

他以为谢辞和许呦已经确定了关系。

或者说，他以为谢辞已经把许呦追到了手。

李杰毅心里还有一点点的羡慕嫉妒恨，怎么好白菜都被谢辞拱了呢……

"滚啊！"

谢辞不耐烦，他侧了下头，眼睛往旁边瞟，然后随手啷一下，把许呦羽绒服的帽子给她盖到头顶。

她人本来就小，脸更小，帽子上的白毛又厚又多，戴上之后，整个人倒像一只被淹没的小仓鼠。

乖乖巧巧，挺可爱的。

就是太矮了。

他情不自禁把手放到许呦头顶。她的视线被阻挡了看不到，双手乱挥，想打开他的手。

玩了一会儿，谢辞把自己逗笑了，转回眼，发现李杰毅还在看这边。他顿时不爽了："看够了吗？"

"我又没看你。"

就在这时，不远处响起来一道熟悉的声音，付雪梨小跑着过来，手里还拿着身份证。

她把东西交给许呦，问："呦呦，发生什么了？你要干吗？"

"没事，你不用管了。"谢辞说。

"你先别说话。"付雪梨翻个白眼，双手扶着许呦的肩膀："怎么了？有什么急事能告诉我吗？"

许呦垂着眼，犹豫了会儿："有点事，我阿嬷，就是我外婆出了点事，我要回去看她。"

她没有多说，轻描淡写地说了个大概。

付雪梨懂了，她神色复杂地看着许呦："那好吧，我帮你跟老师请假，你成绩这么好，她不会不批准的。"

下午六点半的飞机。

飞机起飞之前，许呦向谢辞借了手机，给父母打电话。

陈秀云那边声音很吵，她的声音还哑着，问："你好，请问你是？"

"是我，妈妈。"许呦坐在最里面，她捂着话筒，低声说，"我借同学的手机，阿嬷还好吗？"

陈秀云叹口气，说："没生命危险了，还在观察。"

这话一出，许呦先是心里一松，眼泪差点又落出来，胸口一直压抑着的情绪终于得到松懈。

"那好……对了妈妈，"许呦情不自禁地咬着手指，"我今天晚上不回家，在学校里住。"

"为什么？你爸爸不是还在家吗？"陈秀云有一瞬的疑惑。

许呦赶忙道："我以为你们不会回来，就和同学提前说好了。"

她实在是太乖了，从小到大从来没闹过什么事，听话，很少撒谎，所以陈秀云没怎么怀疑就相信了，随便嘱咐一两句就挂了电话。

许呦把电话还给谢辞时，正好对上他促狭的目光，她脸一红。

谢辞翘起嘴角："看不出来啊。"

"什么？"刚刚哭过，许呦依旧有很浓重的鼻音。

"我还以为你只会撒娇，不会撒谎呢。想不到两个都有一套啊。"

许呦本来想反驳，又觉得有点尴尬，看了看四周。

"你还要不要你的手机啊？"她问。

谢辞摊开手掌。

许呦忽然想到一个严肃的问题："对了，你还没告诉我呢，你怎么知道我身份证号的？"

"我说你这个人，挺执着啊。"谢辞脑袋靠着椅背，蔫蔫地看她，"教室后面，就我座位旁边贴的体检报告单，晓得吧？"

许呦点点头。

"上面有啊。"谢辞眼睛漆黑，声音挺低，"早拍下来了，在我手机里。"

至于为什么要拍，许呦没有再问，这人一向做事不着调。

广播提醒每个旅客关闭手机，过了会儿，飞机开始滑行。

他们的座位在机翼处，冲上天空时，许呦感觉耳膜快要破裂。

从临市飞到溪镇要两个钟头。

飞机上开足了暖气，许呦穿着羽绒服，闷得慌。

反正飞机上关了灯，到处都昏昏暗暗的看不清楚，她轻手轻脚把安全带解开，脱掉外套。

谢辞冷不丁地问："你很燥热吗？"

许呦吓了一跳，食指堵住嘴唇，"嘘"了一声。

和他们一排，靠着过道坐的中年男人闭着眼睛在休息。

她怕吵到别人，刻意压低声音："声音小一点。"

谢辞凑近，往她耳边吹了口气，故意说："这样可以吗？"

许呦不理他，低头把安全带重新系好，外套横搭在膝盖上。

飞机延误，大概晚上九点才能到目的地。

还好飞机上供应晚餐。柔黄的灯一个个亮起来，空姐推着推车走过，给每一排发矿泉水和飞机餐。

安静的机舱里渐渐吵闹起来。

问到许呦他们这一排时，谢辞说："只要一份。"

他接过滚烫的小餐盒，拉下许呦面前的桌架，放到上面。

许呦看着他的动作，一愣："你不吃吗？"

谢辞摇头。

这个人……真是太挑剔了……

许呦拿起筷子，撕开餐盒的盖面，里面是咖喱牛肉加土豆，热腾腾的，散发着香味。她试着吃了两口，意外地发现味道还不错。

谢辞视线低垂，看许呦捧着餐盒安安静静地吃，一小口一小口，特别慢，就像进食的小白兔，腮帮子一鼓一鼓的。

浅淡的鹅黄色灯光落在她身上，几缕发丝自然垂下，遮掩住小半部分侧脸。

许呦胃口很小，吃了一些就饱了。她伸出舌尖舔舔唇边的残渍，一抬头，和旁边谢辞的目光撞上。

许呦登时就有点不好意思，嫩红的樱桃口微张："你饿了吗？"

谢辞喉咙干涩，摇了摇头，没说话。

她拿着手里的一袋饼干反复研究。

"这个是什么呀？"许呦好奇地问。

谢辞瞄了一眼："饼干。"

"哦哦。"许呦不好意思地笑，"我第一次坐飞机……"

"第一次？"

"嗯。"

"对了，"说到这，她又想起来一件事，"我们要把回去的机票买了。等会儿我去医院，偷偷看完外婆，就可以坐凌晨的飞机回临市了，这样明天还能赶回去上早自习。"

谢辞顺手抄起她刚刚喝过的半瓶水喝了一口，淡淡道："可以啊，等下了飞机我买。"

"嗯嗯。"

又过了一会儿，许呦轻声说："我还要给你钱呢，坐飞机的，这次真的很谢谢你。"

谢谢你。

好像这句话……就最近一段时间，她跟谢辞说过很多遍了。

许呦一时愣怔。

虽然他大多数时候都插科打诨不着调，可每次她难过的时候，他都陪在身边。

旁边的人没有回应，她正打算再说一遍，谢辞漫不经心地问："你哪来的钱？"

"我有钱，我存的。"许呦额头抵住前面的座椅，想了想，跟他说，"从小到大学校发的奖学金，还有竞赛的奖金。"

她那小模样一板一眼，还挺正经。

谢辞"嗯"了一声，故作惊讶："哟，看不出来你这么有钱啊！"

许呦愣了愣，就听到他说："那好，你以后就是老大，我跟你混了啊。"

溪镇不算大，中心医院就一家。

飞机一落地，许呦就带着谢辞随便拦了辆的士，直奔目的地。

时间有点晚了，医院大厅来往的人不多。灰白的灯光下，零零散散几个人在柜台前办理手续。

许呦飞快地跑到前台询问："你们医院今天有送进来一个出车祸的急诊病人吗？"

那个穿着护士服的年轻女人皱皱眉，翻了翻放在旁边的记录册："你说的是早上还是下午？"

"早上。"许呦急急忙忙回答。

翻了一会儿，小护士问："你是吴云的家属喽？"

吴云是她外婆的名字。

许呦点头："对，就是她。"

谢辞坐在医院长廊里，手肘撑在椅背上，看着浸在灯光下的许呦。

她无助地站在大厅中央，瓷白的脸没有一丝血色。

消毒水的气味弥漫。

"怎么了？"谢辞看她在电梯那儿徘徊半天，站起身，走过去问情况。

许呦这一天心情大起大落。

她仰头，神色是放松后的疲惫："我阿嬷没有太大事情，已经转到普通病房了。"

"那挺好的啊，你现在去看嘛。"他抬手，按下电梯，"几楼？"

电梯门在两人面前打开，里面走出来一对夫妇。

"三楼。"她让了一步，怕挡着别人的路。

"那就走啊。"谢辞率先一步踏进电梯，把还在原地愣着的许呦扯进来。

她稍微挣扎了一下，说："可是……我怕碰到我妈妈。"

"怕什么怕？"谢辞道，"我帮你看着，你进去和你外婆说几句话就走。"

"我妈妈或者我姑姑肯定守着，进不去的……"

最后，谢辞想出一个馊主意。他把外套脱了给许呦。

纯黑色的外套很大，完全覆盖了许呦。

唰一下，拉链直拉到她下巴以上，接近鼻梁处，只露出一双眼睛。谢辞后退两步打量她几眼，又上前，给她戴上帽子。

这件外套比许呦人大了几圈，袖子垂在身侧，完全包住她的手，她像个臃肿的企鹅。

"好了，这回你亲爹都认不出来你了。你就去门口看看你外婆，我在医院门口等你，好了下来找我。"

他弯腰，把口袋里的手机掏出来拿到手里。

许呦微张口，刚想说什么，谢辞就转身进了电梯。

电梯门关闭的一瞬间，他似有若无地笑了一下。

许呦最后还是去了外婆的病房。

陈秀云不在，外婆在病床上睡得很熟。许呦静静站在床边看了一会儿，也不敢久留，帮外婆掖了掖被子就悄声离开。

夜晚似乎更冷了。

她从医院大门口出去，风刮在脸颊上生疼。许呦绕了几圈，终于在一旁的停车场避风口处找到谢辞。

只有一点点的光落在他身上。

他侧着身子，背抵着柱子，低着头在看手机，含着一根棒棒糖。

她从阴影里走出来，停到他身侧两三步的距离。

谢辞没发觉。

许呦走上前，轻声说："等久了吧？"

他挑了挑眉，哑着声音一笑，依旧是那副痞痞的模样："等你的时候多了，这才哪儿跟哪儿啊！"

许呦却皱眉，低头，握住他的手："你的手好冷。"

真的很凉，像冰一样。

她心一揪，这才反应过来，他的外套穿在自己身上。

许呦急急忙忙拉开拉链，脱下外套递给谢辞："快穿上，小心感冒了。"

"终于有点良心了。"谢辞咳嗽两声，拿过自己的衣服。

静默良久，许呦睫毛轻轻颤动，在安静的夜里，小声说："饿了吗？我带你去吃东西。"

第五章

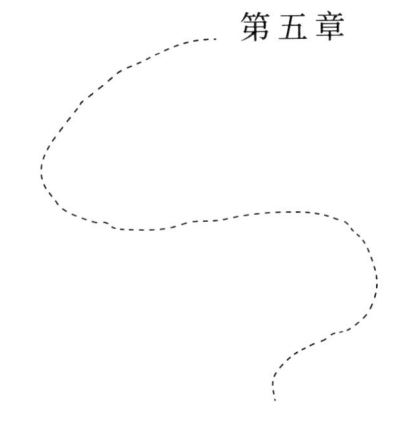

# 蜗牛与黄鹂鸟

WONIU
YU
HUANGLINIAO

● 你从小吃糖长大的啊，这么甜？

谢辞当然立刻说道："好啊。"

许呦低头思忖片刻，犹豫着问："那你喜欢吃什么？"

"都可以。"

十几分钟后，两人去了溪镇很有名的一条长街，深深绕绕的弄堂隐在两边。

夜晚起了淡淡的雾，空气中泛着清凉。

街道两旁挂着红灯笼，青石板被昨天的雨水打湿，斑驳了一路。

时间有点晚了，路上来往的人很少。

谢辞东看看西看看。他个子高高的，穿着黑色外套，里面白色T恤从下摆处露出一截。

许呦扫他一眼："把拉链拉上。"

他头一偏，薄薄的唇勾起一点弧度。

"怎么越走越绕了，你不会想偷偷把我拐回家吧？"

许呦听到谢辞的话，有点无语："我为什么要把你拐回家……"

"因为我帅啊。"他想也不想就回答。

许呦："……"

她带着他去了一家汤面馆。店面不算大，时间这么晚了，在外面露天坐着吃饭的人倒是很多。

许呦和他到里面找个位置坐下。并排的座位，地方有点小，许呦不得已和谢辞挨近。

"吃什么？"

许呦扯了一张餐巾纸，碎发垂在脸侧，她埋头认真地擦面前有些油渍的木桌。

"我怎么知道？"

隐隐约约有食物焖煮的香气飘来。

谢辞挤过去，小半部分重量压到她身上，故意说："你是主，我是客，你就这么招待的？"

"你很重。"许呦急忙抬手推了推他的肩，"起来。"

两个人小打小闹着，老板娘拿着小账本和一支笔走过来："阿拉丘撒？"

用当地方言问的，谢辞听不懂，皱起眉："什么啊？"

老板娘反应过来，以为他们是外地人，又用很蹩脚的普通话问了一遍："你们吃什么哇？"

许呦放下餐巾纸，回头摆手说："伊切吾毋吃哩。"

谢辞凑在她耳边，眼珠一转："你又在说什么鸟语？"

"我说，我不吃，只有你吃。"她低声解释。

看两人动作亲昵，老板娘笑了一声，转而又问："搁嬷妹妹帮弟弟维屋里厢咯（带男朋友回家呀）？"

"毋兹毋兹（不是不是）。"

老板娘只当她害羞，又问："侬对象切撒（你男朋友吃什么）？"

许呦摇头："伊毋兹吾对象（他不是我男朋友）。"

这回谢辞连蒙带猜，听懂了两个字。他很认真地问："你们在夸我帅吗？"

老板娘笑起来。

许呦白了他一眼："你吃什么？快一点。"

最后点了一大碗汤面。

用托盘送过来的时候，白瓷碗里浮起袅袅热气，绿绿的碎葱花撒匀在面上。

谢辞拧眉，站起身："我让他重新做一份，我不喜欢吃葱。"

"你别这么浪费啊。"许呦忙拉谢辞，让他坐下，"我帮你挑出来。"

许呦说着伸手拿了一次性筷子，摊开一张餐巾纸放到油腻的方木桌上，把浮在汤面上的葱花一点点剔除。

热气熏过她干净的脸。

狭小的餐馆，声音喧扰嘈杂，旁边墙壁上挂着破旧的小电视机，放着很久之前的港剧。

谢辞不紧不慢地看着许呦一系列动作，轻笑一声。

两个人乘晚班飞机赶回临市，到达时已经是凌晨两点多。

深蓝色的天空宛如巨大的幕布，稀稀淡淡的星光，一轮月亮弯而寂静。

在飞机上时，许呦已经困乏，半合的眼睛支撑不住闭了起来，睡了一小会儿。此刻从出口出来，人依旧打不起精神。

谢辞侧头瞅了瞅她，欲言又止道："我们……"

许呦抬头："嗯？"

"要去宾馆吗？现在才三点不到，能睡一会儿。"

许呦立刻摇摇头。

像是瞧出她内心在想什么，谢辞咳了一下："我又不会对你干什么，而且——"

他还想再说，许呦急忙让他打住："不是，你别误会了，我就是不喜欢睡宾馆。"

没办法，从机场走出来之后，他们随便拦了辆的士去市区。

一路上，司机师傅几次好奇地从后视镜打量他们。那不加掩饰的目光让许呦有些不自在。坐她旁边的谢辞不耐烦,冲前面喊:"不是,您看路啊师傅,一个劲儿盯着我朋友看干吗啊?"

司机师傅目光转向谢辞,"呵呵"笑了一声,打趣道:"年纪这么小就谈恋爱啊。"

谢辞闲着没事,和他瞎侃起来:"没,不小了,我们去年证都扯了。"

"真的?"司机师傅惊讶。

"当然真的,奔三的人了,就是看上去显小,你不知道,别人老说她像高中生。"

"的确像个高中生。"

谢辞笑起来:"是。"

许呦忍不住掐了他一下,小声嘟囔道:"你乱说什么呢?你才奔三。"

前面的司机师傅又问:"那你们这深更半夜的干什么去了?"

谢辞有模有样地回答:"陪她回去看外婆了。"

"哦……这样。"之后司机师傅便专心开车。

两人在长正路下车。这里离学校很近,有个购物广场,灯火明亮,附近还有几家二十四小时便利超市。

许呦不想去酒店,也想不出去哪儿过夜。反正就几个小时,谢辞就陪她轧马路。

沿着人行道走,凌晨的街头,空旷无人,偶尔有呼啸而过的摩托车。

许呦低着头。

谢辞双手插兜走在她旁边,不时垂眼留意。

"今天……"

"别跟我说谢谢。"他回应得很快。

许呦顿了一下,"扑哧"一声笑出来:"为什么?"

谢辞站定,冒出一句:"说谢谢多没意思啊,来点实际行动呗。"

"什么实际行动?"

谢辞眯起眼睛笑了,他弯腰和她对上视线:"答应我?"

这个人,怎么这么不按常理出牌……

许呦紧了紧衣服,平静地问:"你是不是有过很多追求者?"

时间似乎突然静止。

这突如其来的"发难"让谢辞眨了眨眼睛,噎住了,一时半会儿竟然不知道如何作答。

她往前走,边走边说:"她们说你很坏,喜欢伤别人的心。"

谢辞立刻回应,急忙问:"谁说我坏?我哪儿坏了?!我最会逗人开心了。"

前面是一个台阶,许呦站上去,回头接着问:"真的吗?有什么好开心的?"

"你吃醋了啊?"谢辞突然反应过来。

许呦站在高处，低着头看谢辞，脑海里想：他啊，有时候脾气不算太好是真的，偶尔也会很有耐心，好像认识很多人，大多数的时间里，总是一副懒洋洋又散漫的模样。

她觉得，他可能是夏天里的一阵风。

吹过人间，离她太远。

夜晚漆黑，很静。她懒得再走，也不想再吹风，随便找了张避风的长椅坐下来。

谢辞坐在她身边，打了个哈欠。

"我们俩……能试试吗？"不知道过了多久，谢辞开口，"现在不行，我知道，我就想问问以后行吗？"

他嗓音压得很低。

许呦没有说话。过了一会儿，她问："你很缺女朋友吗？"

谢辞："你是真傻还是跟我装傻呢？"

到后来，他忍不住，手捏着她的下巴扳过来，微低头和她面对面："你在别扭什么？"

许呦垂下眼，睫毛轻轻颤动。

谢辞倾身，拉近两人距离："是不是你仗着成绩好，瞧不起我啊？"

"我……"她移开视线，想了想才说，"不是瞧不起你，只是我们俩……"

"我们俩怎么？"他淡淡地应声。

"不太适合。"许呦说，"可能你不是真的喜欢我，也许是一时兴起，或者是无聊的时候，随便的消遣……"

谢辞听她说的，又生气又想笑，忍不住骂了句脏话。

"我无聊？我消遣？我想消遣至于和你耗这么长时间吗？你真看不出来我真喜欢你啊？"

"对不起，我用词可能有点问题。"她静静地想了一下，然后解释，"我想说的是，我觉得我们都太小了，不管是感情还是其他什么也许都不成熟……"

谢辞看着她。

他鼻梁挺直，脸很窄，睫毛很长却不算翘，眼尾长，有轻微的折痕。

"我管你说什么。"

许呦愣住。

谢辞："反正以后我肯定能追到你。"

许呦莫名其妙，觉得他这个自信的样子很逗，故意说："但是我只把你当朋友，现在是，以后也是。"

他瞪着她。

渐渐地，某人自信的表情消失了，嘴角耷拉下来。

许呦刚想说话，就听到谢辞喃喃道："就当可怜一下我行不行？喜欢我会死吗？"

长椅旁的树伸展着枝丫，错落地挡住街道旁霓虹灯的彩光。

他外套上有很清淡的薄荷味，月光层层叠叠洒落，视线被黑暗吞噬。

许呦不敢动，侧着脸，眼睛不知道往哪儿看。

这种感觉太陌生。明明很普通的一句话，比起他之前说的那些，一点都不过分，可是许呦不知道为什么，心跳加速，不知所措。

谢辞弯着眼，笑了："你是不是也喜欢我了？"

谢辞一遍又一遍地问："喜不喜欢我啊？说话。"

"不喜欢。"她没有一点犹豫。

"喜不喜欢？"

"不喜欢！！"

"到底喜不喜欢？最后给你一次机会。"他单手捏紧她的下巴，威胁着说。

"不喜欢。"

"真的不喜欢？"

"真的真的，不喜欢不喜欢，一点都不喜欢！"

到最后许呦不耐烦了，猛地左右摆头，把谢辞的手掰开，挣脱他的禁锢，扑坐到长椅另一边。她把自己的帽子拉上，一副拒绝继续和他说话的模样。

"你别跑啊。"

气都没喘匀，他又蹭过来，抬起手，揪了揪她帽子上的一圈白毛。

"喜不喜欢我？"

许呦闷了两三秒，小声回答，还是说："不喜欢。"

"……"谢辞一笑，拽掉她的帽子，迅速凑上去用手指弹了她脸蛋一下。

他拉开一点距离，目光定在她脸上："我长这么大，求人的次数不超过一千次，我这次认真求求你，行不行？"

许呦移开眼睛，本来是不想笑的。

忍了几秒，他又正经地说："喂，我这么帅，不喜欢真的不是人了。"

"扑哧。"许呦笑得呛了一下，用手背掩着嘴，"你能不能别这么自恋啊！"

谢辞歪着头看她笑。

冬季深夜的马路渐渐沉寂下来，时间一点一点过去。

两个人都累了。许呦蜷缩在椅子上，闭上眼睛昏昏沉沉的，头无意识靠着谢辞的肩膀。

破晓时分即将到来。

逐渐明亮起来的曙光，从不远处的街头绽现。

"喂，上学了啊。"谢辞手背碰了碰许呦的脸颊。

她醒过来，眨了眨眼睛，发现眼前挡着一只手。

不远处天际洒落着金黄的霞光，从他的指缝间穿过，阴影挡住她的眼。

"呦呦，你怎么了啊？看上去好憔悴哦。"

郑晓琳去后面接了杯热水回来，发现许呦又倒在桌上睡觉。

坐她后面的朱小浩也发现了许呦不对劲儿，转着手里的笔："学霸不是感冒了吧？"

许呦浅眠，教室里又吵，根本睡不着，就是整个人提不起劲儿来。

她起身，让郑晓琳进去，揉了揉眼睛："不是，我昨天有点失眠……"

正说着，英语老师突然出现，站在班门口说："小组长把昨天的作业本收起来，放学之前课代表放我桌子上啊！"

老师说完顿了顿，意有所指地冲着班后面说："没交作业的下午上课到后面罚站！"

许呦本来还想眯一小会儿，这会儿也没时间了。她叹口气，把书包里的作业本拿出来，走出座位一个个收。

还好昨天抽时间把英语作业写了。

收到后排，一道娇滴滴的女声突然在耳边响起来："谢辞，你交作业。"

许呦收作业的动作停滞了一瞬，就又对下一个人说："同学，英语作业本。"

徐晓成本来趴在桌上睡觉，半梦半醒地眯着眼睛在抽屉里摸索。

摸索半天没摸索到，他低头在桌上翻找。

"作业本去哪儿了？"徐晓成骂了一句。

旁边坐着玩手机的宋一帆闲散道："没写就没写，装得还挺像。"

"我写了啊。"徐晓成郁闷了，他抬头说："你等等啊，我得好好找一找。"

"能不能像我一样，诚实点儿，没写直接就借。"

宋一帆"啧啧"两声，转头对着许呦一笑："许大学霸啊，咱打个商量，能不能借一本作业给我参考？"

反正这是大课间，今天周三不跑操，还有很久才上课。

许呦点点头，把自己的作业递给他。就翻译几个句子，挺简单的，也不长。

看着旁边徐晓成翻箱倒柜地找，宋一帆一边龙飞凤舞，一边耍贫："行了行了，今年奥斯卡奖都给你了，别找了，跟我一起吧。"

徐晓成头也不抬："不会说话的人我建议立即去世。"

"哈哈哈哈。"宋一帆笑起来，对等在一边的许呦说："马上马上，等我几分钟，马上写完了！"

"也等我几分钟，我马上就找到了。"徐晓成立即跟着说。

许呦退到一边，静静道："没关系，你慢慢找。"

一旁的袁倩倩臂弯抱着作业，停在谢辞桌边。

"谢辞，你快点别睡了，交作业。"她轻轻柔柔叫着。

趴在桌上的人纹丝不动。

袁倩倩咬咬唇，好脾气地轻轻拍谢辞肩膀。

徐晓成还在一边骂骂咧咧地找着作业本。

坐在谢辞前面的李小强突然一拍脑袋，忙收起游戏报，冲着后方喊："成哥！你作业在我这儿！"

昨天李小强顺手把徐晓成放在桌上的作业拿过去，用完就往旁边一放，忘记还回去了。

"哎哟……你看这事整的。"李小强不好意思，"嘿嘿"笑了两声。

"那你倒是快给我啊。"徐晓成翻了个白眼，歇口气，坐回座位上。

李小强把作业本找出来，猛地站起身，准备把作业给徐晓成。

他没料到旁边还站着一个袁倩倩，一个转身收势不及，硬生生把人家女生给撞翻了。

"啊呀！"袁倩倩惊叫一声。

李小强手疾眼快把她扶住。

人是扶住了，一摞作业本却脱手了。

噼里啪啦，全部砸在正在睡觉的人头上。

如果时间能倒流，该有多好。

李小强动作僵硬着，看谢辞慢慢把头从双臂之间抬起来。

随着他起身的动作，啪的一声响，挂在肩膀上的作业本落到腿上。

袁倩倩花容失色，蹲下身一本本捡。

她刚刚抬手，想拿掉谢辞身上的作业本，就被他用手臂一挡。

"你们干什么？"他皱着眉，靠着椅背，一副没睡醒的烦躁模样。

李小强赶忙镇静地解释："作业，交英语作业，不写下午要罚站的，阿辞。"

但是谢辞根本没工夫理他。他看到了一旁站着的许呦。

发生这么大动静，许呦背对他站着，压根儿没看这边。

谢辞低下头，伸手理了理头发。

袁倩倩还站在一边，她咬了咬唇，低声说："谢辞，你交不交作业？不交我要走了。"

"啊？"谢辞反应过来，"哦"了一声。

袁倩倩忍不住说："下午要罚站的，你不写吗？"

"嗯。"他懒懒靠在那儿，眼皮都没抬。

袁倩倩走之后，李小强一脸复杂地转过脸，对谢辞说："阿辞，对待美女，咱用点心成不？"

他还没说什么，旁边就传来一句："要是对每个美女都用心，阿辞那点心估计早就用完了。"

徐晓成说完就立刻意识到不对。

糟了，许呦还站在旁边等着呢。

他尴尬地咳了一声，想掩饰过去。

宋一帆往旁边瞟一眼："你说你，怎么就管不住你这张嘴呢？"

过了会儿，谢辞从书桌里抽出作业，装模作样地问了一句："喂，英语作业写哪儿啊？"

旁边的人刚想回答，就看到他转头，伸长手臂扯了扯许呦："写哪儿啊？告诉我呗。"

许呦回过头，正好和他双眼对上。

"书上的翻译句子。"她说。

"第几面？"

"……"许呦叹口气，走了两步到他跟前，单手把英语书翻开，手指往书上点了点，"这道题。"

谢辞看着她，略微一挑眉："给我一本看看，不会写。"

"那你刚刚怎么不借，这会儿作起妖来了？"徐晓成翻了个白眼。

许呦神色犹豫，往后面看了看，说："我的作业本在宋一帆那里。"

别人的作业，她也没权利就这么给谢辞，太不礼貌了。

"哦。"谢辞把书一合，慢悠悠道，"成，那我下午罚站好了。"

你什么时候老实罚过站？许呦心里默默说了一句。

"也没事，不就是熬了个夜嘛，不就是吹了一晚上风嘛……"

他说的声音很小，只有两个人能听见。

许呦看着谢辞，觉得好笑。她轻轻摇头，把放在他课桌上的作业本拿起来。

"你干什么啊？"他嘴角牵起，明知故问。

许呦耐着性子回答："我等会儿帮你写。"

宋一帆就坐在旁边，把两个人的对话全听了去。其实他早就把作业写完了，可是不敢现在直接给许呦还过去。

如果就这么给了……宋一帆觉得，大概谢辞下午就能把他给做了。

星期二中午，学校里到处都是喜气洋洋的。因为元旦，提前一天从中午开始放假。

按照以往节假日惯例，班里有些人总会组织一下全班去吃饭、唱歌。今天晚上是跨年夜，很多人从昨晚开始就在班级群里讨论今晚去哪儿嗨。

许呦坐在位子上，抄黑板上老师留下来的题目，身边坐着的郑晓琳在旁边兴奋地和后面的人讨论去哪儿玩。

一阵窸窸窣窣的讨论声传来。

"我们今天去平安街大钟楼那里跨年吧！"

"上次去差点发生踩踏事故，你忘记了，还敢去？"

"能不能有点新意？平安街那里，晚上肯定要挤爆。"

"哈哈哈哈，你忘记去年去平安街玩倒数，结果周围全是情侣，都是一对儿一对儿的，内心受的刺激有多大知道吗？"

"我不，我要在家看芒果卫视的跨年晚会……"

"你好无趣哦……"

"哦，对了！呦呦，你晚上——"郑晓琳突然想起什么似的，转过头来问，"你今天晚上有空吗？"

"啊？"许呦手上正忙，没听清，"你说什么？"

郑晓琳刚想再说一遍，面前突然出现一道高高瘦瘦的人影。

她话头一止，想说的话噎在喉咙里。

谢辞手插在衣兜里，靠在讲台上，用膝盖顶了顶许呦的课桌："下午出去玩啊？"

"你让开，挡着我抄题了。"许呦稍稍起身，头往左边探。

他笑了一声，眼睑垂下，问："去不去？"

许呦摇头："不去，我有事。"

不是谎话，她是真的有事。最近她总是间歇性胃痛，今天放假，陈秀云刚好有时间，说带她去医院给医生看看。

"什么事？"他声音低下来。

"很重要的事。"

他不依不饶："什么事？"

许呦抄完最后一个字，笔尖在纸上顿了顿，她轻声回答："你别问了，我真的有事。"

"是不是我每次找你，你都有事？"谢辞声音很淡地问。

许呦哑口无言，握紧手心里的笔盖，继续摇头。

气氛一时间有点僵住。

旁边的人悄悄看看许呦，再看看谢辞，再看看许呦。

谁也没作声。

等了两三秒，她头垂得很低，依然一言不发。

谢辞"哦"了一声，然后从讲台上走下去，出了教室门。

许呦愣愣地看着他的背影，心里想，他好像……是生气了……

有点闹脾气。

郑晓琳呆滞半晌，消化了一下"谢辞主动邀请许呦出去玩"这件事情。毕竟在她眼里，两个人完全是八竿子打不着的。

一个是性格内敛的温柔学霸，一个是不学无术只有长得帅的学渣……

她反射弧有点长，此刻才猛然觉醒，大声叫："呦呦，谢辞他是不是在追你啊？"

坐在后面的朱小浩手扶着额头，默默无语，全班都知道的事情……

"感觉谢辞刚刚有一瞬间好可怕，眼神都是凉的。"郑晓琳拍拍胸口，对许呦念叨，"你是新来的不知道，谢辞其实脾气挺大的，但是他挺久没发过脾气，现在也很少发脾气了，也没谁敢惹他……"


下午。

市医院在这种过节的日子依旧人满为患。大厅来来往往多是神色憔悴的人，幸好陈秀云提前预约好了，就直接带许呦去手术室那边。

前面有人在排队，陈秀云和许呦坐在长椅上等待。

"你阿嬷说前几天做梦，梦到你去看她了呢。"

听到这句话，许呦一愣："啊……"

"阿嬷说太想你了。"

"我也想阿嬷。"许呦心里有些发酸。

"她年纪大了，身体也不好了，唉……"陈秀云手里拿着许呦的体检单看，"你以后学习，别学到那么晚，把身体都搞垮了。我天天半夜起来，看你房间灯还是亮的……"

许呦"嗯"了一声："作业多呀，妈妈。"

"你平时可以在学校写完吗？"陈秀云帮许呦把领口理了理，"你看你每次来月经，痛得饭都吃不了，就是平时没睡好……"

正说着话，手术室的门被推开，一个护士探出头来喊："89号，许呦在吗？"

"在、在、在。"陈秀云牵着许呦起来。

胃检实在有点麻烦。

先要做胃镜。

许呦吃了一小颗类似胶囊的药，接着就被全身麻醉，躺到手术床上。

前面还有两三个人，她在等待中不知不觉睡过去了。

醒来时，已经是下午四点钟了。

把结果给医生看，医生说没有大事情，只是有点慢性胃炎，要她平时注意饮食。

许爸爸今天晚上有应酬，陈秀云也要留在医院照顾刚刚生产完的陈丽芝，所以许呦只能一个人坐车回家。

她刚刚全麻过，全身乏力，洗了个澡就倒在床上又睡了。

再醒过来，是被放在床头柜上的手机铃声吵醒的。

"喂……"许呦翻了个身，摸黑摸索手机，放到耳边。

手机一贴近耳朵，那边喧扰嘈杂的背景音瞬间穿越电话直达耳膜。

许呦皱眉，拉开了点距离，看了一眼来电显示。

跨年夜。

九班的一大帮人，在倒计时的钟楼旁边订了一家店。

吃吃喝喝，从六点多钟开始，到现在正玩得兴起。

"阿辞，晚上去不去玩啊？我朋友新开的一家店。"桌上一个男生喝了口果汁，"我没去过，不过听说地方不错。"

"在哪儿啊？"宋一帆问。

"不远，就中百广场那旁边。"

"阿成去不去？"那个男生转头问。

徐晓成笑了一声："没眼力见儿的人！跟女神玩比跟你们玩有趣多了，好吧？"

"哈哈哈——"

一片欢声笑语之中，宋一帆转头问谢辞："阿辞，你呢？"

"不去。"他头也没抬。

宋一帆见他丝毫不感兴趣的模样，疑惑了一瞬，随即又恍然大悟："哦……也对……你是有行程的人了。"

谢辞不语，只是身边的气压又低了几分。

"什么？！谢辞有行程了，不通知兄弟们？"有人诧异。

宋一帆嘴贫："啧啧啧，这行程吧……"

"你有完没完？欠揍呢你？"

谢辞看不清表情，静静坐在那儿，低垂着头，手指把玩着手机。

宋一帆立刻噤声。

坐在对面的李杰毅看谢辞这样，突然想起什么，视线扫了一圈，疑惑道："不对啊，许呦今天怎么没来？"

本来谢辞整个人挺颓的，一直不怎么说话，听到这个名字，倒是有了点反应。他斜看一眼："你什么时候和她这么熟了？"

李杰毅笑嘻嘻，无辜道："你能不能行了，名字都不许别人喊了？"

就在这时，大厅门被打开，服务员领了一个人走进来。

她披散着黑发，围着绿色的宽大线织围巾，穿着白色羽绒服。

喧闹的人群没注意到门口那点动静，但是坐在宋一帆这一桌的人瞬间安静下来。

谢辞还在低头看手机，胳膊被人撞了撞，他抬头看过去。

许呦被付雪梨三番五次的电话催得没法，于是在电话里和陈秀云商量，陈秀云问了两句情况，许呦回答说去和现在班上同学跨年。

陈秀云又嘱咐她在外面注意安全，别玩得太晚，便同意了。

许呦和付雪梨坐在一起，桌上全都是九班的学生。

"呦呦，你吃了没有啊？"付雪梨看到她来了就开心，"等会儿我带你去江边看烟花。"

许呦把围巾取下来，眯起眼睛一笑："哈哈，好呀。"

"桌上菜都快没了，我重新给你叫一份上来。"付雪梨抬手。

许呦忙拉住她，说："不用太麻烦，我下午做了胃检，只能吃点清淡的东西。"

"啊？"付雪梨低下头去看她的脸，有些担忧，"你没事吧？我不知道你生病了，还把你喊出来。"

"没什么大事。"她小声解释。

"那你能吃什么？"

"喝一点粥就可以了。"

过了一会儿，白粥上桌，许呦拿起勺子，一点一点舀起来，吹凉，然后送入嘴里，边喝边听旁边的人聊天。

李小强手里拿着一张饼，边吃边低头玩手机。

旁边朱小浩凑上来看他在干什么，夸张地感叹一声："李小强，你一个男的，还在看言情小说！"

"让我瞧瞧，这什么名字？"朱小浩把头凑得更近。

"你别说话。"李小强一躲，按了锁屏，还是不幸被朱小浩看到了。

他把书名一个字一个字读出来："霸道总裁和他的小娇妻……"

"别说了。"李小强真是特尴尬，大脸红透。

周围的人全部笑起来。

"我等会儿要带许呦去江边，不跟你回去了。"付雪梨手托腮，冲着旁边的许星纯看。

他仅仅点了下头，再无其他表示。

"哼。"付雪梨伸手戳了戳许星纯，"你不开心？"

许星纯捉住她乱动的手。

今天放假，他没穿校服，而是穿着深蓝色的外套，下面是简单的牛仔裤。身高腿长，长得又干干净净，特别秀气，惹得服务员小妹刚刚多看了好几眼。

"干吗？"

"几点看完？"他问。

付雪梨心里笑了一下，故意说："你能不能别这么拐弯抹角？"

许呦怕烫，只能小口小口地喝粥。

她吃东西的时候很专注，埋着头，眼睛盯着碗里。吃了没一会儿，头顶上方突然传来一道声音："头发。"

许呦动作一顿。

谢辞单手撑着椅背，牵起她一小缕发丝，对旁边的李小强说："换个位子。"

他坐下，她觉得更不自在。

中午的时候……他明明还在生气。

许呦尽量无视他，一勺一勺地舀粥。

谢辞整个人懒洋洋的，单脚踏在椅子的横栏处，微微倾身："我下午给你打电话，故意不接？"

他真是被弄得没脾气了，烦了一个下午，一闲下来就想到她，然后继续烦。但是就在刚刚看到许呦的一瞬间，气都飞走了大半。本来他坐在位子上还想矜持一些，不去主动找许呦，哪想到她压根儿像没看到他似的。

又忍了半天，他内心煎熬，终于忍不住，在宋一帆他们揶揄的目光下起身。

许呦想到他说的时间，低着头，放缓了吃粥的动作："不是，我在医院，应该没听到。"

"医院？你去医院干什么？"他的眉瞬间拧起来。

许呦答："没什么大事，去做个检查。"

"那你中午跟我说你有事，就是去医院？"他追问。

许呦点头，捏了捏不锈钢的勺子。

"许呦。"谢辞喊她名字。

许呦抬头。

他旁若无人地凑近，低声说："下次别惹我生气了。"

"什么？"许呦莫名其妙。

谢辞眼睛盯着她。

他沉声，一字一句地说："我是喜欢你，才没脾气，知道吗？"

"喀——喀喀——"许呦一口粥噎在喉咙里，差点没缓过气来。

"纸，纸，给我纸。"她咳嗽着，半捂住嘴，在桌上找餐巾纸。

付雪梨听到动静看过来，忙从包里翻出纸巾递过去："给给给，怎么被呛着了？"

她刚刚侧头在和许星纯说话，没注意到这边。

谢辞见许呦咳得直不起腰，白净的脸上染上几丝红晕，他低下头去瞧，手放到她背上拍打："没事儿吧你？"

许呦挥手，说不出话，只能摇摇头示意自己没事。

谢辞看了她几秒："那你听清我刚刚跟你说什么了吗？"

"没有。"

"嗯。"谢辞笑了，"你真当我没脾气啊？"

许呦搅着粥，也不看他，轻声道："这是你自己说的。"

谢辞立刻问："前面那句话呢，没听到还是怎么？你成绩那么好，重点不会抓啊？"

"谢辞，我想跟你商量一件事。"她表情很正经。

"什么事？"谢辞被吊起好奇心。

许呦说："我要吃饭，所以你现在能不能别和我讲话？"

"……"

许呦又喝了一口粥，低垂的视线不变，放下调羹，腾出右手去转过他的脸颊，补充道："也别看着我。"

不自觉的亲近动作，做起来却无比自然，两个人同时一愣。

许呦后知后觉地反应过来，像被烫到一样，快速缩回手。

谢辞重新偏过头，看了她一眼，无声又缓慢地笑着。

他们不知道从什么时候开始，关系变得有些微妙，若即若离地稍许亲近。

许呦没吃多少东西，粥也只喝了半碗。整个过程，谢辞很安静地坐在旁边陪她，真的没有再说一句话。

看到这一幕，众人神情各有不同，或惊讶，或了然，或轻笑，显然心照不宣。

这家饭店的三楼是唱歌的地方。九班的几桌人吃完喝完，陆续去了上面。大家都等着十二点一起去跨年。

宋一帆最能闹，二话不说，第一个唱，点了首《单身情歌》。

唱到高潮部分，他特别陶醉，左手挥起来："左边的朋友们，让我看到你们挥舞的双手，跟我一起唱好吗？"

没人理他，宋一帆装模作样地递出右手握着的话筒。

"哈哈哈——"

坐在那儿的一群人笑得不行，徐晓成丢了个抱枕过去，大声笑骂道："省省吧你，傻样。"

宋一帆头一歪，躲过袭击，又闭着眼喊了一句："右边的朋友们，声浪不够大！让我体会到你们的热情！"

全场被逗笑。

许呦整个人很困乏，又很少来这种地方，只能置身事外当个观众，单纯看他们玩乐。

前面有些人在点歌台围着，她看了看手机，九点三十分。

许呦想着再过会儿就回家，不能在外面待得太晚。

正发着呆，斜前方不远处，一个男生手里握着话筒，声音被扩大数倍，在音箱里响起来："欸，都是我们几个歌王唱多没意思啊，找几个学霸来唱唱？"

这个提议引起很多人欢呼。

"学霸啊，班长呢？"有人转头找，没找到，却一眼看中在沙发上坐着的许呦。

"哎哟，那个，那个，许呦！来跟我们唱一首。"

被人点名，许呦一愣，还没来得及反应，拿着话筒的男生已经走到跟前。

"学霸，想唱什么歌，给你顶起来？"那个男生把话筒递给许呦。

许呦摆手拒绝。

她是真的不行，从小就没音乐细胞，流行歌曲没听过几首，只会唱几首儿歌。

男生不罢休，不依不饶道："没关系啊，会什么唱什么。"

"来嘛，来嘛。"

"那个……"许呦清了清嗓子，略有些尴尬地解释，"对不起啊，我真的只会唱儿歌……"

谢辞从厕所回来，推开包厢的门，就听到里面传来一阵："阿门阿前一棵葡萄树，阿嫩阿嫩绿地刚发芽，蜗牛背着那重重的壳呀，一步一步……"

略有些稚嫩的童声，调子活泼轻快。

他手一顿，退出身子抬头望了望，怀疑自己走错了地方。

一进去就看到许呦背对着他，双手握住话筒看大屏幕，认真地唱着歌。

她唱起歌来也不动，就那么站着，正经极了。身边还有个和她一起唱的女生，两个人你一句我一句。

旁边李小强在给她们加油。

"哈哈哈，阿辞，你女神真逗。"宋一帆过来和他勾肩搭背，边笑边说，"太可爱了，现在怎么还有这种女孩啊，不行了我，真的快笑死了，我真是想……"

谢辞看他一眼："怎么的，你还想？"

"哪敢怎么，什么都不敢，想都不敢想。"宋一帆立刻摇头。

《蜗牛与黄鹂鸟》唱到一半，谢辞撑着头，半个身子仰躺在沙发上，他跷着脚，又听了两秒钟，唇角扯起来，忍不住笑开了，越笑越停不下来。

唱这种歌也就算了，这种儿歌的调子居然还能给许呦跑到北极去，也算是一种本事了。

其实许呦唱得也很不好意思，因为老是跟不上调。她声音小小的，就跟着旁边的人一起混。

旁边还有不少人起哄。

手机放在裤兜里，一有来电就振动，许呦感觉到了，立刻放下话筒，推开门跑到走廊上去接电话，是陈秀云打来的。

"喂，妈妈。"

"回家了吗？"

"还没有，和同学在一起。"

"还没吃完饭？"

"吃完了。"她说。

"什么时候回家？别太晚了，都快十点钟了，妈妈不放心。"

"嗯……我应该快了……"

许呦背靠着墙讲电话，正说着，门从里面被人拉开。

"嘘。"许呦看了一眼，立刻无声地给谢辞比了一个手势，示意他安静。

陈秀云还在那边说："跟同学多接触接触也好，不过时间……"

这里信号不好，那边声音断断续续。

许呦起身，挪动脚步来回转悠，答应着："妈妈，知道了，我马上回去，到家给你发消息……"

刚把电话挂了，手臂就被人扯住，他随口问："你要走了？"

"嗯。"许呦收起手机。

谢辞头一歪："送你？"

走出饭店，他们站到马路边。

夜里零摄氏度左右的温度，街上人潮拥挤，熙熙攘攘地像水一样流动。虽然夜已深，但城市里依旧灯火闪耀。

这里离许呦家不算太远，步行十几分钟就能到。

一路过去，街旁有流浪歌手抱着吉他唱情歌，声调和缓。许呦停下脚步，津津有味地听了一段。

"听得还挺开心，会唱吗你？"谢辞站在一旁，看她眉眼放松，心里就痒痒，忍不住出口戏弄。

她没有应答。

谢辞弯唇，不知想到什么，又笑起来："唱个儿歌都能跑调。"

许呦眼睛四处看，下巴被围巾包住，声音闷闷的："为什么听歌就要会唱？"

"不唱你听干吗？"他反应很快。

许呦看了他一眼，认真地反问："难道你学习了，考试就一定会有好成绩吗？"

151

"我不学习啊。"

"……"

风清冷,她漫无目的地跟着人群往前走,慢悠悠地,黑而柔软的长发披在背后。

匆匆经过人潮,迎面而来的都是一对对手牵手的情侣。谢辞就在她身边,还在继续刚刚的话题:"说真的,我考试的时候,不给老师露一手,他还真以为把我教会了。"

许呦顿了好一会儿,才笑出声:"你大脑有问题,我不想跟你交流。"

"还骂人呢是吧?"谢辞眯起眼,靠近她,"不怕我揍你吗?知不知道我是谁啊?"

他说得一板一眼,许呦又被逗笑了:"你是老大,我当然怕啊。"

"你脾气很差。"她也不知道怎的,就回忆起来,"我转学第一天就看到你和别人起冲突,然后还被你强迫写物理作业。"

"停停停。"谢辞蒙圈,"强迫你给我写作业是真的,但是我什么时候和人起冲突了?"

"我亲眼看到的。"她静静地说,"因为邱青青。"

听到许呦翻起旧账,谢辞还是有点心虚,毕竟他不想让她看到不好的一面……但是——

"你这就冤枉我了吧,除了你,我什么时候讨好过别的女生啊?"

"我还听你们喊口号呢。"许呦表情很淡,故意臊他,"好像是这一句,一中乱不乱……辞哥说了算?"

"……"

"你挺厉害的啊!"

谢辞笑骂一声:"都是叫着玩的啊!哈哈哈哈,那前面半句话你听过没有?连起来一句的。"

他一点不觉得尴尬,嘴巴努了努,直接顺口来了一句:"一中小霸王,临市几套房;一中乱不乱,辞哥说了算。"语气得意又嚣张。

许呦无语默默地盯着他。

不过这句话……谢辞眨眼,回忆了一下,突然反应过来,他转头问:"你说的不会是付一瞬吧?"

许呦:"我怎么知道是谁?"

他不自在地摸了摸鼻子:"别人主动找我麻烦,我当然不能忍啊,不然年级老大的威严还有没有了?才不是为了什么女生。"

"为什么你是年级老大?自封的吧?"她认真地问。

谢辞"啊"了一声,脸上露出痞痞的笑:"因为我帅啊,就这么帅到第一,牛不牛？"

许呦看了看他的侧脸，不想在这种问题上纠缠。

她转过身，往另一个街口走。

谢辞跟在后面，似笑非笑，头往旁边一偏，咳嗽一声："你吃醋了啊？"他慢悠悠地问。

许呦懒得理："我没有，谁吃醋了？"

"你啊，小醋包。"他忍不住抬手，捏了捏她的耳软骨。

许呦刚想挣扎，衣领从后面被他拉住。

谢辞胳膊微微用力，偏头在她耳边低缓道："你能不能诚实点儿？"

两个人边走路边说话，注意力不集中，迎面撞上一个蹦蹦跳跳跑着的小孩儿。

那个小女孩拿着风车，嘭的一下撞到许呦腿上，然后跌倒在地，"哇"的一声大哭起来。

许呦猝不及防愣在原地，反应了两秒，赶忙上前，蹲在小女孩身边，轻轻拍她后背："没事吧，妹妹？姐姐不是故意的……"

小女孩只顾着哭，理也不理她，手背捂着脸颊，大大的眼睛里蓄满了晶莹的泪水，一颗颗往下掉，脸憋得通红。

"别哭别哭，先别哭。"许呦手忙脚乱，用手给小女孩擦眼泪。

她没有哄小孩子的经验，只能想到什么说什么，语气焦急却也温和："阿妹别哭了，姐姐带你买糖葫芦吃好不好哇？"

小女孩瞬间收住哭声，不断耸动的双肩滞住，她很快软软地应了一声："好。"

说完，她怕许呦没听到似的，又补充了一句："我要吃糖葫芦，阿姨给我买。"

许呦："……"

谢辞插兜站在一边，干脆笑出了声。

小女孩这才发现旁边站了个大哥哥。

他长相干净帅气，笑起来尤甚，很招人喜欢。

不论年纪多大的女性，都喜欢长得好看的。小女孩想也不想就张开手，边抽噎边说："要抱抱。"

许呦没办法，用纸帮她擦了擦鼻涕，手撑在膝盖上，她微微弯腰，胳膊从小女孩腋下穿过，使力把人抱起来。

哎哟，好重。

她龇牙咧嘴，有点站不稳，后退了两步，被谢辞用手扶住。

"哥哥抱行不行？阿姨力气小，抱不动你。"谢辞轻轻扬眉，对着许呦怀里的小女孩说。

"好！"

于是谢辞接过小女孩。

许呦走了两步,捡起地上落下的风车塞回小女孩手里:"妹妹啊,你爸爸妈妈呢?"

许呦比谢辞矮大半个头,正好能和小女孩视线平齐。她把小女孩脸上的泪抹干,耐心地问:"怎么就你一个人?"

"布吉岛(不知道)……"小女孩搂住谢辞的脖子,头左右摆动,"爸爸不见了。"

许呦担心地蹙起眉:"啊,你一个人跑多远了?"

"阿姨,我想吃糖……"

谢辞默默看着她们俩互动,目光就这么黏在许呦身上。

她浑然不觉,还在为迷路的小女孩担心,四处看了看,都是攒动的人头。

"带她先去买糖葫芦?"谢辞头往许呦那边一歪,低声在她耳边问。

许呦立刻拒绝:"不行,不能把小朋友带走,要在原地等她爸爸妈妈来找。"

口袋里的手机这时振起来,谢辞单手掏出来,放到耳边:"喂?"

那边是徐晓成的声音,吵得要命,一接通就咋咋呼呼地问:"你今天还回不回来了?"

谢辞单手抱着那个小胖妞都快累死了,语气不耐烦,想要快点结束通话:"干吗啊?我还有事呢。"

"谢辞,你是不是兄弟啊?就顾着陪姑娘了?"徐晓成不满。

谢辞语气更不耐:"磨叽,什么事你倒是快说啊。"

徐晓成"嘿"了一声:"不是,我们打算换地续场子了,就是陈镜他朋友开的。"

"废话别那么多成不成?"谢辞还没听出徐晓成话里面的重点。

"我刚刚吃了好多东西,撑住了,估计等会儿吃不了多少。"

"放心吃啊,你丑不是因为你胖。"

许呦本来还在细心地问小女孩事情,冷不丁听到谢辞又在耍贫,她嘴角忍不住一弯。

徐晓成在那边乐了:"你来不来跟我们一起跨年啊?邱青青也来了。"

"她来了?"

"对啊,陈镜对她可殷勤了,你说你气不气?"

"陈镜是谁?"他一点印象都没有。

"就头发像 Wi-Fi 发射器的那个。"徐晓成试探性地问,"你来吗?"

谢辞冷淡地笑,不置可否:"你们这群人重要吗?"


时间一分一秒过去,小女孩的家长还没找来。

许呦看了看表,在原地踮起脚四处张望。

谢辞倒是无所谓，抱着小女孩逗她玩："哎，你为什么要叫她阿姨，叫我哥哥啊？"

"啊？"小女孩有点困了，结结巴巴说，"因为哥哥帅。"

"哦——"谢辞故意拖长语调，眼睛往许呦那儿瞟，"帅就是哥哥，那阿姨不漂亮吗？"

许呦在一旁跟父母打电话说明情况，懒得搭理他。

"嗯，一个小妹妹，再等一会儿，父母没来就把她送到公安局。"许呦低头，踢了踢眼前的小石子，说，"没关系，我和我同学在一起，你们别担心……"

那边又嘱咐了两句，她就把电话挂了。

谢辞还在玩，说："她是哥哥的同学，不能叫阿姨知道吗？"

他对小孩耐性真是好。

不过听他们说话，许呦额角还是一抽一抽地疼。

街头热闹的景象完全看不出来夜已经很深。跨年夜对年轻人的吸引力不可想象，似乎这个特殊的时间段能带给他们极大的欢愉，每个人都在竭尽全力地玩耍。

他们抱着小女孩等了许久，吹着风，终于等来一对年轻夫妇。

是小女孩的父母。

显然他们也快找疯了，那个妈妈抱着女孩就哭，父亲情绪镇定许多，还有精力对着许呦和谢辞两个人不停道谢。

等到事情处理完，时间已经很晚。

人声喧哗，灯火游离。

许呦疲惫地叹口气，蹲在地上歇息了一会儿。

谢辞就靠在栏杆边上看她，也不说话。

就这样发呆了一分钟。

"喂。"她的围巾被人提起来扯了扯。

许呦转头，谢辞手里牵着围巾一角，视线在她脸上游走："反正也这么晚了，带你去江边看烟花？"

"很大的烟花吗？"她目光没看他，反而飘到了更远处。

"去了才知道啊。"

江边的确很热闹，熙攘的人群，随处可见腻在一起的年轻情侣，手里拿着荧光棒。

"要不要我买点花给你？"谢辞眼睛漫不经心地扫过路上的小摊小贩。

许呦往前面走，没在意地说："不要。"

他拽住她："别走丢了啊。"

许呦挣扎了一下，莫名其妙："你别拉着我。"

155

"你别闹了，我认错还不行吗？"谢辞声音故意很大，引得周围人纷纷看来。

旁边还有人打趣："小两口闹着呢？"

谢辞回了一句："没，她可乖了。"

许呦一愣："你别乱说话。"

看她表情绷得紧紧的，谢辞笑了一声，也没放手，而是假装不经意地问："你喜不喜欢我？"

许呦心底叹口气，双手伸到脖子后，把长长的围巾一圈一圈缠起来。她的下巴缩进围巾里，眼睛被风吹得眯起来。

谢辞咬紧后槽牙。

"许呦，"他淡淡叫她名字，"你敢说不，你就完蛋了。"

许呦正要开口，周围的人群突然骚动起来。

成千上万的人一起倒数，有不少情侣已经拥吻在一起，口哨声、尖叫声，各种兴奋的声音响彻在江边。

五、四、三、二、一。

今年的最后一秒，明年的第一秒。

一瞬间漫天的烟火炸开。

嘭嘭嘭！接连不断的礼花照亮了暗沉沉的黑幕。从天而降散落的火星，仿佛落入她眼里。

许呦仰头。

真好看。

谢辞把许呦厚厚的围巾往下扯，她光洁小巧的下巴露出来。

他嘴角微扯了下，眼睛漆黑，紧紧盯住许呦的眸子，声音低而哑："试试呗？不行就算了。"

几分钟后，他再度妥协："现在不试，以后能试试吗？等你高考完？或者等……"

等到最后，终于等来她无可奈何的一声叹息。

许呦说："好。"

许呦的话一说完，谢辞呆愣在原地反应了两秒。听懂意思后，他只觉得心都酥了。

脑海里就像有跳跳糖在吱吱乱跳，身体轻轻哆嗦，手指都不自觉地蜷缩起来。

有风，夜凉。

江边灯火璀璨，喧嚣的人群中欢呼声不止，烟花一朵朵炸开在星光淡薄的夜幕里。

他手指收紧，一字字地问："你这算是答应我了？"

没等她开口说什么，谢辞直接说："你要是后悔了，我现在就跳江。"

许呦观察着他的表情。良久，她静静地回："知道了，不会让你跳江的。"

送她回家，短短十几分钟的路程，硬生生被两个人磨蹭到一个小时才走完，或者准确一点儿说，是被谢辞一个人拖住磨蹭。

这一路上，他就像不会好好走路一样，大概以每分钟十几次的正视、侧视、不经意的余光去看她。

时不时就被东西绊一下，或者直直撞上电线杆。

路过的人偶尔会向两人投来打量的目光，啧啧低语不知道说什么。这么大庭广众被人看着，搞得许呦很不自在。她实在有点受不住，往旁边站了一点，和谢辞拉开距离："你干吗老要这样，能不能好好走路？"

夜已深的冬季，有刺骨的冷意。

路灯就在头顶，黄澄澄的光线落下，风吹树影晃动。

"你发脾气了？"他摸了摸脖子，不太确定地问。

"没有。"许呦顿了顿，才说下去，"但是你有时候，能不能稍微收敛一点？"

谢辞眉梢一挑："收敛什么？"

"你……就是……"许呦皱了下眉，有些难以启齿。

这种事情要怎么直接说……

她其实很少去刻意思考怎么和一个人相处，但是他有时候的行为，对她来说真的很难习惯。

谢辞靠在旁边灯柱上，唇角挑起一点弧度，语气流露出点儿吊儿郎当的意味："你要我收敛，就别惹我啊。"

这个角度，许呦能看到他漆黑的眼睛，衬着淡色的阴影，眼尾细长略收。她莫名其妙："我没惹你啊。"

他完全不讲道理："你说话在惹我，呼吸都在惹我。"

"……"

"你知不知道，你现在看我一眼，我都觉得你在惹我。"

深夜寒气浓重，许呦黑发就这么散在肩头上。她皮肤好，白净细腻，眼睛乌黑湿润，谢辞看着看着就又忍不住想逗弄两句。

她扭头就走，不管后面响起来的愉悦的笑声。

前面不远处就到家了。

许呦停下脚步，刚想侧头让谢辞早点儿回家，他那么高的个子，从后面直接凑到她耳边，低声问："明天出来玩？"

"明天我要在家。"

谢辞瞬间不满："在家干什么啊？"

"写作业。"她声音很冷静。

"……"

许呦无奈地笑，转过身，手略抬高轻轻推了一下："快回去吧你，马上要期末考试，我真的要复习。"

"我不。"谢辞扯了一下她的胳膊，捏起她一边的脸颊，"我一个人多无聊啊！你难道要写一天作业？"

"你哪里无聊？跟你在一起玩的人那么多。"

"不行，我现在就想跟你一起玩，别人我看不上。"

许呦不敌他脸皮厚，扭头就走。

第二天，许呦起床的时候已经是下午两三点，窗户外面飘着小雪，小区里白皑皑一片。

屋里通了暖气，暖洋洋的。

许呦头还有点昏昏沉沉，刚刚睡醒，人提不起精神。她打了个哈欠，随手关掉加湿器开关，穿好衣服打开房门，趿拉着拖鞋去客厅。爸爸妈妈都不在家，妈妈煮了的粥放在餐桌上，旁边贴了一张字条，要她自己把菜热了吃。

微波炉火光微亮，转着饭菜。许呦盯着转动的计时表发呆，突然想起睡觉之前把手机静了音。

她跑去房间里，把外套里的手机拿出来，查看有没有新消息。

随便翻了翻，全都是谢辞的，未接来电和好多条短信。

许呦也懒得回，微微叹气，把手机放到一边。

这个人真是闲得慌。

吃完饭，许呦就坐到书桌前学习。临近期末考试，各科任务也繁重起来，短短几天元旦假期，发下来的卷子不少。

许呦做什么事情都很专注，容易投入，学习也是，所以时间过得浑然不觉。她做完生物卷子，又拿出数学习题。

刚写完第四道题目，手机又响起来，看都不用看就知道是谁。

许呦停住笔，揉了揉发酸的脖子，正好休息一会儿。她接通电话："喂……谢辞。"

"在干吗啊？终于肯接我电话了。"

旁边有小孩儿的声音，吵吵闹闹，不知道在干什么。

谢辞清了清喉咙，对身边的人说："一边玩去，别烦。"

听那边嬉笑吵闹的背景音，许呦问："你在哪儿？"

她有点渴了，起身去倒水喝。

谢辞说："在家啊。"

"为什么这么吵？"各种说话声笑声混杂在一起。

他"嗯"一声，说："家里来人了。"

许呦这才反应过来今天元旦，应该是家庭聚会什么的，她"哦"了一声："都是亲戚吗？"

"对啊，无聊死我了……"他刚说完，突然叫道："哎哟，谢海心，你别爬到我身上。"

谢海心拿着作业本，眼巴巴地问："哥哥，你在干吗？"

谢辞把表妹的手扯开，不耐烦地说："跟女神打电话呢。"

"哇！女神！"谢海心眼睛一亮，"你跟我说过的，比我成绩还好的那个姐姐吗？"

"是是是。大人说话小孩别听。"

"那你说了要她教我写作业的！"谢海心不依不饶。

谢辞都忘了这茬，刚刚他路过，看表妹在房间里写作业写得愁眉苦脸，就随口吹了一句："哟呵，这么小还挺爱学习，快赶上我女神了，有时间让她教你写作业。"

现在小孩都早熟得很，什么都懂，谢海心噘嘴："哥哥，你骗我，成绩这么差。"

谢辞也是太无聊，居然靠在门沿上，和表妹就这么侃起来："成绩差怎么了？才二年级就敢瞧不起你哥哥了？"

"成绩好的姐姐看不上你。"

"嘿，你这小屁孩，你哥不帅啊？"

说实话，谢辞鼻梁秀挺，人又高又瘦，肤色也比较白净，一张帅气的脸不知让多少女生芳心暗许。

谢海心觉得自己的哥哥是帅，但又不太好意思说，于是嘴硬道："我们班女生都不喜欢成绩差的男生，成绩好的应该要和成绩好的在一起。"

"这么现实啊？"谢辞忍俊不禁，故意逗她，"但是我们班女生都喜欢成绩差的男生。"

什么叫自食恶果？就是现在，好不容易能跟许呦说上两句，却被表妹在一旁死缠烂打，纠缠不休。

"怎么了？"许呦在那边低声问。

谢辞制住要抢手机的表妹，翻了个身说："我妹妹要你教她写作业。"

"啊？"她"噢"了一声，笑，"可以啊，你把电话给她。"

谢海心终于如愿以偿拿到手机，她放到耳边。小孩儿挺懂礼貌的，上来就先软软地喊了一句："姐姐好。"

"叫什么姐姐，叫女神。"谢辞在旁边打岔。

不过没人理他。

许呦轻轻"嗯"了一声,温柔地说:"你好呀,要姐姐教什么?"

"教数学,姐姐教我写数学,我不会写!"

许呦喝了一口温水,把一边的笔拿起来:"好,你给姐姐说题目。"

谢海心认真念题,许呦就低着头,在草稿纸上记。

也没有几道题,都挺简单的。许呦很有耐心,一点点给谢海心讲清楚,也不嫌烦。

"姐姐,你好聪明哦!"谢海心在电话里那个温柔姐姐的教导下,终于写完她不会的那几道题目。

不过……这种二年级小朋友写的数学题……

许呦问:"怎么不让你哥哥教你?"

"哥哥他学习不好,脾气也不好,心心不想要他教。"

许呦"哈哈"笑了几声。

谢辞在一旁听了想揍人,他咬牙切齿地捏了捏谢海心的小胖脸:"瞎说什么呢你!"

也不知道许呦这种性子是不是天生招小朋友喜欢,谢海心坐在沙发上,摇晃着腿,忍不住还想和许呦聊天,小嘴叭叭:"姐姐,你太厉害啦!跟我一样,我也很厉害。"

许呦装作很惊讶的样子,笑着配合道:"真的吗?"

"真的。"

兄妹俩坐在客厅沙发上,谢海心抢了电话和许呦聊天,谢辞就只好百无聊赖地按遥控器,胳膊肘支着沙发扶手,不停地换台。

曾麒麟来的时候就看到这搞笑的一幕,他手里拎着一瓶矿泉水,喝了一口问:"什么情况啊?谢海心拿你手机跟谁打电话呢?"

谢辞烦躁地蹙眉:"许呦。"

"哟。"曾麒麟反应很快,直接问,"这是追到手了?"

谢辞不作声。默认代表承认。

虽然现在还没有,不过他等得起。

在曾麒麟看来,明明是南辕北辙的两个人,不知道为什么就这么凑到了一起……

他"噢"了一声,拍拍谢辞的肩膀:"行啊你,我就说你今天心情为什么这么好,还答应回家了。"

"那等会儿晚上找几个人去泡温泉,把许呦一起带上?"他问。

谢辞想也不想就拒绝。

带什么带,就他和许呦还差不多,谁想和他们一群人一起泡温泉。

兄弟俩说了会儿话,谢辞始终心不在焉的。又忍了一会儿,他实在受不了

了，把电话强行拿过来。

谢海心急得扭身扑到他身上:"不行！哥哥坏。"

"不行？什么不行？你朋友还是我朋友啊？"

谢海心着急:"姐姐答应给我讲故事了！"

"那好啊，正好我们一起听。"谢辞幼稚地和妹妹较起劲，按下免提键。

许呦听到动静，无奈地笑了声。

她略微思考了会儿，不知道讲什么，脑海里搜刮一圈，想到以前在书上偶然看到的一个故事。

书桌上的灯光洒下，许呦脚蜷缩在椅子上，单手托着腮，在安安静静下雪的傍晚，拿着电话温声道:

"从前啊，有一只小兔子。

"又来了一只小兔子，它扶着耳朵站在了第一只兔子的肩膀上。

"然后又来了一只小兔子，它扶着耳朵站在了第二只兔子的肩膀上。

"接着又来了一只小兔子，它扶着耳朵站在了第三只兔子的肩膀上。"

…………

"最后啊又来了一只小兔子，它扶着耳朵站在了第九只兔子的肩膀上，亲了长颈鹿一口。

"对它说，终于可以跟你说我最喜欢你啦。"

故事说完了，那边却不知什么时候已经悄无声息。

许呦以为自己说得很无聊，不好意思笑了笑:"对不起啊，是不是觉得很无聊呀？姐姐知道的故事不是很多。"

她的声音真是温软，虽然只有只言片语，尤其是声音刻意压了一点，但哄人的时候，能甜到人心里去。

谢辞无声地笑，靠在阳台上吹冷风。

远方的天渐渐暗淡下来，城市灯火通明，小雪依旧飘摇。

他说:"我没觉得无聊啊。"

许呦察觉到了，不满地嘟囔:"那就是你无聊，干吗骗我一个人讲这么久？"

"我喜欢听还不行吗？"他突然想到什么，说，"许呦，问你个事儿啊。"

许呦低垂着眼睛，拿着笔在草稿纸上乱画，"嗯"了一声。

谢辞缓缓的声音，像微风一样入耳:"你从小吃糖长大的啊，这么甜？"

时间不知不觉地流逝。到了 1 月份中旬，一个学期马上也要在期末考试之后画上句号。在学校的日子，许呦都尽量避免和谢辞多接触。

两个人都像没事人一样。自从那晚给了承诺后，许呦现阶段不知道该怎么正常地跟他相处，谢辞则是一直忍着。

上晚自习前的晚饭时间，教室里只有稀稀拉拉几个人。

宋一帆坐在座位上玩游戏，教室后门被咚咚咚敲响。

他抬头，看到一个扎着双马尾的萝莉，大冬天还穿着小裙子，她眼神闪烁，一副娇羞样。

宋一帆暂停游戏，把手机放到桌上，随口问："找谁啊？"

那个女生犹豫了会儿，问："请问谢辞在你们班吗？"

这句话一出来，宋一帆瞬间懂了，又是一个来找谢辞的。

就前段时间，九班和一班约了场篮球，当时去看的人不少，反正两个班的班主任把学生都带去给他们加油了。谢辞也上场了，那天他像吃错了药一样，走位特别灵活，各种抢球投篮，故意引起各种惊呼声。

然后没过一会儿，学校贴吧就出现各种表白帖子，问今天穿1号球衣的男生是谁。

下面一串跟帖，传了几张模糊的偷拍照，不少人说这男生比校草还帅。

于是这段时间，谢辞更频繁地被人找，上体育课，或者上厕所回来的路上，都会被堵到教室外面要联系方式。

谢辞本人倒是一直对这些女生不闻不问，置身事外。

偶尔有朋友打趣，他也懒得解释。

只有身边几个玩得好的朋友知道真相，谢辞真的被某位许姓女生吃得死死的，简直能称得上迷恋至深。

就连宋一帆都不敢随便开许呦玩笑。

1月底进行期末考试，三天考完。考完后，高一、高二的学生放假，高三继续补课。

星期一下了好大的雪，星期二开始考试，所以早上没有早自习。

许呦不小心起得有点晚，匆忙赶到约好见面的地方，发现谢辞坐在不远处的长椅上。他靠着椅背，一双腿懒洋洋地伸着，短短的黑发上有一层薄薄的雪。

她跑得急，气都没喘匀，心里很是内疚："你等多久了？"

"很久。"谢辞扯了扯嘴角，将目光移到她脸上。

许呦苦笑，把他从椅子上拉起来，小声道歉："对不起啦，我今天闹钟好像没响，妈妈也没叫我。"

两人去的早餐店是附近新开的一家，距离学校大概一条街，还没多少学生知道。

店里面装修挺精致的，比较有情调，倒像个咖啡厅。吧台，小沙发藤椅，圆桌吊灯。

许呦在门口跺脚上的雪，好奇地往里面瞧，转头问道："这是吃早餐的地方吗？"

"不然我带你来干吗？"说完这句话，谢辞低下头看了她一眼。

许呦没理他，在门口放下自己的伞，摘掉手套就推开玻璃门进去，风铃一阵乱响，谢辞跟在身后。

他们随便找了个靠窗的位子坐下，谢辞把餐单翻开，象征性地问："你吃什么？"

店里开了暖气，许呦把书包放到一边，低下头把脖子上缠绕的围巾一圈圈取下来："都可以。"

想了想，她又说："我不喜欢吃干的。"

"什么是干的？"

"馒头之类的，"许呦不好意思地笑笑，"我吃不太惯。"

"除了这个呢？"

"没什么了，我吃小馄饨，粥也可以……"

他只是"嗯"了一声，说："知道了。"

等了一会儿，早餐上桌，许呦目瞪口呆地看着两个服务员一道道往桌上布菜。

奶油馒头、红豆粥、小馄饨、炸酱面、肉丝面汤、豆浆、油条、牛肉面……

热气腾腾的食物被陆续放到干净的白色大理石桌面上，服务员打趣道："你们是不是还有朋友没来啊，一口气吃得了这么多吗？"

等那两个人走了，许呦才说："别乱花钱啊。"

谢辞不知道怎么了，一大早特别没精神。他眼睑半合，转着手上的茶杯，打了个哈欠："没关系啊，快点吃。"看着就一副无所谓的样子。

许呦只好低头喝粥，不想说话，也不想理他。

半晌，身边有个人落座。许呦继续吃东西，心里闷着火，一句话不说。

"啧，吃起东西来就不理我了？"谢辞手肘撑在桌面上，懒懒地托住头，低垂眼睛打量许呦，又靠近了一点。

她没任何声响。

谢辞又往里面挤了挤。

"你别挨着我，烦着呢！"许呦忍不住火气，把陶瓷调羹摔进碗里，碰撞出一点清脆的响声。

他盯着她因为生气而微微嘟起来的唇，好笑道："我怎么你了？"

"我很生气。"许呦转头，正视他的眼睛，"我觉得你很浪费。"

旁边几桌还有人，店里比较安静，她压低了点声音："如果钱多，完全可以花在别的地方。"

谢辞像是无奈又觉得好笑，捏了捏许呦的脸："也没多少钱啊。"

"不是这个问题。"许呦打断他,看着他的眼睛说,"我不喜欢你浪费食物。"

她别过脸去,小声道:"我从小被我外婆带大,外公是农民,他们很辛苦的……"说完,她又开始喝粥。

谢辞一语不发地听她说完这些话,摸了摸鼻子,咳嗽一声:"我怕你吃不好嘛……没关系,那我现在找几个人过来把这些东西吃完?"

真是说什么来什么,这句话刚说出口,身后就响起来一阵惊喜的招呼声:"阿辞也在啊,够巧的!"

一转头,李杰毅带着一帮人站在旁边,陈晶倚也在,还有高三的几个男生女生。

他们都认识谢辞,一群人陆陆续续和他打了个招呼。

对这种没意义的寒暄,谢辞充耳不闻。

陈晶倚努力控制面部表情,若无其事地在旁边找了个位子坐下,随即身边的同伴也坐下,响起一两道议论声:"谢辞旁边那个是谁?看着挺宝贝啊!"

"是啊,以前哪看到他有耐心陪人吃饭……"说完,被旁边人推了一下,说话的人意识到什么似的,闭了嘴。

吃了一会儿,李杰毅被谢辞喊过去。

谢辞抬了抬下巴,示意他坐到对面。

李杰毅看到桌上摆的一大堆吃的东西,一边坐一边感叹:"高品质生活,精致男孩啊!"

"我们吃不完,你给解决了。"

"啊?"李杰毅这才发现两个人有点不对劲。他是人精,瞟了低头吃东西的许呦两眼,嘴角噙起一丝笑:"怎么回事儿啊?把人家小姑娘怎么了,就不搭理你了?"

谢辞用口型回了一句:滚!

李杰毅笑得更厉害:"啧啧啧,你们这别扭着,让我也很尴尬呀。"

谢辞不咸不淡地回:"闹了点别扭。李杰毅,你是妇女之友吗?管这么宽。"

"成成成,你长得帅,你说什么就是什么。"

"滚!"

"你要我来我就来,这会儿又让我滚,玩弄我吗?"

谢辞在底下踹了他一脚,笑骂道:"来劲了是吧?"

"停啊你,有话好好说,不带动手动脚的。"李杰毅老大不高兴。

两个人你一句我一句,故意插科打诨耍贫。明知道谢辞故意逗自己,许呦还是忍不住笑起来。

她一笑,谢辞立马凑上去:"哎哟,终于不板着脸了。"

有外人在，许呦不太好发作，往旁边移了点，看他："你不吃吗？"

"你生我气让我还怎么吃得下啊？"他说得理所当然。

李杰毅就坐在两个人对面，心里默默吐槽。

这两个人"打情骂俏"，腻歪死旁边几个人，偏偏自己还没察觉。

还有谢辞，跟许呦讲话的时候，眼睛都恨不得看穿……

许呦叹口气，把他推开了一点："我没生气，你快点吃吧，等会儿东西都要冷了。"

"那你喂啊！"他歪着头，可怜兮兮地说。

"我才不喂，你自己好好吃饭。"

谢辞说："这么狠心？"

在对面坐着的李杰毅插嘴："差不多就行了，这儿还有个人呢。"

谢辞压根儿懒得理他，抬起眼皮瞥了李杰毅一眼："烦不烦啊？哪来的这么多废话！"

因为明天考试，各科老师要开会，今天一整天都是自由复习时间。

大家都随便换座位，虽然平时不爱学习，但临时还是要抱一抱佛脚，于是学霸身边的座位挺抢手的。

早上几节课，许呦自己没写什么题，倒是给别人讲了不少题。她耐心好，也不嫌烦。

大冬天的，饮水机的热水总是供不应求。许呦下课去排队，等前面的人接完水也已经凉得差不多了。

但是她要冲药喝，于是只好等下一次水烧好。

教室后面空的位子很多，有些人出去了，来了的也趴倒一大片在睡觉。

许呦随便挑了个位子坐下来，眼睛看着饮水机那个红色的小圆点亮灯发呆。

过了会儿，后背被人用手指戳了戳，她回神，转头看。

是宋一帆，他脸上还有被手臂压出来的红痕，睡眼惺忪地对许呦说："阿辞喊你。"说完，他就困得不行，倒回桌上去了。

许呦拿着空水杯去一组后面。谢辞桌上放着一大堆东西，书本一摞一摞地摆放在本来面积就不大的书桌上。

"学霸，打个商量，下一节课就坐我旁边怎么样？"谢辞显然也是刚睡醒，一头黑发微微凌乱，眉眼慵懒。

许呦把水杯放到一边，随便翻了一本他的书看。

上面一片空白，什么标注都没有，就封面上龙飞凤舞写了两个字。

她还什么话都没说，谢辞就抢先道："求求你了，我认真想学的。"

许呦继续沉默，明显不太相信。

等了一会儿，上课铃声打响，谢辞拉住她衣袖，仰着头，目光里多了一点祈求："你有没有良心，就一节课还要想这么半天？"

"那你上课别跟我讲话，除了问题目。"许呦提条件。

谢辞立即点头。

最后一节课，教室里渐渐不安分起来，大家学习的心思也淡了，各个角落都在讲话。

不管别人怎么吵，许呦仿佛不受影响似的，安安心心低头写自己的作业，真的一句废话都不跟谢辞讲。

他忍不住，戳了戳许呦肩膀，让她讲题。

许呦把题目拿到手里，低头一看，数学第一道题目，最简单的三角函数题。她有点无语，望着谢辞："这你要我给你讲什么？"

他其实题目都没看，就随口说："你想讲什么就讲什么，反正我都不会。"

"……"许呦摇摇头，提笔在草稿纸上列公式，"这一题很基础的，你把书上三角函数的公式记一记就会了……"

她越过桌，趴着给他讲题。讲了一会儿，他明显心不在焉，许呦察觉到了，抬头说："你听不听？"

"听听听。"他对许呦眨眨眼睛。

许呦把笔一撂："我不跟你讲了。"

"嘖，怎么就不讲了！"谢辞急了，"你别老欺负我这种年轻又好看的人啊！"

第六章

新年

XIN
NIAN

● 喜欢这种东西，就算捂住嘴巴，
也会从眼睛里跑出来。

"我不跟你讲了，起开。"许呦被他闹得复习不了，干脆站起身。

谢辞扬眉，一脸痞子样："不让，有本事你从我身上翻过去啊。"

他脚踩在桌子下面的横栏处，人往后一靠，直接挨上墙，就这么堵死她所有的出路。

许呦看着谢辞，觉得好笑："我出去接点开水喝药，你干吗啊？"

这种药是调理胃的中药，闻都闻得出来一股苦味。许呦轻轻摇晃浓稠的褐色汁水，喝了一小口，顿时被苦得皱起眉头，直吐舌头。

"哇，我就说是什么味道，好难闻啊！"前排的人转过来，才发现许呦坐在谢辞旁边，他像见了鬼一样，"学霸，你什么时候坐过来的？这么神出鬼没。"

他们的座位靠近后门，算是班上比较不起眼的位置了。因为温差，教室里的玻璃窗都蒙上一层白雾，外面瞧不见里面，里面也看不清楚外面。

许呦皱了皱鼻子，看了看杯子里的药："很难闻吗？那我快点喝完。"

"叫唤什么啊，转过去。"谢辞在一旁不耐烦，顺手丢了本书过去。

他在教室里说话，真的要有多大声就有多大声，搞得前排都有几个人转过来，以为有什么热闹看。

许呦纠结了半天，终于做好心理准备，心一横，把鼻子捏住仰头灌药。

咕噜咕噜，苦涩的褐色液体滑过喉咙，呛人的苦味充斥鼻喉。她把见底的杯子放在一边，小脸上的五官全部皱在一起。

完全说不出话来，太苦了。

"有水吗？给我喝点水。"许呦受不了，艰难地低声问。

谢辞去旁边给她倒了点温开水。许呦打开后门，跑去厕所漱口，漱了好多次，口腔里那种难闻的味道还是迟迟没消散。

回到教室，谢辞还是坐在那儿，连姿势都没怎么变过。

他眼睛盯着她看："好点了吗？"

许呦摇摇头，把门轻轻关上，坐到位子上："太苦了，苦死我啦。"

谢辞说了一句话，她没听清，问："什么？"

"我说，"谢辞低着头剥了一颗糖丢进嘴里，慢条斯理道，"我有糖。"

他微微倾过身子凑上去，伸手搁到她肩膀后的椅子上，把她圈住一样。

许呦感到有点不妙，往后退了一点。

——他伸手往她嘴里喂了一颗大白兔奶糖。

等反应过来,许呦反射性地把他推开,脸不受控制地越来越红、越来越红。她趴到旁边桌上,把脸埋到手臂里,脸上滚烫,心里像开了一瓶冒着气泡的雪碧。

奶糖被含在嘴里,谢辞舔了舔唇角,低低笑了两声,看着她害羞的模样,心底的满足感像是要溢出来一样。

三天的考试很快就过去了。

随着高二上半学年的最后一次考试尘埃落定,理科重点班的学生名单也确定下来。这次文科班一共分了四个,原本的七班变成了文科重点班,文一班。

理科火箭班,也就是理科零班,一共三十个学生。许呦和九班另外两个学生毫不意外地进去了。

零班比其他班的学生要晚放假一周。许呦那天还在家里休息,就接到通知后天中午去学校上课。

历来零班的学生都是最受瞩目的,分配的各科老师也是学校的顶尖师资力量。早在其他班级的分班名单出来之前,零班学生的名单就被贴到告示栏上,上面是一些大家基本都知道、平时月榜上名列前茅的学霸。反正进了这个班,就像在身上贴了一个金光闪闪的标签一样。

隔天去学校,许呦没费多大力气就找到零班的位置,就在二楼。

教室里已经有不少人,有些应该以前就是同学,三三两两坐在一起聊天。许呦随便挑了个靠前的位子坐下来。

新的班主任姓王,叫王夏冬,四十几岁,看上去有点不苟言笑。他教数学,走上讲台先是来了一番自我介绍,然后例行说了一些大家从小到大耳朵都能听出茧的心灵鸡汤。

下个环节就是班上每个同学的自我介绍。

其实成绩好的学生不一定都是书呆子。在许呦前面上去的男生都特别风趣幽默,天南海北地讲,逗得全班哈哈大笑。

很快轮到许呦。她比较无趣,不知道该说些什么,先是在黑板上把名字一笔一画地写下来,写完后把粉笔丢进粉笔盒。被那么多人注视着,许呦不太自在,顿了一会儿才说:"大家好,我叫许呦,呦是呦呦鹿鸣的呦,很高兴和大家成为同学,希望接下来一年可以一起进步……"

非常套路化的自我介绍,说完就没话了。

台下的掌声还是照样响起来。

许呦左手托着下巴,心不在焉地玩笔,等班上剩下的人一个个进行自我介绍。

她正发着呆,突然听到一道轻柔的女声:"大家好,我叫邱青青。"

登时,坐在后面的两个女生的议论声传入许呦耳朵。

"哎哟,我发现邱青青真的挺好看啊,好白啊。"

"还行吧,我觉得一般喽。"

"听我朋友说她性格也很好。真是羡慕这种女生,长得漂亮,成绩还好……"

"要不然年级那么多男生暗恋她呢!就那个,"一女生提了个名字,"谢辞,你认识吧?之前不也经常跟邱青青一起玩吗?"

另一个女生"啧啧"两声:"真不知道两个人怎么搭上的。"

"哼,人家长得帅……"

后面的许呦没再听下去。

晚上放学,已经快十点钟。许呦收拾东西时,座位跟她隔着一条过道的男生来向她请教问题。大家成绩都差不多,解决难题也是以讨论为主。

一来二去,许呦倒是和那个男生熟悉了点,知道他叫沈阳。沈阳每次都喜欢晚自习下课后和许呦讨论化学题目,或者说争论。他这个人有点钻牛角尖,想不过来的问题老喜欢琢磨。许呦一般就是默默地听,指出他逻辑错误的地方,然后两人在校门口分道扬镳。

在理科重点班学习没什么特别的感觉。只是周围同学变得陌生,许呦不喜欢讲话了,下课大家也都是各自埋头学习。零班进度快,虽然只补课七天,但是这短短几天里基本上每门科目的老师都陆续结束了新课,开始总复习。

过年前夕,零班和高三的学生一起放了假。寒假在不知不觉中悄然来到。

分班结果出来以后,以前的同学朋友都陆续给许呦发了祝贺短信。有以前的室友廖月敏、陈小、李玲芳,还有一些九班的同学。

放假那天许呦在家里收拾东西,突然想起来这段时间太忙,好久没见过谢辞了。父母在客厅看电视,她坐在卧室的小板凳上,借着台灯的光,边整理卷子边给谢辞打电话。

打了几遍,那边都没有接。也许没听到,或者别的什么原因。

又拨了一次出去,这次是被人为掐断的,她猜不到发生了什么,脑海里有点乱。

陈秀云这时推门进来,许呦随手把手机放到一边,仰起头轻声喊:"妈妈。"

"嗯,在干什么?"陈秀云脸上有淡淡的笑意。

自从知道许呦分进理科重点班,他们家的气氛一直很好,许爸爸的念叨也少了很多。

"我在收拾东西,整理卷子。"许呦老实回答。

陈秀云点点头:"你们放几天假?"

"十二天,正月初七去上课。"许呦算了算,"但是老师发了很多作业要写。"

陈秀云惊讶:"你们班管得这么严啊?"

"嗯……"许呦心不在焉,无意识地把卷子折了又折,背微躬,靠着床沿。

过了一会儿，放在床上的手机振动起来，她看了一眼来电显示。

陈秀云问："你同学吗？"

许呦点点头，说："我以前同桌。"

等陈秀云出了房门，她才把电话接起来。是付雪梨，那边有震耳欲聋的音乐声和欢呼声。

许呦开口："雪梨？"

付雪梨像是正在跟别人讲话，半天才"喂"了一声，走到一个稍微安静点的地方："呦呦，你在家吗？"

"在。"她说，"这么晚了，你怎么还在外面？"

"今天九班的出来聚会啊！你怎么不来？早上给你打了好多电话都没接。"

许呦解释："我们今天下午才放假，我一直没看手机。"

"那晚饭呢？许星纯也来了，结果我找半天没找到你人。"付雪梨多聪明，挑重要的说，"谢辞今天情绪挺不对劲儿，你要不要来看看？"

听到这句话，许呦翻卷子的动作顿了一下："谢辞跟你们在一起吃饭吗？"

"对啊，不过他下午没跟我们玩，就晚上来吃的饭。"付雪梨答。

许呦笑了笑，说："我知道啦，今天可能去不了，帮我和班上人说声对不起吧。"

付雪梨挂了电话，旁边的宋一帆看她："怎么样？许呦出不出来？"

"不出来。"付雪梨把手机收起来，推开包厢门看里面情况，皱了皱眉头，"谢辞什么情况啊？"

宋一帆支支吾吾，神色犹豫。

陈晶倚坐到谢辞旁边，把他的手机丢到茶几上，轻声细语地说："阿辞，我打完电话了。"

因为许呦放假时间短，没时间回溪镇过年，大年三十晚上就找了陈丽芝一家来过年。两家人聚一聚吃个团年饭算是把年过了。

饭桌上，陈丽芝和许爸爸谈起许呦的成绩。

"阿拆打算以后考什么学校？"陈丽芝问。

许爸爸回答保守："看她高考发挥。"

按照许呦现在的水平，只要高三成绩不落下，应该能进国内顶尖学府。她又是沉稳的性子，能静下心来，家里人都对她很放心。

"就是怕她在学校受别人影响。"许爸爸摇摇头，叹了口气。

在临市一中读书的学生，一般家庭条件都比较好，吃穿用度相互之间难免会攀比。

陈丽芝知道许爸爸在担心什么，便宽慰了几句。

过了会儿，陈秀云把切成块的水果端了出来，放到餐桌上："哎呀，你们多吃点东西，先歇会儿，说点别的吧。"

"你也别忙活了，快点吃饭吧姐。"

"我不饿，今天的菜好吃吗？"陈秀云皱着眉，轻轻拍了拍许呦的肩膀，"阿拆，跟你说话呢，怎么老是走神？"

听到母亲催促，许呦才停止发愣，停下吃饭的动作，抬起头来。

"问你今天的菜好吃吗？"陈丽芝在一旁解围。

许呦回过神，点点头："好吃。"

"你最近压力是不是有点大？看你整天也不说话，就在房里，放假了也没看你和同学出去玩。"陈秀云把手在围裙上擦了擦，拉开一边的椅子坐下来，略有些担心地打量许呦，"学习重要，身体也重要啊。"

"对啊，阿拆，别老这样，多出去走走，这样老是待在家里，容易把自己闷坏的。"

许爸爸打断她们，用筷子敲了敲碗："出去玩什么玩，这都什么时候了，许呦她自己有分寸的，都快高三了，必要的努力也是需要的，现在她年轻，辛苦一点又不会怎么样，这点苦都受不了，以后出社会了怎么办。"

许呦低下头默默吃饭，也不说话。

吃完饭和外婆打电话，许呦很久没见她了，很想她。

外婆前段时间已经出了院，一直在家静养着，接到许呦电话很是开心，反复用熟悉的家乡话说："阿拆哟，阿嬷好想你哇，过年不回来，吃不到阿嬷给你做的油糕啦。"

家里还有两三个和许呦同辈分的表姐和表哥，但许呦是外婆最疼爱的一个。她从小在外婆身边长大，转来这边上学后，外婆总是担心许呦没东西吃，或者吃不了多少、吃不习惯。但是外婆年纪大了，很多事情记不牢，一件事情喜欢反复念叨很多遍。

"阿嬷，我放假回去看你。身体有好点吗？"许呦压下心里淡淡的辛酸，笑着问。

"身体好多了。你在那边有没有好好吃饭？"

"我天天有好好吃饭的，等放暑假就可以回去啦。"

"乖啊，我的阿拆，暑假回来，阿嬷给你做红豆汤喝，还有蒸糕啊，阿嬷弄了很多，你到时候讲，我给你准备着。"

她乖乖答应："好。阿嬷，你在那边也要好好的，我听话的。"

听外婆絮叨完，她挂掉电话。

许呦低着头，坐在客厅的沙发上发呆。面前的电视机里放着欢快喜庆的春节联欢晚会，偶尔能听到楼下儿童嬉闹跑过的笑声，伴随着一阵烟花爆竹噼里啪啦的响。

她脱了鞋，盘腿坐在沙发上，无意识翻看手机。

收件箱里许多群发的祝福短信，许呦懒得回，一条条往下翻。

突然看到一个名字时，她手指一顿。

谢辞……

上次和他见面还是什么时候？半个月前？一个月？记不清了。

自从那天晚上，她就没有再联系过他，谢辞也几乎没有再找过她，两个人的联系似乎就这么断了。

除了前几天深夜，许呦写着卷子，接到谢辞打来的一个电话。

接通后，他一句话也不说。许呦本来就不善言辞，不知道说什么，也不知道这通电话意图在哪儿，于是也沉默。

"谢辞？"过了一会儿，许呦试探性地喊了一句。

那边只有轻不可闻的呼吸声，他开口："你在哪儿？"

"家里面。"

"哦。"他问，"是不是我不给你打电话，你永远不会找我啊？分班了就想甩开我？"

这时，电话里突然传来一道娇柔的声音唤他的名字，然后便是清脆的笑声。

"你在外面吗？"许呦静静地问。

"你不想跟我在一起，只是敷衍我，现在终于可以甩开我，你是不是很开心啊？"谢辞话说得混乱，逃避着问题。

"阿辞……"那边又有隐隐约约的声音传来。

许呦听不懂他在说什么，低下眼。小小的阅读灯照亮书上的字，她翻过一页书，把手机放到旁边。

几分钟后，她重新把手机拿起来，那边已经挂了电话。

和他保持一种奇怪的关系，实在是太费劲儿了。许呦猜不到谢辞在想什么。两个人从小生活环境天差地别，物质消费的观念也不同。就算以后真的在一起了，也许刚开始时还算美好，但前途实在是不明。

她没有和任何一个男生有过这么亲近的关系。许呦虽然很懂得克制，但也时常会无措，失去判断和推测能力，如同盲目摸索前进。

对于她来说，他情绪时常变幻莫测，太诡异难辨。

但是她不想伤害谢辞，即使要离开，也不愿意做主动开口的那个。

思量许久，许呦拿着遥控器，把电视机声音调大了一点。回头看，父母和陈丽芝还在餐桌旁讲话。

她拨通谢辞的电话。

嘟……嘟嘟……一声一声响着,像敲击在她心上。

"喂——"谢辞接通了。

许呦听到他的声音,不知道怎么就松了口气。她把手机放到耳边,轻声说:"新年快乐。"

"还没过十二点。"

"……"许呦不知道该说什么了,听他那边似乎一点嘈杂的声音都没有,又不由得有点好奇,"你在房间里吗,怎么这么安静?"

"在外面。"

"外面?你今天晚上没跟家人团聚?"

"没有。"

"哦……"

许呦捏着手机走神,刚想说那就这样吧,电话那头的谢辞又问:"你在不在家?"

"在啊。"她莫名其妙。

他说了句什么,正好身后陈秀云喊她:"阿呦,还吃吗?"

许呦吓了一跳,急急忙忙回头,应了一声:"不吃啦,妈妈。"

"在跟谁打电话?"陈秀云收拾碗筷,随口问了一句。

许呦稳住表情,说:"跟同学。"

说完她就穿上拖鞋跑进房间里,轻轻把门反锁了,才敢继续把手机放到耳边:"喂?"

那边又没了声音,许呦解释:"你刚刚说的我没听见。"

谢辞声音很淡,若无其事地道:"我在你小区。"

许呦愣在当场,一时间没反应过来,又听到他继续说:"等你等了一天没吃饭,很饿。"

"下午下雪了,我要冻死了。"

许呦一颗心就像被一只手紧紧地揪着。她虽然迟钝,但并不是无知无觉。

"妈妈,还有吃的吗?"许呦换了身衣服,披上外套,跑去厨房。

陈秀云看她的穿着,手上动作一顿:"你要出门?换衣服做什么?"

她没了主意,只能撒谎:"我同学就住在旁边,晚上没吃饭,刚刚给我打电话,然后要我给她送点吃的,陪她说会儿话。"

陈秀云问:"啊?你同学爸爸妈妈不在家吗?"

许呦做贼心虚,低了低头,答道:"她也没说,反正一个人过年,我就去陪陪她……"

"哦……那好吧,你把手机带着。"

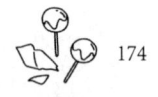

许呦平时太听话，陈秀云没有过多怀疑就相信了，说："还有点热的水饺，你带给你同学吃可以吧？"

"嗯嗯，可以的。"许呦出厨房前，踌躇了一会儿，又说，"妈妈，你跟爸爸说一下，我先走了……"

小区里黑漆漆一片，隔几十米才有路灯。凉入骨髓的空气往肺里走一遭，让人情不自禁打了个哆嗦。

一点点清淡的梅花香在夜色里飘散。

地上的薄雪已经结成碎冰。脚踏上去，有细碎的咯吱声。

谢辞坐在长椅上，有一朵白花从枝头坠落到他肩上，他毫无察觉。

她怀里抱着保温盒，立在不远处，一张小小清瘦素净的脸。

两人默默无言地对视。他眼睛漆黑，眼尾细长，清冷的轮廓淹没在黑暗之中。

"谢辞。"许呦往前走了几步，坐到他身边。

她拾起他肩膀上的那朵花，摊在手心里，凑到鼻尖嗅了嗅。

清清淡淡的香味。

一片寂静里，只有两个人的呼吸声。

"我给你带了吃的。"许呦想起来，低头打开保温盒的盖子。

食物的热气接触到寒冷的空气，迅速散成白雾。

她双手把东西递过去，轻声说："只有饺子了，你吃醋吗？我给你加了一点。"

"如果你不喜欢吃，我陪你去买点别的。"她又补充。

谢辞先是看了看她的脸，又低垂下眼睛看保温盒，动了动唇："等你等累了，不想动。"

许呦："……"

安静两三秒钟，她在心底叹了口气，把调羹拿起来，挖起一个饺子递到他嘴边。

过了会儿，又开始飘小雪粒。

暗淡灯光下，夜色无边无际，蜡梅的清香在凛冽的空气中淡淡地蔓延。

他们坐的长椅周围有几棵树，前面停了一辆越野车，位置很隐蔽，偶尔有来往的人也看不到里面。

谢辞坐在她旁边，眼睛微垂，看着抵在唇边的调羹。

半晌，他顺从地接过调羹。

饺子并不烫，只是温暖，和她身上的温度一样。

许呦看着他吃东西，也不说话。他脸颊鼓鼓，嚼完一个咽下去，又把下一个饺子塞到嘴里。

后来餐盒见底，东西吃得一干二净。许呦换了坐姿，低头把调羹放好，拿起一边的盖子盖上餐盒。

"吃饱了吗？"她问。

"饱了。"

"哦。"

谢辞眼珠漆黑，薄薄的外套上落了一层白，是未化的雪。

而后又是安静。

沉默了会儿，她侧过脸，瞥了他一眼说："你在跟我生气吗？"

谢辞不知是不是刻意在避开她的目光。

这种别扭的感觉其实很难说清楚。思来想去，两个人似乎没有什么能说出来的矛盾，也没有缘由，却心知肚明隔了点东西，闷在心底发酵着，却不知从何说起。

起风又下小雪的夜，寒风瑟瑟，冻得人骨头发疼。

"没有。"他右手无意识转着钥匙扣，敷衍地应了一句。

不知道为什么，看到谢辞这副无所谓的样子，一时间许呦内心升起一股无力的烦躁，不知如何是好。她不喜欢对别人发脾气，也说不出什么重话。

她不懂谢辞为什么会突然这样，猜测也许是他已经厌倦和她的这段关系……或者是，他根本懒得等她那么久。

许呦心里很乱，想起宋一帆说过的话，然后又想到一个词语：喜新厌旧。

大概……

许呦在长椅上静坐几秒，然后起身。她走出几步远后，停下脚步，背对着他说："那你早点儿回家吧。"接着她头也不回地往前走。

步伐很轻，也很缓。远处天色暗沉，雪花一点点落下。

钥匙扣被摔到长椅上，滚了两下，砸到地上的泥土里，闷闷的一声轻响。

谢辞从背后拉住她的手腕，许呦一怔，挣扎了一下，他又攥紧了几分。

她眨了眨眼睛，眼前的景象有点模糊。

"别走。"谢辞一开口说话，嗓子哑得像砂纸磨过。

许呦轻轻柔柔地呼吸，心里紧绷的弦松了一点。

"对不起。"谢辞道歉。

不知道为什么，刚刚看她渐渐走远的背影，他居然第一次有种惶恐的感觉，心里之前说不清道不明的不甘、委屈和愤怒全部消失，只剩下心脏像是被狠狠攥紧一样。

反正脑海里只剩下一个念头：不能让她这么走了。

许呦的心疼得像扯了一下，她转头去看他的眼睛："你没有对不起我，我只是想知道你怎么了。"

谢辞正要张口接话，许呦兜里的手机响起来。许呦打断他，忙腾出一只手拿出手机:"喂?"

"阿拆啊,怎么还没回来?"这深更半夜的,陈秀云看她下去那么半天,不由得担心。

"妈妈,"许呦还被拽着,她心虚地酝酿了一下,用方言快速说,"我同学就一个人,我陪'她'去转一转,就在附近,等会儿就回去。"

陈秀云不赞同:"这么晚了,两个女孩子去逛什么,太不安全了,你把你同学带到家里来。"

"不是。"许呦自己也被噎住了,顿了顿,随便编理由,"'她'心情不好,也有点事要跟我说,妈妈你别担心,我带了钥匙,手机也带着,等会儿就回去了。"

"你们现在在哪儿?"陈秀云又问。

"在……学校附近……"听到追问,许呦暗暗头痛。

她不敢说就在小区,免得陈秀云直接要她上去,或者下来找她。

"学校?"

许呦焦躁地在原地来回走,偏偏被人拽着。她抬眼看谢辞,他也正在看她。

"还有其他同学,刚刚才联系的……"

陈秀云犹豫半天,才嘱咐:"别弄得太晚了。"

许呦答应,又想起来:"爸爸呢?小姨走了吗?"

陈秀云说:"你爸爸刚刚喝了点酒,现在睡了,小姨刚刚回家。"

"好,我知道了,你有事情就给我打电话。"

"对了,你同学里有男生吗?"

许呦故作镇定:"没有男生,都是女生。"

陈秀云像是松了口气,"嗯"了一声。

电话挂断,许呦才意识到谢辞就在身边,她一下子尴尬了,随即反应过来,谢辞应该听不懂她说的话,又松了口气。

夜渐凉,她背后却出了薄薄一层汗。

"你要跟我走走吗?"许呦把手机收起来,仰头问。

马路上的雪融化成水,有些湿滑。

许呦把保温盒寄放在保安室,跟谢辞出了小区。

他们就在街边轧马路。

这个时候,路上行人很少,只有路灯孤单寂寞地亮着。

她想说点什么,又始终不知道怎么开口才合适。

也不知道一个人的情绪怎么可以反复无常成这样。刚刚明明一副爱搭不理的模样,现在却赖着她不肯走。

许呦稍微有点不习惯。以前在一起时,都是他的话比较多,现在他不说话了，两个人似乎也没了话题。

路过一家二十四小时便利超市，他脚步一停。

许呦抬头看他。

谢辞说："我要买糖。"

"你都几岁了，怎么还吃糖？"许呦蹙眉，拽着他胳膊往前急走几步，"大晚上别买了。"

他盯着她的背影，无声地笑了一下。

又走了一小截路，许呦毫无察觉，完全不知道谢辞心里在想什么，继续念叨："我爸爸年轻的时候也喜欢甜食，后来身体不好，老被我妈妈说，就戒掉了……"

"你又不管我。"谢辞面无表情，淡淡出声。

许呦回头看了他一眼，顿了两秒，才发觉词穷。

"我觉得你现在越来越奇怪了。"她说。

谢辞目光垂下来，看两个人的影子："什么奇怪？"

"你有什么事，能不能跟我直接说？我并没有不管你，也没有不理你，我给你打过电话，可是你没接，我以为你有事，然后就没打了。"

听她一长串地说完，谢辞眉头皱起："你什么时候给我打过电话？明明就今天主动了一次。"

这时，背后有道男声试探性地叫了一声："许呦？"

两个人同时回头望去。

沈阳确定是许呦后，笑着对她挥了挥手："真的是你啊，太巧了，你怎么在这儿？"

走近了，他才发现许呦旁边还站着个男生，沈阳愣了愣，目光在谢辞脸上转了一圈。这不是……

是新班级里的同学。许呦出于礼貌，对他笑了笑，随口问："你怎么在外面？"

"刚刚去买了点东西。"沈阳目光掉转向旁边，迟疑着问，"这是你哥哥？"

"啊？"许呦愣住。

谢辞个头高，又站在台阶上，居高临下看着沈阳，目光越来越冷漠。他伸出手，拽过许呦，似笑非笑地问："你谁啊？"

许呦望向谢辞，觉得他情绪有点不对劲，不过她也没多想。

沈阳再怎么反应迟钝，此时也明白两人的关系不一般。他笑了笑，对许呦说："那我先走了，回学校再见。"

沈阳走远后，许呦清了清嗓子，转头跟谢辞解释："他是我同学，就是刚刚分班的……"

"我知道。"他别过脸去，不冷不淡地打断她。

许呦感觉他又回到最开始那种情绪极其不稳定、别扭极了的状态。刚刚还挺正常的，这会儿又开始不知道跟谁生闷气。

"你和他关系很好？"过了会儿，谢辞忍不住低声问。

许呦没回答。她还在想他到底为什么生气，走神了一小会儿，没听清楚他问的什么。

这副模样落在谢辞眼里，就是默认了，他更加恼火："因为他成绩好？"

"你在说什么？"许呦回神，"我和谁关系好了？"

"刚刚那男的。"

这下她终于反应过来，急忙摆手："我和他不熟啊！"

"你们天天一起回家。"他说。

许呦抓到重点："一起回家？"她无语，神色诡异道，"我什么时候和他一起回过家？"

她看他半晌不说话，又问了一遍："你是不是误会什么了？"

这下，谢辞终于肯开口："我去接你放学，你每天都和他一起走。"

分班结果出来以后，谢辞的确是最后一个知道许呦去了火箭班的。这其实也是意料之中的事情，可是不知道为什么，他整个人莫名地烦躁。这种焦虑在他去等许呦放学，看到她旁边有说有笑的男生时，一瞬间达到顶峰。他双手插兜，靠在墙上不出声，默默看他们走远。

一连几天都是这样。

他不想去问，像吃错了药似的，故意折磨自己。他每次都等在那个位置，看着许呦和那个男生出校门，然后走远。

后来有次宋一帆他们约他出去玩。谢辞心情阴郁，人沉沉地靠着椅背。

旁边的人看在眼里，李杰毅问："阿辞跟谁闹别扭呢这是？"

宋一帆也不知道，莫名其妙看了一会儿，试探性地说："该不是和许呦闹崩了吧？"

很有可能。

李杰毅想了想，转头对谢辞道："哥们儿，你别是被嫌弃了吧，这也太掉份儿了。"

"不过，话说回来，"李杰毅和谢辞混了这么多年，早已口无遮拦，"人家姑娘多优秀啊！你除了长得帅了点，好像也没别的什么优点了，仔细思考一下，哦对，还有点儿钱，不过感觉还是有点儿配不……"

话没说完，谢辞随手拿了个东西扔过去："滚！"

李杰毅反应迅速，歪头一躲。

反应了几秒，他心有余悸地拍拍胸口："恼羞成怒啊你。"

很明显，谢辞现在这种状态，不能戳痛处。李杰毅还傻傻地往枪口上撞。

宋一帆默默把屁股往旁边移了点。

这下许呦是真的很蒙。她知道谢辞误会了，思索良久却不知道怎么说，从何说起。

"我和他是很普通的同学关系，就是有时候下晚自习，他会问我题目，喜欢跟我争论，可能被你看见了。"许呦老老实实地说，"但是我不知道你为什么会以为我天天跟他一起回家。"

她站在高一级的台阶上，眼睛刚好能和他平视。

这里光线稍微亮一点，她这才发现谢辞双颊通红，乌黑的眼珠似有水光。他本来就白皙，这样看着更加明显。

"你怎么脸这么红？"许呦蹙眉。

"气的。"他答，不自在地垂着眼睫。

"明明是你自己误会了。"她轻轻地说。

"我知道。"突然想起刚刚没说完的话，谢辞问，"你什么时候给我打的电话？我什么时候不接了？"

许呦静静道："我放假那天晚上。"

他拧眉，小心翼翼地观察她的表情，半天想不起来。

"你放假……"谢辞又想了想，"九班聚会那天？"

"对。"

谢辞这下有印象了，瞬间反应过来："我那天手机被人拿去了……"

"嗯……"许呦心不在焉，明显不想继续纠结这个问题。她又往上站了一级台阶。

谢辞还想解释，突然一愣。

"你蹲下一点啊。"她说完，伸手贴紧他的额头，喃喃自语，"好像有点烫……"

谢辞愣住几秒，风吹起她细碎的发丝，扫过他的眉梢，带点清淡的花香，他呼吸一紧，后颈上的皮肤不自觉绷紧。

"真的好像发烧了啊……"

许呦没察觉到谢辞的异样，又拨开他额前的发丝，手背贴上去仔细感受。

他乖乖站在那儿，低眼，黑长的睫毛留住了点儿光，嘴角的笑意四散开来，越笑越停不住。

许呦被他笑得莫名其妙："要去医院看看吗？"

"现在都几点了。"谢辞一副无所谓的语气。

许呦拿出手机看了眼时间，快十点钟了。

这么晚，还是大年三十，医院也不知道关门了没有。

还在原地纠结着，陈秀云就打来电话，让她快点回去。这次母亲语气强硬了许多，许呦不好继续搪塞，连"嗯"几声答应。

"你要回去了？"他问。

许呦点头："我妈妈在催了，你也早点儿回家。"

"行啊，我把你送回去。"

这里离小区并不远，就几条街的距离。

两人先去保安室里取餐盒。老旧收音机传出吱吱呀呀的戏曲声，保安把保温盒从窗口递给许呦，"呵呵"笑了一声："这么晚还在外面呀。"

许呦接过来："要回家了，爷爷你在看春节联欢晚会吗？"

"在看在看。"

小区保安是个年纪有些大的爷爷，许呦有次听父母闲聊才知道，这个老爷子命苦，妻子早逝，儿子又不争气，喜好赌博，在外面欠下一屁股债，娶了个媳妇也挺跋扈的。儿子不争气，在外面找小三偷情被发现，女方家里闹得不可开交，老爷子在家里待不下去，才在这种年纪出来做门卫。

谢辞听许呦讲这些，表情无波无澜，忽然说："哦……出轨啊。"

又走了几步，她才突然反应过来，看着他："今天你为什么一个人？"

"……什么？"

"大年三十怎么一个人过？"

"我一直一个人啊。"她不解，就听到他说，"初中我就一个人住了。"

"初中？！"许呦错愕，以为谢辞在开玩笑，"为什么？"

"噢，和我爸吵架了。"他面色如常，话说得风轻云淡。

许呦敏感地察觉到谢辞情绪有点不对，不由得想起上次在校长办公室，他被父亲打的那重重的一巴掌。她直觉谢辞和家里肯定闹了什么矛盾。但她不是一个好奇心很重的人，何况作为外人，也不好多打听别人的家事，于是话到嘴边又咽了下去。

他们静静走了几分钟，快到许呦家的楼下时，她停下脚步，想了想说："虽然我不知道你和你爸爸妈妈有什么矛盾，但是你可以和他们好好谈谈，毕竟是你父母……"

"我妈和我爸早就不在一起了。"

许呦有点蒙，没反应过来这句话的意思。

谢辞说："我十二三岁的时候吧，我爸出轨，我妈在我面前从二楼跳下去，摔到草坪上，没死，后来从医院出来两个人就离婚了。我爸家里那个啊，比我就大几岁，很恶心。我妈和我爸离婚以后没过几年就再嫁了。"

他说这些的时候很平静，表情都没有什么变化，就像在说别人的家事，和自己不相关一样。

他在桀骜不驯的青春期里，对家庭和父母甚至学校都充满反叛感。不想在那个家里待着，于是就自己出来住。逃课，不学习，成为别人眼里不入流的小混混。

许呦心一揪，有种说不出的感受。她低下头，缓缓道了声："对不起。"

"什么对不起？"

"我刚刚……不是故意跟你说的。"她指的是那个保安的事情。

谢辞面无波澜。

"那个……"许呦绞尽脑汁思索着，不知道怎么开口。

说什么都好像不对。

"你上去吧。"谢辞手插在裤兜里，往后退了两步。

许呦抬头，这才发现不知不觉已经到了楼下。

她不懂人情世故，不知道怎么应付这种情况，听到这些沉重的过往，想要说点什么，至少要让谢辞现在别难过，却还是开不了口，怕不论说到什么，都会不小心伤害他。

她犹豫了半晌，陈秀云又打了几个电话来催。

许呦侧身，接起来小声说："妈妈，我在楼下，马上就上去。"

"你快一点，女孩子这么晚别总是待在外面。"

"我知道。"

"还有多久？"

"马上……"

电话挂断，许呦把手机收起来，转过身看谢辞，还没说话，他就先开口："拜拜。"

许呦思考停滞，只能问："你心情是不是很不好？"

"没有。"他答。

"真的吗？"

"早就习惯了，你回家吧。"谢辞笑了一下。

许呦点点头，看了他一眼，不放心道："那你快点回家，给我打电话。"

"好。"他答应。

"谢辞，你等等——"她神色犹豫，又叫住他。

谢辞转头。

"你……"

"我没事儿啊。"

楼道里的声控灯坏了，许呦在一片漆黑里慢慢摸索着上楼。走到二楼，许呦的脚步顿住，手紧紧捏着旁边的扶手。

"谢辞！"

安静的小区里陡然响起一道急切的女声，在这深夜里显得格外突兀。

靠在路灯下的人动作一顿，抬头看过去。

许呦从不远处奔过来。

她怕他走了，一路都跑得很急。

刚刚上楼，许呦脑海里一直在想谢辞和她说再见之后转身就走的模样，背影有点孤单落寞。她不知道怎么形容那种感觉，反正心里有种念头，不能让他一个人，不能让他就这么走了。

谢辞看到她，没有动，也没有说话。

"谢、谢辞。"许呦终于到了他面前，气都没喘匀，急促地呼吸。

她说不出话，干脆伸手拽住谢辞的衣服，心脏抑制不住地乱跳。

谢辞呆呆地愣怔在原地，忘了反应。

许久，许呦仰起下巴，问："你晚上一个人吗？"

"嗯。"谢辞停顿了一会儿才回答，像是在整理自己的情绪，出口的声音沙哑至极。

"你怎么来的？"

"开车。"

"那你……在车里等我，我先上去，等我爸爸妈妈睡了，我再跑下来陪你。"

许呦心里不忍，于是又说："我们家有个传统，就是大年三十晚上睡觉不关灯，要是你怕，就看着我们家的灯。"

"好。"

这种疯狂的事情，许呦很少做，以至于她躲在被窝里，看着时间一点点过去，自己都觉得荒唐。

冬天闷在被子里，呼出的热气很快就模糊了手机屏幕。她用手指耐心地一遍遍擦掉水雾，眼睛眨也不眨。

外面声音渐渐没了，家里一片安静。父母早早陷入睡眠。

十二点一到，楼下的鞭炮噼里啪啦地响起来，各种烟花爆竹欢快地吵闹着。

许呦掐准时间，披着外衣下床，悄悄推开卧室门，蹑手蹑脚走到玄关处换好鞋。她把钥匙装到口袋里，屏住呼吸关好门。

一路跑到楼下，她才反应过来，刚刚走得太急，忘记和谢辞约定位置了。

许呦攥紧手机，原地转了两圈，刚准备给他打电话，不远处突然响起一道喇叭声。

她闻声望去，谢辞左手伸出窗外，摆动了两下。

许呦小跑过去，打开副驾驶的门。

183

车没熄火，车厢里一股薄荷味道弥漫。

谢辞单手支着车窗，在和别人打电话。看到许呦上车坐好，他把暖气打开，车子落了锁："等会儿，马上。"

许呦听见他的话，点点头："没关系，你讲。"

电话那边是宋一帆，听到动静，他揶揄了一句："你们够浪漫的啊！"

"嗯。"谢辞看到许呦来了，哪还有心思和他说话，敷衍道，"就这样吧，我挂了。"

"哎哟，别挂啊，话没说完呢兄弟。"宋一帆气得直翻白眼，亏他还特地从家里溜出来，约了一大帮人准备陪谢辞玩，搞半天今年人家有人陪。

"什么事儿啊？你快点成不成？"谢辞又在催。

宋一帆暗骂一句，忙说："明天带许呦出来一起吃个饭呗。"

"你们几个人？"

"没几个，就毅子、阿成，大梨子明天也可以叫上……"

"再说。"

"你别'再说'，都出来了，给个准信啊！你知道我们几个专门跑出来就为了陪你，结果你倒好，一声不吭就抛下兄弟跟女神走了，是不是铁哥们儿啊，谢辞？"宋一帆嚷嚷。

谢辞还没出声，那边就已经换了个人接电话。

陈晶倚走到僻静的角落，握着电话，声音隐忍："你拉黑我电话了？"

谢辞眼睛看着许呦，担心她等得无聊。她侧头专心盯着窗户外面，看烟花看得津津有味，还拿手机拍了好几张。

他扯了扯嘴角，懒洋洋地对那边应了一声："嗯。"

"为什么？"

"别惹许呦。"谢辞没了耐心，也不等那边反应，说完就挂了电话。

许呦听到她的名字，以为他在喊自己，转头问："怎么啦？"

"没什么。"

夜深人静，车里只有暗淡温暖的橘色灯光。许呦静静地端坐在座椅上，及肩的发披着，穿着可爱的小熊外套，脸蛋因为奔跑变得微红，睫毛像薄薄的蒲扇。

反正就……别样惹人喜爱。

"你剪头发了？"他盯着她看了一会儿，突然问。

许呦"啊"了一声，没料到他说这个，她点点头，不好意思地说："昨天妈妈给我在家里剪的。"

谢辞笑了笑，看见她细白洁净的手腕，他忍不住捏了一下。

她被他这个动作弄得僵住，迅速挪开自己的手："别这样。"

"嗯。"谢辞应得漫不经心。

许呦和他拉开了点距离:"我们还是来聊天吧。"

"聊什么?"他问。

许呦仔细思考,很淡定地找话题:"你平时喜欢干什么?"

"……"谢辞顿了半天,才说,"没有。"

见她被噎住的模样,他笑了笑:"你呢?学习?"

许呦摇头:"谁会喜欢学习啊?"

"你啊,一直都在学习。"

反正以前谢辞坐在她后面,一下课就看到她不是在抄笔记就是做卷子,仿佛不知疲倦。怎么招惹她都不理,也不生气,像个刻板老实的秀才,一心只读圣贤书。

许呦说:"嗯,因为我成绩一直很好,就习惯学习了。"

"哟。"谢辞挑眉,"年纪轻轻,偶像包袱很重啊你。"

许呦笑起来。

他淡淡地问:"你以后要去哪儿上大学?"

她想了想,半开玩笑地说:"新东方。"

"去北城?"

许呦看他,疑惑道:"你问这个干什么?"

谢辞看着她:"你说呢?"

"对了。"许呦突然想起来一件事情,她说,"早上,我陪你去医院打针。"

"为什么?"

"你发烧了啊。"

"吃药就可以了。"

许呦蹙眉,不赞同道:"有些病不能拖,加上又是这么冷的天气。"

他不说话。

"好不好?"许呦还在问。

谢辞静静地盯着她。

她捂住自己下半边脸,只露出眼睛,小声说:"好不好?"

他失笑。

清冷的夜浓云闭月,空气中弥漫着淡淡的烟花鞭炮燃尽的火药味。

前面还能撑着精神陪他聊几句,到了后半夜,许呦实在支撑不住,昏昏沉沉地在车上睡去。半梦半醒,睡得不太安稳。陈秀云一般六点起床,所以许呦得掐着时间,五点半就上去。

后来是谢辞把她喊醒的。

怕打扰她睡眠,车里鹅黄色的照明灯早就关了。外面天色仍旧一片昏暗,一钩弯月挂在暗蓝色的天际。

许呦睡眼蒙眬，睁开眼揉了揉，长时间一个姿势，左腿神经被压着，乍然一动，肌肉酸痛酥麻，让她难忍地嘤咛一声。

谢辞侧头看她。

"腿麻了……"她说了两句，又"嘶"了一声，咬住唇。

谢辞失笑，趴在方向盘上看她："我帮你揉揉？"

"不要。"许呦抬臂，挡住他伸过来的手，自己缓了一会儿。

车里很安静。他眉头微抬，问："今天能出来吗？"

"……今天？"她迟疑着。

谢辞"嗯"了一声，说："跟我朋友吃饭。"

上楼之后，许呦轻手轻脚地把门打开。屋里一片漆黑，安安静静，父母还没起。她小心翼翼地把钥匙放到玄关处，也不敢开灯，就这么摸黑进了房间。

刚刚明明困得不行，不知道为什么这会儿又睡不着了。坐在床角发了会儿呆，把时间熬过去一点，许呦起身，从衣柜里拿了几件衣服去浴室洗澡。

等吹干头发出来，陈秀云已经在厨房做早餐。她诧异地盯着许呦："你一大早上洗什么澡？"

许呦把脏衣服丢到洗衣机里，垂着眼说："早上起来衣服全汗湿了，不舒服。"

饭桌上，许爸爸突然问起："对了，阿拆什么时候去上学？"

"还有六天。"

"那快了。"陈秀云算了算，"你作业写完了吗？"

许呦低头喝粥，应了一声。她手脚快，吃完饭把碗筷收拾好，突然说："我今天能跟同学出去玩一天吗？"

许爸爸正在看报纸，他目光随意扫掠，开口问："什么同学？"

"以前班上的同学。"

"我给你买的资料做完了吗？"

许呦这才想起来，没吭声，许爸爸眉头一拧。

陈秀云在旁边忙说："没关系，让阿拆出去玩一天吧，前几天都在家里写作业，加上过几天又要上学了。"

许爸爸皱眉，没说话。

许呦像做错事一样，低下头，隔了会儿才说："要不然我不去了……"

看她这副样子，许爸爸把报纸又翻过一页，好半天才说："早点儿回来。"

谢辞烧没退，但他不想去医院，于是两个人随便找了一家小诊所。

医生是个老爷爷，帮谢辞看了看，说就是普通的感冒，挂两瓶吊针就可以了。

一个小护士去里间开药，爷爷把老花镜取下来，上下打量着谢辞："小伙子，这么冷的天气啊，还穿得这么少，怪不得发烧。"

"为了好看啊，爷爷。"他笑得不正经。

医生爷爷眉头锁在一起，小声嘀咕："男孩子嘛，这么讲究。"

谢辞："这不是要约会嘛。"

许呦本来在一旁听得想笑，直到那个医生把不赞同的目光转到她身上，她笑容一滞，急忙把他拉到旁边的椅子上坐下。

"你干吗和别人乱说话？"她微微有些恼。

"乱说什么？"

"为了约会什么的……"

"不是吗？"

许呦眼睛略微睁大，快要相信了："你真的就是因为好看才穿这么少？"

谢辞津津有味地看着她的表情："我一直在用我的颜值诱惑你啊，没发现？"

诊所里开了暖气，小电视机里正在放相声。

小护士调好药过来给谢辞输液，顺便给他一个小热水袋焐手。她拇指按动滚轮，调节速度，走之前嘱咐许呦："这一瓶快滴完了喊我。"

谢辞昨晚一直没睡，这会儿困了，头靠在许呦肩膀上补觉。

最后许呦被靠得肩膀都麻了，也没推开他。

她没事做，翻了本没写完的资料书摊在腿上，用右手写字，时不时抬头看药还剩多少。

旁边有个微微发胖的中年妇女也在打点滴。她闲得无聊，四处与人讲话。轮到许呦，她用不太标准的普通话问："小姑娘还在上学喽？"

许呦点点头。

"学习这么辛苦啊！高三吗？"

她不好意思地笑了："高二。"

"哎哟，快高三了啊，我女儿跟你差不多大。"那妇女思想比较保守，神色复杂地扫了许呦一眼，"这种年纪，谈恋爱很耽误时间的。"

许呦看着气质沉静，这种场合都能静得下心学习，明显和旁边的谢辞不是一路人。

过了会儿，妇女又问："谈多久了？"

许呦抿嘴笑，也没回话，就摇摇头。

"别为了这种事情，荒废一生哦。"

谢辞没多久就醒了，说渴。

许呦把书放到旁边，起身帮他倒了杯温水。

他一副没睡醒的慵懒模样,一开始没什么反应,过了会儿忍不住皱着眉说:"好苦。"

"什么?"她没听清楚。

"我口里什么怪味,好苦。"

"正常的。"许呦从口袋里找出一颗棒棒糖,低着头,耐心地剥开糖纸塞给他,"含着吧。"

他叼着一根棒棒糖,含含糊糊地问:"你怎么有糖?"

她默了默:"从家里带的。"

"给我?"

"嗯。"

下午吃饭,宋一帆订好了包房,把地址发给谢辞,是他们常去的一个地方。

里面人很多,两个人一进去,几个人都愣了一下,面面相觑,随即反应过来,嘻嘻哈哈地跟谢辞打招呼。

"怎么这么多人?"谢辞伸手,使劲儿推了一下宋一帆脑袋,"你请了几个?"

宋一帆头挨了一下,不由得"哎哟"一声叫唤,心虚地回望:"我也不知道……开始就叫了几个,谁知道……"

谁知道,人越喊越多,甚至连高一的都来了几个。不过宋一帆想着人越多越热闹,随他去吧,也就没管了。

"怎么了?嫌人多,打扰到您了?"

"滚你的!"谢辞皱眉。

他说不出来为什么,但心里就是不想把许呦带出来给以前那群无关紧要的人看。

反正别人一盯着许呦,他的心情就无比烦躁。

李杰毅不明白,不过他也懒得管,打了个哈欠:"阿辞帮我来一把,要被虐死了。"

谢辞刚刚输完液,精神不好,直接拒绝。

"什么时候吃饭?"他问。

"等会儿啊,估计五六点吧。"

"我要吃个药睡会儿。"

宋一帆随手一指:"里面有房间,你去吧。"

许呦坐在旁边和付雪梨说话,不知道付雪梨讲了什么好玩的笑话,她轻轻笑起来。

"喜欢吃甜的吗?我刚刚在路上买了点。"付雪梨推过来一碟精致的甜点。

她手托着下巴,百无聊赖地说:"本来是给许星纯买的,结果被宋一帆喊来吃饭，哈哈哈哈，又放他鸽子了。"

许呦问："啊？班长不要紧吧？"

付雪梨很傲娇："没关系。"反正也不止一两次了。

"你快吃吃看，好不好吃？"她催许呦。

"这是什么？"

"杧果班戟，吃过吗？"

许呦摇头："没有。"

她一口咬下去，全是奶油，有点杧果的清香。

许呦喜欢吃甜的，可以接受。她用塑料叉一点点挑起来，送到口里。

"呦呦，许星纯在你们班上还是班长啊？"

"嗯。"许呦点头，"老师选的。"

付雪梨了然："他从小到大都是班长，我们初中老师也特别喜欢他。"

刚讲两句，许呦胳膊就被人拉起来。

许呦转头，谢辞站在一边，脸色潮红，眼睛湿漉漉地看着她。

谢辞神色恹恹，垂着眼懒洋洋地说："陪我去吃药。"

许呦一脸问号。

付雪梨说："你自己去呗。"

"走啊。"谢辞说，手拉着许呦不放。

"去哪儿？"许呦莫名其妙。

"旁边。"

"阿辞，你三岁小孩？吃个药还要人陪？"旁边有人看到这一幕，打趣道。

谢辞不舒服，一句话都不想多说，谁也懒得理。

看着他强行把许呦半拉半拖走，付雪梨无语，这个人占有欲怎么那么强啊！和许星纯简直有一拼。

门被叩响，外面有人低声喊："阿辞，起来吃饭了。"

许呦趴在床边一直没睡着，此时听到一点动静就睁开眼睛。谢辞还没醒，呼吸很平稳。

"要吃饭了。"许呦碰了碰他。

她一动，谢辞就抬腿把被子一压。

许呦见他醒了，便不再顾忌，手肘撑起身子。

"等会儿啊，急什么……"谢辞打了个哈欠，反拉住她。

许呦并不理他，自顾自地站起来，突然被身后的人拽了回去，她猝不及防地后仰，倒在柔软的床铺上。

谢辞翻了个身，单手撑在她耳旁。

两人目光相交，他低垂下头，刚睡醒，声音还有些沙哑："哎，许呦，问你个问题。"

许呦移开眼，把脸侧过去，推拒身上的人，皱起眉头："什么问题？你起来说。"

"啧，你没耐心啊。我就是想问……"谢辞迅速低头，凑到她耳边，"你打算什么时候喜欢我？"

原木的桌椅，墙壁上嵌着暖黄色的灯带。这家川菜馆装潢得挺好，菜的味道也不错，里面玩的设施算是比较全，是谢辞和宋一帆他们以前常来的地方。

许呦跟着谢辞出去。外面一大群人，气氛热烈。菜已上桌，还没开始吃，都等着他们。

屋子里很热，谢辞把外套脱了，随便扔在一边的小沙发上。

反正之前已经来了许多不相干的人，不如更热闹一点，宋一帆就把认识的高一同学也喊来一起玩，有几个还带了朋友，朋友又带了好友，反正就一堆人。

"旁边这个是高几的，怎么好像没见过呢？"

说话的叫孙小雪。她高一在九班待过，高二就转到了五班。因为徐晓成的关系，孙小雪平时一起出来玩，认识的人也不少，但好像是头一次见到许呦，有点眼生。

"我们班的，她上个学期刚转来。"

"哦……叫什么？"

"许呦。"

"哇，原来是她啊！"孙小雪反应过来。

这个从9月月考就开始空降排行榜前三的女生，在年级里也算大名鼎鼎了，就连老师有时候上课也会提起来。

也不知道这种学霸怎么会和谢辞混在一起，孙小雪暗暗腹诽。

"不过……"她撞了撞徐晓成的胳膊，压低声音，"你觉不觉得许呦和邓颖长得好像？"

徐晓成在玩手游，头也不抬地说："邓颖是谁啊？"

他专心玩游戏呢，一时间没控制好音量，声音有点大了。

"啊……什么？"邓颖正在跟旁边的人讲话，被人撞了撞胳膊，她嘴角带笑，转过头来。

"喊你呢。"有人说。

邓颖娃娃脸，齐刘海儿，皮肤很白，眼睛又圆又大。她抬头，刚好对上谢辞扫过来的视线。她怔了两秒才反应过来，脸一红，低下眼咬着唇，心不在焉的。

"没事没事。"孙小雪挤出一个笑容，在底下暗暗掐了掐徐晓成。

众人开始吃饭，顺便聊起天来。

陈镜时不时低头玩手机。

"看什么东西呢？"坐在他身边的李杰毅问完，很快凑上来要抢。

陈镜反应快，往旁边一躲。

可是李杰毅还是看到了，他状似悠然地靠回座位，摇头啧啧道："哎哟，和谁发短信啊？"

"怎么？羡慕嫉妒恨？"

陈镜把手机收起来，拿起筷子吃菜。吃了点，他朝着不远处的许呦说："哈哈哈——英语课代表，你也在这儿啊？"

明显在没话找话。

"啊？"许呦一脸茫然。

"我是你们班的啊！咱俩还坐一个组呢，你就在我前面的前面。"陈镜兴致勃勃地继续搭话。

许呦没吭声，不过看样子就是不认识他。

一旁的宋一帆笑骂："陈镜，你不脸红啊！你能和人家比吗？"

陈镜无所谓地笑："怎么了？你有意见啊？"

"你这成绩去零班干吗啊？"有人打趣。

另一个人加了一句："邱青青吧。"说完才意识到什么似的，不由得瞥了一眼谢辞。

谢辞像是没听到的模样，对许呦低声说："我要吃饺子。"

许呦帮他夹了一个到碗里。

陈镜在旁边翻了个白眼："你神经病啊！是我爸，说让我去熏陶情操，跟邱青青有啥关系！"

李杰毅起哄，鼓了鼓掌："厉害厉害。"

几个男生有意耍宝，逗得桌上女生都笑起来。

谢辞却对他们无聊的对话兴致全无，坐在旁边，懒得参与。

他懒洋洋地不想动筷子，便戳了戳许呦，低声说："喂我。"

许呦摇头。她一直低头安静吃饭，和旁边的热闹格格不入。

"怎么了啊，不高兴？"谢辞眉头微皱，胳膊肘撑着桌沿，凑到许呦脸边看她的表情。

他离许呦太近了，许呦不习惯。她往旁边躲了躲，放下手里的东西："我去上个厕所。"

她走之后，谢辞表情明显沉了下来。

"阿辞啊，怎么今天感觉你和许呦怪怪的？你们俩是不是吵架了？"

李杰毅见许呦吃饭的时候一直没怎么说话，猜测她是不是有点厌烦这种场合。毕竟他们和她都不是一路人，气场实在是不搭配。

说实话，李杰毅一般看人很准。许呦有一点和其他人不一样，就是她挺单纯的，是真的单纯，看得出来的那种。

也怪不得谢辞会栽跟头。

李杰毅继续和宋一帆有一搭没一搭地对话，心里却在默默为好友感叹。

谢辞心情不佳。只要许呦一像这样有点冷下来，他就控制不住地整个人烦躁，而且他不知道就这么短的时间，许呦到底是怎么了。

心情正烦呢，旁边又有人叫唤："阿辞阿辞。"

谢辞抬头看过去，是倪明。他笑嘻嘻道："我有件事等会儿跟你说。"

"你现在说啊。"

"不不不，你朋友快来了，不能说。"

倪明顾左右而言他，但是谢辞显然没心情和别人玩猜谜，懒得再搭理他。

许呦上完厕所去洗手。温热的水流一遍遍冲刷手心，她接了一捧水，闭着眼拍到脸上。

洗手间就她一个人，过分安静，隐隐约约传来外面喧闹的声音。

她看着镜子里的自己，脸色苍白，黑黑的瞳仁很大，有水珠顺着脸颊边缘下滑。

唉……

"怎么去这么久？"谢辞手搭在许呦的椅背上，眼睛看着她，随意丢了一张牌出去。

许呦小声回："噢，我有点不舒服，你先玩，我去给我爸妈打个电话。"

他们已经吃完饭，服务员过来把桌子收拾了，给他们腾地方玩游戏。

"出牌啊，别只顾着讲话了。"宋一帆催促。

谢辞一边答应，但注意力全放到许呦身上。她从包里拿了手机，站到旁边一个僻静角落去打电话。

谢辞眼睛一直往旁边看，心不在焉，然后这局他又输了。

"不玩了。"他把牌一摔，淡淡地说。

陈镜不怀好意地笑了一声："今天点儿背啊。"

"你们俩输了怎么说，这局？"徐晓成洗牌，闲散道，"老规矩还是？"

可怜宋一帆和谢辞是一家，他愤愤道："阿辞现在越玩越烂了，再也不想和他一组了。"

老规矩是输的两个人抽两张牌，黑桃K和红桃K，抽到红桃K的玩大冒险。

见这边一局游戏结束，旁边有几个人也凑了过来。

"来来来，来几个人一起玩儿。"陈镜笑眯眯。

邓颖好奇，踮着脚伸长脖子："玩什么？"

陈镜手摊开，说："就喜欢你这种耿直的人，来来来，抽一张。"

邓颖看了看坐在最外围的谢辞，抿着唇，随便抽出一张牌。

轮到宋一帆抽。徐晓成手指夹了两张牌："哪一张？左边的还是右边的？"

"右边的。"

徐晓成把剩下的左边那张牌给了谢辞。

"好了，都知道自己是什么牌了吧？"

陈镜屁股往桌上一坐，坏坏地一笑："鉴于阿辞是有人管的，我们就让抽到黑桃K的男生把抽到小王的女生公主抱，绕地走一圈？"

没人反驳。

有四个女生玩，邓颖第一个把牌翻过来，身边的人立即起哄。

她抽到了小王。

接着宋一帆也把牌丢到一边，耸耸肩。

谢辞抽的是黑桃K。

"哇哦！！"

不知是谁伸出手把邓颖推到谢辞身边，她一个趔趄，脸羞红。察觉到目光都在她身上，邓颖小声说："我都可以的。"

邓颖余光看着谢辞，内心说不出来是什么感觉。她之前就听好友说过谢辞，有好的，有不好的。被朋友提起来次数多了，她也就不自觉留意。其实邓颖之前也和他们出去玩过几次，每次都只敢远远地看谢辞。他不是性子冷淡的人，却总是给人一种不易接近的距离感。但是这个年纪的女生，却莫名其妙喜欢这种既坏又帅的男生，她也不例外。

尤其是今天看到许呦和自己这么相像以后，心里一种酸涩的嫉妒感达到巅峰，就像是心有不甘，为什么不能是自己……

所有人都把目光投到谢辞身上。

他不说话，也没拒绝，脸上似笑非笑。

许呦刚打完电话走过来，就听到一个人笑着说："你们都别折腾阿辞了，上次就是你们瞎起哄，搞得阿辞跟邱青青闹掰了，这咋又来劲儿了呢？"

于是许呦大概猜到了他们在玩游戏，谢辞输了。

许呦站在人群外，顿住脚步。所有人的视线都在谢辞那儿，没人注意这里。她个子又矮，很容易淹没在人群里。

"来不来呀？人家女生都同意了。"前面有人开始催促。

许呦知趣地把手机收好，脚步轻轻，离开这个房间。

徐晓成看谢辞的样子，本来想说算了，结果闹得现在所有人都在等，不好这么扫兴，于是就没开口。

不过……起哄的这群人都是傻的吧，不知道谢辞脾气不好啊，还这么闹腾……

了解谢辞的人都知道，他虽然还笑着，不过……

宋一帆刚想说算了，就看到谢辞脸上的笑容一下子就消失了。

楼下。

寒风中，许呦手里握着手机。她围好围巾，给谢辞发了一条短信过去。

——谢辞，我要回去了。

许呦沿着路随便走了会儿。

大年三十刚过，气温又低，街上空荡荡的，大大小小的店铺基本都关了门，冷清宽敞。许呦绕了几条街，随便找了张长椅坐下来。

旁边的灌木丛中，蹿出一只流浪猫，喵喵呜呜地叫。

谢辞拿着手机一遍遍不知道在拨谁的电话。

"怎么了？阿辞还来不来啊？人家姑娘等着呢。"有人依旧不识相，笑着催促了两句。

"滚！"

谢辞把手机往旁边一扔，突如其来的发火，把周围的人全都吓了一跳。

他脸色极差，搞得一些凑热闹的人不敢再说话，生怕触到什么雷区，撞枪口上。

坐在桌上的宋一帆反应了一会儿，后知后觉道："对了，许呦去哪儿了？"

这个名字一说出口，他就看到谢辞脸色又沉了几分。

宋一帆立刻闭嘴。真是吓死了，他不就随口问了一句嘛……

于是众人立马懂了，原来是闹别扭啊。不过有人心里是有些不屑的，因为在他们眼里，许呦和邱青青没什么区别。反正那些女生就可劲儿造作，谢辞总会被弄得不耐烦。之前不也是一样。

所以他们理所当然以为谢辞生气，是因为被许呦甩脸子不开心了。

"不会是因为……"邓颖嘴唇咬紧，眼睛低垂，模样略有些自责。

谢辞眼睛刚扫过来，立马有人揽上邓颖的肩膀，小声安慰道："没事的，和你有什么关系啊？是谢辞朋友太玩不起了。"

邓颖像是着急解释："别这么说，许呦学姐她成绩那么好，又是火箭班的，不想跟我们玩很正常。"

说完，她看了谢辞一眼，发现他正在看她。他的目光无波无澜，就那么静静地盯着她。

莫名其妙，搞得人有点心慌。

"学长……你别为许呦学姐生气了。"邓颖犹豫了会儿，还是出声安慰。

谢辞眼帘一直垂着，听到这句话后，视线又移到她的脸上。他问："你谁啊？"

邓颖十指绞紧，脸上的红晕退去，变得苍白无比。她还在愣神，就听到他不耐烦的声音："能不能给我滚远点儿？"

房间里剩下的人面面相觑，也不知道邓颖怎么了，就把谢辞惹成这样。虽然他平时懒得应付女生，但是一般也不会朝她们发火，顶多就是爱搭不理。但是大庭广众让一个女生下不来台，谢辞基本没做过这种事。

李杰毅心想，邓颖这小姑娘实在是不会看人脸色。这种时候连他们都不敢说什么了，她还在谢辞面前提许呦，简直……

气氛被弄得很僵。李杰毅撇了撇嘴，不得不咳嗽两声出来打圆场："行了行了，这什么破游戏啊，别玩了。"

说完，他小心翼翼地看了谢辞一眼，试探性地问："要不，你去把许呦追回来，我们赔个不是？"

徐晓成也附和，假模假样扇了自己一下："哎哟哟，你看这闹的……是我的错，我的错。"

看着平时和谢辞玩得最好的几个人都这么说，别的人再怎么迟钝也懂了，而且看谢辞的态度，明显就是很在乎那个许呦。然后大家都七嘴八舌地说起来，纷纷附和。

"阿辞别气，等会儿和人家好好解释解释。"

"对啊，一个游戏嘛，不至于闹这么厉害。"

就在谢辞一言不发拿了旁边的外套穿上准备走的时候，握在手里的手机突然响起来。

他看到来电显示，脚步一顿。

"喂。"谢辞立刻接起来。

许呦那边似乎有风声，她声音小小的："谢辞？"

"你刚刚掐我电话干什么？"

她那边安静了很久，才道："因为刚刚……我不是很想跟你说话。"

谢辞一动不动。宋一帆看他眉头又拧起来，心里不由得又一紧。

"游戏玩完了吗？"许呦声音淡淡的。

谢辞目不转睛地盯着徐晓成，刚想解释又迟疑片刻，话到嘴边只说："我没玩。"

"那你想玩吗？"她反问。

"……"

"谢辞？"

"嗯……"

195

徐晓成一开始被谢辞看得心里发怵，过了几分钟，才发现谢辞压根儿不是在看自己，只是朝着这个方向发呆而已，人已经神游天外。

街角有几个小孩嬉闹着跑过，红灯变成绿灯。一辆辆车子亮着灯，从远处驶到面前，再离开。

许呦坐着觉得冷，索性站起来，她问："你在听吗？"

那边答得很快："在。"

"好。"许呦站定，眼睛看向别处，顿了会儿才说，"其实我走的时候，心里很生气。

"不过我不是要跟你闹。刚刚在街上走了一会儿，吹了一会儿风，情绪冷静下来，才决定给你打这通电话。

"你先别说话，听我说完。

"其实我知道，你和我有很多不一样的地方。你的朋友很多，你们玩的游戏我从来没有玩过，我也不懂。和你熟悉之后，我总是不知道怎么做比较好。之前听别人说，你有过很多追求者，比我优秀的女生也有很多。我不知道你喜欢我，是因为一时的兴趣还是什么。但我是一个认真的人，我答应过你，以后我们……"

宋一帆看谢辞笑得眼角眉梢全部舒展开来，眼睛里的笑意怎么也止不住。

那瞬间柔和下来的表情，和刚刚发火的样子，完完全全判若两人。

徐晓成猜到是谁打来的电话了。他在这边大声插嘴说："许呦，你别气啊，阿辞说给你跪着唱《征服》。"

"跪着唱《征服》也行啊。"宋一帆附和。

两个人边笑边起哄起来。

不过谢辞渐渐收了笑容。他本来就心不在焉，别人说了什么他压根儿没听到。

谢辞皱着眉，倏地拨开面前的人，一边往门口走，一边道："等等，你先别说了，我去找你，我们当面说行不行？求你了，我不想在电话里说……"

他一直都受女生爱慕，脾气桀骜，不会讨好任何人。这会儿语气和姿态放得这么低，着实让身边的人大跌眼镜。

一众人竖着耳朵听八卦，不过没能听多久，主人公就走出去了。

几个人大眼瞪小眼，默默无言。

陈镜作为罪魁祸首，等谢辞走了才敢出声。他咽了口口水，迟疑道："你说……我刚刚是不是傻了？"

宋一帆抬头看了他一眼，凉凉道："我建议你去医院看看脑科。"

"天啊，我哪知道阿辞这么认真？"陈镜无辜摊手，"而且阿辞又不是玩不起的人，我就以为……"

徐晓成看着他摇摇头。

李杰毅上完厕所出来，发现谢辞人都没了。他四处张望："阿辞怎么突然走了，等会儿不去打球了？"

"还打什么球啊？阿辞追许呦去了。"徐晓成解释。

看他们说了会儿，有个女生忍不住八卦的心，好奇地问了一句："谢辞他……是不是很喜欢刚刚走了的那个女生啊？"

"许呦？"

"嗯。"

"那何止是喜欢？"

"我简直要怀疑许呦给阿辞下了蛊，让他整个人都中邪了似的。"宋一帆气不打一处来，早就想吐槽了，"你们刚刚一群人还那么围着他，搞得把许呦气走了……我真害怕谢辞这熊玩意儿掀桌子呢，幸好许呦给他打了通电话。"

"之前邱青青不也是……阿辞都没怎么样。"另外一个人道。

"那能一样吗？"

"以前那些女孩，哪个不是喜欢不停给谢辞打电话的，就连邱青青也不例外，每次动不动打电话问。谢辞跟我们在外面玩，一般都懒得接电话，直接看一眼就撂旁边。哪像许呦……那谢辞真是恨不得随时随地黏着她，还喜欢动不动跑去人家住的地方守着。你们不知道，有时候我们在外面一起吃饭，吃着吃着，估计是许呦回消息回得有点慢了，谢辞就拿着电话一顿狂打……"

搞得宋一帆他们觉得谢辞整个一"深闺怨妇"……

宋一帆翻了个白眼，补了一句："跟你们说，以后出来玩，别在谢辞跟前惹许呦就行了……长点心吧。"

"你在哪儿？我去找你。"谢辞一路跑到楼底下，到处张望，眉心微微蹙起又展开。因为下来得急，他连外套都没来得及穿，身上就一件单薄的羊毛衫。

许呦默默不语，安静了会儿，才说："你别激动。"她吸了吸鼻子，整理情绪，"我刚刚跟你说那么多……"

谢辞激动地打断她："许呦，我跟你说过很多遍了，谁我都没兴趣，我也没和别人搅在一起。我刚刚根本没打算抱那个女的，然后你就走了。好，行，我这次真的知道错了行不行？真的，你别对我说那种话……"

他噼里啪啦一堆说完。

其实连谢辞自己都没意识到，他所有做给她看的漫不经心和冷漠，骨子里都是赤裸裸的热情和希望引起她注意的幼稚的渴望。

"你喜欢我吗？"许呦声音很冷静。

"废话啊！我不喜欢还跟你屁股后面那么久，我有毛病啊？"

"那你有多喜欢？"

他像是被噎住了。

她继续问:"和以前的那些女生有区别吗?"

"邱青青、陈晶倚……"许呦一个个报名字,"我和她们有区别吗?是不是等你兴趣退了,然后我也会像她们一样?

"谢辞,我跟你玩不起,也许我措辞有点问题,可是我真的不敢,我父母对我期望很高,从小到大都是,我不能因为你,抛弃很多我自己必须去做的事情……

"我也是个正常女孩,会生气,会吃醋,会难过,我没有你想象得那么好,然后你慢慢就会发现,我和你以前遇到的女生其实没有区别……"

她的声音断断续续,像压抑着什么情绪才能继续说下去:"对不起,我不是想和你说这个的……你别介意……让我想一想……"

一听到这些话,谢辞急了,脑子都快爆炸了:"你到底在哪儿?我去找你成不成?"

"我不知道……"

真的,许呦不知道,不知道……

也不知道事情为什么会变成这样。开始她只想心平气和地和他谈一谈,却越来越控制不住情绪。也许她其实一直介意着,害怕着。那些埋藏在心底的不安,全部都在这会儿爆发。她不敢太靠近谢辞,把他完全容纳到自己生活里,却又不自觉纵容着他的肆无忌惮。

"你别来找我。"许呦蹲在地上,脸埋在围巾里,细细又轻轻地道,"谢辞,你听我说完好不好?"

"不好,我不想听,你说的那些我都不想听。"他的声音有点委屈。

许呦咬紧牙,胃疼得难受。

"我知道我改变不了任何人,包括你。所以我能选择的就是接受你,或者离开你……"

"不行!我不同意!你答应以后要跟我在一起的!"

许呦最后听到电话里传来谢辞的吼声。

可是她已经没力气再继续说下去,直接掐断电话,冷汗从额头上冒出来。

她不敢自作多情。

可是就像网络上有人说的,喜欢这种东西,就算捂住嘴巴,也会从眼睛里跑出来。

第七章

# 你走吧

NI
ZOUBA

● 那以后，你就自己好好的。

天已经黑透，许呦在陌生的街头蹲了很久，脑子里不停嗡鸣。手机不知疲倦地振动着，她却始终没有接，连来电显示都没力气看。

到最后，脚麻了，胃的疼痛感终于减轻一点。

"姑娘，没事吧？"一道声音出现在她耳边。

许呦抬头，看到一个戴口罩的年轻姑娘。她有点担心地弯下腰询问："我看你一个人在这儿蹲很久了……"

许呦一怔，极力想表现得自然，摆了摆手，对那人说："我没事。"

她脸色苍白虚弱，连着咳嗽了几声。

年轻小姑娘忍不住上前扶她："你看着不是很好欸，用不用去医院看看什么的？"

"不用了……"

此时，许呦手机又响了，是谢辞打来的。她浅浅叹口气，随手按掉。

不是故意不理他，而是她知道自己现在心里有些情绪积压在一起，不太容易退去。精神都被打散了，这种感性占上风的时候，继续吵下去只会伤害对方。

她不想和谢辞吵架，更不想伤害他。

"谢谢你。"许呦站稳后，不好意思地道了谢。

"谢什么啊，举手之劳而已嘛。"

年轻小姑娘心地善良，陪许呦在路边拦的士，看她坐上车了才离去。

到了家，客厅和厨房的灯开着，许爸爸坐在沙发上正在看报纸。他听到动静，抬头朝刚进门的许呦看了一眼。

"爸。"许呦换好鞋，走近几步。

许爸爸拿起放在一边的遥控器，把电视音量按小，随口问："和同学去哪儿了？玩了一天，刚刚给你打电话也不接。"

"刚刚我没看手机，没去哪儿玩，吃了饭就回来了。"

许爸爸沉默两三秒，把手里的报纸放下："你过来，我有点事情要跟你讲。"

许呦点点头，虽然精神不济，还是把包放下走过去。

"你最近有点不在状态。"

她有些蒙。

就听到许爸爸说："你老实跟我讲，是不是还在想物理竞赛的事情？"

"没有……"许呦喃喃回了句。

"没有？！"许爸爸拔高音量，有些激动地从旁边拿了本书扔出来，一声呵斥，"我给你买的资料，你说没时间做，结果呢？把你那 B 版五三的物理习题全部做完了，你哪来那么多时间？都跟你说了竞赛不是出路，你又没接受过什么训练，你们学校也没有组织外出培训，你怎么还这么倔，是不是脑子进水了？！

"你看看你哥哥的教训还不够吗？！荒废了一年又一年，还不是没搞出什么名堂来。人家还有正规训练呢！你就靠一个人自学，能成什么气候！

"女孩子的青春哪能这么浪费？你说你，去年暑假我是同意你报物理竞赛吧，结果你初试就被刷了下来，我知道你那时候是发烧了，发挥不稳定，但这个不是借口知道吗？如果你高三了万一还出现这种情况该怎么办？竞赛和高考不一样，你怎么还不死心……马上就是最重要的关头了，你现在还分心去搞什么竞赛，高考要是因为这考不好，你难道要去复读吗？"

她知道父亲的期许和担忧，找不出话来反驳，索性就一言不发。许呦的表哥也是学竞赛的，只不过最后还是失利了，没有保送成功，高考也受了影响，表哥不想复读，将就着去了一个普通的本科院校。

"怎么了怎么了？"陈秀云听到动静，从厨房里出来，看到许呦挨骂，她心里一急，快步上前，把许呦扯到身后，"怎么又在骂孩子？"

"你自己问她！"许爸爸余怒未消。

陈秀云将目光转到低着头的许呦身上。

她一动不动地站着，一句话也不说，眼帘垂着。

"怎么回事？"

许呦嘴唇抿紧。

"你说话呀，想把妈妈急死吗？"

许呦张了张口，刚想说话，眼泪就坠下来。她用手背去擦，还是止不住。

看她这副模样，两个大人心里也不落忍。僵持了良久，许爸爸消了点气，他重重叹息，语气深重："不是爸爸逼你，我们全家的希望都在你身上，我和你妈妈就你一个女儿，辛辛苦苦把你养大。你学习成绩好，不要把这么重要的时间浪费在没有意义的事情上，你以后后悔都来不及……

"算了算了，我今天也不说你了，回去好好想一想吧，今天早点儿洗了睡。"

陈秀云喊住她："还吃点东西吗？妈妈下了面条。"

许呦摇头。

洗完澡，她靠在床上，发了一会儿呆，觉得坐着太冷，干脆把衣服脱了钻到被窝里去。

被子里也不暖和，她只觉得手脚冰凉。

她愣着神，不知道为什么想起谢辞。和一个人相处久了，就会太依赖，也会习惯性思念。

他总是穿得很少，身上却温暖干燥，不像自己，冷得像冰一样。

手机灯光很亮，放在枕边，振了又振。

这次不是电话，是短信。轻微的叮咚声连续不断，回荡在房间里。

最后一条消息比前面的都长。许呦拿起来看。

——能不能接接我电话？短信能不能看两眼？许呦，我真是怕了你了，怎么有人对待感情比我都不认真啊……

看到这里，她没继续往下看了。

床头晕黄的灯还亮着，许呦伸手将它拧灭，房间陡然陷入黑暗。

她拿起手机，翻了个身，拨出一个号码。

嘟嘟两声，电话接通。

"许呦，我在你家楼下站两个小时了，你终于理我了。刚刚准备给你发一封绝交信的。"他的语气里有委屈还有愤怒。

许呦没说话。

"听得到我说话吗？"

"你说。"

"下来吗？你下来吧？"谢辞语速很快，连问了两遍。

许呦没作声。

"你们小区保安大爷都快认识我了……"

"谢辞，你感冒了，快点回去吧。"她开口，声音很轻。

他沉默了会儿，似乎是认了："你说吧，到底要我怎么样才行？我真的不行了。"

许呦依然不作声。

"你是不是要跟我绝交啊？"

"没有。"许呦顿了顿，"不是你要给我写绝交信吗？"

"你不喜欢我朋友？"他又问。

许呦紧紧攥住手机，手都在颤："不是的，我和你的问题，不是这个。"

他"噢"了一声："我换个说法。

"你是不是瞧不起我，还有我朋友？嫌我们成绩不好，觉得我们生活奢靡，趣味低俗，整天只会吃喝玩乐，打架闹事，是这样吧？反正你们都是这样想的对吧？"

谢辞声音带着少有的冷漠。

她一下没撑住，咬着唇，眼泪浸湿枕头。

想解释，可不知道从哪儿说起。刚刚被父亲骂的委屈一齐涌上来，让许呦陷入长久的安静，安静到电话里似乎只有呼呼的风声。几分钟的时间，却比几个小时都漫长。

"好，我知道了。"他说完就把电话挂了。

晚上睡得并不踏实，许呦做了梦。

梦里她好像走了很长的路，满眼都是凌乱的光在往后退。谢辞有时候陪着她走，有时候却消失不见。她看着他走远。他背影模糊，然后越来越淡，最后消失在一片黑暗里。

醒过来的时候，许呦摸起手机看了一下时间，凌晨四点。她躺在床上，眼睛看着天花板，也睡不着了，起身下床，掀开窗帘往外看。

白茫茫一片反着光。

这个城市又下雪了。

那晚以后，谢辞没有再来主动找过她。虽然谁也没说断绝联系，可两个人算是陷入了某种意义上的冷战。

寒假最后一点时间在许呦的笔尖下缓缓流逝，日子平淡无奇地过，没多久就开学了。

星期三。

早上第二节课下课后举行开学典礼，许星纯作为年级代表要发表演讲。

班里有几个男生打趣。

"班长估计是这几年最好看的年级代表了吧，到时候英姿飒爽地往升旗台那儿一站，不知道要迷倒多少学妹……"

"许星纯这种看上去正正直的，最招小姑娘喜欢了。"

许星纯不理会身边一群七嘴八舌议论的男生，收完二组的英语作业放到许呦桌子上就走了。他等会儿作为代表发言，要提前去操场那边准备。

后面有人提醒低头写作业的许呦："课代表，老师要你把作业收齐了送到办公室去。"

"啊，好。"许呦答应着，三下五除二把最后一道题目解出来。

她抬头看一眼教室里挂的钟，急急忙忙收拾东西。

高二年级组的办公室在三楼，零班教室在二楼，出门转个弯就是楼梯，很方便。

办公室里，陈月正在批改另一个班的英语作业。旁边有个老师路过，端着杯水，凑上去瞄了一眼："哎哟，陈老师，在改文一的作业啊？"

"对啊，唉……这群学生真是让人无语。"陈月一边摇头叹息，一边拿过下一本作业。

"怎么？文科班女生多，应该听话吧。"

"听话什么啊？你是不知道，之前九班的那几个刺儿头都扎堆来这个班了，真是难管。"

那个老师笑着安慰："零班也在你手底下，知足吧。"

说着，许呦喊了声"报告"走进来："老师，这是我们班的作业。"她把一摞作业本放到陈月的桌上。

陈月"嗯"了一下，突然想起来一件事，对许呦说："对了，我看了看你上次考试的卷子，听力部分好像丢分比较多啊。"

"啊……"许呦愣了一下。

陈月放下手里的笔，对她说："你这种成绩，别说七分八分，一分两分对你来说意义都是不一样的，因为这两分一定是不好拿的分数。你要对自己要求高一点。比如上次期末考试，你就跟年级第一差了三分，这三分怎么来的？

"英语本来就是好拉分的科目，所以你更不能在听力这么简单的部分丢分知道吗？老师对你的要求是每次稳定发挥在145分左右……"

许呦默默站在原地听老师教导了一番。

"那你等会儿回去自己多练习练习。"

因为等会儿还有开学典礼，陈月不好拉着她多讲。

许呦答应，微微鞠了个躬："那老师我走了，谢谢老师。"

"哎，等等。"王夏冬出声喊住要走的她。

许呦回头。

王夏冬指了指角落放着的一块木牌："今天体育委员请假了，班长要去开幕式演讲，没时间，你把我们班的班牌拿去操场，站到队伍前面，位置去了自己看一下。"

许呦个子小，抱着这块木牌稍微有些吃力。

走廊上，她迎面碰上一群人。谢辞走在前面，手里抓着校服，身边跟着几个男生女生。

她一愣，下意识避开了一点。

和她擦身而过的瞬间，他目不斜视，没有停留。

开学典礼繁杂而冗长，幸好天气不错，太阳倒是晒得人很暖和。

校长讲完话，学生终于被允许坐到草地上，全场发出唏嘘。许呦和第二排的女生换了个位置坐下。她没吃早饭，随便揣了一块手撕面包放兜里。

零班人少，队列只有两列，男生一列，女生一列。旁边是其他班级的学生。

许呦吃面包，细嚼慢咽，不发出一点声响。

突然，身后有人拍了拍她的背。一个女生凑到她耳边，轻声说："隔壁班有个男生，就坐在我旁边，好像一直在偷偷盯着你看呢，长得好帅。"

许呦转头，不小心撞上谢辞投来的目光。

他静静跟她对视。

文一班队伍后面，宋一帆和旁边几个男生唠嗑。

"阿辞这么高个，跑去前面坐干吗啊？哈哈哈，你看他手里还拿了本书，我不行了。"

"……我们旁边班是零班，你说呢？"

有人诧异："可是阿辞不是和零班那个女学霸掰了吗？"

"哪个？邱青青？"

"大哥，邱青青都好早了，我说的是以前和阿辞一个班的，叫许什么来着，许呦对吧？"男生粗嘎的声音毫无预兆地变大，引起旁边班级的几个人侧头看。

宋一帆一巴掌拍到那男生的后脑勺上，恨铁不成钢："小声点会死啊？谁说掰了？瞎说什么！你有本事到阿辞面前说去，看他揍不揍你。"

转眼便过了两个月。

不知道谁最先传的八卦，说高二的那个谢辞，有生之年居然被一个女生伤到了心，整个人都变了。消息越传越开，最后传到本人耳朵里。

体育课，谢辞和宋一帆几个人坐在乒乓球台那儿，有人说起这件事，好笑道："阿辞，还能不能行了，这段时间怎么都在说……"

"滚！"谢辞坐在乒乓球台上，神色很淡，明显不想和那人开这种玩笑。

只有宋一帆知道，他其实远没有表面那么风轻云淡。

自从寒假和许呦闹别扭以后，和谢辞玩得好的人都知道他养成了个习惯，就是不论去哪里，上厕所也好，打篮球也好，放学上学也好，他都一定要绕到二楼中间的楼梯走一遭。因为什么大家也都心知肚明，所以宋一帆从来不敢在谢辞面前主动提到许呦的名字，生怕再戳他伤口。

宋一帆不停地给那个男生使眼色，搞得眼角都快抽筋的时候，那个男生终于意识到不太对劲，闭上了嘴。

谢辞从球台上跳下来。

"去哪儿啊，阿辞？"宋一帆冲着他走远的背影喊。

谢辞头也不回地离开后，那个男生才敢开口，小心翼翼地问："我是不是惹到阿辞他骄傲的自尊了？"

"没有。"宋一帆瞥他一眼，"你只是惹到他敏感又脆弱的少男心了。"

谢辞抬眼看不远处，发呆了两三秒，旁边有脚步轻轻地踩过叶子的声音。

他转头。

邓颖从树后面走出来，她不敢太靠近他，在几米远处就停住了脚步。

看到她的脸，他先是愣神了一秒，随即反应过来，移开视线，没说话。

或者说是懒得说话。

于是邓颖又往前走了两步，迟疑道："学长，你一个人吗？"

"有事？"

"我看你心情不太好，我担心……"

谢辞看了她半晌，淡淡地问："你担心我干什么？"

邓颖脸红了，没说话。

半晌，她有些失落地笑笑，咬了咬唇，鼓起勇气说："学长，能不能给我一个机会？"

没等谢辞开口，她很快地说："我想和你在一起，照顾你，许呦学姐可以的我也可以，我真的不想再让你这样伤害自己了。

"其实……我从之前就很喜欢你，只是知道你在追学姐，我不好打扰，可是她现在不懂得珍惜……"

他似笑非笑地反问："她可以的……你也可以？"

邓颖一愣。

"拿你和许呦比，你以为你是谁？"

谢辞目光冷漠，越过她直接走了。

邓颖眼眶都红了。她背对着他，大声说："谢辞，我是真的喜欢你！"

谢辞脚步都没有顿一下。

刚从学校出来，谢辞就接到曾麒麟的电话。

他不想接，直接掐了，结果走了几步还是被曾麒麟逮住。

"狗崽子，我的电话你都不接了？"

曾麒麟一把搂住他的脖子。谢辞挣扎，眉头皱起，烦躁地"啧"了一声："别闹。"

正是下午放学时候，来来往往都是学生，时不时有意无意对他们投来打量的目光。

"晚上跟我出去走走。"曾麒麟的话不容反驳。

不知不觉4月悄然而至，冷空气没有滞留多久，春日特有的活跃气息夹杂着温暖的热风。学校外的街灯亮成一排，天光淡薄。

谢辞蹲在路边，街上车水马龙。

曾麒麟抱臂，靠着路灯。看谢辞又开始发呆，曾麒麟一脚踹到他屁股上："你这样不行知不知道？"

他现在简直……整个人这段时间能肉眼看出来，死气沉沉的。

以前谢辞虽然混，但至少还有点青少年的活力，现在完全就是一点生机都没有。

"宋一帆跟我说，你被人甩了？"

谢辞一听这话终于有了点反应："谁乱传啊？"

"哟呵，"曾麒麟气笑了，"你真就认定了？"

谢辞不说话。

"我还以为人家这样对你，你铁定已经 move on（转移心思）了，没想到我弟到这种地步还能坚持，不容易啊。"曾麒麟半开玩笑。

"哥，我真的喜欢她。"

就算是她一句随便的承诺，他都放在心底。

曾麒麟笑容收住。隔了半天，他表情淡淡地问："谢辞，你是不是傻啊？为什么要在这种年纪对一个女生认真？"

"而且，她跟我们不是一路人，你懂吗？"

谢辞和他对视许久，一动不动，然后，移开视线，望向别处："那我就到她的路上去。"

过了没几天，年级开始组织篮球比赛。

这段时间，除了宋一帆，其他人觉得谢辞整个人都变得怪怪的。倒也不是别的，就是每次有什么活动喊他出去玩，他都懒得参与。他也不逃课了，就算睡也要睡到晚上放学再走。

有人奇怪得不行，就跑去问付雪梨谢辞到底怎么了。

付雪梨很淡定，敷衍道："人都要长大啊，难不成中二[①]一辈子啊？"

别的也就算了，宋一帆觉得最过分的是，谢辞连打篮球都兴致不高。

就比如现在。

宋一帆敲谢辞桌子："阿辞，去不去打篮球啊？下午我们班有比赛。"

"不去。"谢辞连头都懒得抬，把桌上的书翻过一页。

宋一帆忍了一下，还是说："不是，你看得懂吗？"

谢辞抬头瞥了他一眼："能不能滚远点？"

宋一帆表情玩味，又问了一次："比赛马上开始了，你真不去啊？兄弟最后一次提醒你，我们班抽签和理零班抽到一组了。"

谢辞一愣。

"零班？"他问。

宋一帆挑眉："理、零、班，你说呢？"

谢辞还没说话，宋一帆看他表情，继续说："听说体育老师拉着理科班几个

---

[①] 网络用语，指青春期特有的思想、行动、价值观，是对青少年叛逆时期自我意识过剩的一些行为的总称。

女生去计数了。"

很久没出现在众人视线里的谢辞突然现身篮球场，许多人没反应过来。

谢辞穿着白色球衣，戴上护腕。场上有人吹了一声口哨，把球扔给他。

文一班的女生都沸腾了，加油的尖叫声此起彼伏。

许呦和另一个女生站在计数牌旁边。

红色方是文一班，黑色方是理零班。

许呦看着场上奔跑的一群人，旁边那个女生小声跟她吐槽："我们班男生打得好烂啊……"

许呦垂下眼睑，不知道在想什么，心不在焉地把红色的牌子又翻过一块。

那个女生继续道："文科班男生好高啊……有几个长得好帅啊……"

最后比赛结束的口哨吹响前，谢辞在三分线外一个抛投，篮球在空中划过一个半弧，唰的一下，正中篮圈。

全场一下掀起高潮，文一班以压倒性的大比分赢了。

谢辞大汗淋漓，掀起衣服下摆擦汗。早已有按捺不住的女生冲过来，递水给他。他没接，眼睛四处看，像是在寻找着什么。

宋一帆笑着过来搂住他的肩，笑嘻嘻地道："怎么样，哥们儿，上场玩了两把，心情释放了，感觉不错吧？"

许呦默默整理完计分的东西，交给体育老师后，拿上包就走了。

谢辞终于找到那个瘦弱的背影，她一个人在往篮球场外走。

"哎，"谢辞用胳膊肘碰了碰宋一帆，低声说，"给我把校服拿过来。"

"许呦！"听到熟悉的声音，许呦停下了脚步。

谢辞还穿着黑色的运动短裤，小腿露出来。他跑上前两步，拉住她的手腕，气喘吁吁。

两个人相顾无言。

谢辞先开口，说："能和好吗？我不想跟你吵了。"

许呦："……"

见她没反应，谢辞顿了一下，认真地看着她说："冷战可以，其余免谈，我死都不会同意的。"

许呦说："我本来就没想跟你冷战。"是你不理我。

这回轮到谢辞说不出话来。

他本来准备了很多话，这会儿却一句都说不出来了，一种难以言表的情绪在胸口化开。

许呦退后两步，打量他，嘴角微微抿起："你穿校服……"

谢辞脸红了，激烈运动后的汗水还在顺着脸庞往下流。他结结巴巴地问：

"很奇怪吗?"

他肩线流畅,双肩顺着衬衣的侧缝延伸,没有款式的简单校服也能被他穿得特别好看。

"没有,很帅。"许呦笑了。

只是她从来没想过,他会听话地穿上校服。

两人对视了一会儿,许呦问谢辞看什么。她微微仰着头,下巴到颈脖的线条柔和而纤瘦。

他就这么看着她,眼睛忽闪,像枯木逢春,甜蜜的泉水从干涸的土地里汹涌而出。

这是个无人的角落,旁边有高大错落的树木掩映,风吹过来,带起树叶簌簌地响。

两人站得近,谢辞的校服应该是刚刚洗过,有种似有若无的清香,很好闻。眨了眨眼,许呦回神,平静地垂下眼睑,自然垂落在身侧的双手犹豫地抬了抬,又放下,最后还是慢慢地在他背上试探性地拍了拍:"你没事吧?"

沉默。

沉默。

沉默。

"谢辞?"

"你别叫我。"他声音里居然带点委屈,哑哑的。

许呦:"……"

谢辞垂眼,偷偷看许呦的发顶,又怕被发现。心里明明好开心,又似乎有点说不清道不明的委屈,酸酸胀胀的。他叹了口气,轻声问,又像是自言自语:"没有我缠着你的日子,你过得挺开心的吧?"

这句话说得莫名其妙。

她的指尖掐进了手掌心。

"许呦,都是我不好。"他像是意识到自己说错话了似的,立马道歉。

"……谢辞,你怎么了?"她的声音很轻,仿佛只是呢喃,随时都能消散。

谢辞:"没什么……

"我以后不跟你生气了,你也别不理我行不行?许呦……我会变好的。"

谢辞故意冷着她,不去见她,以为这样自己就会好过一点。他从小到大都很受欢迎,被身边的人惯得不成样,在感情上是娇气的。所以在许呦那里栽了跟头,谢辞第一反应就是逃避。那个冷清的冬夜里,仅剩的一点骄傲和自尊,让他丧失勇气,难受地挂断了许呦的电话。

从那以后,谢辞感觉自己整个人都坏掉了,无数个深夜里拿着手机,编辑了数不清版本的"绝交信",到最后却没能发出去。他实在狠不下心把许呦彻底隔绝在自己的生活之外。

宁愿放弃自己,也不愿意对她说这两个字。

在学校里,谢辞曾经无数次想偶遇她,或者要干些什么引起她的注意。

有时候狭路相逢,他故意无视许呦,眼睛看着前面的路,心却仿佛被一只手捏住,从远到近,擦肩而过,余光都是她。

不知道是出于什么心理,谢辞就想看到她因为自己难受低落的模样,以为或许这样他能开心一点。于是"偶遇"愈演愈烈,谢辞甚至一天能经过她们班门口好几次,来来回回。可许呦永远是一副平静的样子,有时候在做作业,有时候坐在位子上和旁边的同学聊天,根本没看到窗外经过的他。她偶尔会笑,嘴角那浅浅的弧度在谢辞看来却无比扎心,甚至拱起一团无名火。

许呦凭什么能笑?

许呦为什么那么开心?

难道她不难受吗?

是不是根本不在乎,所以才会这么开心?

为什么痛苦的只有自己?

人的感情真的是很奇妙的东西。也许上一秒还在不知道和谁较劲不服输,不论怎么折腾就是不愿意先低头,但是下一秒钟,紧绷的心弦一松,提起的那口气一泄,所有的一切都会溃不成军,主动认错、主动道歉都变得没关系。

因为谢辞越来越发现,自己就算咬死了牙关,还是好想许呦。和她单方面开始的冷战,被折磨的其实一直只是他自己。

曾经他以为主动权一直掌握在手里,后来才恍然大悟,不得不认清现实。

生死疲劳,从贪欲起。少欲无为,身心自在。①

而他的心,早就不在。

回去的路上,谢辞小动作不断,时不时抬臂,用指尖去碰她,一挨上,手指又蜷缩,自顾自玩得乐趣无穷。

许呦无奈,忍不住和他拉开了点距离:"谢辞,你干吗?"

"啧,不解风情。"他"哼"了一声。

高二的教学楼就在不远处。篮球比赛刚刚结束,快到下午吃饭的时间了。

谢辞双手插兜,晃晃悠悠跟在许呦身后,不远不近的距离,目光一直跟随她的背影。他刚打完球,凌乱的黑色短发微微有些汗湿,身上那件蓝白色校服外套拉链没拉,就这么敞着。谢辞皮肤好,脸长得白净,个子又高,很招这个年纪的

---

① 引自佛经。

小姑娘喜欢。

偶尔迎面来的三两个女生，挽着胳膊窃窃私语，忍不住打量他。

两人刚刚和好，谢辞和许呦穿着同样的校服走在路上，加上被人一路这么明目张胆地看，他忍不住就有点飘飘然，膨胀了起来。

谢辞搭上许呦的肩膀，凑到她耳边，状似随意地问："有我这么帅的朋友，你可开心了吧？"

"……"许呦拉下他的手，眼睛看着路，"你好好走路。"

"从来没见过你这么浪费的人，帅哥不多欣赏两眼，回班上只能面对一群四眼仔。"他小声嘀咕。

她听到了，抬眼看他："我怎么浪费了？"

"你说呢？"谢辞皱眉，模样很认真，"我长得这么好看，你居然都不好好看看，浪费了一张帅脸，真是便宜你了。"

"……"许呦被他的贫嘴给逗笑了，"第一次见你这么不要脸的人。"

"比拐弯处的城墙都厚。"话落，她又忍不住笑。

之前就想跟谢辞讲，可是那个时候和他不熟，许呦也只敢在心里吐槽。现在……

"许呦，你完蛋了，敢骂我。"谢辞手臂绕过她的脖颈，作势要威胁她。

许呦被扯得一个趔趄，挣扎了一下，拍他手背："你好烦呀谢辞，放开我。"

"先说我帅不帅，说了再放开你。"

"不帅。你怎么这么自恋……"

谢辞不依不饶，吊儿郎当地笑："哪儿自恋了？明明这么帅，别欺骗自己了成不成？"

还没和好多久，他的本性又有死灰复燃的趋势。许呦哭笑不得，觉得谢辞跟小孩儿似的，忽冷忽热，需要人哄。

不过其实谢辞也不算自恋。

许呦来得晚不知道，曾经有人在一中的贴吧发过一个名为"那些年让我们疯狂过的男生"的帖子，里面盘点了从高一到高三的各路帅哥，后来被吧主加精[1]，火过好一阵子，甚至被外校盗图。不过这不是一个校草投票帖，而是单纯的福利帖。每当楼主介绍某个人，并附上一张照片，楼下全是好友跟帖爆照的。

谢辞作为一中有名的人物，长得又帅，被楼主提名，后来放上侧脸照时，还小小炸了一波贴吧。毕竟学校里大多数人只听过他的名字，没见过他的人。

上面有楼主为他写的一段话：

---

[1] 网络术语，在网络论坛里，论坛管理员会将受关注的帖子设置为精华帖，这种行为就被称为加精。

我想这位大家都不陌生吧，高一九班谢辞。他的照片真的好难找，这个学弟长得很帅，我一直想认识一下。其实我之前见过他，第一眼就忍不住惊叹，这个男生好白啊，比女生都白。

听说很喜欢打篮球，所以身材超好！！

其实很多女生应该早就讨论过吧，算了，我就不说了……

这层楼下面，有不少求联系方式、求正脸照的，回复数量几百条：

楼主，多来点，不够看啊！
惊现我辞哥……
还有没有别的？
就说还有没有别的照片，没有我们就亲自发了。
求楼上爆照。
楼上爆照+1。
啧啧！谢辞是我初中的学长，好久没见过他了，不知道有没有比初中更帅。
好棒（憧憬）！
楼主啊，你这回经验可是赚翻了。
这必须顶，啊啊啊！！
这个帖子比隔壁的破校草帖好多了……

于是跟谢辞玩得好的一群"狐朋狗友"，毫不犹豫地把手上的私照全部贡献出去。

有谢辞只穿了条短裤的照片，和人飙歌、打篮球……甚至连他在男厕所洗手的照片都被人爆出来。

因为这个帖子，那会儿真的是走在路上都能被认出来，搞得谢辞烦了好久。

宋一帆等人亲眼看见谢辞缠着许呦，把她送回班上。

徐晓成猜测两个人是和好了，和宋一帆勾肩搭背，叹了口气："你看阿辞那样子，又荡漾起来了。"

宋一帆也感叹："挺好的，不过我真没想到他们还能和好，第一次见啊，一个女生能把谢辞治得服服帖帖，不服都不行啊……"

接下来几天，班上人明显感觉到笼罩在谢辞周身的低气压莫名其妙地烟消云散。

连老师都觉得奇怪。

过几天又是月考，文科班老师发了一沓资料下去，课堂上基本是背书或者自习。宋一帆他们哪是闲得住的人，预备了几个活动，看谢辞终于恢复正常了，就准备叫他下午一起去玩一玩，热闹热闹。

哪知道谢辞压根儿不搭理。

"去不去啊？"宋一帆本来兴奋地喊他，他老不理，不由得急了，把谢辞正在看的卷子一把压住，"看书看傻了？"

"烦不烦？"谢辞把他的手拨开，连眼睛都懒得抬，"喊我干什么？"

"打球啊，好久没出去……"

"不去。"话都没说完，就被谢辞一口否决。

宋一帆又一连提了好几个去玩的地方，统统被谢辞拒绝。

宋一帆一噎，心里气："嘿！我说你……"

"能不能别吵吵？"谢辞就像长在椅子上，一点儿不动弹，面前有几本书摊在桌上，"自己滚去玩，别找我，我没空。"

徐晓成本来在看游戏报纸，他抖了一身的鸡皮疙瘩，转过头："你可别告诉我你要学习。"

宋一帆不依不饶："那你说你要干什么？日理万机啊！再说了，人家许呦要上课你又找不了她。"

"滚！"

"我就不滚，你先答应我，我不能让我兄弟被'荼毒'，变成一个书呆子。"

谢辞凉凉地瞥了他一眼，说："能不能有点儿理想啊宋一帆？马上就月考了，你叨叨什么？别打扰我看书。"

"……"旁边的人忍不住喷了。

宋一帆壮着胆子，忍不住撑他："看书？！不是我说，兄弟，你指望什么呢？看得懂吗咱？别勉强自己成不成？你该不是打算一跃而起，追上许呦吧？咱能别做梦了吗？！"

"滚！"谢辞恼羞成怒，抄起一本书砸到宋一帆脑门上，顺便踹了他一脚，"欠揍呢你？"

"哈哈哈，错了错了，别打。"

讲台上传来老师愤怒的拍桌声："宋一帆！注意课堂纪律！上课铃响了你干吗呢？快点给我回座位！"

前面有女生闻声转头往后看，只看到宋一帆尴尬地半蹲在过道的地上，旁边的谢辞手撑着脑袋，一副事不关己的模样。

年级的篮球比赛为期一周，最后拿冠军的是文一班。后几场谢辞都上了，可能是因为许呦答应去看，还帮他拿衣服，每一场他都打得特别亢奋，走位风骚至极。

许呦喊了一句"谢辞加油"，很快就被人群的尖叫声淹没。她看着场上不停奔跑的白色身影，嘴角忍不住翘起一个小小的弧度。

和许呦一起来的是零班另外两个女生。余艺捂住耳朵，心有余悸地补了一句："太恐怖了，这些女生叫得好疯狂啊，怎么来了这么多人，远不止两个班的吧……"

童冬无语道："肯定都是来看帅哥的啊，凑个热闹，要不然呢？"

零班这节刚好是体育课，几个人就顺便来围观一下。

"许呦，我们什么时候走？晚上还有化学测验呢。"余艺扯了扯许呦的手臂。

"啊？"她回神，侧过脸，"下了课我再走，还要看会儿，你们先回去吧。"

"算了，没关系，陪你一起嘛。"

两个人正说着话，旁边的人突然又爆发出骚动。各路人的眼光都看向这边，全场都在起哄。

余艺话被打断，反射性抬头看，一眼就看到场上穿白色球衣的男生。他嘴角噙着笑，一边跑着，一边食指和中指合并点了点太阳穴，冲她们这个方向一甩，像在对哪个人远程示意。

这个举动让整个篮球场都响彻着尖叫声。

"哇啊——"

站在许呦旁边的女生脸爆红，捏着朋友的手，小声重复着说："谢辞刚刚是冲我们这个方向挥手吧，我的天哪，要昏了……好帅好帅！"

宋一帆跑过谢辞身边，发现他眼睛还看着某个方向，忍不住跳起撞了撞他肩膀："行了行了，眼珠子都要掉下来了，全场您最帅！别看女生了，看球啊大佬！"

篮球在空中咻地被队友抛过来。

谢辞原地一跳，单手控住球，哼笑一声："你管我？滚！"


晚自习下课后，许呦把桌上的草稿纸整理好，将化学测验卷交给小组长。

卷子有些难，把她写出了一脑门的汗。这会儿身上热，许呦就穿着一件简单的白色短袖。

她三两下把东西收拾好，刚刚准备提上书包走，旁边的沈阳拿着纸笔凑过来："哎，许呦，问你一道刚刚的题。"

"化学考试的吗？"许呦停下动作。

沈阳点头。

她把书包背上，不好意思地说："对不起啊，我今天赶时间要回家，老师明天上课应该会讲，你到时候可以听。"

"噢……那好吧。"沈阳抿唇，"再见，回家小心点。"

许呦"嗯"了一声。

从楼上下去，声控灯坏了，楼梯很暗，一片黑乎乎，看不清楚。这时候正是下课人流高峰期，许呦被旁边的人挤着，只觉得快要不能呼吸。

她握着扶手，好不容易走到一楼。

走廊尽头的转角处，谢辞靠在墙壁上，百无聊赖地等许呦下课。

终于看到许呦从身边走过，他眼睛一亮，三两步追上去，一把扯住她的手臂："没看到我？"

"啊？"许呦停下步子，眯了眯眼，"太黑了，我看不清楚。"

回家路上。

走过一个十字路口，旁边有棵古老巨大的梧桐树，枝叶繁密，路灯昏黄的灯光投射下来。

被旁边的人看得不自在，许呦停了脚步，对谢辞说："你快回家吧，别弄得太晚了。"

"这才几点？"

见许呦没说话，谢辞说："我这几天有在认真看书。"

"真的啊？"许呦抿着唇，发自内心道，"挺好的，看懂了吗？"

"没有。"

"……"半晌，许呦忍不住笑出来，她转回头去看他，打量谢辞的表情，认真地安慰道，"没关系，慢慢来。"

"我好好学习了，有没有点奖励啊？"

"你想要什么奖励？"

谢辞没接话，目光在她身上停顿了一会儿。

他的眼神，变得有点……有点……

许呦意识到不对劲，加快步子往前。

"哎，等等啊。"谢辞在后头喊，快步上前拦住她的去路。

"你干吗啊？"许呦背着书包，被人拉住。

"我的奖励呢？"他问得理直气壮。

"我又不知道你好好学习了，等下次月考成绩出来再说。"

谢辞像个无赖："你刚刚还说要慢慢来，现在就给我压力，要看我成绩了。"

许呦抿嘴，瞪了他几秒。

"那奖励没有，鼓励也没有？"

许呦左右看看，没人。她踮脚，象征性地摸了一下他的头。

谢辞猝不及防，脑袋轰的一下，像烟花炸开。

"给你的鼓励，快点回家。"她轻声在他耳边说。

谢辞呆愣着，顿了顿，又低头看了看许呦。

她退开："你傻了呀？"

许呦准备出小巷子，脚步刚迈，便被阻止。

"等等。"谢辞回过神，身形微动，拉住许呦，他强装淡定，话说出口却结结巴巴，"你……我……你……"

"干什么？"

"就是……"谢辞一副呆呆的样子，"都没感觉就结束了。"

"扑哧——"许呦觉得他这副傻傻的模样实在是可爱，破天荒地心生逗弄之意。她唇角笑意渐深，小声说："没感觉？"

他底气不足，嘴硬："没感觉。"

"那你要不要照照镜子，看自己的脸有多红？"

谢辞："……"

"那你凑过来一点。"

谢辞立刻弯下腰。他睫毛微颤，听话地等待着。

过了几秒，一点反应都没有。

正等得有些不耐，他就闻到一点熟悉清淡的花香味，一颗心在胸膛里扑通扑通乱跳。

连黑暗的气息都是甜蜜的。

许呦失笑，退后两步："谢辞，再见。"

等他彻底回神，许呦早已不见踪影。回去的路上，他大脑晕乎乎的，魂都快没了，好几次找不到方向。

回到家，谢辞哼着歌，随手把钥匙丢到一边。

客厅的灯开着。

他动作一顿，换好鞋走进去，看到曾麒麟横躺在沙发上，手撑着头看电视。

电视机里在放足球比赛。谢辞弯腰，随手拎起一瓶冰的矿泉水，拧开瓶盖，仰头往嘴里灌。

"你来我家干什么？"

曾麒麟扫他一眼："我不能来？"

"哼。"看他那副嘚瑟的样子，曾麒麟嗤笑了一声，慢悠悠地问，"怎么，心情又好了？"

"是啊。"谢辞往沙发上一坐，两条长腿伸直，懒洋洋搭到矮凳上，脚还晃了晃。

"啧啧，之前要死不活的，还以为你打算去殉情呢！"曾麒麟开口嘲讽。

谢辞没搭话。他嘴角带点笑，眼睛垂下来，不知道在想什么。

"对了，"曾麒麟想起正事，"你之前是不是和一个叫付一瞬的……"

听到这个名字，谢辞眉头一皱："怎么了？"

"你认识吗？"

"认识啊。"

"然后？"

谢辞答得漫不经心："然后退学了呗。

"不过你突然提起他干吗啊？"

"呵呵。"曾麒麟眯起眼睛，"他转到二中去了，还认了个哥哥。"

学校里的日子总是过得单调。

宋一帆看到谢辞那副精神奕奕认真学习的模样就不自在，也不知道他从哪儿忽然涌起这么强烈的上进心。

有人调侃："阿辞这是要重新做人啊。"

不过宋一帆觉得谢辞可能是病还没好，和他又说不通，只能作罢。一群人心里想着，就看他能学出什么东西来。

谢辞的脾气他们都清楚，他哪有那个耐心当好学生，坐在教室里啃书本这种事情，不过是三分钟热度罢了，估计过几天就坚持不住了。

早上第一节是英语课。文一班看上去趴倒一片，大家都昏昏欲睡。有几个男生起身去上厕所。

陈月在讲台上念课文，她上课节奏慢，又喜欢中途说一些题外话，大部分人不可避免地开小差。

徐晓成正津津有味地低着头看杂志，沉浸在一片花花绿绿中无法自拔，书就这么光明正大地横摊在桌上。

后面有人用手推他的背，小声喊："阿成，阿成……"

"干吗啊？"徐晓成不耐烦，手往桌上一拍，头侧过去，"喊魂呢？"

身后那个男同学低头没说话，一副憋着笑的模样。徐晓成刚意识到不对劲儿，余光就看到旁边覆下一道黑影。

陈月把他的篮球杂志没收了，徐晓成站着听她训了估计有五分钟。

"你们看看下面的倒计时牌，还有五十八天！还有五十八天就要高考了，这意味着什么？意味着你们就要步入高三了，怎么一点紧迫感都没有？还在课堂上看这些闲书，都是一个老师带的，你说你们怎么和别人这么大差别，像我在零班上课的时候，他们……"

"唉……又开始了，中年期妇女啊，怎么这么能唠叨？"宋一帆叹口气。

同桌看了他一眼："更年期吧。"

"哦……"宋一帆很随意地说，"说着玩嘛，你知道我没文化……"

陈月把手里的书放下："高二这么多班，就没看到比你们还能闹腾的，真不知道哪来这么多时间！我另一个班的课代表，你们应该都听过吧？年级老考前几名的那个女生，人家天天上课认真听讲，下了课也不放松自己。你们本来就和别人成绩好的差距大，还不努力……"

在陈月讲得尽兴的时候，讲台下面闹成一团，起哄声也有，唏嘘声也有。刚提起这个名字，一圈人都不经意地往谢辞的方向行注目礼。

"哎，阿辞。"宋一帆在后面叫他，语气稍微有点酸，"啧啧，听老师表扬自己女神，是不是有一种油然而生的自豪感，特别开心？"

谢辞懒得理他。

宋一帆同桌压低了声音问："你说要是给英语老师知道，她的得意门生被谢辞缠上了，会不会当场晕厥过去？"

"那我估计要把老师整到怀疑人生。"宋一帆摇摇头，一本正经地看过去。

"对啊。"

"还有就是……两个人实在是有点不配。"同桌感叹了一句，怕被谢辞听到，声音又降了调，"感觉零班那个姑娘，成绩可以妥妥地上 Q 大、B 大了，等出了学校，两个人差距就会出现，社交什么的……"

话落在宋一帆耳朵里，他就有点不爽了。他淡淡地说："你想多了吧？"

"什么？"

"谢辞和许呦在一起挺好的啊！"

宋一帆从小就护短，听不得别人说自己兄弟半点不好。

他不咸不淡地补充道："而且，平时我们说着玩玩的，你该不是当真了吧？谢辞家里条件好得很，就算他成绩不好，以后毕业了也混得比谁都好。"

考试前，谢辞一伙人依旧是难兄难弟，被分在多媒体教室。

往常的月考对他们来说，都是平平淡淡度过，连笔都很少带，掀不起什么波澜。可是这次……

李杰毅坐在谢辞旁边，忍不住问："阿辞，传闻最近你的知识水平有所提高，等会儿传个字条呗？"

谢辞目不斜视，冷哼一声："滚！"

李杰毅骂了他一句："谢辞，你讲不讲兄弟情？"

"你是什么东西？"谢辞睨他一眼。

小模样高傲着呢，不知道的还以为他凤凰落难到了他们野鸡堆里。

卷子发下来，谢辞摆正草稿纸，埋头苦做，在旁人看来简直是一题一题算得入神。

宋一帆就坐在他斜前方，时不时冲谢辞的方向瞄。他心里暗暗吃惊……看谢辞这架势，别真是要逆袭了吧。

对别人探究的视线，谢辞一点感觉都没有，眉头时皱时展，全神贯注。

到最后连监考老师都忍不住多看了他几眼，作为年级里有名的不良学生，这么安分地做题简直是匪夷所思。

平时他们一群人都是半个小时就交卷走人的，这会儿谢辞不走，剩下的人都在等他。

等到收卷铃声响起来，第一排的人开始收答题卡。

收到谢辞的时候，他还不大愿意给，沉沉地盯着收卷的那人，把人家盯得额头直冒冷汗。

"哎，谢辞你走不走啊？"

宋一帆早出考场了，就因为谢辞还没出来，他在外头等了半天，急得伸头进去喊。

谢辞一出来，宋一帆就跟上去，唠唠叨叨："你写什么写那么久，批奏折啊？！"

嘴叭叭说着，他一顿，发现谢辞拧着眉，一脸凝重。

宋一帆小心翼翼："你不会还要跟我讨论考试题目吧？我跟你说我可搞不来这个，你得找别人。"

"吵什么你？我又不是傻。"谢辞不耐烦地瞥他，于是宋一帆识相地闭嘴。

过了几天，月考成绩出来了。

徐晓成一群人都有些说不准的感觉。课间聚在一起的时候，有人说了句："看谢辞这段时间……咱们不会能在榜上看到他吧？"

马上就有人被呛到，咳了两声："别、别，可别，我承受不住这个刺激！"

在一旁的宋一帆一直安安静静，没参与讨论。

回了教室，数学老师把考试卷子给班上同学。一群人一窝蜂拥上去，抢着要发。

宋一帆回到座位上，毫不在意地拎起自己的答题卡瞄了瞄分数。

32分。

还凑合。

反正他一向不在意这些，没什么感觉。宋一帆转头看谢辞："阿辞，你多少分？"

谢辞把卷子折起来了。他表情淡淡，没回答，反问道："你多少？"

有生之年，他俩居然还讨论起成绩来，宋一帆内心感慨良多，摇摇头说："我32分，蒙对了几道选择题。"

然后他看到，谢辞的表情变得有些难以描述。

"怎么？"宋一帆皱眉，"你不会是嫌弃起我来了吧？"

"有一点，所以你快滚回去。"

宋一帆居高临下，盯了他几秒，趁他一时不备，一把抢过他的答题卡，定睛一看——

219

"你找死呢！"谢辞顺势起身，想要迅速抽回自己的卷子，脸色糟糕透了。

"12分？"宋一帆一愣。

谢辞烦躁道："还我，你给我滚！"

"不应该啊！我的辞！"宋一帆努力想忍住不笑，又有点想不通，"我看你写得挺认真的啊，算来算去，怎么才这么点分！哈哈哈，比我都少！"

谢辞没说话。

宋一帆纳闷："不是，是不是老师给咱改错了，还是你瞎写的？"

谢辞沉着脸，认真地说："我一题一题亲手算的，草稿纸都给用完了。"

"这……"

比起宋一帆，谢辞更想不通："你怎么考的32分？抄了？"他还看书了，宋一帆考试之前连笔都没带，还是找他借的，凭什么考得比他高！

"哈哈哈。"宋一帆咳了一声，老实道，"我乱做的，全靠蒙。"

"怎么蒙？"

"掐指一算，牛不牛？"

"……"

宋一帆继续贫嘴："你别说，哈哈，我还扔纸团验算了一遍，感觉挺有效果的。"

谢辞想踹他，骂了句脏话，烦躁地把答题卡拿起来，揉成一团。

他看到就烦。

"哎哟，"宋一帆拍拍他的肩，安慰道，"那句话怎么说来着？命里无时莫强求……咱们不是学习的料，认命吧！"

"别别别。"后面的徐晓成围观了整场戏，笑得快要说不出话，"怎么就轻易认命了？阿辞别怕，咱要让苍天知道咱不认输！"

"……"

也不知道是谁把这件事告诉了许呦。

周六一大早，谢辞还在床上睡觉，放在床头柜上的手机就响了。

他睡得迷迷糊糊，闭着眼翻了个身，也没看来电显示就接了起来。

"谢辞，睡醒了吗？"

熟悉的声音一响起来，谢辞瞬间清醒了。他睁开眼，从床上猛地坐起来，电话从耳朵旁拿下来，看了两眼，又放回去："许呦？！"

"是我啊。"

他清清嗓子，低着头，手揪着被子，不自然地说："你……"

"今天有时间吗？"许呦那边顿了顿，她声音很轻，柔柔的，"我今天要去图书馆，你要一起吗？"

"……"

"谢辞,你没时间吗?"

"在在在在!"谢辞把被子一掀就下床,随便抓了一条裤子,蹦跶着穿上,"有时间有时间!在哪儿在哪儿?我去找你还是怎么?"

"你慢点,别撞到东西了。"许呦在收拾书,听到电话那头丁零当啷的响声,嘴角勾起一个小小的弧度,"你们这里有图书馆吧?我也不知道在哪儿,我们等会儿去看看。"

"好好!"谢辞欢喜得不得了。

许呦也忍不住笑:"记得把你考试的数学卷子也带上。"

"……"

临市有几家免费的大型图书馆。

南图一楼是借阅室,二楼有自习的地方。人不算多,就零星几张桌子坐着人。他们随便找了个靠角落的位子,许呦把书包放到桌上。

"那我坐哪儿啊?"谢辞倚在一旁,双手抱到胸前,"我要坐你旁边,不想跟你对着坐。"

许呦看了他一眼。

等会儿还要教他写题目,两个人坐近一点确实比较方便。她考虑了一会儿,小声说:"你搬张板凳过来坐我旁边,动静小一点。"

旁边是落地玻璃窗,窗帘被扯到一边,一束阳光投射到地板上,打出一片阴影。

许呦从文具盒里抽出一支笔,她低着头,冲旁边的谢辞摊开掌心:"数学卷子和答题卡呢?"

半天他都没反应。

许呦疑惑地转过头,看到某人表情很迟疑。

"快点呀。"她催。

"我……"谢辞从上衣外套的口袋里掏出一张皱皱巴巴的纸。

"……怎么变成这个样子了?"

许呦哭笑不得,接过那张纸,耐心地把皱痕用掌心推平。

一展开,左上方鲜红的分数赫然出现,两个人都沉默了。许呦也是第一次有点说不出话来。

"你怎么考的……42分?"她试探性地问,还怕语气太重。

谢辞犹自嘴硬:"反正……我比宋一帆高,他才32分呢。"

"……"许呦摇摇头,翻了翻谢辞的答题卡,看他做对的题目。她心算本来就强,几道题瞄过去,立刻就发现谢辞根本没那么多分。

其实得分栏那个1改成4的数字就很僵硬,很容易能看出来。许呦怕伤到他的自尊心，假装没看出来。可是心里又觉得好笑，她又不是他的家长，改分数这种幼稚的行为，真像个小学生。

她压住嘴角的笑容，按动圆珠笔，从一旁抽出一张白色草稿纸。

谢辞单手托着腮。

"别发呆，你也拿一支笔，我给你讲，然后你算，顺便做笔记。"许呦表情恢复严肃。

"知道了，许老师。"他懒洋洋应了一声。

她知道谢辞基础不好，就直接放弃了比较深奥的，专挑基础的给他讲。

"这题。"圆珠笔的笔尖点了点，许呦声音清缓柔和，眼睛看着谢辞，"如果直线 ax+2y=20 与直线 3x+y=20 平行，那么系数 a 的值是多少……"

"这一题就是简单的比例法，初中生也会做，我跟你说方法，你自己算……"

许呦以前给小朋友当过家教，所以耐心很好，题目讲得也细致。

谢辞虽然很多不懂，但态度还是端正的。许呦特地嘱咐他把数学书带上，每讲到一个知识点，就让他翻出来做好笔记。本来一开始是让他自己写，可是谢辞的字龙飞凤舞，又大又丑，写在书上根本看不清。许呦无奈，拿了蓝色的水性笔亲自帮他记笔记，他就负责凑到旁边看，嘿嘿地笑。

"这题，三角函数，你自己把题目念一遍。"

"哦。已知函数 f（x）=4……嗯，摊 x。"谢辞不知道"tan"怎么念，就直接用拼音代替。

许呦好气啊，又忍不住笑，拿笔敲了敲他的脑袋："你这都不会读，上课在干吗？"

题目讲到最后，谢辞答题卡上已经记满了密密麻麻的解题过程。

许呦把数学卷子放到一边，拿着水杯从座位上站起来，吩咐了一句："你先把我给你讲的看一看，我去接点水喝。"

回来的时候，谢辞趴在桌上，全神贯注地涂涂画画着什么。

许呦拉开椅子在他身边坐下，凑上去看了一眼。他没算题目，而是在草稿纸上画了一堆莫名其妙的符号。

谢辞一手转笔一手撑着脑袋，垂着眼，笑得蔫坏。可能是他笑得太荡漾，让许呦电光石火之间意识到了什么。

"谢辞，你能不能认真点啊！"许呦轻斥了一声，然后移开眼睛不看他了。

"啧。"谢辞丢掉手里的笔，凑上去。

许呦退开了一点，转过身子。

他不依不饶挨得更近，小声求饶："别生气啊。"

"小许同学？"

"许呦？"

"呦呦，呦呦……"谢辞喊上瘾了一般，念经似的唠叨。

"你烦不烦哪！念经呢？！"许呦噌的一个转身，吓了谢辞一跳。

谢辞："干……干吗？"

许呦咬牙切齿地伸出手。她的手温软干燥，谢辞被她捏着脸颊，一时间还没反应过来。

不碰不知道，谢辞的脸好软，搞得许呦情不自禁地用手指往外揪了揪。

"能不能别吵我，烦人精？"她骂他。

谢辞看着她，没脸没皮地笑。

玩了一会儿，许呦不和他闹了，坐正身子："我要学习了。"

她把卷子放好，谢辞手机刚好振了起来。

他看了眼来电显示，皱眉，推开椅子起身去远处接电话。

过了会儿，谢辞回来，样子匆忙，似乎有什么急事。

许呦看着他："发生什么了？"

"你带手机了吗？"谢辞问。

许呦摇头。

"我现在有点事要先走，不能送你回家了，你等会儿回去拿手机给我发消息。"他一边拿外套，一边在跟别人打电话，没等许呦开口说什么，就跑得不见人影。

许呦脑子里都是谢辞走的时候焦急的模样，她有点担心，也学不下去了，潦草地收拾了东西回家准备打电话给谢辞。

不知怎的，心里一直有些慌。

回到家，陈秀云静静地坐在沙发上，似乎在想事情。

许呦急着回房，没注意她的表情，随口说："妈，我回来了。"

"这么早，不是去图书馆了吗？"

"嗯……有资料忘在家里了。"许呦回了一句，换好鞋，连包都没来得及放下，三步并作两步跑回房间。

明明记得手机放在枕头底下，找了两次没找到，她跪下来，到处翻，急得额头冒汗。

"许呦，你在找什么？"陈秀云的声音从背后传来。

许呦动作一顿，转过头，看到陈秀云手里拿着的东西，她心一沉。

咚。手机被陈秀云砸到地上，慢慢滚落到许呦身边停下。

她跪在地上，低着头："妈……"

"你先别喊我，跟我说一说，你手机里的人是谁？"

"天天给你发短信，他喊你什么？"

"你说啊！你别不作声，许呦，你要急死妈妈吗？！"

"我心疼你，看你那么晚不睡，以为你在学习，结果呢？你到底和谁打电话？天天打那么晚，你是不是以为爸爸妈妈都是傻子？"

许呦眼眶一下就红了。

陈秀云深吸了口气，似乎有点头晕，支撑不住地坐到床上。她一直有低血压，情绪有大起伏的时候就会脸色苍白。

"妈妈，你别生气。"许呦越发自责，咬着唇，"别生气……"

"我一直信任你，从来不翻你手机……可是你呢，拿什么回报我的信任？学别人谈恋爱？！"陈秀云越说越激动。

"谈恋爱"这个词说出来，听得人格外心惊，许呦有点蒙："不是的妈妈，我们不是你想的那样。"

"我和你爸爸一直耗着，就是因为你，你又不是不知道……我为了你……"说到这里，陈秀云哽咽了一下，指着她的鼻子，"你为什么这么蠢？这是什么时候，你还有心思搞这些！你凭什么？！你知不知道，如果你高考考不好，我和你爸也养不起你，你以后进入社会拿什么和别人比？！"

陈秀云看许呦跪在原地，眼睛低垂，一动不动，心里的火气与无奈、辛酸交缠，最终化为长长的一声叹息。

"你还小，意识不到没有学历没有能力就混不下去。你知道我和你爸爸为什么这些年……我跟你老实说，当初你爸爸就是没有能力，入赘住进我们陈家，你的姑爹姑婆哪一个瞧得起他？！因为什么？！都是因为他没能力！你以为我们为什么老吵架？！你看看你爸爸过得幸福吗？你看看你妈妈我过得幸福吗？你才读高中，就这么不珍惜自己的机会，以后没能力，靠男人，进了他们家的门，你知道自己要受多少气吗？你知不知道要受多少白眼？

"这个世界上，很多事情你不能控制，可是也有很多事情你能够把握，为什么却不好好珍惜？"

"妈，我知道……"许呦忍住没哭，她直视陈秀云，捏紧拳头，"我知道我在干什么。"

"你在干什么？"

"妈……我一直很听你们的话，然后……这一次，你能不能先别告诉爸爸，等我自己解决？"

陈秀云似乎已经没有力气再骂她："许呦……"

"我知道这样不对，但是我能保证，我一定会好好学习，真的，我会和他说好的。"许呦的语气近乎是哀求了，急忙道，"妈……你信我一次好不好？我真的不会让你失望的。"

陈秀云心扯得痛，许呦从小就和别的孩子不一样。小时候陈秀云和许呦爸爸吵架，她就坐在不远处默默看他们。许呦一直听话乖巧得让人心疼，打针也不喊疼，一声不吭，去超市也从不吵闹着要什么东西。连幼儿园老师都说她太听话了，懂事得不像这个年纪的小孩：不论是做操还是做游戏都很认真，吃饭和睡午觉都会让着别的小朋友。陈秀云夫妻俩工作忙，能照顾许呦的地方少，经常把她丢在外婆家里。外婆那儿没有其他小朋友，许呦就经常一个人发呆，或者写作业……就算想他们了，就打个电话，每次挂之前，陈秀云听到许呦说："妈妈，我很想你们，但是我在外婆这里很听话……"

　　想到这些，又看到许呦跪在自己面前，陈秀云冷静片刻，找回自己的声音："我暂时不会告诉你爸爸，你自己解决好，我最后相信你一次。"

　　出房门前，陈秀云顿了顿，侧了侧头："妈妈不是逼你，什么事情都等到你高考以后再说，你和那个男生……"

　　剩下的话她没有再说，也不忍心继续说。

　　门被带上，轻轻一点声响。许呦脱力地靠在床头柜上，怔怔出神。

　　手机被没收，关机放在客厅的茶几上。

　　晚上洗了澡，许呦抱膝坐在窗台边，愣愣出神很久。

　　路灯的光昏昏沉沉，晕染着周遭的花草树木。稀疏暗淡的星星，一点也照不亮远处漆黑的路。

　　星期一上学，许呦眼睛底下阴影很重。

　　下了早自习，余艺问许呦怎么了，看上去脸色不太好。

　　许呦强打起精神，摇摇头："我没事。"

　　她收拾好东西，出了教室去文一班。

　　许呦等在教室外面，坐在窗边的那个女生探出头说："谢辞他没来上学。"

　　"没来？"许呦一愣，她低头想了想，又问，"宋一帆来了吗？"

　　那女生又往后看了一眼："没来。"

　　"……好。"

　　她拖着脚步回了自己的教室。

　　第二天、第三天、第四天……

　　谢辞一直没来上学。宋一帆也不见人影。

　　许呦下午又去，碰上了徐晓成。他正好出教室，一个转身，看到许呦站在走廊上，愣了一下。

　　他还在原地没动，许呦就走了过来。

　　她和徐晓成没讲过几句话，但是知道他和谢辞关系好："同学，你知不知道这几天谢辞去哪儿了？"

"啊？"徐晓成笑了一下，语气轻松，"阿辞啊，他最近沉迷一款游戏，就翘课了。真是狗改不了吃屎，你别气，到时候我们帮你骂他。"

"你有谢辞电话吗？"许呦看着他的眼睛，表情不变。

徐晓成渐渐不笑了，慢慢地，他摇摇头。

"你把手机给我吧，我就和他说几句话。"她的语气很平静。

"不是……就是……"他越发心虚。

"我找不到他了。"

这句话，成功止住徐晓成的话头，他半天没吭声。

半响，徐晓成叹了口气，把手机递出去。

许呦两只手捧着电话，拨了几次，依旧是无人接通，然后忙音。她不信邪，一遍一遍重拨。

"许呦，别打了。"徐晓成出声。

她像没听到一样，机械地重复着手上的动作。

"谢辞不会接的。"他说。

许呦还是没有听，保持着原样。

"真的，你别打了，没用的……"徐晓成不忍看她的表情，慢慢地说，"谢辞，他住院了。"

这句话如平地惊雷，炸得她瞬间蒙了。

住院？

谢辞住院？

看许呦一副精神恍惚、不能言语的模样，徐晓成实在瞒不下去，略带迟疑地跟她说："我带你去吧……"

出学校，坐上出租车，到医院。

一路上她一句话都没说。外面又下起了雨，天空暗沉沉的，覆盖整座城市，无数颗水珠倾洒碰撞。从车上下来，两个人都没有伞，身上被淋得湿透。

其实，许呦之前想跟谢辞说，她的手机被没收了，以后可能没办法天天陪他讲话。

她想告诉他，希望他耐心好一点。

她不会约束他什么，但是如果他愿意等，他们高考以后可以在一起。

她会回答他，那天晚上挂电话之前，他问过她的问题。

她要亲口跟他说，她不会看不起他，从来不嫌弃和他有关的一切。

她想帮他变好，就算到最后他只能考三本，也要学着努力地去生活。

她是个对待感情很认真的人，他对她的好，她一直记得。

她担心自己见到他的时候，不能把自己真正想说的话告诉他。

她想过他也许会气急败坏，想过他重新和她冷战的模样，想过他死皮赖脸不答应，想过他……

可是她没能想到，最后出现在她面前的，是他躺在病床上、脆弱得下一秒就会支离破碎的模样。

许呦双手捂住嘴，就那么一瞬间，疼得气都不敢喘。

她拼命安慰自己，什么都不要想，什么都别想，不要想……

谢辞依旧神志昏沉，戴着吸氧管，手背上插着针头，身边有缠连着电线的仪器在嘀嘀叫。

她慢慢走过去靠近他，小腿都在颤。

谢辞却一点动静都没有，再没有看到她的欢喜模样。脸色苍白。他闭着眼睛，睫毛下有阴影覆盖，仿佛已经入睡。

许呦心脏剧痛，只感觉天旋地转，脚一软，在他的床边蹲下。

身后似乎有人走进来。

她实在受不了这个，几近崩溃，叫了一声："谢辞……"

"他没生命危险了。"曾麒麟站在她身后，俯下身，轻声说，"这里不能多待，先出去。"

许呦在医院走廊上的长椅上，呆呆坐了一下午。

曾麒麟坐在许呦旁边，两腿分开，手撑着头，断断续续地跟她讲：

"我们学校之前和二中有矛盾……上个周末发生了一点纠纷，后来闹得有点大，他们有一个人喊了社会上的人来……

"当时有点混乱，一个黄毛趁着所有人没反应过来，拿着刀子直接捅到谢辞的肚子里。"

说到这里，曾麒麟闭了闭眼，似乎不想再回忆那天的场景。他双手抓着自己的头发。

人们的尖叫与红色的血。

谢辞最后倒在地上的模样。

"是我对不起他……"曾麒麟喃喃。

许呦精神似乎已经麻木了。她不言不语，双手放到膝盖上。

等身边的人说完，她轻声问了一句："那个人，进公安局了吗？"

曾麒麟一愣，问："什么？"

"拿刀的人，"许呦很平静，全神贯注地看着地面，把话重复了一遍，"他进公安局了吗？"

她身上被淋透了，头发也贴在脸颊两侧，寒气从脚底冒出来。

"进了。"他答。

半晌，她点点头："好。"

然后两人就不再说话。

不知道过了多久，窗外的光线慢慢暗了，头顶的白炽灯亮起，惨白惨白。

不同的人进进出出，来去经过。许呦也不知道自己最后怎么走的。

关于那天的记忆实在太模糊。

就记得雨淋在身上，好冷。

精神和身体很疲倦，心里却出奇地平静。

就像大雪纷飞后的寂静。

没过多久，学校到处都在传这件事情。流传出来的版本有很多种，只要是八卦，大家都懒得去细究真假。

许呦从那天去医院后，就再也没去文一班。她下了课就坐在座位上，哪儿也不去，放学了就直接回家。周围有同学议论起这件事，她就默默离开，什么也不听，什么也不说。

有时候走在路上，会接收到各路探寻的眼光。

其实许呦发现她自己挺坚强的，至少能在同学眼里、老师面前，还有父母面前保持原来的模样，只是话变少了一点。

就这么过了几天，课间休息的时候，徐晓成来找她，说谢辞意识已经恢复了。

再去医院，谢辞已经从重症监护病房转到普通病房。

他穿着蓝白条纹的病服，一只手缠满白纱，半靠在床边。

许呦进病房，两个人对上眼的瞬间，同时愣怔了几秒。

她走上前几步："谢辞，你好点了吗？"

隔着几步远的距离，谢辞开口，声音像被砂纸打磨过。

他不敢看她，目光落在别处，说："许呦，你走吧。"

她愣住了，脚步一顿。

许呦攥紧了书包带子。

徐晓成在她身后，眼睛瞪大，嘴巴张了张，又闭上。

"谢辞？"好一会儿，她才终于找回自己的声音。

谢辞的眼睛看着窗外，面色苍白，情绪却依旧毫无起伏。

"你走吧。"他重复了一遍，声音细弱却清晰，一个字一个字地传到她耳朵里，"我不会去上学了。"

旁边的人一时间都没反应过来，病房里静悄悄的。

许呦不敢置信地看着他。

这句话其他人也听到了，徐晓成更是忍不住开口，上前一步："谢辞，你疯了啊？！"

　　许呦身子僵在原地，不晓得要说什么，过了很久才找回自己的声音："不管你发生了什么，说这些话之前，还是好好考虑一下，我先走了。"

　　她说完之后，转身要走。

　　"许呦，"谢辞在身后喊她的名字，隔了半秒才问，"对我特失望吧？"

　　他其实很虚弱，连声音都听得出来，有气无力。

　　有一瞬间，许呦真的特别特别难过，心仿佛就这么直直地坠了下去。

　　"我不失望，谢辞。"许呦转过去，看着他的眼睛，想说话，却突然有点哽住，"除了你自己，谁都没有资格对你失望。"

　　说完，她停顿了一会儿，然后低头把书包从肩膀上拿下来。

　　许呦手里拿着一张写满过程的数学卷子，轻轻放到他床旁边的桌子上："你落下的东西。

　　"谢辞，好多事情你不要轻易决定。等你真的想好了，再发短信告诉我吧。"

　　门被关上。

　　他重新躺回床上，眼神直愣愣地望着前方，伤口那里又开始钻心地疼。

　　风从窗子吹进来，压着的数学卷子，被吹得哗啦啦响。

　　身后似乎又站了个人。

　　不知道还在期待着什么，谢辞心里忽地一紧。坚持了半天，他还是忍不住转过头去。

　　曾麒麟静静地看着他，样子有些于心不忍。

　　两个人距离太近，曾麒麟甚至能清晰地看到谢辞眼里一闪而过的失落。

　　他问："你哭什么？"

　　谢辞背过身去，放下手机，用手掌使劲地把眼睛里的泪水抹干净。

　　"医生跟你讲了什么？"

　　沉默良久，谢辞一动不动，专注地盯着许呦留下的东西。


　　晚自习，许呦请假了。她前几天淋了雨，一直咳嗽，到今天彻底发烧。

　　办公室里，王夏冬看她脸颊通红，一摸额头，烫得吓人，立马开了一张请假条："你自己能回去吗？要不要同学送你，还是跟你父母打个电话？"

　　许呦双手拿过请假条，对王夏冬鞠了个躬："不用了，谢谢老师。"

　　"那行。"王夏冬放下手里的笔，"你一个人回去小心一点。"

　　家里一个人都没有。

　　客厅是暗的，窗帘也拉上了。房间里一片漆黑，许呦一步一步走到沙发前坐下来。

没力气开灯,她就这么静静坐着。不知道过了多久,她眼睫一颤,探出身,把放在茶几上的手机拿起来,开机。

手机屏幕荧蓝的光照亮一小块地方,还有最后百分之十的电,来得及看一条短信。

她用拇指点开——许呦,我不想等你了。

"帮我写份物理作业。"

"你故意的啊?一天往我怀里倒两次。"

"啧,还跟我生气呢?不就让你喊了一声哥哥吗?"

"一颗糖就想贿赂我?"

"哎,感觉你脸挺软啊……"

"你别怕。"

"不是,我就是想问你一个问题,你觉得咱俩以后有可能吗?"

"我是喜欢你,才没脾气,知道吗?"

"等你等了一天没吃饭,很饿。下午下雪了,我要冻死了,你还下不下来啊?"

"你是不是瞧不起我,还有我朋友?嫌我们成绩不好,觉得我们生活奢靡,趣味低俗。"

"许呦,你是不是不喜欢我?"

"许呦,我穿校服,不好看吗?"

"有我这么帅的朋友,你可开心了吧?"

"说真的,给你一个人生建议,就是好好跟我在一起。"

"……"

谢辞做了他觉得对的选择,所以许呦尊重他。

她手都在抖,打出那个字:

好。

谢辞,我答应你。

那以后,你就自己好好的。

后来的日子,好像也没有什么了。许呦像什么也没发生过,和父母解释了一切,做了保证,让他们安心,然后很平静地过每一天。

手机被锁到柜子里,很深的地方,没了期待。

校园里还是能偶尔遇到宋一帆他们几个人,里面却再没了他的身影。

只是偶尔有一天,做完操,有几个女生买了酸奶和零食,从她身边经过,边走边聊。

"唉,好像好久没看到谢辞了……"

一个人小声说:"他高二下学期就退学啦,你居然不知道……"

"对啊,发生那么大的事情……"

她们越走越远,直到连身影都看不到,许呦还站在原地。

高三过得实在太快,每个人都很忙碌。教室门口,楼梯上,到处都贴着励志语录。从统考开始,再到百日誓师大会,一模二模三模。

许呦的话越发地少,成绩越发地拔尖,她听父母的话,听老师的话,没有再去碰竞赛。

她告诉自己,别回头,别去想,不论遇到什么困难都要坚强。

那时候每一晚的夜都是安静的。

最后一个星期,倒计时板上,终于只剩下鲜红的"7"。高三的教室要当高考考场,布置考场的时候,墙壁上的所有东西都被覆盖上白色纸张。

老师留了人打扫卫生,教室里灰尘飞扬,有人不小心被呛着,咳着就咳出了眼泪。

高一、高二的学生放了假,他们就搬去高一新建的教学楼,在操场的另一边。教学楼前有一条河,对面是一片刚长出来的草地。

每一层的楼梯走廊上都拥挤着高三学生。用书页折成的白色千纸鹤满天空地飞,有的落在河里,顺着漂走。有人冲着远处呐喊,引起一栋楼的笑声。

许呦穿过人群,背着书包进教室,找到新的位子坐下来。这是靠窗的位子,最后一点阳光能落进来。

班里喧嚣嘈杂,她低着头收拾书本,身边突然站了个人。

许呦抬头,看到邱青青手里拿着一张同学录,她摇了摇手,俏皮地问:"能帮我写一张吗?"说完把纸放到许呦桌上。

"啊,好。"许呦小声答应。

邱青青就站在她身边,等她写完。

"许呦,其实我挺羡慕你的。"邱青青像突然想到了什么,一下子笑出来。

"什么?"

"谢辞啊。"邱青青声音很轻松,似乎已经放下了,"之前我其实挺难受的。"

许呦瞬间握紧笔,脸上的血色尽数退去。

邱青青盯着许呦恍惚的模样,声音很低:"直到后来,我看见谢辞和你在一起的模样,才知道他是从来没有喜欢过我的。"

高考前一天下午,教室空落落的。课桌上凌乱地堆着书本,放着水杯。黑板上有人用粉笔潦草地写了一句歌词:

你总说毕业遥遥无期,转眼就各奔东西。

毕业快乐。

6月7日，6月8日，一晃而过。

最后一场英语考试考完的铃声打响，所有考生拥出各个考场，每个人脸上都是轻松的神色。

熬了十二年，寒窗苦读，终于在这一刻解脱。

许呦拎着一瓶水，拿着文具，顺着人流走出学校。

一切都结束了。

最后成绩出来，老师最先打来电话恭喜。临市两个并列理科状元都在一中高三零班。

许呦就是其中一个。

当时她在卧室里收拾东西，陈秀云握着电话走进来，满脸喜色地告诉她这个消息。没过多久，亲戚都知道了这件事，纷纷祝贺。陈秀云和许爸爸坐在客厅，一个个地拨电话，家里气氛很久没有这么和谐快乐过。

后来的事情，许呦记不太清了。那天很累，她洗了个澡就直接入睡，躺在床上，心里什么都没想，脑袋里也空空一片，一觉就睡到第二天接近中午。

陈秀云看她起来，放下手里的活儿，笑着问了句："要吃什么？带你出去吃？"

"妈妈，我去厨房下点饺子，然后下午出去有点事。"她说。

陈秀云皱眉："你好不容易考完了，吃点好的啊，吃饺子干什么？"

许呦说："突然有点想吃。"

饺子被放在保温盒里，许呦带着出了小区门，随便上了一辆环城公交车。

车子很颠簸，她的头靠在玻璃窗上，眼睛看着这座城市的每一个角落。

旁边有个老爷爷问："小姑娘，你怎么了？"

"啊，我没事，就是丢了个东西。"许呦话说到一半，眼泪就先落了下来，她手忙脚乱地用手背擦掉。

老爷爷"呵呵"笑了一声："唉……丢都丢了，就别哭了，说不定以后还能找回来。"

车子摇摇晃晃地驶过大街小巷，有穿着短裤欢笑着跑过的儿童，有卖东西的小贩，夏日的热风吹在每个人身上。阳光透过褐色的树枝之间映着绿色的枝叶，奶茶店里的碎冰块，骑自行车、衬衣被风吹得鼓鼓的少年。

许呦坐在位子上，低头把饺子一个个用勺子舀起来，放到嘴里。

她吃着吃着就哽咽了。

她低下头，一边流泪，一边吃东西。

等车到终点，东西应该吃完了，她也就忘了。

第八章

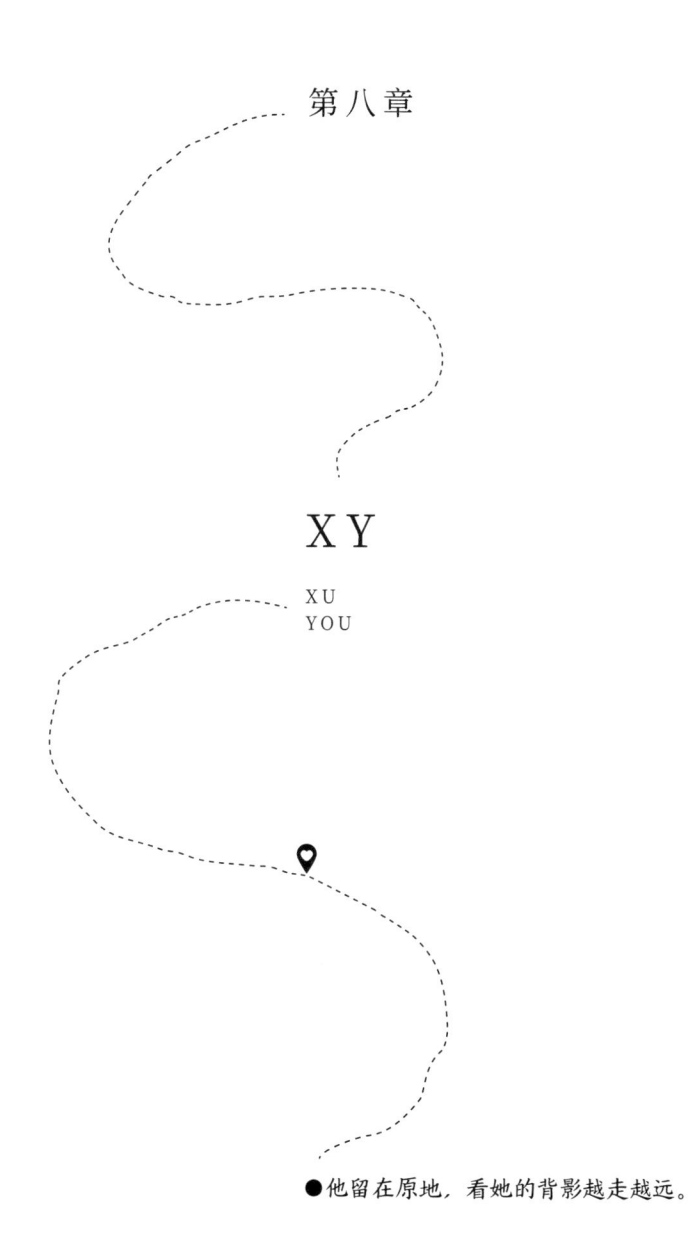

X Y

XU
YOU

● 他留在原地，看她的背影越走越远。

"后来呢？"

"后来啊……"她想了想，"我离开那个城市，来申城读了大学，再毕业……"

尤乐乐盘腿坐在床上，兴致勃勃地继续追问："那你和他怎么样了？"

"什么怎么样？"许呦侧着头，举着吹风机，五指抓住发丝摇晃。

"你和他还有联系吗？"

过了几秒，吹风机的轰鸣声戛然而止，许呦起身，拔掉黑色的插头。

"没了。"

"一点都没有？"尤乐乐觉得好可惜，"你们都约定好高考之后在一起，就差最后一点时间了，他为什么不等了啊？"

要不是听许呦亲口说，她实在想不到自己这个看上去乖巧的室友，还有过这么一段轰轰烈烈的青春时光。

论感情经历，尤乐乐绝对比许呦丰富太多，可是能给她留下深刻印象的真的没有。她忽然想起什么似的："我就说追你的人也不少啊，都没看你谈恋爱，不会是忘不了那个人吧？"

没等许呦回答，尤乐乐就若有所思地感叹："唉，怪不得……有句话叫什么来着？年轻的时候，不能遇见太惊艳的人，对吧？"

"……"

"我们咖啡厅最近刚好要搞个初恋的主题活动，感觉你可以带着这个故事去参加，身为老板的我，可以把你内定成第一，心动不心动？"

许呦不想再继续这个话题，说："我明天要出差了，晚饭你自己解决。"

"又要出差？！"尤乐乐听到噩耗一般倒在床上，仰天叹息，"你们新闻社怎么这么忙啊，三天两头要出差……"

"最近事情有点多。"

许呦拿起一边的笔记本电脑，查看工作邮件。她按住鼠标，往下拖了拖。

尤乐乐看许呦工作得这么认真，识相地没再继续打扰。她在床上打了个滚，拿起手机和男朋友发微信。

这边，许呦忙了半天，才发觉肚子有些饿。

"我去厨房下点面条，你吃吗？"她合上电脑起身，转头问尤乐乐。

尤乐乐视线从手机上移开，瞅了她一眼："这么晚了，你又诱惑我。"

冰箱里的食材不多，两个人口味都是偏清淡一点。许呦考虑了会儿，拿出两个鸡蛋。

尤乐乐放下手机，靠在流理台边上，观察许呦细细地切葱。

得了空，两人有一搭没一搭地聊着。

"葱花鸡蛋面？"

"嗯。"

"口水都快流出来了。"尤乐乐"嘿嘿"笑了一声，"你这手艺，以后老公有福了啊！"

旁边锅里的水开始咕嘟咕嘟冒泡，许呦分出神看了一眼，吩咐道："把挂面下进去。"

"对了，你什么时候回来？"尤乐乐送了一筷子面进口里，被烫得口齿不清，"咝，有没有醋？"

许呦把手边的醋递给她："后天吧，我开车去，不远。"

"你车上次不是有点问题吗，修好了吗？"

"没事。"许呦三两下先吃完，起身收拾好碗筷，"我去睡了，你也早点儿睡，吃完放到桌上，明天我起来收拾。"

早上起来刷完牙，许呦看着镜子里的自己，动作一顿。

发了会儿呆，她弯下腰接了一捧凉水拍到脸上，在脑海里想，过了几年了……

抹去一个人存在的痕迹到底需要多久？

一年，两年，还是三年？五年够不够？

或许要更久……

为什么又想起他？许呦拿起放在一边柔软的毛巾，闭起眼睛覆在脸上。

昨天晚上在便利店买东西，隔着玻璃，她看到窗外靠着一个穿黑色夹克和 T 恤的男生在抽烟。身后是车流不息的马路，霓虹灯渐次亮起。

只一秒的时间，回忆就猛地撞进脑海，寂寞像是突然席卷了全身。许呦想到前天晚上在 KTV，朋友拿着一罐啤酒，坐在她身边唱歌。

"你闪耀一下子，我眩晕一辈子。"

谢辞啊。

也不知道他有没有照顾好自己的黑色眼睛和挑剔的胃。

不过有人说得对，哭着吃过饭的人，是能走下去的。

她是能走下去的。


许呦去邻近的市出差，开车一个多小时就能到。

她检查好东西，给尤乐乐留了一张字条就出了门。车开到路上，正在等红绿灯，放在包里的手机响起来。

她一边接起来，一边按下车窗。

微凉的风吹到脸上，让人稍微精神了一点。

打电话来的是和她一同出差的张莉莉，两人随便说了几句，绿灯亮起，许呦就把电话挂了。

真给尤乐乐的乌鸦嘴说中，车子快上高速路时，仪表盘上的故障灯却亮了，不知道哪里传来异响。

许呦不敢开太远，心惊胆战地放缓车速，在附近随便找了一家4S店停下。

不知道今天是什么日子，店里人特别多。

看到许呦进来，一个工作人员上前来："小姐您好，有什么需要吗？"

"我的车坏了，能现在帮我修一修吗？"

"不好意思小姐，您有预约吗？"

"没有……"

"是这样，我们今天店里很忙，抽调不出人手，您看您能等一会儿吗？"

"要等多久？"

工作人员露出为难的表情："嗯……这要看情况。"

许呦抬起手腕看表，点点头："那算了吧，我今天下午有事，时间比较赶。"

刚转身，就被一道惊喜的男声叫住："哎哎哎，等等！！"

许呦转头，看到一个有些陌生的男人快步冲她这边过来。

"许呦？！"那个男人激动地喊出她的名字。

看许呦一脸茫然、明显记不起他是谁的模样，那个男人更加激动了，大声地介绍自己："学霸！我是李小强啊！你还记得我吗？以前跟你一个班的啊！"

"真的一点没印象了？"

虽然还是想不起来，可许呦看他那副样子，却忍不住笑了出来。

她笑得极浅，嘴角稍稍勾起一个弧度。

站在一旁的店员笑呵呵地说："原来您是老板的同学啊。"

"干站着干什么，给人家倒杯水去啊！"李小强催促。

许呦一听，急忙摆手："不用啦，我还有点事，修好车就要走了。"

"你车怎么了？"李小强殷勤地说，"不然这样，你把车留店里修，我请你吃个饭？"

"你店里挺忙的吧，我今天要出差，先修车，等回来了再联系行吗？"

"没事没事，我们店里可以——"话说到一半，李小强话头突然止住。

隔了半响，他又开口："对了，你赶时间的话，那我带你去附近一家店修吧，他们应该不忙。"

李小强口中的"店"不远，许呦车子有问题，不敢开太快，心惊胆战地跟在

那辆黑色的大奔后头。

几个转弯就停了下来。

许呦把车停好,打开车门下车,打量面前的修车店。

连个正式的招牌都没有,外面的墙壁上随意用黑色油漆喷了几个 X 和 Y。大门处的卷闸拉下一半,里面都是灰色的水泥地,墙也没有粉刷,倒像一个废弃仓库改造的修车厂。

许呦跟在李小强身后,四处打量。

头顶的几个大风扇在呼啦呼啦地慢慢转悠,进来了才发现里面空间其实很大,说两句话似乎都有回声。四处随意停放着的都是许呦不认识的各种改造车。

刚走了没两步,李小强的手机就响起来。他的手机铃声音量特别大,他看了一眼来电显示,快步走到旁边接起来。

许呦站在原地,百无聊赖地四处张望,心里暗暗疑惑,这个修车厂,怎么连个出来接待的员工都没有。

正想着,有两个人拉开一道门走出来。其中一个男人穿着很讲究,西装裤和尖头牛皮鞋。他双手插兜,戴着一副墨镜,和这里格格不入。

走了两步,陆悍骁停住脚步,对身边的人说:"对了,还要做个粉色的面漆。"

"好的,陆总。"那人颔首。

"然后镶圈水钻。"

"……"

陆悍骁微微低头,把墨镜滑到那一截挺直的鼻梁上,眼睛斜过去:"叫你们这儿手艺最好的老师傅。"

"……"那人表情有点僵硬,"陆总,实在不好意思……我们这儿人都挺年轻的……"

"啊?"陆悍骁皱眉,"那叫你们老板弄成吗?"他不敢出错,这车是送给他家小姑娘的,只因她无意中提过一句,在学校门口看到一辆很好看的粉色敞篷车。

后来有次吃饭,他和朋友提起这件事,朋友一拍大腿,跟他说:"给你推荐一家店,好像有点远,我挺多玩赛车的朋友都喜欢在那家店修,不过好像挺不容易约的。"

"我们老板一般不弄这种车……得看心情。"

陆悍骁笑了,又继续往前走:"还看心情?你们老板年纪不大,脾气倒不小啊!成吧,到时候我来提车,弄好点啊。"

许呦默默往旁边移了移脚步让他们过去。她静静地待在一旁,直到有人上前来询问:"小姐你好,你是要来?"

许呦忙说:"哦,我来修车,你们有时间吗?"

"修车？！"那人像是被噎了一下，"门口停的那辆？"

看他有点震惊的表情，许呦莫名其妙："啊……对，你们这里是不修车吗？我朋友带我来的……"

"嗯……修倒是修，但是我们——"

"能修能修，什么车都能修！！"旁边有人猛然打断两人对话。

李小强挂了电话快步跑过来，恨铁不成钢地对那个男人道："阿力啊，你在这儿说什么废话呢！"

阿力被拉到一边。

"强哥，怎么回事啊？"

李小强眼睛里满是期待："辞哥人呢？"

"还在睡觉吧估计，不过快起来了。"

"又通宵了？"

"不清楚。"

"你现在去把他喊出来，就跟他说，不出来后悔一辈子。"

阿力真是摸不着头脑，走之前又说了句："说得这么吓人！"

"吓不死你！"

阿力突然福至心灵，看了那个白白嫩嫩的女人一眼："辞哥以前认识的啊？"

"何止认识，你动作快点。"李小强催促。

阿力一路都在思索。他上了二楼，刚准备敲门，门就被人从里面拉开。

出来的男人满脸倦容，脸色不太好。他唇间含着一根刚燃起来的烟，眼睛狭长漆黑，眼底阴影很重。

"辞……辞哥。"阿力退开一步，"强哥说下面有个你认识的……"

谢辞漫不经心地揉了揉头发。

他叼着烟，双手撑在栏杆上，含混不清地问："哪儿呢？"

"喏，"阿力指了个方向，"A9区那块站着呢。"

然后，阿力看见自家那个平时冷漠又不爱笑的老板面色突然就变了。

烟被取下来，用力在手里捻灭。平静浪潮下像是翻涌着什么，又死死压抑住。谢辞的手猛地捏紧栏杆，又松开。

阿力没文化，脑海里只能想到"不敢置信""天打雷劈"这两个词形容。

许呦赶时间，不由得拿起手机又看了看时间，刚按亮屏幕，张莉莉的电话又打进来。

不知道是那边有点吵，还是信号不好，说话的声音听不太清楚。

"你在哪儿？我听不到。"许呦移动脚步。

似乎是换了个地方，那边声音忽然清晰响亮了许多。张莉莉问："你到禾城了吗？"

"没有，我还在修车，车突然坏了。"

"那这样吧，我去接你，人我刚刚已经约好了，晚上到了一起吃个饭。"

"等会儿，我先看看车能不能修好。"

许呦仰头望了望，有几个吊灯垂着，被风吹得摇摇晃晃。这个修车厂装修得可真够朴素的，她出神地想。

阿力默不作声地等着，看谢辞到底什么时候回神。

他脑海晃过楼下那个女人的面容。

刚刚近距离看过，年纪应该不大，未施粉黛的一张素脸，五官秀美。不是满大街的锥子脸，而是很古典的鹅蛋脸，反倒有种说不出来的干净气质。嗓音也是又低又柔。

想着想着……就想到，先前有传言，谢辞这几年身边一直没有女人，开始大家都以为他随意惯了，不喜欢被人管着。但是随着时间推移，许多人发现谢辞好像真的对女人不感兴趣。谢辞家里有钱嘛，加上长相好看，经常有人旁敲侧击打听他喜欢什么类型的。不过谁也不知道，乱七八糟的说法一大堆，但都有个共同点，就是谢辞特别喜欢那种安静点、温柔点的女人。

安静点……温柔点……阿力突然灵光一闪。

"辞哥，"旁边有人快步走过来，一脸无奈，"早上送到华运那边的车退回来了。"

谢辞声音很低，明显心不在焉，眼睛看着别处："怎么？"

"他们要重新喷颜色。"

成飞也有点无语。那个陈总，人看着话不多，没想到事不少。他们那边员工过来，说他们陈总女朋友不喜欢喷的颜色，送回来让改。要不是看他们来头大，他当时差点脱口吐槽：用不用把陈总女朋友的照片喷车上啊？

不过底下的人也难做，说他们老板要哄女朋友，除了颜色，座椅也要调整，睡觉不舒服……

"事儿多。"谢辞把烟扔到地上，随意评价了一句。

他垂眸踩了踩，眼睑下像是有阴影，人莫名地颓沉："找人去弄吧。"

"对了，阿力。"谢辞转过头。

"嗯？"

"别让她走了。"

他吩咐了一句，就快步回房，一扫平时懒懒散散的模样，连背影都显得那么迫不及待。

房门半开，隐隐约约还能看到房间里全是乱扔的衣服，地上滚落了几个空酒瓶。

阿力在原地反应了半晌，才弄明白谢辞口里的那个"她"是谁。

"那个，你朋友这里是不是不太方便啊？"许呦等了半响，对身边的李小强说。

虽然她平时对车不怎么关注，可是记者天生具有比较敏锐的观察力。放眼望去，这里一辆辆随意摆放在低矮支架上的跑车，明显不是普通人供得起的便宜货。

而且这里怎么看也不像一个单纯的修车厂。

前段时间有个地方出了一起超跑冲进隔离带的事故，许呦有个同事去了现场跟踪报道。后来查资料写新闻稿的时候，那个同事跟许呦提过一两句，随口感叹，有些人玩车出手太阔绰，车子出了状况随便修一修都很贵。

许呦回忆了一下图片，在心里叹气，终于知道刚刚那个工作人员听到她要修车为什么那副震惊的模样。

"我有点赶时间，还是别麻烦你朋友了，等会儿同事应该会来接我。"许呦和李小强道别，识相地打算离开这里。

李小强跟上她的脚步，解释道："没事啊，你先别走。"

正好不远处有个人急急跑上来，拦住他们。

"等等！"阿力抹了一把虚汗，递了一张单子给许呦，"小姐，你把这个填一下，我们现在就可以帮您修，您有什么性能要求都可以跟我们提，保证让您满意。"

"啊？不用麻烦了，我不是来改装的。"许呦连忙摆手，"我今天有点赶时间，下次再说吧。"

"不行！"阿力脱口而出后，语气激动得把自己都吓了一跳，他又急忙结结巴巴地解释，"不是，主要是您看您来都来了，我们不能让您白跑一趟啊，是吧？"

"……真的没事。"许呦笑了笑，看他年纪不大，随口说，"我顺路来的。"

她抬脚要走，只觉得这里的人都有点莫名其妙。

"哎，要不这样，"阿力追上去，殷切地说，"我给您打个折，价钱都好说。"

"……"

"八折您看行不？要不对折？都可以，看您高兴。"

"……"

李小强无语地看着阿力，心想他们这里的人什么时候还求着给别人修过车……

"阿力，你懂不懂事？还要什么钱啊，就你面前这个小姐姐，人家当初是你们老板老同学呢！"李小强不知想到什么，又立刻住嘴。

他暗自懊恼，糟了……说漏嘴了。

不过幸好，许呦没有听得太清楚，就听到个"同学"。

李小强刚要松口气，旁边的阿力就大声说："原来你是辞哥以前的同学啊！怪不得！"

许呦一愣，脸侧过去："谁？"

"我。"熟悉又久远的声音。

她后背一僵，闻声转头，对上一双漆黑的眼，心猛地往下沉。

头顶的灯，半开的窗，一点点风。

和似乎从没有变过的他。

谢辞坐在不远处的车前盖上，还是那么高高瘦瘦，穿着蓝色的圆领短袖，露出大半锁骨。也不知道已经往这边看了多久。

许呦大脑一片空白。那一刻，她似乎回到多年前，第一眼见他时。金色的阳光落在桌沿，白色的草稿纸和圆珠笔，手里拿着校服的他停在她身侧，玩世不恭地卷起卷子。

她反应慢了一拍。

一瞬间，居然分不清这是现实还是梦境。

"许呦……"他喊出这个名字的时候，甚至紧张得咽了下口水，喉结微微滚动。

然后两个人无声地沉默着。

压抑沉闷的气氛下，却是惊涛骇浪。

阿力看这副架势，大气不敢出，心里却在疯狂呐喊，猜测了无数的狗血剧情……绝对有"奸情"！辞哥和这个女的绝对不简单！天啊！刚刚原来是去换了身衣服！居然没有穿一身黑！还在跑车上凹造型！简直是惊天八卦！

没过多久，谢辞先败下阵来。他紧抿着唇，眼神狼狈，习惯性地又抽出一根烟夹在手里，却发现手指在抖，根本拿不住。

旁边有人注意到了这边，纷纷往谢辞和许呦身上乱瞄了一圈，笑道："原来是认识啊，怪不得阿辞刚刚看人家那么久，我以为一见钟情了呢。"

"哈哈哈，一见钟情。"

"够可以的啊。"

有个词叫什么来着？

对……恍如隔世。

"谢辞啊。"许呦终于回了神，像是记起他来了，她笑了笑，唇边梨涡浅浅，"你头发还是黑的。"

听到这句话，谢辞不敢动，眼眶都红了一圈，愣是忍住没哭，就是视线模糊了。

许呦假装没看到他的神情，收了脸上的表情。她眼睛移开，朝谢辞点点头："那我先走了，以后有时间再说。"

压抑的声音，细听在微微颤抖。

说完她毫不留恋地转身，步子逐渐加快，到后面直接开始跑。

一句话都不能跟他多说。

也没办法笑着和他风轻云淡地寒暄。

多久没有体会到难过这种情绪了？

每走一步，心就像扎在刀尖上般地疼。

好像从高考毕业以后，到上大学，跳级保送研究生，再到不顾父母的反对坚持选和本科不相干的新闻专业，和父亲大吵一架，一个人在大雨滂沱的公园长椅上坐了一天，学校里最喜欢的那只流浪猫再也没出现过，喜欢喝的奶茶店关门……都没有这样的难受感觉。

这些年，许呦知道自己为什么难过，却也没怪过他。

每个人都是自由的，她没权利留住谁。

有个师兄跟她说过，为感情堕落的人都是废物，所以她早就已经决定过好自己的生活。

自己的生活……

没有谢辞的生活。

谢辞跳下车，第一反应就是追上去。

步子刚迈，又停下来。他握着拳，一脚踹翻旁边立着的空桶。

砰的一声响。整个修车厂，安静得不像话。

"啧啧，"庞峰励慢悠悠地往水杯里倒了点水，把烟摁灭在里面，"终于看到了啊。"

旁边有人小声问："看到什么？"

"呵呵。"庞峰励扯起一边嘴角，"宋一帆老跟我说的那个，不能和谢辞提的主儿。"

"说是什么来着？"他在脑海里回忆了会儿说法，"一提准癫狂，谁也拉不住。"

"什么时候啊？这么刻骨铭心！"

"高二？好像是，我听说的。"

"阿辞这栽得够早的，怪不得啊。"

"好事儿啊。"一个人笑，"还以为他准要单身一辈子呢，这心爱的姑娘不是出现了吗？"

"那个，"僵滞在旁边的李小强，壮着胆子对红着眼的谢辞开口，"辞哥，许呦她车坏了……这……没事吧？"

话音刚落，谢辞浑身一震。他一副像刚回过神的模样，转头哑声问："她车坏了？"

"对……"

李小强还想说两句，就看到谢辞没了理智一样，奔到一个地方，随手抄起一把钥匙，打开一辆车上去。

车灯亮起，马达声轰隆作响，轮胎摩擦地面发出刺耳的响声。

刹车，变道，车子经过李小强呼啸而去。

有人暗暗咋舌，谢辞多久没动过那辆车了，今天这是中了什么邪。

阿力小心翼翼地问："辞哥他怎么了？"

李小强诚恳地答："他又着魔了。"

这是正经话。

都这么多年了，谢辞看样子还是中毒不浅，没逃得了啊！

站在修车厂几十米外，许呦抬头看了看天。乌云压顶，这里接近高速路口，建筑物不多，显得有些荒凉。旁边的树枝被风吹斜。她深深呼吸一口，脚像是灌了铅，想平静下来，却渐渐有些力不从心。

许呦掏出手机，低着头，站在路边打了个电话。

周围静悄悄的，风声暗暗在呜呼。渐渐地，有雨滴从树叶上砸进泥地，滴答滴答。

忽地，一道震天轰鸣响起，她的耳膜嗡嗡作响。她头垂得极低，脸颊两侧的发丝甚至被风掀起。

许呦下意识抬头，看到一辆车飞驶而过，紧接着又是一道尖锐的刹车声，然后原地倒退，直到停在她的身边。

一旦有了开头，雨势就再也止不住，噼里啪啦地下起来。

让人猝不及防。

许呦几缕发丝贴在脸颊上。她骨架纤细，就这么立在瓢泼大雨中，浑身湿透。

车门被毫无预兆地打开。谢辞从左侧跨下车，绕了一圈，快步跑到许呦这边。

她就那么静静地立着。

却让他在还有几米远的时候，一下子刹住脚步，不敢上前。

两个人在雨雾里对视，谁都不说话。

雨越下越大，直到将视线都快模糊，许呦平静地问了一句话："你干什么？"

她的声音很小，几乎要淹没在雨水里。

谢辞稍顿，不知道怎么就脱口而出一句："我想帮你修车。"

"……"许呦盯着他，"我的车没开走。"

"……哦。"谢辞踌躇。

"不用麻烦你了。"她礼貌地道完谢，满脸疲倦地转身就走，走得很快，像逃一样。

谢辞两手垂在身侧，缓缓握紧，眼睛看着许呦越走越远的背影，雀跃激动的心慢慢沉下来，理智却渐渐有些失控。

"你别走。"

许呦一愣，她低下头，看腰间突然多出的一双手臂。

后面的人紧紧籀住她，骨头都被勒得有些发疼。两人紧紧地贴在一起。他的头埋入她的肩颈，雨水从发梢滑落。

她反应了两秒，想要挣脱，去扯他的手。

力量悬殊，他岿然不动。许呦急了，去掰他的手指。

他的手背上有一条明显的伤疤，起伏不平。还没来得及细想，她的指腹就滑过一个冰凉的异物。

许呦身体一震，脚止不住发软。她怔怔地看着那处，似乎连呼吸都停滞了。

——谢辞无名指上戴着一枚素净的戒指。

"谢辞，你能不能不要这么自私？"那一瞬间，许呦似乎是蒙了。

听到这句话，谢辞的身体一僵。他的手稍微一松，她立刻挣脱出去，没跑两步，手腕又被人抓住。

"许呦，对不起。"他声音是哑的，像是在压抑着什么。

对不起？对不起什么？

"但是我很开心，谢谢你。"

又开心什么？

"见面的时候，你对我笑了，谢谢。"

许呦喉咙里涌起一阵酸苦。她深呼吸着说："不用谢，我们是同学。"

整理好情绪，她扯出一抹勉强的笑，应付着说："我等会儿还有点事，以后有时间吃顿饭。"

谢辞定定地看着她。

不说话的他，显得孤独又沉默。没有开心，也没有难过，只有脆弱。

两个人分开这么久，他好像一点都没变，也不懂控制情绪——开心就笑，生气就皱眉，连不高兴的模样都如出一辙。

可是许呦早已不是当初的许呦。她不再是当年那个只懂学习的女生。她长大了，接触了社会，努力去适应，甚至每天要抽很多时间去和别人交际。

时光宽容了他，却没有放过她。

大雨瓢泼。

他盯着地上汇集的小水流，轻声问："你……这几年，过得挺好的吧？我都知道。"

许呦"嗯"了一声："挺好的。"

她试着忘记他，忘记关于那个城市的一切，几乎和高中所有同学断了联系。

大学课程不多，她把课余时间全部排满，不让自己休息，除了吃饭和睡觉，就只有学习。

也有过最难熬的日子,她甚至打算试着接纳别人的感情,看了心理医生。曾经尝试过,也努力过很多回。直到有一天晚上,付雪梨跟她打电话说要出国了,问她回不回去。

付雪梨挂电话前最后说,谢辞也来。

那天她刚从图书馆学习完回寝室,挂了电话后,就坐在楼旁边的花坛上。没有灯,在一片漆黑中发了许久的呆,直到远处宿舍楼亮起的灯一盏盏暗下来。

连寝室楼的阿姨都在催,宿舍要关门禁了,许呦才回神,泪水早已毫无知觉地淌了满脸。

然后,她才恍然大悟。

原来任凭她怎么努力,都还是不行,就算欺骗自己过得很好,也不行。

和他有关的一切,她连听到都觉得心疼。是她太傻。这个世界上的喜欢,哪有这么简单。

她和谢辞的事,总觉得很久远,久远到记忆都蒙了一层灰,自己都有点记不清了。

总以为自己忘记了,总觉得是因为分别得太匆忙。可是提着热水瓶去开水房,偶尔路过篮球场,甚至坐在早餐店里,一个人安静地吃完饭,和穿着白色球衣的男生擦身而过,在这些无数个不重要的瞬间,总是回忆起他。

脑海里只要一有念头,就抑制不住地蔓延开。

那段放不下的日子,许呦有时候会想他,可是想多了难受,然后就强迫自己不再去想。

直到和他没见面的第四个年头,许呦大学本科毕业,站在绿茵上。

那天阳光正好。

她才知道,他就像高三那年的夏天。

走了就再也不会回来。

不论她过得好不好,有没有忘记他,谢辞都不会回来。

从一开始,她就不该有不切实际的念头。

是她不该,不该跟自己较真这么多年。

这场雨,忽然之间下得那么大,席卷了整个天地,似乎只剩下他们。

忽然就想起学生时代,许呦刚刚转学去临市。那是在夏天,正是放学的时候,天突然降了一场大暴雨,把她困在走廊,抱着书等雨停。

谢辞就坐在离她不远处的窗台上,也是这样陪着她。

只是那个时候他的话很多,比现在多很多。

想到往事,她的心突然扯了一下。不是明显的痛,可是哪有什么突如其来的难过，其实就是一直在心里。

"我过得不好。"谢辞说着，声音居然哽咽到模糊，"许呦……我过得不好。"

只是见到她，就像一个导火索，把这么多年压抑的感情全部引燃，再也没办法克制。

许呦没有说话，假装听不见。

"许呦。"他又喊了一声。

"对不起……我越来越糟了。"谢辞声音渐小，眼睛低垂下去。

眼前的他，被潮湿的雨淋得狼狈至极。

从少年到男人，轮廓变得更深，鼻梁线条清晰，下巴瘦削。

许呦手里捏着手机，不知道是眼泪还是雨水落在她脸上，顺着滑下去。

远处有辆车停了很久，是张莉莉的。

许呦看了很久，然后转过头来，平静地告诉他："谢辞，你别堕落。"

说完，她绕过他，头也不回地走了。

只留谢辞一个人待在原地。

每个人都会累，会难过，但是没人能为你承担悲伤。

所以你别堕落。

因为不管你是死是活。

贫穷还是富贵。

生病还是健康。

难过还是开心。

从此以后，都跟我没有关系。

"刚刚我可看了半天哪。"张莉莉打着方向盘，车拐了个道。这里是高速路口，天气又不好，她不敢马虎，把双闪灯打开。

许呦坐在副驾驶座位上，静静看着窗外，没回话。

看她身上都湿透了，衣服紧紧贴在身上，还在滴着水，张莉莉把空调打开，又看了眼后视镜："你换身衣服吧。"

许呦反应了一下："哦，对了，我衣服还在车上。"

"你车留那店里修啊？里面东西呢？"

"再说吧。"许呦疲惫地揉了揉额头，"等会儿到了再买一套。"她现在实在懒得回去。

"我说，你干吗不回你车上把东西拿了再走？"张莉莉视线从她身上飘过去，"你打算就带个手机出差啊？"

见她无言，张莉莉咂摸着不对劲，又想了想刚刚看到的那一幕。

许呦和男人在雨里站那么久，明显不简单。

张莉莉好奇地追问："刚刚那男的，和你什么关系啊？"

"同学。"

"就同学？"她明显不信。

许呦看着窗外的滂沱大雨，有一瞬间的愣怔，很快就掩盖过去。

"长得还挺帅的，你什么同学啊？"张莉莉好像对谢辞很感兴趣。

也不知道那么远，她是怎么看清的。许呦敷衍道："高中同学。"

"人怎么样？"

"不怎么样。"许呦顿了顿，将脸转向侧窗，"我们学校，打架闹事都有他的份儿。"

张莉莉沉默了，笑着摇头，感叹："不良少年啊。"

许呦也不说话。

她们不再谈这个话题。

最后，张莉莉还是载着她回了修车厂。许呦那辆车上不了路，只能停在那儿。

许呦把东西简单收拾好就上张莉莉的车走了，她在路上联系尤乐乐把自己留在那儿的车弄走。

这次去出差，她们要约的是禾城一个信息科技公司的老板，做一个以创业为主题的专栏报道。那个老板是个90后，毕业后自己打拼，然后把这家公司一手带入市场。

晚上在酒店，许呦对着电脑整理资料。

关键词……就业、择业、创业。

"李超这个男人挺励志的。"张莉莉端着杯水，靠到她身后的墙上评价。

"不仅励志，好像还是个好男人，对现在的妻子很好。"张莉莉补充完，想了想，玩味道，"许呦，你说这算不算成功男人的标配？"

"不知道。"许呦专心工作。

"那种经过人生沉淀、有定力的男人。"张莉莉声音压下来，"唉……做我们这行看得多了，才发现其实好男人真的不少，就是自己遇不到而已。"

记录到收尾阶段，许呦敲下最后一行字：做正确的事，再把事情做正确。

然后她合上电脑。

她今天淋了场雨，又和谢辞见面，简直像经历了场浩劫。

喷头里的热水从头顶上淋下来的时候，她闭上眼。

一瞬间想到的，却是他无名指上的那枚戒指。

忙了一下午，两人都累了，早早上床休息。

床头柜两旁的灯关了，浴室前过道的那盏廊灯还亮着，谁都懒得去关。

张莉莉睡不着，躺着玩了会儿手机，突然转头问："对了，许呦，你睡了吗？"

"怎么了？"

原来她也睡不着。张莉莉收起手机，苦恼地抱怨："刚刚我那个相亲对象，又在跟我吹家里多有钱多有钱，我要烦死了。"

"可是我爸妈挺喜欢他的，唉。"

张莉莉是申城本地人。她家里长辈的思想很保守，不想她嫁到外地，就找个本地男人过。张莉莉从小就被灌输这种观念，所以找男朋友也先考虑对方是不是本地人，家里在市区有没有房。

她从工作开始，就一直被催着相亲，对象三天两头换。

"许呦啊，你父母都不催你结婚吗？"张莉莉好奇，"我看你好像也没和谁谈啊。"

许呦笑了笑："我爸妈不催。"

"那你至少也得找个男朋友啊，你说你一个女孩子，一个人在外面过多苦啊！"

"还行，我觉得挺好的。"

张莉莉借着微弱的灯光打量身边的人。

其实许呦的长相给人第一印象就是柔，算不上有多惊艳的漂亮。只是和她接触久了，才发现这个小姑娘性格是真的很好，也不会轻易妥协，而且不论做什么事情都很认真。

明明看上去娇娇弱弱的，这么久身边一个男的都没有……

像张莉莉，典型的小女人，她就想安安心心躲在男人身后，撒撒娇。

"对了。"她突然想起来，"你今天去的那家修车厂，忘记问你了，你怎么把车开到那种地方去修啊？"

许呦咳嗽了一声："怎么了？我朋友带我去的。"

张莉莉毫不掩饰自己惊叹的语气："难道你没看到外面停的那些车？"

"忘记了。"她对这方面没有研究。

张莉莉说："你朋友应该家里条件很好吧，还挺喜欢玩车的？"

"那里哪是简单的修车厂。"张莉莉之前做过这方面相关的工作调查，一眼就能看出来。虽然场地有些简陋，但那里随意停放着的，都是国内顶尖车展里难得一见的新款和经典款超跑。有些车车身还贴着俱乐部的标识。

她闺密的老公也在这个圈子里，所以张莉莉也算了解一些。在外人看来，超跑就是那些人攀比的工具。其实许多人是真的喜欢车，志趣所在，享受在赛道上疾驰的快感。

刚刚那里，明显就不是普通人去的地方。

反正也听不太明白，许呦的脸贴在枕头上，闭上眼睛，她实在太累了。

见她睡了，张莉莉自动噤声。

隔天回到申城，许呦身体有点不舒服，把资料拷给张莉莉，打电话请了个假。她写了几个稿子备份，发到主编邮箱里。

一回家，餐厅里堆着的全是泡面桶。就知道尤乐乐不会好好吃饭，许呦无奈地叹气，拉开客厅窗户透气，随便收拾一番就去洗澡，然后倒在床上睡得昏天黑地。

她再醒过来的时候，外面的天已经黑了。

尤乐乐不在家。

外面淅淅沥沥下着的小雨已经停了，安静得似乎能听到路边驶过的汽车的鸣笛声。

许呦从床上起来，又坐了一会儿，从衣柜里随便挑出一件宽松的长裙套在身上。

她把头发随意扎在身后，拿了手机、钱包和钥匙下楼吃饭。

刚刚下过雨，地面还很湿。空气里泛着清凉，夜色茫茫笼罩在四周。

树间隔几步就挂着红灯笼，微风带着湿润的气息。

许呦找了一家小餐馆坐下来，随便点了一小碗云吞。

吃到一半，她突然想起来一件事。许呦把放在一边的手机拿起来，给尤乐乐发微信：我的车呢？

尤乐乐那边"正在输入"半天，然后直接打电话过来。

"喂，你回来啦？"

许呦用筷子卷起一点面条，"嗯"了一声，她问："我要你把车取回来，你忘记了吗？"

"不是啊，我去了。"尤乐乐提高声音，"你都不知道，我去的时候，他们不肯把车给我，说你是重要客户，要本人亲自提车，把我给气的。"

许呦动作一顿，听到那边继续说："然后我看他们一群男的，挺彪的，不好再争下去。还有，你怎么跑去那个鸟不拉屎的地方修车啊，还是什么重要客户，我看着就不靠谱。"

"……"许呦头疼地把筷子搁到碗上，"非要我自己取？"

"对，他们是这么跟我说的，我也莫名其妙。我真是第一次见这么霸道的修车厂。"说完之后，尤乐乐又补充，"真的，真不是我忘记了，是他们不给。"

许呦揉了揉额角："行，我知道了。"

尤乐乐问："我今天要晚点回去，和鹏鹏他们到辉南那里去蹦迪，你来不来？"

"不去，我明天还要上班。"许呦拒绝。

"我就知道。我就随便问一句，反正你不上班也不去。"

许呦说了两句就挂断电话。她明天得用车，考虑半天，还是给李小强打电话过去。

餐馆里有些吵闹,她把钱付给老板,直接去外面通电话。

身边车如流水。

"许呦啊!"李小强接到她的电话,明显惊喜了一下。

许呦犹豫了几秒,说:"是我。"

"有事吗?"

"我的车……"

"噢噢,昨天修好了。"

"我什么时候能去拿?"

李小强"嘿嘿"笑了两声:"不用你去,你给个地址,让辞哥给你送去。"

"……不用了。"许呦礼貌地拒绝,"这样不太好。"

"怎么不好了?"李小强有些急,话说得甚至有些小心翼翼,"我觉得挺好的!你和辞哥他……不是,我就是想问,他还有可能追到你不?"

前天,李小强还在和阿力侃着呢,余光看到谢辞从卷闸门外走进来。他全身湿透了,还滴着水,神色看上去很不好。

李小强还呆愣着,就看到谢辞径直朝自己走过来。他伸出手:"把车钥匙给我。"

李小强"啊"了一声,不明所以。

"许呦的。"谢辞蹙眉,懒得多说一个字。

"你把车开进来。"谢辞冲着阿力刚说完,不出半分钟就反悔,"算了,别动。"

他烦躁地扒了扒头发,跑上楼去换衣服,把身上捯饬干净了,又拿了把伞,撑着出去开许呦的车。

什么时候看过他这么讲究的模样,一群人面面相觑。

成飞过来询问知情人士李小强:"外面那辆车,就是辞哥他……"

话说半截,李小强点头如捣蒜,成飞就懂了。

那辆黑色的车缓缓开进来,在修车厂中央停下。

车子熄了火,谢辞靠坐在驾驶座上,很久都没有下来,就坐在那儿发呆,不知道在想什么。

最后庞峰励看不下去,打开车门准备喊他。

车上有一股香皂混合了茉莉的清香。女性的味道。

还没等他说什么话呢,谢辞眼睛就看过来了,眉头拧起:"手移开,别碰。"

庞峰励扶着车门的手一僵。

"得,我不碰成了吧。"庞峰励一个白眼,气不过,"你毛病了吧,谢辞。"

然而更过分的还在后头。

谢辞磨蹭了不知道多久,终于舍得打开车门下车。他提起旁边的工具,打开许呦那辆车的车前盖。旁边有人看到了，手疾眼快上去拦他："别乱来啊辞哥，你的手。"

"滚！"他顶开那人。

阿力也走过来，站在一边震惊道："哥，你居然亲自上啊！不过这种毛病，你修得好吗？！别给人家修坏了啊！！"

有人围在他旁边，纯粹看热闹，还有人要帮忙。

谢辞侧头看他们："谁都别给我动！"

一众人："……"

看把你给宝贝的。

不远处几个人看到此景都忍不住喷笑。

其中一个人笑着摇头："自己姑娘的车就自己修啊，没毛病。"

阿力却在旁边默默不说话。

谢辞颓成那样，刚刚还要换身衣服再下去见那姑娘。

而且阿力一直跟在旁边，全程围观。谢辞看那个姑娘的眼神啊，真的很紧张，像是生怕人家不开心一样。

唉……但是人家明显就对他很冷淡。

真是造孽啊！

许呦停在一棵树下，眼睛自然垂下："你以后……别开我和他的玩笑了。"

"怎么？"李小强试探性地问，"你……你是有喜欢的人了？"

"……"良久，许呦叹出一口气，"既然谢辞已经结婚了——"

"啊？等会儿等会儿。"李小强莫名其妙，打断她，"什么结婚了？！你说谢辞？！"

她不作声。

"谁跟你说的？他身边连只母苍蝇都没有！和谁结婚啊！"

许呦心头一跳，又想到那枚戒指，可是李小强那句话清晰地顺着话筒传到她耳朵里。

她不敢再听下去，下意识地，居然想要快速挂断电话。

李小强突然说："跟你说句实话吧许呦，就这几年吧，主要是谢辞他的手——"

许呦一滞，动作生生暂停，声音有些发抖："他的手怎么了？"

"你居然不知道？！"李小强声音里满是诧异。

在人来人往的长街上，许呦安静地站着。她张了张口，想说什么，却发不出声音。

李小强重重地叹息。

"谢辞的手，"许呦声音很轻，"他的手……怎么了？"

"具体的我也不清楚，是后来知道一点的。"李小强说，"我有宋一帆的电话，你去问他吧，他应该清楚。"说完，他重重叹了口气，"我报电话，你记一下啊。"

"等会儿。"

许呦从钱包里翻出一支圆珠笔。她当记者，随身带笔是习惯。

"你说。"她把手机夹在肩膀和耳朵之间，笔尖抵住胳膊。

李小强报完，听到许呦问："谢辞的呢？"

"×××××××0723。"

许呦手一顿，愣了一下。

7月23日，是她的生日。

宋一帆的电话响了几声才被接通。那边"喂"了一声。

"宋一帆，我是许呦。"

许呦坐在长椅上，对着面前的那棵树发呆。

直到腿被路过的小朋友不小心撞了一下，才回过神。

许呦慢半拍地拿起手机，又按下另一串数字。她看着路边的路灯灯柱，等那边接起来。

几秒之后，电话接通。

"许呦。"谢辞低低叫出她的名字。

"嗯。"

"你……"那边声音略带迟疑，"你找我有事吗？"

许呦问："我的车在你那儿吗？"

谢辞立刻回答："我帮你修好了。"

她说："谢谢你。

"你在哪儿？我去取吧。"

"不用了。"谢辞拒绝，"这么晚了，我给你开过去吧。"

许呦沉默半晌："好。"

"你现在在哪儿？"

"我小区门口。"

十几分钟后，一辆熟悉的车缓缓停靠在她面前的路边，谢辞打开车门下来。

许呦接下他抛过来的钥匙。

"你怎么一个人啊？"他轻松地和她打着招呼，到她身边坐下来。

许呦没看他，声音很淡地问："你怎么知道我住哪儿？"

谢辞神色一僵，隔了一会儿，才脸色不自然地挠了挠头，尴尬地说："我猜的。"

许呦的视线焦点定在自己的影子上，连余光也不给谢辞："多少钱？我给你。"

"什么？"他没反应过来。

"修车费。"

谢辞眉头立刻就皱起来："我才不要。"

月亮藏在云层里，不太明朗。不远处的街角亮起了红灯，车流断了一截，堵在路中央。

鸣笛声和人群的嘈杂声穿插。

"谢辞，你吃晚饭了吗？"她问。

谢辞下意识脱口而出："吃了啊。"

"不是。"他立马改口，"没有……"

许呦："……我下次再请你吃饭吧。"说完就想起身走。

"现在就可以去。"他着急道。

"晚上别吃太多了。"

谢辞："别啊，我吃得下。"

后来还是没请他吃饭。许呦在路边停下，眼前是一辆粉红色的小房车，装饰得很少女心，卖一杯一杯的炒酸奶还有冰激凌。

"小姐，你吃什么？"店主是个小姑娘，穿着嫩绿色的花边围裙。她关了正在看的视频站起身，嘴角仍然有笑容，眼睛触到谢辞时，明显一愣。

许呦仰头看招牌上的东西。她也没吃过，认真研究了一会儿。

谢辞就站在她身边，双手插着兜，顶着一头凌乱的短发。

他穿着黑T恤和牛仔裤，露出漂亮的脖颈，皮肤又白，给人感觉还是个高中生。

店主收回视线，随口给许呦推荐："我们这里香草口味的冰激凌卖得比较好，奶香味很浓，但是因为有小饼干，甜度不会太过，小姐可以试试哟。"

"来一份炒酸奶吧。"许呦说。

"一份吗？"店主确认。

许呦点点头。

夜风渐凉。许呦穿着波希米亚碎花背心长裙，赤裸着双臂。她脚上穿着凉鞋，脚趾干净，没有涂任何颜色的指甲油。

他们路过一家商场，人流进进出出。

"谢辞。"她突然喊他。

谢辞往嘴里送酸奶的动作一顿："怎么？"

"你退学后，还上过学吗？"

她突然提及，让人猝不及防。

他把嘴里的东西咽下去，沉默了半晌，才说："没有。"

"你的手呢？"许呦停下脚步，看他，"你的手怎么回事？"

"没事啊。"谢辞表情很自然，笑了一声，"你怎么了？"

"你把右手伸出来。"

他笑不下去了。

商场里放起流行乐团的歌，重重的节拍，一下一下像直接敲在心脏上。

头顶的广告灯牌换了画面，正当红的女星手举在脸边，无名指上的钻戒闪闪发光。

谢辞磨蹭半天不动弹，许呦就去牵他的手，他不肯，直往后缩。

"谢辞！"她第一次冲他大叫，声音甚至称得上尖厉，引得旁人纷纷注目。

谢辞也被她那副模样吓住了，不敢再动弹。

许呦红着眼，把他的手扯过来。

一翻过来，她呼吸一滞。

几条狰狞的疤痕横亘在他的掌心，尽管外表看上去已经痊愈，可是依旧触目惊心。

她的脑海里响起宋一帆的话。

谢辞被他哥喊去救场。

宋一帆收到消息，赶到现场的时候，发现谢辞倒在地上，血流了一地。

人们跑动，有尖叫声，有哭泣声，不知道谁大声喊了一声："他不行了，快叫救护车！"

一把尖刀插在谢辞右手上。宋一帆当场被浑身是血的他吓得不能言语。

伤谢辞的人是付一瞬找来的。听曾麒麟说，那个黄毛和谢辞曾经在停车场有过矛盾。两人遇上，新仇加上旧恨，那黄毛一冲动，上去就往谢辞身上捅了一刀，还好他反应快，用手去挡第二刀。

在医院抢救谢辞的时候，那是宋一帆第一次看曾麒麟哭。

红色的手术灯亮起，曾麒麟跪在发凉的瓷砖地上。他跪在谢天云面前，声音又低又沉："谢辞废了，我就养他一辈子。"

不知道是幸运还是不幸，谢辞没被伤到重要器官，只是手伤比较严重。

医生出来跟谢天云交流："您孩子手掌被刀扎穿，影响比较大，手部血管丰富，肌腱也比较多，受伤以后容易出现不灵活的现象。他这次伤口比较深，肌腱断裂，伤到了掌骨上的神经和血管，属于贯通伤。要看以后他的恢复情况才能判断会不会残废，还是要病人做好心理准备。"

手术后几天，许呦来医院看过他。

谢辞醒了以后，听到自己以后可能会残废的事，很平静，平静到让别人都害怕。

这件事闹得很大，引起的恶劣影响很快就传到市教育局。所有参与这场打斗的学生全部被强制性开除，就连宋一帆这种围观群众也被停学了一个月。那个黄毛进了局子。

谢辞有几天过得很颓废，整个人像一潭死水，掀不起一点波澜。宋一帆推门进去，见他在病房里不吃不喝软弱的样子，就忍不住问："我看着许呦也挺难受的，你就不能跟她说清楚吗？"

"说什么？"

"不是，那你们就这么不明不白算了？"

谢辞红着眼冲他吼："你知道什么啊？！你们都知道什么啊？！"

宋一帆被吓着了，忙开口："你别激动。"他其实想说：哥们儿，别哭了，我都看得难受。

谢辞嘴里还在呢喃："你们都知道什么啊……

"我连我们孩子叫什么都想好了……"

宋一帆只在心里暗暗叹息。过了一段时间回去上学，他在学校里偶尔会碰到许呦。他知道她成绩越来越好了。他们见面会打招呼，但绝口不提谢辞。

高三下学期，百日誓师大会结束，两个人在走廊偶遇。

宋一帆和许呦迎面撞上，她怀里抱着书，他停下来笑着和她打招呼。

擦身而过的瞬间，他听到许呦问："谢辞他过得怎么样？"

宋一帆压住心里的诧异，考虑良久才按照谢辞交代的话告诉她："他啊，过得挺好的，身体基本上都恢复了，没什么大毛病，你不用担心他了。"

"都好了吗？"沉默良久，她看着外面的天，声音轻轻地问。

宋一帆用力点头："都好了！"

许呦似乎陷入了恍惚，宋一帆没敢打扰她，陪她安静地发呆。

良久，学生都陆陆续续回了教室，走廊基本上没了人，两人还站着。

"我知道了。"许呦回过神，说完这四个字就走了。

高考放榜当天，许呦和许星纯并列第一成为市理科状元，成为临市一中的骄傲。

毕业典礼是两天后。许呦胸前别着一朵花站在全校学生面前和校长合影。

她手里握着话筒，代表整个年级发表演讲。

台下掌声雷动。

谢辞偷偷溜进来，站在最后面。他跟着别人一起鼓掌。

后来，等宋一帆回头找人，才发现谢辞早已没了人影。

一滴滴泪水坠到手心，烫得谢辞手蜷缩起来。

明明平时都不太灵敏，这点温度却快要烧到心里去。

许呦低着头,但是他知道她哭了。

"许呦,你哭什么啊?"谢辞口是心非,嘴角都要咧到耳朵后面去了。

她不说话,头也不抬,眼泪还在一滴滴地砸下来。

于是他只好翻手捉住她的手腕,不让她再看。

"我早就不疼了。"谢辞说。

许呦仰起头,泪眼蒙眬:"谢辞,你当初不是说,死也一定会等我吗?"

看她这么难过,他还笑得出来:"你把我的话记这么清楚啊?"

"你自己说的,后来还不是说走就走了。"她重复了一遍,哭得快要喘不过气。

眼泪忍不住,怎么都忍不住,在往外涌。

谢辞用左手替她擦去泪,很直接地说:"我手废了啊。"

他其实之前怕让她知道自己残疾。

就连他自己,也花了很多年才释然。可现在看到她的委屈和眼泪,谢辞突然什么都不想瞒了。

就连许呦都没料到他会这么诚实,直接坦白了出来。她居然说不出一句话,喉咙里像是卡了一团气出不来。

过了半天,她才找回自己的声音:"那你为什么这几年不来找我?"

谢辞陷入短暂的沉默,脸色变得有些不自然:"我看你过得挺好的。"

"那你现在为什么又来找我?"她追问。

"你的车,是我修的,刚刚是你要我来的。"他厚着脸皮假装失忆。

许呦:"……"

她又想哭,又被弄得生气:"谢辞,你是不是觉得自己特别伟大?"

谢辞不说话,像是默认了。

"那行啊,你以后就一直这么伟大吧,一直别找我。"

"我就想跟你当朋友,没想别的了。"谢辞说。

许呦动作一顿,她抬起手背擦眼泪:"你有多远滚多远,我早就烦透你了,我不跟你当朋友。"

她边说着,眼泪还不争气地掉。

许呦说完转身要走,手腕被谢辞拉住。

他恢复成正经的模样,认真地说:"许呦,你别气我,我不会拖累你的。"

啪一声脆响,许呦反身甩了他一巴掌。

谢辞被打得头侧过去。

他被突如其来的巴掌甩蒙圈了,呆怔哑口,傻傻的样子。

半天他才愣愣捂住自己半边脸,委屈道:"许呦,我的脸好疼啊!"

话音刚落,又是迎面一耳光。

"还疼吗？"许呦问，垂在身侧的手指微不可察地轻颤。

这次他连话都不敢说了，因为看到她又要哭了。

真的，一个男人若没有被一个女人彻彻底底打败过，不知道那种滋味。

一滴眼泪，甚至是一个眼神，只要是她给你的，无论好的坏的，你全部都得心甘情愿地受着。

谢辞从小脾气就差，在不懂事的年纪爱捉弄同龄人，等大些了，也没谁敢惹他。就是这种不论到哪儿都是大魔王的人，都是他欺负别人，哪有被人连甩两耳光还不还手的经历。

只有这一次，站在五彩缤纷的霓虹灯下，浓郁的橙色光照在她的面孔上。谢辞脊柱的曲度不自觉微弯，他一点不敢动。

许呦抬起头，让自己所有表情都在他眼中，眼底的失望迅速蔓延。

"谢辞，我比你疼。"说完，她转身就走。

谢辞大脑还没有做出任何反应，没消化完这句话的意思，他顾不上许多，跟了几步说着："许呦，你别哭了成不成，要不再踢我两脚出气？"

这么多年没哄过女人，他没一点经验，实在是笨拙。

一路追过去，逆着人潮。夜深了，这个城市依旧有无数寻欢的人，不知疲倦。

"你站着别动。"许呦停下脚步。

谢辞立刻听话地不再继续动。

两人停在立交桥下的红绿灯前，绿灯亮了，旁边的人陆陆续续离开，只剩下他们站在原地。

她背对他站着，抱着双臂，似乎是冷了。谢辞看不到她的表情。

绿灯又变成红灯。

"我们一开始认识，你强迫我干了很多我不喜欢的事。"许呦头低着，没有开场白，就像在自言自语，"我看到你和别人起冲突，你很凶，所以我很怕你，也不想惹你。我知道我们是不同的，所以我尽量不跟你接触。可是后来你对我的好，我也都记着，在停车场你来找我，陪我回去看外婆，跑到我楼下给我送糖。我觉得你很笨，但是又过得很快乐，和我完全相反。你总是喜欢在我面前自信满满地做很多事情，却都失败了。你拧紧我的水杯，我故意装不知道。你跟我回家，我也装不知道。你上课偷看我，拿走我用过的笔藏起来，我都装作不知道。"

说后边的话，连她自己都没发觉，她已经放软了声调。

过去发生的一点一滴，被一点点回忆起，心脏还是会一抽一抽地痛。

还记得有次和尤乐乐吃饭，两个人谈起高中的时光。尤乐乐讲到自己的教导主任、班级里调皮的男生，还有总是喜欢在课上讲大道理的班主任，她说得哈哈大笑。

许呦静静地听。

"许呦……我现在可能是长大了，越来越喜欢回忆过去了，我觉得高中生活特别美好，虽然天天都累，但是那时候感觉做什么事都是值得的。"尤乐乐边笑边叹息。

"嗯。"

她说："而且那时候的男生，虽然都幼稚，但是也单纯，喜欢谁就一心一意对谁好。

"不过，好像小女生都比较喜欢痞一点的男生。我也喜欢过，但是不知道怎么形容那种感觉。痞子是种气质，没有那种调调，就是无赖。"

于是，许呦突然间就想到了自己的十七八岁。

闷热的午后，慵懒的蝉鸣声，趴在桌上睡觉的少年。

旁边的教室时不时会传来朗读的声音，窗外的树叶比阳光更盛。

那时候，许呦晚上在学校食堂吃饭。

他们还没分班。她每次吃完饭，散步回教学楼，他都刚好打完篮球，和朋友一起上楼。谢辞身边总是过分热闹，围绕着一大群人。楼梯很宽，许呦走左边，他们走右边。谢辞抱着篮球，和别人说着说着话就靠近她，余光瞟她，她故意装看不见。

偶尔几天，许呦故意多绕几圈路，避开他们再回教学楼。谢辞总会趴在走廊的栏杆上，背后是金灿灿的晚霞。他一脸痞笑冲她吹口哨，这时候走廊上站着的其他男生都会跟着起哄大笑。

许呦想起他笑的模样。

眉峰微挑，唇角深深陷进去，漆黑的眼睛很亮，孩子气又迷人。

"后来，我觉得你有点可爱，虽然总是插科打诨，假不正经。那时候的我总觉得你太幼稚，现在想起来，我当时年纪也小，除了学习什么都不懂。我不是很会表达自己的感情，所以可能也让你对我的感情产生过怀疑。你有你的骄傲，我也有我的自尊。你并不是无怨无恨，我也不是无悲无喜。"

谢辞盯着自己的鞋不语，感觉心都被人捏在手里，再揉烂。

她是善良的审判者。

而他在被凌迟。

"谢辞，我曾经有过好多想说的话，现在却觉得说出来都没有意义了。过去了，本不需要再想。但是这么久，所有的事情我都没怪过你，除了你的自以为是。

"你的过去，我一点都不同情，也不怜悯，因为都是你自己的选择。不管以后你是辉煌还是堕落，我都祝福你。你所有的选择我都尊重，只是——"

许呦顿了顿，似乎说不下去了。她抬起手背，把最后的眼泪擦去。

忍耐太久，她已经全盘崩溃。

谢辞艰涩开口："许呦……"
"你总是用你觉得对的方式来对待我，但是全都不是我想要的。"
谢辞，打败我的，不是你的无辜，而是你的天真。
最让人难过的、残忍的天真。
绿灯亮了，她缓步走过斑马线。
谢辞却没有动，只觉得当头一棒，大脑窒息到空白。哪儿都疼，胸闷，太阳穴突突地跳。
他留在原地，看她的背影越走越远。
仿佛走完这条街，他们又回到两个世界。

"许呦，你没事吧？"李正安伸出手在她眼前晃了晃，"走神想什么呢？"
他端着一杯咖啡，路过许呦工作的地方。
坐在许呦对面的张莉莉抬头，笑着说了一句："她走神一上午了。"
"这么闲，你们成稿了？"李正安问。
张莉莉："主编在审，过了应该就能交编辑部了。"
"效率挺高啊。"
"托许呦的福。"
听他们闲聊，许呦低头拉开抽屉，从里面翻出一板感冒药。她抠了两粒胶囊，拿起一边的玻璃杯，混着水吞到喉咙里。
不知道怎么，大前天淋的雨，今天才发作。
她今天早上起床就感觉头痛欲裂，尤乐乐给她用温度计量了量，发低烧。
靠在一旁的李正安看许呦脸色不好，有些担忧地问："你感冒了，去不去输液啊？身体不好，别硬撑。"
对他的关心，许呦摇摇头，连眼睛都懒得抬。
张莉莉看了这一幕直发笑，心里感叹，真是落花有意，流水无情。只可惜又是一场单相思。
其实和许呦一起工作这段时间，张莉莉发现这姑娘有点别样意义上的性冷淡。就是，根本不是单纯对男人没感觉，而是完全懒得去接受别人。
拿李正安举例，他长相很端正，人也温和，在这一行干了许久，关系网很多，听说也是个"富二代"。当时一进新闻社，李正安便频频对许呦有意无意示好，奈何女方一直不接受、不回应。
本来郎才女貌，一段姻缘佳话，到头来还是没成。
中午在食堂吃饭，许呦随便端了一碗汤面，也不太吃得下。
她正拿着调羹喝汤，面前突然坐下一个人。许呦抬头，是一个小姑娘。

这个小姑娘叫范琪，和许呦一个学校出来的。不过范琪是本科毕业就进了新闻社，算是刚入行，和许呦也不是一个部门，算她半个师妹。

"学姐。"范琪满脸难过地喊她。

许呦"嗯"了一声："又被骂了？"

看她的表情，许呦就大概猜到了。

范琪不说话，算是默认了。她吃了两口饭，委屈地说："我真是后悔当编辑了。"

"怎么了？"

"学姐，我太累了。"打开了话匣子，范琪开始滔滔不绝地诉苦，"我每天要收好多稿子，安排版面，安排头条，帮记者的稿子修改标题。你们记者不用坐班，时间自己掌握，来去又自由，可是我们每次都是你们交稿才能开始工作，下班一天比一天晚，昨天加班到凌晨，今天早上又被主编骂了，我真后悔没去考研，读书比上班好太多了。"

"别这样想。"许呦安慰她，"万事开头难，做什么都要坚持。"

她点到为止，便不再说。

下午，站在办公室的百叶窗旁，透过层层缝隙往下看车水马龙，许呦不禁走神，想起刚刚范琪问她的话：

"你当初为什么要当记者？"

为什么要当记者？

记者这种特殊的职业……

也许是一时冲动，可是这个职业的确给了她想要的很多东西：对生活的态度，精神上的富足感。越接触，她就越佩服一些有情怀的老记者。许呦从不后悔自己所有的决定，做记者这两年，她看了很多，听了很多，也认识了很多人，学会怎么和陌生人沟通。

虽然时常奔波，深度报道一些不为人知的事情，但是帮助了需要帮助的人，看到他们脸上的笑容，才是她最有成就感也最开心的时候。

只有这样，她才感觉每一天都是新的。

快到下班的时候，许呦单手托腮，打了个哈欠，打开电脑浏览网页。

张莉莉出去办事了，所以她这里很清静。月底刚过，周围同事都很闲。茶水间有人悠哉地谈天说地。

放在黑色檀木桌上的手机突然振动，许呦摸索着接通，连名字都没看。

"喂，许呦啊！"

听到这个略粗的声音，她一愣，反应了一会儿："李小强？"

"对对对，是我。"

"怎么了？"

"许呦,你现在忙不?我想麻烦你件事。"

"什么事?"

"是这样,你等会儿。"李小强像把手机拿离了耳朵,跟旁边的人交谈,说了两句,他的声音骤然又变大,"许呦,你能不能买点药给辞哥送过去?"

许呦一愣,推开椅子站起身,走到一边:"谢辞,他怎么了?"

"听他们说,辞哥好像前天收拾了点东西就去市区住了,他一直在发烧。辞哥从来不去医院打针,阿力说刚刚打电话也接不通。我就想着你近一点,能不能帮忙去看看他有没有事,顺便买点药给他送去。"

"……"

"喂,许呦,在听吗?"

隔着几米的距离,传来一阵说话的声音。

"他住哪儿?"许呦手捏紧手机,揉了揉额角,压住心慌。

李小强报了个小区名字,问:"你知道这个地方吗?"

许呦牙齿咬住唇。半晌,她"嗯"了一声,又说了两句就把电话挂了。

怎么可能不知道。

这个地方,离她住的地方,只有五十米远。

李正安把桌上东西收拾好,一抬头就看到一道背影,他喊了一声:"许呦。"

她没听到,不知道是不是有什么急事,一下就没影了。

李正安在位子上疑惑地摇摇头。

许呦下楼,去对面药店买了一些消炎药和退烧药。

她心里烦躁,也没怎么仔细看,随便拿了一大堆去结账。

买完之后,许呦照着地址找去他家。那个小区是新开的楼盘,绿化很好。

许呦心不在焉地提着塑料袋在保安室登记。

路旁的蔷薇花和月季即将开败,坠入泥土。

电梯叮咚一声,两扇门在她面前滑开。

许呦走出去,走了两步,脚步又一顿,她握紧拳头,来回地走。

旁边是一把铁质长椅,许呦坐下来,一袋子药被放到身边。

她低垂着头,手放在膝盖上,发了会儿呆,自己也不知道在想什么。

这时,旁边一扇门被打开,一个阿姨拎着一袋垃圾经过。脚步声在安静的走廊里嗒嗒响。

回来的时候,那个阿姨看许呦还坐在这儿,就问了一句:"小姑娘,你找谁啊?"

那语气犹豫又迟疑,许呦忙解释:"阿姨,请问你们这里……有个叫谢辞的吗?"

"谢辞?"阿姨皱眉,想了想,"我不认识这人啊。"

许呦低头又查了一遍地址。

站在门口的阿姨突然像想起什么似的，回过身，手指对着许呦点了点："哦哦，你说的是那个年轻小伙子吧，他就住对面，不过好像经常不在家，不知道现在在不在。"

许呦点点头，道了声"谢谢"。

那个阿姨最后看了她一眼，把门关上。

门铃是悠扬的几声叮咚。

她手臂上挂着塑料袋，等响声过了后又去按。里面一直没反应，许呦耐心地等着。

过了会儿还是没动静，她有些焦急地去拍门，耳朵贴上去："有人吗？"

里面越发显得安静，人心里的弦绷得越紧。

终于，门从里面被拉开。

谢辞本来不耐烦的神情，在看到来人的瞬间，尽数化为惊讶。

他惺忪的睡眼使劲儿睁了睁。一张瘦削清秀的脸，上半身赤裸着，只穿着一条灰色的运动长裤。谢辞半张着嘴，傻愣愣地看着许呦。

许呦表情镇定。她白净的脖子上还缠绕着蓝色带子，记者牌挂在胸前。

两个人对视半秒，许呦先把目光移开。

恍惚了一瞬，谢辞低头看了看自己，扶着门把的手一松。他转身往卧室刚走两步，又急急折返，将许呦拉进来，然后伸手把门关好。

他脑袋昏昏沉沉，还是强打起精神说："你先别走啊，我去穿件衣服。"

许呦没进去，垂着眼帘站在门口："我就来给你送药，还有点事，不进去了。"

"等等。"他像是没听到，连卧室的门都不关，随手捡了一件T恤从头上往下套，就走出来。

"我走了。"许呦把药搁到他鞋柜上，转身手搭上门把。

身后传来急急的一道阻止声："别。"

她的动作一顿。

"那个……那个，"谢辞声音小下来，说，"你……你帮我烧点开水再走吧，我没力气。"

厨房，水壶里的热水溢出来，红灯跳绿。

许呦拔了插头，等水势平静。她拉开橱柜，想找个玻璃杯装水，却发现里面什么都没有。

路过客厅，发现那里更是空荡荡的，一点人气都没有。房子里东西很少，除了一些必要的家具，其他日常物品少到一眼就能看完。

许呦目不斜视。

房子里光线昏暗。

谢辞这次的病来势汹汹，本来身体就差，也不是毫无预兆的高烧。他估计自己烧糊涂了，分不清梦境和现实，不一会儿又躺在床上昏昏沉沉。

　　许呦喊了他几声，都没回应。

　　她视线忍不住掠过那个乱七八糟的房间，踌躇了两下，还是踏进去。

　　视线从谢辞脸上滑过。他的头偏向一边，眉头皱着，唇色已变得极淡，脸颊发红，眼睫微合，轻轻颤动。

　　"谢辞……你起来去医院。"她小声叫他，"谢辞、谢辞……谢辞？"

　　许呦弯腰，拧亮了床头柜的灯，手放在他额头上。

　　手心传来烫人的温度。

　　她顾不得许多，单腿跪上床，把他扯起来。

　　谢辞有了点反应，微微睁眼，愣怔着，伸手绕过许呦的后颈。他以为自己在做梦，轻轻呢喃，恋恋不舍地用手指摩挲她的后颈："许呦，让我再睡一会儿，等会儿就起床。"

　　她动作顿了一下，才意识到他真的意识模糊了。

　　过了会儿，谢辞的手无力地滑下来，垂在床边，乌黑的发遮挡住他的脸庞。

　　她眨了眨眼，不经意看到他手指上那抹微亮。

　　许呦移开眼睛，过了两秒，把目光重新放在那枚戒指上。

　　有些窄的银色素戒下，隐隐约约有什么东西。

　　那一瞬间，她不知道着了什么魔，居然伸手，想把戒指摘下来。

　　温柔羞耻的黏膜无声破碎，她没有控制住自己。

　　仿佛有人轻轻松掉她脑海里紧绷着的弦。

　　戒指戴了没多久，尺寸也不对，轻轻一使力，就顺着指骨一路往下滑，坠到地上。

　　借着微亮的光，许呦凝视着那里。

　　他的呼吸声很轻。无名指上，有一圈英文字母的黑色文身：

　　XY。

　　谢辞醒来的时候，周围没一点响声。床头柜的灯一直亮着。

　　谢辞不安地转动脑袋，眼睛缓慢睁开，面前一片模糊。他头痛欲裂，神情疲倦地掀开盖在身上的被子，光脚踩过地板，推开房门。

　　客厅安安静静，空无一人。装着一大袋药的塑料袋，随意放在鞋柜上面。

　　他发了会儿呆，坐在沙发上，拿过打火机和烟盒。

　　钥匙插进锁孔，转动时发出轻轻的响声。

　　许呦眼睛低垂，把钥匙放到一边，拎着超市买的米和蔬菜，换上拖鞋进屋。

　　头顶的吊灯被随手按开。光线落在她干净的脸上，白皙清透。

许呦还穿着上班的那套衣服，白色衬衫和灰色的一步裙，露出好看的一截小腿，细细白白的像藕。少了少女的青涩，却多了一种不一样的韵味。

谢辞震惊了，看得太入神，眼睛跟随她移动。

许呦仿佛没看见在客厅抽烟的他，径直走进厨房。

谢辞赶紧掐灭烟，站起身追过去。不过他不敢进去，就在门口吞吞吐吐地问："你……你怎么又回来了？"

她低着头忙活，也不搭理他。

慢慢地，谢辞胆子大了一点，一点一点靠近许呦，时不时偷看她两眼。

也没有站太近。

许呦十指纤纤，择菜洗米，手背上的青色血管透过白白的皮肤清晰可见。她弯腰拿出碗，举臂按开抽油烟机。她的一举一动，谢辞眼睛看得眨都不眨。

两人长久地沉默，谢辞在原地一动不动。

许呦头偏了偏，看着他的眼睛问："你站在这里干什么？"

"啊？"谢辞突然被她盯着，没经过大脑直接脱口而出，"我帮你忙。"

"……去外面把药吃了吧。"她说完没有继续看他。

她移开眼，熟练地打了个鸡蛋，开火，把洗好的青菜丢进锅里炒。

饭桌上无比安静。

谢辞安分地吃着刚熬出来的蔬菜粥，头埋在碗里，不知道为何莫名紧张。

许呦就坐在对面，一言不发，不知道在想什么。

"你、你要不要吃啊？"

她只做了一份粥，给他了。

"你吃吧。"许呦坐在椅子上，半晌才说，"吃完我有话跟你讲。"

一时无语，他们之间话题本来就不够多，以前是，现在更是。

磨磨蹭蹭吃着，直到碗都见底了，他才不舍地放下调羹。

谢辞刚刚吃了退烧药，这会儿也不知道有没有起作用，脸颊依旧两抹红晕。

"报告许老师，我吃完了。"

谢辞一笑，面容就生动起来。

许呦看了他好一会儿，也不作声。

他没开心多久，就听到她淡声说："跟我讲讲你这几年吧。"

谢辞嘴角微翘起的弧度僵住。

许呦眼睛一眨不眨地看着他的表情。

"我手那时候有点问题，就休学了。"他提起以前的事情，无所谓地笑了笑，可是眼睛却垂了下去，"对不起，我当时没跟你说实话。"

许呦点点头："然后。"

"什么然后？"

"你休学之后呢？"她第一次这么不依不饶。

"就没然后了。"谢辞蔫了，继而沉默。

许呦平静的表面下，终于出现波澜。

木质椅子腿在地上摩擦，发出刺耳的拖拉声。

谢辞听到动静，抬头去看，许呦一脸倦容地起身，推开椅子，迈脚准备走。

他不知道怎么回事，心里一沉。

仿佛又回到多年前在医院的那个时候，他看着她挺直的背影走远，最后消失不见。

不知道为什么有种预感，这次她走了，就真的不会回来了。

谢辞心里一慌，急忙上前一步："等等，你别走。"

这次，许呦没让他拉住自己的手腕。她手臂一抬，和他只隔半米的距离。

这几年她的皮肤愈加白，下巴尖瘦。

许呦还处在一种失望的情绪里，她摇了摇头。

"谢辞，我最后给你一次机会。"她咬着牙，慢吞吞地，几乎是一字一句清晰地告诉他，"我要你，自己，亲自，跟我说你这几年发生的事情，和你当初离开的原因，甚至这几年接近我却一直不来找我是为什么。"

厨房里的水龙头似乎是没关紧，滴答个没完。

"许呦。"他艰难地开口，"我……"

事已至此，许呦不知道自己这么强烈的情绪从何而来，也不想去追究。

她知道自己想要的是什么，所以才会一而再，再而三地纵容他，纵容自己。

可是许呦有底线。

所以她要弄清楚，她不想不明不白。

"谢辞，我是一个专一又执着的人，但是不代表我什么都放不下。"许呦嘴角绷紧，眼睫却开始潮湿，"你以前的事情，我不想全部都从别人口里知道。"

所以，你能不能勇敢一次？她在心里想。

我真的快要支撑不下去了。

到现在许呦才发现，这么多年，她可能一直没走出来，还在原地打转。

她一直提醒自己，别去看，别去想。

可是看到他自己在家烧得快要"死"过去，身边却没一个人照顾，看到他就算如何强颜欢笑，都掩盖不住的颓废，许呦开始想，当初让谢辞自己做决定，都是错的，一切都是错的。

他一直都是个大笨蛋。

"谢辞。"

几乎是在许呦开口的那一瞬间，谢辞直视她的脸，终于下定决心。
"许呦，我努力过。"
她不说话了。

前面发生的事情，和宋一帆说得差不多。
后来谢辞出院，在家里消沉了很久，复健也懒得去。
知道自己手残废这件事，对当时年纪尚小的他打击太大。加上和许呦断绝联系，已经超出谢辞所能承受的范围。
那时候，他甚至想过就这么一了百了。
白天和黑夜对他基本没有区别，整整两天滴水未进。
直到谢天云把他从床上拎起来。
父子俩关系一直不太好。因为谢辞小时候谢天云一直忙生意，没时间管谢辞，到后来和谢辞生母离婚，生意越做越大，更加没有时间去管他。
童年缺少家庭的爱，谢天云自觉亏欠儿子许多，尽量在物质上弥补。可是谢辞性格桀骜，拒绝和他交流，父子之间的隔阂也越来越大。
谢辞青春期太叛逆，逃课打架，吃喝玩乐，只要是能气谢天云的，谢辞全都干了一遍。
终于等到谢辞高二，谢天云被喊去学校教务处。他第一次看见那个女孩，她眼神坚定，把谢辞护在身后。两个人的关系，谢天云看一眼便知，谁又能比他更懂自己的儿子想要什么呢。
不出谢天云所料，谢辞后来肉眼可见地改变。
还没欣慰多久，谢辞又出了事。曾麒麟跟他把经过大概讲了，包括和许呦的事情。谢天云也是从这个年纪走过来的，自然知道谢辞这副模样心里在想什么。
"谢辞，我说你无知，我说你蠢！"谢天云摇摇头，恨铁不成钢地对他说，"一只手废了，就把你整个人废了！怪不得别人看不上你！"
谢辞被戳到痛处，红着眼眶，神情激动："你放屁！"
"许呦她……她……我……"谢辞语无伦次，什么都说不出来。
谢天云抽了他一耳光，用力很大。
"什么都能轻易把你打倒，你自己都没有未来，还怎么给别人未来？！谢辞，你十八岁了，身为一个男人，你应该知道自己该干什么。就你这种天天吃喝玩乐的态度，就算手没废，以后出去了靠我给的钱，你能撑多久？！你和那个女孩子又能走多久？！这次你去打架，也是你自找的，什么东西都是注定的！我看这次右手出问题了还是好事，让你清醒清醒！
"你比别人幸运，因为你老子我赚了钱，我就你一个儿子，以后钱也全部是

你的。但是你自己要是这么懦弱，你谁也不要耽误了，就这么在家等死吧！"

一个男生成长为男人，需要多久？

也许是一辈子。

也许只要一段话的时间。

从那天以后，谢辞开始坚持去医院做复健。

很多人觉得他手筋断了，就没有希望了，是个残废。其实根本不是这样，只要每天坚持锻炼、热敷，手有很大可能会慢慢地逐步好转。

他断了几根手筋，都不是主神经，加上接得及时，所以勉强恢复得不错。

拆了石膏恢复一段时间以后，谢辞每天坚持举哑铃，做俯卧撑。

每次骨头都会痛，痛得心脏紧缩那种。可是只要想到许呦离开时失望的眼神，他就咬咬牙继续坚持。

最开始拿笔写字的时候，写一个字都难，因为手痛，而且颤抖得厉害。

到后来能写一百个字。

谢天云看他的模样，默默帮他办好了入学手续。不过因为刚刚动完手术，没完全恢复，谢辞还是休学了一年，在家调理身体。

有次宋一帆来谢辞家里找他。宋一帆坐在椅子上，突然说起许呦。

他斟酌了一会儿，才开口："我前几天碰到许呦了。"

谢辞点点头，眼睛垂下来，可宋一帆知道他内心远没有表面那么平静。

"许呦成绩还是那么好，也没和别人走得近。"宋一帆笑了，"她还问我你过得好不好呢。"

谢辞一愣，终于忍不住问："你说了什么？"

"我说你现在挺好的，让她不用担心。毕竟人家成绩那么好，别影响了啊是吧？"

谢辞先是点点头，想了一会儿又开口："那，你们还说了我什么？"

看他一副猴急的模样，宋一帆捶了他一拳："看把你给激动的，没说什么，要上课就走了。"

"你先别跟她讲我，等我好了再说，也别影响许呦学习。"谢辞交代。

宋一帆嗤笑："我知道。"

临走时，谢辞仍旧不放心，叮嘱他："要是学校谁欺负许呦，你别只看着啊，记得帮忙，或者来找我也行。"

谢辞一脸狠样。

宋一帆失笑："谁敢欺负你的人啊？您可是一中小霸王啊！"

"滚吧。"谢辞笑骂一句。

许呦高考完那一天，也是谢辞复学那一天。

他到了新班级，很低调，桌上永远摆放着一摞书。

连班上同学都惊讶，这么帅一个男生原来是个书呆子。

谁也想不到，他就是一中那个鼎鼎有名的谢辞。

高考成绩出来后，一中普天欢庆。许呦成为市理科状元。

谢辞偷偷翘了一天的课，跑去看那一届的毕业典礼。一路上很多人都认识他，和他打招呼，谢辞充耳不闻，眼睛一直看着站在升旗台上的她。

暑假两个月一晃而过。

谢辞知道许呦去了南方一所高校，没有去 Q 大，也没有去 B 大。

偶尔他会想到她，一发呆就是半个小时。

每次放月假，谢辞就订机票飞去许呦的城市，然后站在学校门口，偷偷混在人群中，希望能看她一眼。有时候运气好，就能看到她。有时候运气不好，站在那里几个小时也碰不到。

谢辞右手不方便，就开始练习用左手写字，同桌一直以为他是个左撇子。

他脑子好，虽然基本上是零基础，但是高三一年从基本的学起，到了第二年 4 月份统考，谢辞第一次过了市里划出来的一本线。

身边的"狐朋狗友"回来看他，大家都高兴得不行。吃饭的时候，大家都在吹，他们当中马上就要有一个一本的学生了。

李杰毅酒喝多了，大着舌头道："等以后我们谢辞考上大学，一定要把以前一中的人全部喊回来，包个酒店嗨歌三天三夜！"

所有人都在笑，连谢辞也觉得光明就在眼前。

谢天云是 6 月 6 日出事的。

他在谢辞高考前一天晚上，去机场路上出了车祸。司机当场死亡，谢天云被送到医院抢救。

医院方直接联系上谢辞，当时他还在学校上最后一个晚自习。

谢辞一路赶过去，头脑一片空白，额头一直冒虚汗。

好不容易到了医院，有人看到他一副失魂落魄的模样，走过来说："你是谢天云的儿子吧？他在 1 号急救室，刚刚出了比较严重的车祸，现在正在抢救。"

一瞬间，周围所有东西都消音了。

急促错乱的脚步从他面前经过。谢辞脱力地坐在地上，混沌的思绪一直搅在一起。

谢天云刚找的那个女人也赶到了，刚听人说完，就因情绪波动太大昏过去了。又是一番手忙脚乱，尖叫声和哭泣声不绝于耳。谢辞面无表情，一直守在急救室门口。

直到凌晨两点，手术室的灯熄灭。门打开，医生摘了口罩走出来。

"唉，去签个东西，联系殡仪馆吧。"有人走过来跟他讲。

过了许久，谢辞才想起来要哭，他第一次体会失去至亲的滋味。那种感觉永生难忘。

白布被人掀开，露出谢天云早已没有生息的脸庞。他的身体被人擦拭干净，早已失去温度，变得僵直。

"爸。"谢辞跪在地上，呜咽着流泪。

后来他撑不住，把自己关在家里两个月。

谢天云留下的财产很多，因为去世得意外，没来得及立遗嘱。亲戚为谢辞找了律师，和当时的情妇打官司。

可是他不会做生意，谢辞亲叔叔就接管了生意。

谢东波当时跟谢辞说："叔叔帮你管公司，但是公司一直是你的，你就算以后没本事，叔叔替你爸爸养你一辈子。"

不管发生多大意外，生活还是要继续过。

这一次，谢辞花了很久才接受这个现实。开始的那两年，谢辞其实已经没有太多记忆了。他没有大学上，谢东波就送他去学改装车。

他在这方面天赋惊人，对一般赛车的性能总有最准确的判断能力。

然后，谢东波出钱给他办了一个修车厂，用了关系让他们和很多家超跑俱乐部合作。

谢辞能靠自己赚钱，也有了新的朋友，甚至是新生活，但是他早已没了生气，人也越来越颓。

从失去亲人的阴影里走出来，去申城开修车厂，是两年以后的事情。

谢辞发现自己还是不能控制地想去找许呦。深情总是无意识的，在他发现的时候，许呦已经离他越来越远。

又过了一年，谢辞就想去找许呦，哪怕重新追她一次也行。他手里拿着当时许呦给他留下的数学卷子，还有自己4月份统考的成绩表。

这些他都留着，藏在谁也发现不了的地方。

那天许呦学校好像是校庆，路上人很多，校园里各处都热闹至极。

谢辞不知道哪里能找到许呦，随便抓住一个人就问："你认识许呦吗？"

他心里准备了很多话想说。

这样一路问过去，走到一个广场，终于有人告诉他："许呦啊，在那边收拾场地吧。"

谢辞顺着他指的方向，满心欢喜地过去。

还有不到十米的距离，终于看到自己日思夜想的人。她背对着他，低着头，弯腰拿着扫帚在打扫卫生。

谢辞在原地踱步，犹豫了好几次。等他想上去的时候，看到旁边一个男生拿着一张湿纸巾伸手递过去，顺便拿起桌上的一瓶水拧开，递给许呦。那个男生脸上的笑容很温柔，在许呦耳边说了什么。

两个人看上去很般配。

谢辞看不到许呦的表情，不过也无所谓了。

他觉得无所谓了。

也是。

不知道自己这么久还在幻想什么。许呦早就有更好的选择了，他谢辞算个什么东西。她这么优秀，高中的时候就看不上他，全靠自己死缠烂打。何况现在他只是个高中就辍学的修车工，许呦大概更瞧不起他了吧。

旁边有个垃圾桶，谢辞把 4 月考试的成绩表丢进去。

轮到那张数学卷子时，谢辞的手一顿，到底还是没狠得下心，转身离开她的学校。

东西被扔了一样。

那次也是他离许呦最近的一次。

谢辞这几年，也曾经试图忘记她。

可是一点办法也没有，不知道着了什么魔，就是忘不掉。明明那次已经决定好不去找她，没过多久还是控制不住又偷偷去看她，越看就越忘不掉。

谢辞唯一能控制的，就是自己不出现在她的面前，尽量不去打扰她的生活。

直到那天她出现在自己的修车厂。

那一瞬间，他甚至以为自己做了个梦。

理智就像不存在了一样。他实在不甘心就那么躲着。

一碰到朝思暮想的人，那个只能在暗处躲着偷看的人突然出现在自己面前，感觉就像梦境似的。

理智总是管不住身体。

说这一切的时候，谢辞都没敢看许呦的表情。

他发着烧，还陷在回忆里，仍旧有些茫然："我以为我好好读书，就能去找你。"

"许呦……对不起啊。"

"我后来还是没去找你，我不知道你也会这么难过。"

"许呦，我努力过的，可是那个分数表已经被我丢了……"

他其实努力过的。

所以，既然喜欢，为什么机会来了，不再努力一次？

"你别对我失望，我之前说想跟你做朋友，其实还没说完，我想跟你做男女朋友。"

谢辞鼓起勇气抬头，发现许呦静静地看着他，早已泪流满面。

第九章

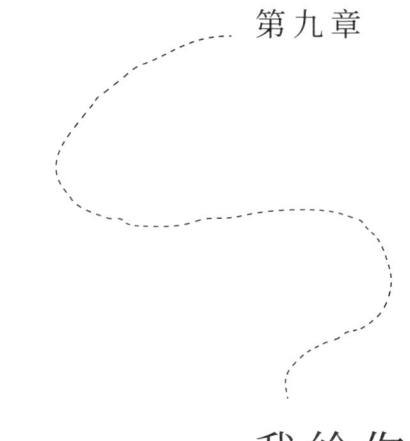

# 我给你一个家

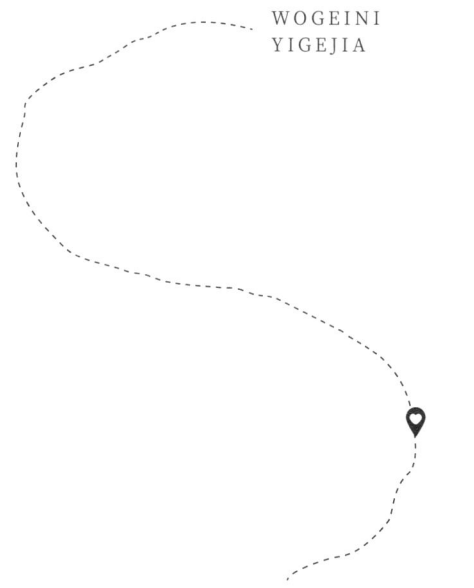

WOGEINI
YIGEJIA

● 窗外的天很蓝，树林青葱，阳光格外灿烂。

"谢辞,为什么你觉得我不会难受呢?"许呦轻声问。

她仰着脸,湿漉漉的眼睛,静静地、深深地看着他。

"对不起。"

他被烧得有些迷糊,不知道该怎么接她的话才对。

许呦语气没有波澜,其实情绪根本无法克制住,胸口疼得像有东西在横冲直撞,她忍不住,泪水断了线似的流。

慢慢地,谢辞在这种注视下又垂下头去。

看着他这副模样,她想说些什么,话到嘴边,又心疼得发慌。

太久的沉默,谢辞抬起头,看到她就站在他面前,直直地看着他。看着表面镇定自若,却掩盖不了狼狈的他。

"许呦,你别哭了。"

许呦脸上泪痕未干,一直在悄无声息地掉泪。谢辞束手无策,犹犹豫豫地想替她擦眼泪。

刚上前两步,许呦就主动靠近,伸出双手,将他的腰揽紧。

两人突然贴近,腰被人用双臂紧紧拥住,谢辞的心跳忽地停了片刻,手悬在空中,不知做何反应。

许呦头抵住他的肩膀,突然放声,哭得哽咽。她没想到自己在二十四五岁的年纪,还能轻易地在某个人的面前流下泪来。

谢辞心里突然冒出一种很自私的想法。

就让许呦这么哭下去也好,反正她也是在为自己心疼。

她温热的身体就这么和他依偎着,皮肤紧贴,两颗心的距离也极近。

这种念头一冒出来,从脚底升起的愉悦猛地蹿到头顶,他露在外面的皮肤甚至起了细密的小疙瘩。

谢辞数着自己的呼吸,一下,两下,三下……手慢慢绕过她的肩膀,刚刚搭上,许呦哑着嗓子开口:"谢辞。"

他动作顿住,心虚地应了一声。

然后,安静的客厅里,嘀嘀嗒嗒的闹钟声,还有厨房的滴水声。

他走了会儿神,听到她问:"这几年,你过得好不好?"

谢辞老实回答:"一点都不好。"

话出口,他觉得有点不对劲,又混乱地解释:"不是因为你不好,是我自己。"

她打断他的话:"谢辞,你这几年还喜欢过别人吗?"

他呆了好一会儿,才反应过来,回答她:"没有了。"

"那谁来心疼你呢?"她声音轻柔。

"……什么?"谢辞心一抽,他愣愣的,没听清楚。

"我说,你拿这些推开我,谁来心疼你?"

等一个人,是在做一件无望的事情。

无望又难过,难过又煎熬,沉浮在分分秒秒的岁月里。

可是人的一生,又有几年可以给另一个人浪费。

是不是只有放手,彼此才能自由,才算是解脱?

可是谢辞不甘心。

他不甘心。

解脱也好,放彼此自由也好,他都不甘心。

许呦这句话清晰地落下来,瞬间就冲破了他压抑许久的情感。谢辞的心跳一点一点加速,他把脸埋在她肩窝里,释然又委屈。

"没了,没人心疼我了,许呦。

"你也别去喜欢别人。

"你要是喜欢别人,我也不知道该怎么办了。"

他一句句重复,直到声音哽咽。

谢辞把她抱得那么紧,让她几乎快要透不过气来。

半响,她慢慢把手抬起,顺着他的肩线滑下来,像安慰小孩一样摩挲他的背。

手下的脊背僵住。

不过两秒,谢辞便满足地蹭了蹭她。

怎么可能会喜欢上别人。

在那样的年纪,遇上他这样的人。

她的感情早就残废了,还怎么能够去爱别人。

谢辞的体温一直降不下去,吃了消炎药和退烧药也无济于事。他不愿意去医院,盖了两层被子闷在里面,身上全部汗湿透了,额头还是滚烫。

"烧到39度了。"许呦站在他的床边,甩了甩水银温度计,紧皱着眉,"起来,去医院。"

他装死,去拉她的手,闭着眼睛呢喃:"不起来,我难受。"

"难受就去医院。"

"……"

"你不起来,我走了。"

许呦拿开他的手，作势要走。谢辞不愿意，挣扎着掀开被子，赤着脚下床追她。

"你别走。"

深更半夜。

两人好不容易到了医院。谢辞紧紧跟着许呦，像个移动的巨婴，一点也不想离开她。

许呦去缴费拿药的那一点点间隙，谢辞还老大不高兴地坐在长椅上，隔个几秒钟眼睛就往她消失的方向望。

帮他输液的护士笑着调侃："那是你女朋友吧？"

谢辞懒懒地耷拉着眼皮，不想跟她讲话。

又等了会儿，许呦还没回来。谢辞满是疲态，四处张望，总觉得一颗心没有着落。

护士把药袋挂上铁架："等会儿第一袋快挂完了，叫你女朋友喊我。"

"嗯。"他心不在焉地应了一声。

走之前，护士说："看你挺黏她的，你们俩感情真是好。"

许呦拿了药回来，见水已经吊上，就在他的旁边坐下。

东西被随手搁在一旁，两人之间隔了一点距离。这让谢辞有点不满，可他又不好意思说出来。

忍了半天。

夜里的输液室人很少，空气中全是消毒水和酒精的味道。许呦折腾了一天也累了，背靠在椅子上，屈起指节揉揉额头。

过了会儿，传来动静。旁边的人小幅度移动身体，朝她靠近。

许呦眼睛抬起来，眼神倦怠地看向他："还在输液，你别乱动。"

"那你离我那么远干吗？"他仗着自己生病，对她也理直气壮起来。隐隐地，过去那副不讲道理的模样，又有死灰复燃的趋势。

许呦无声地在心底叹息，还是顺着他的意坐过去了一点。

谢辞轻轻地笑了起来。

他的手慢慢摸过去，然后握住。

她没挣扎。

谢辞人有点清醒过来了，握着她柔若无骨的手，手心都因紧张而冒出汗。

"许呦，你刚刚跟我说的话，都是真的吗？"安分了一会儿，他用手肘轻轻撞了撞她的胳膊，动作语气都十分自然。

"什么话？"她问。

许呦低着头，手上折叠着一张广告单，从侧脸看着认真专注。

谢辞眼睛偷偷地瞄着她，觉得真好看。

然后他坐正身体，看看正前方，又偷偷瞄两眼。过了几秒钟，视线又移过去的时候，正好和她的撞上。

许呦："你要说什么？"

被人抓了现行，谢辞不仅不羞愧，还理直气壮地道："你一点都不给我面子，明明知道，还故意问我。"

男人是这个世界上最容易蹬鼻子上脸的生物，这句话放到谢辞身上果然应验。

许呦现在终于知道了。

她无语了半晌，才说："我真的不知道我说过什么了。"

谢辞急了，咬牙切齿，声音也抬高了："你这个人，记性怎么这么差！"

许呦想笑，不知道说什么。

"你好好输液吧，别说话了，休息一会儿。"她劝他。

"从来没见过你这么不讲信用的人。"谢辞不知道为什么就生起闷气来了，还在小声嘟囔着，"你刚刚，明明说——"

"说什么？"她逗他。

他一副"我豁出去了"的样子，气恼道："你说你以后会疼我的。"

"我说过吗？"许呦回想了一会儿，她好像不是这个说法啊。

"你绝对说过。"谢辞掷地有声，看她似乎失忆的模样，负气道，"算了，从来没见过你这种不讲信用的人。"

她垂着眼，手指翻飞，把手里的纸张迅速折完。许呦举着手里的小玫瑰，递到旁边："谢辞，我们慢慢来吧。"

虽然错过了很久，但还有时间。

所以你别着急。

谢辞垂眸，盯着突然出现在眼前的东西。

按捺了一会儿，他还是摊开掌心。

那朵小玫瑰掉落下来，轻轻砸上他的手。

许呦抿着唇，小梨涡若隐若现。她手伸到脑后，拿下发绳，细软的直发披在肩头上。她用手圈拢，重新把松开的头发绑紧。

谢辞微微合拢手指，顿了一会儿，忽然探身往许呦脸上啄了一口。

吻不偏不倚落在那点梨涡上，在唇角处。

她措手不及，大脑死机的片刻，他说："许呦，你别让我等太久了。"

等许呦缓过劲来，她才记起抬手抹了抹唇。

刚刚放下手，谢辞又凑上来，唇对唇准确地印上去。像是在不满她的动作，他单手捏住她的下巴，这次停得更久了一点。

过了会儿，谢辞突然主动退开身子，许呦转头看他。

他"嗞"了一声，紧皱着眉，眼睛要闭不闭的，抬起扎针头的那条胳膊："许呦，你看看针，它是不是出来了？"

谢辞晕针，一点也不顾形象了。

许呦忙站起身，才发现输液管尾端有血回流。

应该是刚刚谢辞动作太激烈，一下子没注意，牵扯了针头。

她跑去值班台叫人。

来人之后，谢辞一直移开眼睛不敢看。

那护士帮他把手背上的胶带撕掉，重新弄正。护士年纪有些大了，边弄还边教训："输液都不安分，不知道在干什么。"

许呦站在一旁，有些不好意思，也不敢说话。

等护士走之后，谢辞才小声嘀咕："好凶哦。"

许呦："……"

接下来几天，工作不太忙，许呦报了选题上去，天天坐在办公室里查资料。

谢辞病好后，变得更不安分。

修车厂有事情，他倒是不能天天守着她，但是电话天天都有。偶尔她忙工作没看到，谢辞不把手机打得发烫就不罢休。

一日，中午休息时间许呦和张莉莉下楼，在大厅又碰上李正安。他脸上的笑容很和煦，同许呦打招呼。

她避无可避，只能举手："好巧。"

"你们俩是去吃饭吗？"李正安看着许呦问。

她似乎在发呆，没听到。

"不是，我回家，许呦下午有事。"在一旁的张莉莉帮她解释。

许呦眼睛看了看外面，视线又移回来，朝他点点头。

两人从楼里走出来，没了冷气，热气汹涌而来。

太阳很大，张莉莉撑着伞，和许呦边聊边走去停车场。

"你下午和谁有约会啊？"

"不是约会。"许呦从包里把手机拿出来，"和同学吃饭。"

"大学同学？"

"不是。"

"高中同学？"

"嗯。"

付雪梨来申城玩，前几天和许呦联系上了，想约她吃顿饭。这几年高中同学聚会，许呦很少去，也很久没看到以前的好友了。她思量了一会儿就答应了。时间就在今天。

"那你怎么去？开车了吗？要不要我送你？"张莉莉按开车锁，嘀嘀两声。

许呦摇摇头："不用了。"

话刚说完，她们身旁停着的一辆路虎叭叭地开始响。

许呦应声抬头，看到一边车窗降下来，宋一帆对她兴冲冲地喊："许呦啊！"

紧接着，付雪梨侧身推门而出，红色的高跟鞋落地。

她五官明艳，穿着一身白色的雪纺裙，栗色的波浪卷披在身上。

还没来得及反应，许呦嘴巴微张，被走过来的付雪梨一把拥进怀里。

宋一帆坐在车里，看着外面的两个人腻歪。他不懂女生之间的友谊，只能"啧啧"摇摇头，故意问坐在前面的谢辞："怎么样阿辞，羡慕不？"

"什么？"

"你别跟我装，我还不知道你想什么？"

"……哦。"

"别装淡定了，兄弟。你说人家付雪梨就这么光明正大地跟许呦抱在一起，再看看你……"后面的话他没继续说。

谢辞开了一边的窗户，手肘架在上面。他的烟还夹在手指间，眼睛看着许呦，隔了一会儿才吸一口，然后慢慢吐出烟圈。

不远处的人微微侧着脸，她今天穿着白色的上衣和黑色铅笔裤，柔软顺滑的头发散下来，脸上是干净又温柔的笑容。

车里安静了一会儿。

他喉结滚动了一下，解开衬衣的一颗扣子。

默默看着，看着，谢辞实在有点受不了，头探出车窗喊："我说，付雪梨你有完没完，上车啊！"

上了车，付雪梨就嚷嚷开了，她抱怨着："谢辞，都这么多年了，你狗脾气能不能改改啊？一点耐心都没有。"

宋一帆在一旁只顾着笑。

谢辞保持沉默。他目视前方，撑着头，手指一下一下敲着方向盘。

这时，副驾驶的门被拉开，他视线控制不住地往旁边瞟。

许呦拉开车门，视线和谢辞不期然地撞上。她先是愣了一下，默默把包放好，随即坐进来带上车门。

她纤细笔直的双腿自然并拢，穿着小巧的白色高跟凉鞋，白皙的脚背露出一截。

谢辞看了两秒，觉得喉咙有点干。

他低低咳嗽一声，然后转过眼。

两人好像有一段时间没见面了。

谢辞侧着脸，双臂搭在方向盘上，边咳边看向窗外。玻璃窗上某人的倒影若隐若现。

许呦没在意，低头把安全带拉过来扣上，后面的付雪梨拍了拍她的肩膀，递过来一瓶纯净水。

许呦接过来，头微微侧着轻笑："谢谢。"

"不用谢。"谢辞转头，和她视线对上，很快地回答。

付雪梨："……"

他跟这儿没话找话，坐在后排的宋一帆忍不住插了一句："哈哈哈，人许呦没跟你说话。"

"我好像也没跟你讲啊。"谢辞怼完，猛踩油门，打了方向盘拐弯。

"真是厉害啊！"付雪梨讥讽他。

谢辞看着倒车镜挪车，无所谓地笑了一下。

开到路上，午后这个时间段车流稀疏，他们运气好，连续碰上几个绿灯。

许呦坐在他旁边，左右看了看有没有限速牌，犹豫着问："谢辞，你的车是不是开得有点快了？"

"哪儿快了我？"谢辞从后视镜看了她一眼。

"我记得这段路限速60还是40？"

"然后呢？"

"然后你看看你的仪表盘。"许呦鼓了鼓腮帮子。

谢辞看了她一眼，慢慢道："我只想看你。"

全车寂静了大概有三秒。

"谢辞，你打住打住先！"正在玩手机的宋一帆喷了，他猛地抬头，拍了拍驾驶座的椅子，"我真的要吐了。"

付雪梨也抖了抖身上的鸡皮疙瘩："肉麻。"

作为当事人的许呦坐在一边，一脸波澜不惊的模样。不过她有点想笑，头转过去看窗外。

宋一帆摇了摇头，同情地说："许呦，你谅解谅解，谢辞这么肉麻，你可千万别嫌弃他，有时候他就是脑子抽了。"

"你再说一句？"谢辞声音淡淡的。

宋一帆笑不动了。

前面有道路管制，交警嘴里含着哨子，在疏通道路。

车子慢慢减速。

许呦头枕在靠背上，微微侧着头，和身后的付雪梨聊天，包括这几年的生活过得如何，还有各种杂七杂八的小事，这么多年没见了，心里还是有些感慨和难言的情绪。

多数是付雪梨说，许呦安静地听，偶尔应上一两声。

遮阳板被拉了下来，阳光投射进来，只勾勒出她下半张脸的轮廓。

这个角度看着没有一点遮挡。

谢辞的目光从许呦的下颌滑过。他偷偷瞄了两眼，顿了一会儿，故意咳嗽几声。

没人理他。

付雪梨兴致勃勃，然后车里又响起几道不容忽视的咳嗽声。她一停，问："谢辞，你嗓子很不舒服？"

许呦也止住话头，看他。

谢辞表面还要强装淡定。他衬衣的纽扣解了两颗，半截锁骨露在外边。

谢辞瞥了一眼许呦，又看回前面的路况。交通管制已经结束，他脚踩在油门上，换挡提速，车重新上路。

过了两秒，他淡淡地说："许呦，你看我干吗？我还要开车。"

许呦："……"

沉默了两秒，许呦拆穿他："那你也别看我了，好好开车。"

"我是在好好开车，但是你别老用视线骚扰我。"

许呦无语道："我刚刚没看你啊。"

谢辞不服："你没看我怎么知道我在看你？"

许呦："……"

前面两个人你一句我一句地说着，付雪梨小声问宋一帆："谢辞怎么还是这么贱兮兮的，这几年都没怎么变过？"

她出国待过一段时间，知道许呦和谢辞的事情，但是不知道具体内情，也不清楚他们两个这几年过得怎么样。

不过听说现在在一起了，看样子相处得也很自然，付雪梨还是有点感慨。

没想到兜兜转转最后还是逃不开。

其实宋一帆心里倒是欣慰。他说："还好吧，谢辞最近才活泼了一点，这样子挺好的。"

他记得之前去修车厂找谢辞，谢辞那时候精神不太好，见了人也不怎么说话，反正就是没一点生气的模样。现在虽然是贱了一点，但是看得出来和以前很不一样了。

像是，重新活过来了。

聚餐在一家私房菜馆，吃喝玩乐一应俱全，甚至还有泡温泉的地方。

里面环境幽暗，鹅卵石铺地，旁边栽种着树草，繁复的花瓣铺叠，缓缓流淌过清水。

他们几个人被穿着旗袍的服务员一路领进去，在一个叫芙蓉阁的大包厢门口停下。

推开门进去，一大群人早已坐好，男女都有，正热烈交谈着。

没想到这么多人，许呦愣了一下，里面有几个她认识，也有几个看着面生的。

付雪梨在她耳旁轻轻解释："都是以前临市认识的同学，刚好在申城，就一起出来聚聚。"

有几个男人看到他们来，站起身笑着招呼："你们总算来了。"

有人认出许呦，吵着道："这不是我们那届的状元吗？这几年同学聚会你都不来，都快忘记你长什么样了。"

许呦辨认他的模样，发现自己有点记不清了。她抱歉地笑笑："这几年工作有点忙。"

"忙什么呀？年纪轻轻的，别把自己累坏了。"

"谢辞，"李杰毅打了个哈欠，冲他喊，"你今晚还是给我在酒店开个房吧，我不想睡你那儿了。"

谢辞看了他一眼，把车钥匙随手丢到旁边。

许呦随便挑了个座位坐下，谢辞随即拉开她旁边的椅子，跟着落座。

在座的人都面面相觑：居然还在一起呢……

付雪梨把包搁到一旁，随口问："菜都点好了吗？"

"点好了，你们再看看还要什么。"李小强把菜单从桌上推过去。

等菜的时候，大家闲聊起来。

然后有人想起什么似的，转头看付雪梨："对了，班长呢，怎么没来？"

付雪梨说："他啊，出差。"

那人感叹："当初我们班多少人看着登对儿啊，最后真在一起的没几个。"

"会不会说话？"徐晓成指了指谢辞的方向，"那不是有一对儿吗？"

谢辞正凑在许呦耳边和她说话，懒得理其他人。

随后一盘接一盘地上菜，放在旁边的几瓶白酒也被人打开。男人喝酒，女人喝饮料。

李小强走出座位，挨个倒酒，兴奋得直嚷嚷："今天我们不醉不归啊！"

轮到谢辞，李小强还兴奋得搓了搓手："辞哥，今天你可逃不了啊！"

他手搭在椅背上，一言不发，也没推拒。

许呦却一直看着倒入杯子的那点酒。

她看了会儿，拦住说："别给谢辞倒太多了，他喝不了酒。"

说完她又意识到自己的行为有点不妥。其实许呦就是心里惦记着，谢辞生病发烧，刚好没多久。

"喝不了？！"李小强动作顿了一下，"这……别开玩笑了吧。"

许呦瞥了谢辞一眼，欲言又止。

谢辞心里可美死了，他故作淡定地挑了挑眉："谁跟你开玩笑？"

徐晓成嗤笑一声，直接拆穿他："别装了谢辞，在外面吃饭，谁玩得过你啊？"

这话是真的，他们一群人玩疯的时候，都是白的黄的红的混着来。这种度数的白酒，简直是小菜一碟。

谢辞一笑，不置可否。

酒过三巡，桌上就开始开各种玩笑，什么话都说开了。

像这种同学会，大家最喜欢回忆过去的事。

徐晓成被灌了两杯酒，也醉了。他眯着眼睛看谢辞。

一切好像都没变。

谢辞啊，还是过去的模样，许呦在的地方，眼睛就移不开。

那种和许呦在一起，就迫不及待要黏在一起的劲儿，这些年，依旧一如既往，不知道让人羡慕还是可怜。

李杰毅向来是一群人里最能闹的，能侃又幽默，每次聚会都是主心骨，吸引大多数人的注意力。他挨个敬酒，拉着别人从南说到北。谁都给他面子，气氛很是热闹。

轮到谢辞，李杰毅感慨着道："我们兄弟这么多年了，感情深一口闷，没问题吧？"

说完，他自己就一口喝干净杯中的酒。

谢辞慢悠悠拿起杯子，浅浅啜了一口，又放回桌上。

"你是不是男的？"李杰毅炸了，"就喝这么一点，不能算男人了！"

谢辞面无表情地抬眸："我是不是男人都不关你的事。"

谢辞虽然没喝多，白酒下肚，不至于醉，但是也放开了不少，说的话也开始放肆起来。

李杰毅被气笑了，他高声喊宋一帆："哎，黑皮，你看看谢辞，这么久了，还是这副动不动就气死人的样子，我算是见识了。"

他声音有点大，把旁人的注意力都吸引过来，李杰毅直接掉转目标，冲着许呦说："许呦，你以后还是多忍着一点谢辞，真的。"

"啊？"

"谢辞总算被你给收了，他当初可不知道伤过多少无辜少女的心。"

许呦不知道该怎么接这种话。

"你差不多得了。"谢辞忍不住道,"能不能滚啊?"

李杰毅不依不饶:"你想一想,当年你怎么拒绝人家小姑娘的。"

"宋一帆,你给学一遍。"

说起这件事,徐晓成也记起来了,上学的时候,他们时不时就把这件事拿出来乐一乐。

现在想起来,依旧觉得很好笑。

宋一帆声音放得很大,清了清嗓子,他一脸正经地道:"你挺好的,但是我太帅了,你配不上。"

"哈哈哈——"

话音一落,全桌的人都开始笑。

连许呦都忍俊不禁,弯了弯唇角。谢辞看她笑了,也跟着笑骂一句:"滚!"

"还有,还有,"徐晓成又想起一件趣事,"你还记不记得谢辞有次上课突然跟我们说了个笑话?"

他一提,宋一帆就想起来了,直点头:"记得,记得,真的是能列入此生最难听的笑话前三了。"

"对对对,然后谢辞说完气氛冷住了。"

"我可是怕他冷场,还特地笑了两声,结果他怎么说的。"宋一帆一本正经地重述谢辞的话,"你笑得好敷衍啊,给我重新笑。真不愧是临市一哥啊!"

桌上人听得又笑起来。

谢辞脸上挂不住了:"你们够了没?"

看他真的恼了,李杰毅才说:"行行行,不说了不说了。"

谢辞单手托腮,懒洋洋地用筷子戳起面前的一个馒头,瞅旁边的人。

"许呦。"他喊她。

许呦侧过头:"啊,怎么了?"

谢辞笑着,示意她看手中的馒头。他说:"我给你咬个月亮。"

然后他一口咬下去:"怎么样,像不像?"

许呦失笑,摇了摇头。

"是不是月亮?"谢辞不停追问。

许呦猜他可能是有点醉了,也可能是装疯卖傻。她叹口气,顺着他的话说:"是月亮。"

"那给你咬了,有没有奖励?"

许呦不理,假装没听见。

"有没有啊?"

"免费看我表演,没有你这种不讲理的人啊。"

"再不说话,我就在你脸上给你咬个月亮了。"

许呦三两口咽下嘴里的东西,刚想开口,就听到谢辞悠悠地叹口气:"呵呵,本来以为你性格挺好的。"

许呦看了他一眼。

谢辞忽然笑了。曾充满桀骜、痞气的眼睛,弯成温柔月牙状,在灯光下显得更加明亮,像浸润在水光之中。

"没想到,还真是挺好的。"

"你能不能别装醉了?"许呦压低声音问,嘴上是这么说,眼底的笑意却荡漾开来。

谢辞看她的笑容,呆滞了一会儿,然后喉咙里发出轻笑声。

"许呦,"在这旧友重聚的宴席上,他声音很低,沾染过酒意的声音有些沙哑,"我再追你一次?"

她喝水的动作一顿,眼睛看向他。

谢辞说:"我认真的。"

饭毕,从私人饭馆里出来,一群人续摊,闹着去酒吧。

许呦没什么急事,老同学重聚,气氛大好,大家都兴冲冲的,她也不想扫兴。

包厢在二层,众人都说要热闹些,于是干脆在大厅角落坐下。

宋一帆喝了几杯酒,见台上驻唱歌手表演完毕退场,有客人上去唱歌,他按捺不住,一点都不怕丢人地站上了台。

他还特别嘚瑟,转头扯住一个服务员问:"哎,你们这儿能不能点歌?"

"你那个破锣嗓子祸害我们就得了,在满酒吧的人面前丢什么人啊。"李杰毅乐了。

付雪梨没眼看那个醉醺醺的人,吼了一句:"宋一帆,你快滚下来!"

谁喊他都没用,宋一帆摸上立麦,闭着眼,一首《爱如潮水》就这么唱了起来。

歌声嘹亮,四周环绕着宋一帆的公鸭嗓。

"哈哈哈,唱的什么玩意儿——"

李小强他们坐了一圈,吐槽得毫不留情,个个恨不得冲上去捂住他的嘴。

许呦含笑看他们闹。谢辞坐在她旁边,看她笑,他也笑。

对一帮人来说堪称折磨的一首歌时间终于结束,宋一帆回来,一脸满足。

李小强拿花生米扔他:"丢人!"

宋一帆满不在乎。

徐晓成"啧"了一声:"就你这水平,简直拉低我们的档次。"

宋一帆反撑："说得你唱歌很好似的。比我好到哪儿去？"

"是是是，我不如你。问题是我不上去丢人啊！"徐晓成笑嘻嘻地指着谢辞，"我们的情歌王子，人家都没蹦跶，老老实实坐在这儿呢，你就说你能不能学着点？"

李小强点头："就是！辞哥都没开嗓，你唱个啥。"

"阿辞唱得好听怎么了，他又不上去唱。"宋一帆跷着腿嘚瑟，"有这种大将之风的，只有我。而且这么多年了，谁知道阿辞还是不是王子啊？"

都知道谢辞很少大庭广众唱歌了，几个玩得好的没话说，拿花生米扔宋一帆扔得更起劲儿了。

"别人都在看我们这儿呢，脸都给你丢完了。"

许呦挑了个水果喂进嘴里，她嘴角含笑，突然想起自己之前唱儿歌，还被谢辞嘲笑过。

她弯着腰，侧头看谢辞，问："你唱歌真的很好听吗？"

谢辞一愣。

"好听的。"付雪梨替谢辞回答，"我说真心话，当初我们那些人，真没人比谢辞唱得好。"

但是谢辞不经常唱，觉得没意思，出去玩就打游戏，基本上懒得动嗓子。

有几次付雪梨想听，谢辞都直接拒绝。

许呦点了点头，"哦"了一声，也没再继续问下去。

过了一会儿，一直坐在旁边默默不说话的谢辞忽地咳嗽了一声，他摸摸鼻子："你要听吗？"

话是对着许呦说的。

许呦坐在那里，微微一哂，说："好啊。"

"好什么？"李小强掐着花生米。

付雪梨惊讶："今天你不会要露一手吧谢辞？"

谢辞懒懒靠着沙发椅背，视线扫过他们一圈，最后稳稳落在身旁的许呦身上："对啊。"

谢辞没点伴奏，而是从位子上起身，随便拎了把放在角落的吉他。

下面的人都在起哄、尖叫和欢呼，大家目光追随着他。

其他桌的人也好奇地看过来。

徐晓成点燃了一根烟，笑着说："啧啧，谢辞喝多了就变浪了。"

许呦听着，眼睛看着在小圆台上的他。

或许是热了，谢辞把衬衣袖子卷了上去，露出一截小臂。

他坐到椅子上，单腿屈起，把吉他横过来抵住，随便拨弹了两下试音。

这姿势一看就专业。

安静了两秒，谢辞扯起一点笑意，眼睛往这个方向看，靠近话筒唱道：
"也许我天生不会爱人。
"可我的灵魂告诉我，它天生适合爱你。"

低低淡淡的嗓音，混杂着干燥的沙哑，像是一杯令人迷醉的茴香酒。迷离而恍惚的暗淡光线之下，谢辞穿着白色细麻衬衣，弹吉他的手势极其好看。

他其实是帅的，脸部轮廓收敛，单脚放在椅子上。他有时候有些坏，深情的模样难以得见，如今抱着吉他弹唱，喉咙里轻哼着调，有些漫不经心的放肆。

酒吧里寂静三秒。

长时间的沉默后，终于有人忍不住，惊叫了一声，接着整个酒吧都骚动了，不少人在欢呼，小范围地掀起高潮。

连一起来的一群人也震惊地看着谢辞。

李小强结结巴巴地问："辞哥他唱歌这么好听啊，这首歌没听过啊，不会是自己写的吧？"

"我的灵魂告诉我，它天生适合爱你。"付雪梨轻轻一笑，"还会改编歌词，谢辞可以啊！"

只有宋一帆他们几个很淡定，因为曾经被震惊过。

徐晓成晃了晃杯里的酒，摇头感叹着："阿辞还是厉害，这么多年，帅气不打折啊！"

谢辞低垂着眼，光影在他脸上游动，在他清秀挺直的鼻梁旁打出阴影。一双细长而骨骼分明的手，仿佛天生就有天分，轻重快慢，吉他拨弦有振动的回音。

"只是想你这件事，我可能没有天分。
"躲得过寂寥无人的夜，躲不过四下无人的街。"

许呦坐在喧哗的包座里，看着谢辞，一时间有些走神。

她猛地回过神，才发现已经和他对视良久。谢辞边弹边笑，嘴唇靠近话筒，有轻微的电流声。略带情欲又跌宕的嗓音，隔着一大群人，他直直地瞧着这边，让人不能忽视。许呦喝了一口手里捧着的果汁，在黑暗里不自觉低头咳嗽几声，居然不敢再和他对视。

她觉得心跳在加速，一跳一跳，快要撞破胸口。

直到一曲唱完，谢辞从台上下来。他随手拎了一瓶冷啤，往喉咙里灌。

有人笑侃："辞哥，包夜500唱吗？"

"滚！"

谢辞放下了手里的啤酒瓶，在许呦身边的沙发上坐下。

过了会儿，有人惊艳于刚刚谢辞的演唱，三三两两过来向他要联系方式，被谢辞直接拒绝了。大家都是成年人，那几个美女也没继续纠缠，笑笑就走了。

他懒散地坐在位子上，挤着许呦的腿，身边有持续穿梭的陌生人群。狭小的座位，两人都不说话，可相贴的部位，像是有细细灼热的电流流过。

许呦不自在，想挪动身体。她轻轻一动，他就跟着贴上来。

"谢辞，别挤我。"许呦知道他是故意的，就推了推他的肩膀。她轻轻地呼吸，腿蜷缩起来。

谢辞说："位子小。"

"那边有空位。"她指给他看。

谢辞一笑："我唱得好听吗？"

许呦听见了，却不想他太得意。她点点头，口是心非地道："还可以吧。"

"就还可以？"谢辞不信，"你说良心话行吗？"

许呦笑，继续吃水果："你别太自恋了。"

"我自恋？"谢辞反问一声，拿起自己手机，滑开锁屏，手指在屏幕上乱点几下，不知道在倒腾什么。

"来，你自己品品。"他把手机扩音按开，递到许呦耳边。

她一愣，听到话筒里传来一阵嘈杂的歌声，音质不是很好，像是在公共场合随便录的一段音。

"阿门阿前一棵葡萄树，阿嫩阿嫩绿地刚发芽……"

这个声音……这首儿歌……

怎么……越听越觉得熟悉。

许呦听了几句，忽然意识到——这好像是自己唱的！！

她猛地转头。

谢辞轻笑出声："怎么样，我是不是比你唱得好听？"

许呦的脸腾地烧红，震惊又羞愤。她反身就想抢过他的手机，咬牙切齿地念叨着："谢辞你……你怎么这么变态，偷偷录别人唱歌，你快删了！"

谢辞手一扬，眉头挑着："不给。"

手机被举得高过她头顶："就不给。"

许呦又羞又气，还想抢过他手机。她不知道怎么想的，脑子一热，膝盖直接压上他的腿，伸长胳膊去够手机。

谢辞还在和她嬉闹的动作一顿，下意识搂住她的腰，怕她摔下去。

两人的动作太暧昧，引起旁人大呼小叫。

宋一帆临时建了个微信群，把大家都拉进去正在抢红包。他抬头看到这一幕，唏嘘一声："大庭广众之下'屠狗'啊你们俩。"

其他人闻言，也陆续看过来。

许呦趁着谢辞发愣，一把夺下手机。

她脸红得都快冒烟了，到旁边坐好，哆嗦着手去删音频。

谢辞看她动作，也不急，慢悠悠地说："你删吧，反正我还有。"

"……"许呦握紧手机，咬着下唇，退出录音软件。

桌面的背景赫然跳出来，她动作一顿。

照片上，是温柔明亮的夏日午后，一个女生穿着蓝白色校服，趴在桌上浅眠。只一个背影，头稍偏，露出合着的黑色眼睫，鼻子小巧。旁边文具书本散乱地堆在一起，还竖着一个浅蓝色的大水杯。金色的阳光透过旁边玻璃照着她细软的发丝，软软垂在肩头。

这个女生……

许呦心里不知道是个什么滋味，酸酸又胀胀的。她从手机上收回目光，又落到别处。

手机屏幕被一下按灭。

一旁的谢辞什么也没说，揉了揉自己的头发，探身把她手里的手机拿回来。

"你什么时候偷拍的我？"她问。

"记不清了。"

"除了这张……还有别的吗？"

谢辞很诚实，回答："有。"

许呦的心突突直跳。

出酒吧时已经快凌晨了，几个男人在门口透气，抽了会儿烟，商量着怎么回去。

大家都开了车，不过为了安全起见，还是决定各自打车走。

付雪梨和许呦站在一边。她接了通电话，没讲几句就挂断了。

许呦笑着问："你今晚要不要去我家住？和我合租的一个朋友今天不回来。"

付雪梨拍拍她的头："许星纯飞来申城了，他刚刚订了酒店。"

"啊……"许呦表示理解，随后感叹了两句，"你们感情真好啊！"

付雪梨笑："你和谢辞怎么样了？"

许呦认真地想了想，然后嘴角抿出一个笑容，浅浅笑着："还可以吧。"

"他刚刚又喝了点酒。"付雪梨说。

"嗯。"

"你明天有事吗？"

许呦说："下午要去个地方采访。"

付雪梨笑了笑："等你有空给我打电话，我打算在这儿玩几天。"

"好。"

最后别人都陆陆续续走了，谢辞非要把车开回去，谁也拗不过他。

李小强突然想到件事："对了，许呦，你不是和谢辞住得近吗？"

于是许呦负责开车送谢辞回家。

她打算把车停在他小区门口，然后自己走回去，反正也隔得不远。

可是路上谢辞闹起来："不行，把车开到你小区，我走回去。"

许呦没理他，握着方向盘，看了眼倒车镜，后面有人要超车。

"你这个样子，走得回去吗？"

他没接话，不晓得是不是没听见。

谢辞头后仰，靠在软真皮的座位上，他的五官在半明半暗中更显立体，懒洋洋地半合着眼皮。

车窗降下一半，略略潮热的夏夜暖风灌进来。

许呦伸手，扭开电台，响起嘈杂的午夜新闻。

听了会儿，她问："你现在工作不忙吗？"

谢辞转头看她："不忙啊，我是老板，很闲的。"

"你……修车，手没问题吗？"她声音有点犹豫。

谢辞一笑："没问题啊！你在担心我？"

许呦轻轻"嗯"了一声。

谢辞以为自己听错了。他直起身，不敢置信地又问了一遍："你担心我？"

许呦没说话，车外迅速掠过的光影在她脸上浮动，风接触地面有微微的摩擦声。

两人同时陷入沉默之中。

谢辞没继续追问，还在想她刚刚那句话，心不在焉的。

许呦认真开车，突然问："谢辞，你喜欢我什么？"

"不知道。"他答。

许呦："你什么时候开始偷拍我的？"

谢辞假装没听到，强行转移话题："许呦，你别问我这种尴尬的问题，我头痛。"

她不禁从后视镜里看了他一眼，谢辞在笑，眼睛微弯。

不过片刻，他笑容忽地淡了，然后自言自语："我为什么会喜欢你呢？你又不好。

"你对我也不好。

"我为什么要喜欢你啊？"

许呦静静地开车。

"其实还有一句话。"谢辞侧头看着来来往往的车流，走神了一会儿，"你挺好的，你给我吃过的东西，我后来都喜欢上了。"

第一次，是她从家里带了旺仔牛奶到学校，被上完体育课回来的他给强行抢走。

第二次，是他放学偷偷跟着她回家，她看他可怜，分了一个青团给他。

第三次，是他陪她回家，在古镇的小街上，随便吃的一家面馆。

第四次，是他除夕守在她家楼下，她递给他的饺子。

…………

许呦愣怔。

两个人中间隔了这么多年，她也思考了好久自己喜欢他什么。

没想通，以至于这么久了，她还一直在想，也一直忘不掉。

过了高架桥，车子开进市区，路边有些店铺关了门。

"我想买包烟。"谢辞手抵着脑袋，声音很淡地说。

许呦说："少抽点烟。"

"许呦。"他叫了她的名字。

通过一个路口，车子缓缓减速。许呦应了一声。

"许呦，我想你。"

"嗯。"

"你想我吗？"

"不想。"

"可是我很想你。"

"你刚刚说过了。"

谢辞不自觉地笑开，微眯着眼，薄唇勾起了弧度。

车由许呦开，但她还是听了谢辞的话，停在自己的小区门口。

免得他等会儿耍酒疯，又要吵着送她回来，更麻烦。

"你早点儿回去睡觉，明天酒醒了来我这里拿车。"许呦熄火，把钥匙拔出来。她说着，准备动身解开身上的安全带。

刚刚碰到，手背却被谢辞按住。他迅速解开自己的安全带，却不准她解开。

许呦看着他，静静地没说话。

"你猜，我要干吗？"

"不知道。"

然后，谢辞歪了歪头："总让你看我可爱的一面，好像不太好。"

"哪里可——"

许呦话没说完，他一手撑在她耳旁的座椅上，不由分说地吻了上去。

她呼吸被封住，头不自觉后仰了一点，却被谢辞逼得更紧。

他单手掐住她的面颊，温热的唇黏在一起。

不过深吻十几秒，便松开。谢辞退开一点，却不太舍得移开，用鼻尖摩挲着她的侧脸，然后忍不住用牙齿轻轻咬了咬。

"你别把我想得太好了。"

他脾气坏、占有欲强、自私、任性、嫉妒心强。可是都尽量忍着。

怕吓到她,压制着心里的蠢蠢欲动和迫不及待。

但是偶尔有控制不住的时候。

许呦推开身上的人。

车里橘黄的灯光洒落下来。

许呦喘了几口气,抑制不住心跳加速。她捂着自己的胸口,坐在位子上,脸渐渐变红。

"许呦,"谢辞咳了一声,"我要告诉你一件事。我可能,忘记带钥匙了。"

许呦闻言,不动声色,目光微敛:"你住酒店去吧。"

"我不喜欢住酒店,也没带身份证。"

"所以你想干什么?"许呦问。

"我想去你家里住。"他一本正经地回答。

她想也不想就拒绝:"不行。"

"为什么不行?"谢辞为自己据理力争,"我什么都不干,真的什么都不干。"

她不说话,不答应也不回应。

他以为有希望,赶忙加了一句:"ball ball you."

"求我也不行。"

许呦还是拒绝,不过听到这句英文,又忍不住道:"你怎么还喜欢用这种怪句子?"

以前也是,总喜欢说这些乱七八糟的英语句子。

谢辞不逗她了,他唇角微扬,浅浅地笑了:"行吧,你上去,不闹了,我马上回家。"

过了片刻,许呦看他两眼:"要我送你吗?"

"送什么送啊,就几步远,我正好走回去醒酒。"

许呦顿了顿,还是开门下车。她站好后,转头说:"你也下来。"

她怕他等会儿自己开车回去。

谢辞坐在车里看她,应了一声。

旁边走过一对小情侣,估计是刚看完电影,手里还有一桶爆米花。他们耳鬓厮磨,女生挽着男友的手臂,眼睛瞄到站在路灯底下的许呦,不由得一愣。

"许老师,你大晚上站在这里干吗?"

这个小姑娘马上研究生毕业,在许呦他们新闻社实习,刚好和她住同一个小区。

许呦说:"我和朋友说点事。"

话落,小姑娘视线忍不住往许呦身后瞟,也没多说什么,点点头便和她告别。

许呦看他们走远，犹豫了一会儿，又对谢辞说："算了……我把你送到你们小区门口。"

谢辞忍着笑，微挑眉："别这么认真啊，你快上去，我也走了。"

其实她也意识到自己的话有点儿不妥。

他这么说，许呦只能道："那你到家好好睡觉，记得给我打个电话。"

"知道了，许老师。"他说。

"谁是你老师。"许呦无语，"我走了。"

她走了两步，又回头嘱咐："你快点回去，别待在我楼下。"

谢辞点头："知道了。"

楼道里的灯坏了，一片漆黑。许呦没开手机，直接摸黑上楼。

到她住的三楼，她在门口站了片刻。

把钥匙插进去，许呦才停止发愣，回过神来。

谢辞倚着路虎的车门，低头把玩手里的车钥匙。细长的手指，指间猩红的烟未灭。他侧头吸了口，又吐出。

夜深人静，烟雾飘散。

下一秒，他抽烟的动作一顿。

许呦站在离他不远处，视线不动，一直看着他。

谢辞像是早就料到一般，看到她，也不惊讶。

许呦轻轻说："谢辞，怎么这么多年了，你还是一个德行。"

她就知道。

以前也是这样。动不动就死守在她家楼底下，如果不去哄，他就算冻死也不肯走。

明明看着吊儿郎当的，却有一股死倔的劲儿。

每一次，她下去找他的夜晚，他都在无所事事地等待。

谢辞笑了，随手摁灭了烟起身："知道你心软啊。"

上楼梯，没灯。她和他一前一后地走，一个台阶一个台阶，走得缓慢。

夜晚的月亮有点亮，映在地面的影子格外清晰。

谢辞问："许呦，你怕吗？"

"怕什么？"

"你说呢？"

"不知道。"

转弯，上到第一个楼梯口。

他看着她模糊的背影，心里默默数台阶。

谢辞微微抬手，一用力，把她垂在身侧的手握住。

许呦低头看了一眼，没挣扎。

一路上都没有灯，黑暗实在是个好东西，反正谢辞是这样觉得的。

"许呦。"他喊她。

"嗯。"

"你现在算是高级知识分子了。"

许呦停下脚步，等又上了一个台阶，才说："你也不差。"

"真的？"

"能够靠自己双手赚钱，我就觉得很好。"

他沉默着。

"我知道，你曾经想努力证明自己。"

许呦想起谢辞发烧那天，跟她胡乱说了许多事。

提起旧事，她心里有点压抑。

"可是人生不如意事，十常八九。"许呦重复了一遍，"很多职业，很多选择。你去修车，靠自己本事赚钱，我觉得很好。"

"你很好。"她说。

"我知道我好，你别说了，总感觉像在给我发好人卡。"

气氛本来有些沉重，她忍不住笑了："什么好人卡？"

想到饭桌上的嬉闹之语，许呦想了想，说："我要是给你发好人卡，应该是……"

"是什么？"

"你很好，可是我太美了，你配不上。"

谢辞低笑，笑了两声，忍不住又笑。

他看清她的侧脸，半开玩笑地又问："那你会不会嫌弃和我没共同语言啊？"

许呦眼里情绪淡淡的，很平静地回答："柴米油盐酱醋茶，人间烟火也有趣。"

他顿了一下，却没了话。

刚喝完酒，脑子反应有点慢。

沉默蔓延开来。

没几分钟，谢辞的声音又响起来："感觉你现在说话有点文绉绉，怪冷幽默的。我觉得，我当初大概就是看上你这种一本正经冷幽默的样儿了。"

许呦安静了一会儿，抬头看他一眼："我什么时候跟你冷幽默过？"

"你忘了？"谢辞低头，唇准确又快速地碰了碰她的脸，"你自己跟我说过的话。"

许呦任他亲着："什么？"

谢辞回忆："叫什么来着？知识是自己的，还是什么，怎么说来着？"

这么久了，他也记不清了。

许呦不知道为什么，有点难受。

她开口："你把我的话记得很清楚。"

谢辞扯着嘴角，笑得懒散："当然了，你比我爸妈都古板，一上来就喜欢讲心灵鸡汤。"

"……"许呦想起一件事，她被他牵着，走了两步，试探性地问，"你现在过年呢？回去吗？"

谢辞反应不大。

不过看她凝重的模样，他露出一丝笑容："回去啊，家里有亲戚。"

到了三楼，许呦开门，谢辞跟在她的后面。

她进去先换鞋，对身后的人说："进来吧。"

简单的两室一厅，却被装修得很温馨，木质餐桌，木质地板，随处可见的小熊抱枕，鸢尾画册，阳台上摆放着几株吊兰。

谢辞随意打量着："你家挺好看啊！"

许呦没搭理他。她穿好拖鞋，把包和钥匙放下。

谢辞跟在她身后，拿起桌上一本杂志翻看。

内容很无聊，他靠在门框上打发时间，等着不知道在忙什么的许呦。

许呦进厨房倒了两杯冰水，她把自己的端起来喝，另一杯伸出手递给他："喝点水。"

谢辞接过去，仰起脸把玻璃杯里的水喝干净。

"我睡哪儿？"喝完后，他问。

这时，放在一边的手机响起。

许呦拿过来，看了看来电显示："等会儿，我接个电话。"

她转了个身，低低"喂"了一声。

"阿拆，睡了吗？"是陈秀云。

许呦："我没睡，刚刚和以前同学吃了顿饭。"

"到家了吗？"

"到了。"

旁边很安静，许呦心不在焉地听母亲说话，眼睛瞄了瞄谢辞。他已经在沙发上坐下，撑着头玩手机，双腿直直地搭放。

又随便说了一些小事，挂断电话，许呦走进房间。

过了会儿，她从房间里搬了一床空调被出来，放到一边沙发上："晚上睡觉冷的话记得盖。"

"我睡沙发？"谢辞看她动作，问了一句。

许呦点点头。

"你一点都不客气，不是说客人来了要睡床吗？"

玩了一天，她也倦了，走到一旁帮谢辞把客厅的空调打开，调到 28 摄氏度。

许呦放下遥控器，对他说："你今天洗个脸凑合睡吧，我这里没你换的衣服。"

谢辞把手机一丢："没道理啊你，连澡都不让我洗。"

"……"

时间很晚了，许呦进房间，把电脑打开，翻了翻工作邮件。

明天下午要去一个电竞比赛现场做采访，过两天还有一个开幕式活动。还有她前几天报上去的选题，关于山区希望小学的，已经批下来了，过段时间就要去实地调研。

很多事情堆积在一起，但是许呦下个月请了年假，要回老家给小姑婆上坟。小姑婆前几年得了食管癌，人年纪大了没熬过去，前几天在医院过世了。她想着刚好趁着休年假，顺便还能陪陪父母。

洗完澡出来，湿漉漉的黑发搭在肩头。许呦穿着睡裙，碍于谢辞在客厅，她专门穿了个小外套。

刚刚明明很困，但洗了个澡后，人精神了不少。许呦去厨房，从冰箱里抱出一个西瓜，把保鲜膜撕开，然后弯腰把橱柜拉开，找出一个不锈钢的调羹。

她刚转身，就见谢辞靠在门边。

许呦动作一顿，把柜子关上，问："你吃西瓜吗？"

"吃啊。"

她把手里的冰镇西瓜递过去："给你吃的。"

谢辞："有没有籽？有的话我不吃。"他很挑剔。

"没有，你吃吧。"许呦挖了一勺，递到他嘴边。

她表情很自然。

谢辞愣了两秒，从容自若地张口吃下。

"许呦。"他吃了两口，突然叫她的名字。

"怎么了？"

谢辞说："以后我们在一起了，你能不能把我照顾好啊？"

她低头又挖了一勺，"嗯"了一声："能。"


许呦躺在床上看书，等头发干得差不多再睡觉。

看着天花板，许呦突然想起以前上大学时，一个舍友问她，有没有喜欢的人，以后如果能和他在一起，觉得什么日子过得最舒服。

她自觉是个很无趣的人，也不懂憧憬波澜壮阔的人生，从小安分地长大，听话学习，从不招惹谁。谢辞算是她生命里第一道波澜。

只是她那时候性子有点儿内向,不知道怎么对人好,所以对谢辞太冷淡,这几年也后悔过。彼时他已经不在身边。

舍友转过脸,瞅着发呆的许呦,正准备开口,就听到她的声音,平淡和缓,好像不带一丝感情色彩:"最舒服的日子啊……

"我想和他在夏天的傍晚,吃完饭去逛公园,路过彩色的喷泉池,在草地上看狗狗,还有跳广场舞的大妈。我们能吹风散步,随便聊聊天,聊什么都可以。

"然后到了小区门口,去水果摊挑一个好吃的西瓜,放到冰箱里。

"洗完澡,吹着空调,和他一起吃西瓜,然后看电视。

"我觉得这样的生活很美好。"

门把手被轻轻拧开,门缝里露出一张脸。

许呦脚步轻轻,踱到客厅。电视机里还在放重播的足球比赛。

她悄悄走过去,白而薄透的裙摆下,曲线清瘦的小腿露出来。

客厅的大灯关了,谢辞喝多了,估计也倦了,闭目睡在沙发上,黑色的头发凌乱。他呼吸沉重,仿佛已经陷入深眠。

她用指尖,一点点,轻轻触碰他侧脸的皮肤。

许久,她蹲下身,抿唇,伸手为谢辞拉上薄被。

随即,一个轻飘飘的吻落在他的额头,然后是合起的眼睫。

"睡吧。"她小声说。

她站起身,弯腰把放在茶几上的遥控器拿起来,关掉电视机。

最后一点嘈杂也消失了,房间沉没于黑暗之中。

许呦轻手轻脚,正准备离开,突然横出来一只手抓住她的手腕。

"喂,"许呦身子僵住,下一秒耳后传来一道沙哑的声音,"占了我便宜就想跑啊?"

一刹那,许呦感觉全身血液都往头顶涌。

心虚又羞耻的感觉糅杂在一起。她第一反应是挣脱他的手跑开,可没来得及甩开,就被那股力气强行扯得跌倒在沙发上。

一道黑影迅速压过来,身躯挨着她,呼吸像滚烫的岩浆。

许呦穿着睡衣,领口微微敞开,胸前和脖子处的肌肤露出来一大片。她开始挣扎,小腿乱蹬。

他手肘屈起,压在她耳旁,声音哑得不像话:"许呦,你居然敢偷亲我。"

好像她犯了什么滔天大罪。

"你……别压着我。"她声音弱,双臂又酸软,无力地推拒着身上的人。

不论怎么挣扎,毫无作用。

空气里充斥着荷尔蒙的气息,谢辞仗势欺人,手也开始不老实地往下滑。

"别碰……"许呦仰面躺着，恍惚觉得身上在冒热气。她想拿开他放在自己腰间的手，却被反握住胳膊。

"你怕痒？"

谢辞死死地把她圈在角落，他似乎很喜欢这个姿势。

从高中第一次看到她，她经过他身边，带起一阵凉风，还有她趴在位子上睡觉，或者上课起来回答问题……他的视线总是不自觉地追随着她。

那时候的许呦讨厌他，他知道。一开始谢辞恼火过，以为自己不过是喜欢欺负她而已，根本没有放在心上。

可越是欺骗自己，就越是管不住自己，越想靠近她。只要靠近，就止不住地看她。到后来他干脆放弃了，也不再压抑自己，无可奈何地放任自己。

反正自己脑海里想的东西，别人也无从得知。

在无数失眠的夜里，幻想今晚一样的场景，把她完完全全圈起来。

他忍不住低头把嘴唇贴上去，轻轻舔舐那片柔嫩的肌肤。边舔边咬，谢辞亲到许呦花瓣一样微张的唇，脊背就像过电一样酥麻，呼吸不由得粗重起来。

口腔温热，她湿润的嘴被猛地一下含住吸吮。

沙发上的两个人气息起伏。

热意汹涌，许呦渐渐意识模糊又清醒，感觉身上的人松了钳制，又不敢去碰他。她一句话也不敢说，生怕又刺激了他。

谢辞把头埋在她脖颈间，潮湿的黑发，灼热气息搔得她战栗。

等了半天，他扯过之前脱下扔在旁边的外套，盖在她身上，然后猛地起身。

浴室微黄的灯光亮起，随后有哗啦啦的水声响起来。

许呦的发丝有几缕贴在嘴巴边。她慢慢坐起来，胸口、手臂、小腿，有几处淡色红印。想起谢辞刚刚的动作，许呦觉得身上血液都在倒流。她不敢再深想，默默地把被扯得凌乱的睡裙拉好，外套盖在小腿处。

淅淅沥沥的水声停止，她才一下回过神，逃似的回了房间，把门反锁，心脏都快要跳出胸口。


早上要开会。

会议室里是暗的，只有播放 PPT 的屏幕发出一点亮光。最近全组在忙一个选题，熬夜赶稿，大家精神都不太好。

许呦也有点疲倦。

她拿出手机想看看时间，就看到两个未接来电，全是谢辞的。

台上组长在讲话，全是些不痛不痒的老生常谈。

"我们虽然是做时政新闻的，但领导的意思是，让我们多搞搞实际的。他们比较看好经济新闻,大家最近可以找找这方面的选题去做。"

旁边有人小声嘀咕:"谁信啊。"

例会结束后,许呦走到茶水间,把手机充上电,给谢辞回拨了一个电话。

他那边很吵,有风呼啸的声音。

"许呦,今天晚上不能找你了,我有点事。"

许呦昨晚没睡好,此时眼睛涩得发疼。她边冲咖啡边问:"什么事?"

就在这时,茶水间的门被推开,几个人走了进来。

刚刚在会议上嘀咕的同事叫邱于,一进来就跟身边的人滔滔不绝地抱怨:"活着也真是够累的,全是瞎扯。非要搞什么经济新闻,想想还不是得认命,按领导意思就是多挣俩钱过日子去吧。"

其他人都习惯邱于的抱怨,左耳进右耳出,就那么随意安慰着。

谢辞略微停顿,然后说:"我一朋友,开车去山区自驾游,他车坏了,我去接他。"

"山区?"许呦走到角落。

"嗯。"

许呦想了想:"那地方好像很远,山路不是很好开吧?"

"还行吧,明天就回来了,别太想我啊。"

放下电话,她看着窗外乌云翻滚,不由得想起早上出门前看的天气预报,今天有暴雨。

拿着手机发了会儿呆,许呦还是编辑了一条短信给谢辞发过去。

一投入工作,时间就过得飞快。

许呦长时间保持一个姿势,胳膊又僵又酸。旁边有个人一屁股坐下,椅子在地板上骨碌碌转动。

刘小火气大,喝了口水就开始抱怨:"我下辈子不想当记者了。"

对面的张莉莉从电脑面前抬起头:"谁又招你了?"

刘小大吐苦水:"今天不是跟着电视台出去街采吗?真是跟街上拉保险的、发传单的一个待遇,别人看了我们就避着走。"

"这不是很正常吗?当记者嘛,锻炼好心理素质比什么都强。"张莉莉早对这种小事看淡了。

"我头两年当记者,刚刚毕业嘛,每天都在为没题材写而焦虑,晚上有时候还会做噩梦,梦到偷拍东西被打啊……"

许呦默默听她们吐槽,手托着下巴开始发呆。

晚上吃完饭,许呦和尤乐乐去逛街。

尤乐乐先是诧异许呦居然主动要求去,随即兴致勃勃地拉她去商场,巨幅的宣传数码相机的广告牌挂在头顶。

两人去服饰店挑衣服，快到七夕了，路上人潮汹涌。

尤乐乐想起来："对了，你刚刚说，今天要买什么来着？"

"不知道。"

"自己买还是给别人的礼物？"

许呦眼睛看向别处，脸色却渐渐地不自然起来。尤乐乐随意联想一番，立马猜："哇！你该不是想给你那个长得特别帅的初恋挑礼物吧？"

这几天尤乐乐经常看到一个男人送许呦回家，追问了一番，才知道这个男人就是许呦以前跟她说过的高中同学。尤乐乐不由得叹道，真是应了村上春树的那句话：迷失的人迷失了，相逢的人会再相逢。

许呦没反驳。

"你们在一起了，"尤乐乐看她一眼，试探性地问，"还是……"

许呦没有回答，也没有否认。

回到家，许呦躺在床上，开着台灯看了一小会儿书，不知不觉睡过去。

她是被雷声吵醒的，轰隆隆的响声，雨突然下起来了。

大风把暴雨吹得好似在空中织了一张"天罗地网"。

许呦拿起手机，看时间才五点半，她从床上起来，穿上拖鞋，走了两步掀开窗帘往下看。

漫天的雨帘，楼下有几棵树断了。估计是昨晚的风太大。

许呦开车去上班，由于天气，路上很堵。

刚到楼层，电梯一开，便看到几个人跑来跑去，收拾着东西。

"拿东西，组长说开个紧急会议。"有人提醒许呦，然后就走开了。

"哦，好。"许呦从包里翻出记者证戴上，拉开抽屉拿出本子，跟着去会议室。

"刚刚收到的消息，昨天暴雨，山区那边发生山体滑坡，目前伤亡不知，我们组哪几个要去前线？"

主编话音刚落，坐在下面的人交头接耳，纷纷小声议论着。

许呦却在听到出事地点的一瞬间，握着的笔掉落在地上。

连旁边的人都发现了她的不对劲。

主编翻着刚刚送来的资料，声音沉着地说："这次出的任务比较紧，也有危险，要去的自愿。"

邱于站起来："我去。"

紧急会议开完，许呦拿着电话，手都在抖，反复几次，都未拨通谢辞的电话。

不在服务区，拨了几次都不在服务区。

她深呼吸，让自己冷静下来。许呦什么都不敢想，翻了翻手机又给李小强打

电话。

那边一接通，许呦急忙问："谢辞有跟你联系吗？"

李小强一头雾水："没有啊……"

"他昨天去山区那边了，你知道吗？"

"不知道。"

"好。"许呦单手扶住桌子，稳住身形，"要是他回来了，你给我打个电话。"

这次任务，新闻社出了七八个人。因为出事的时候是凌晨四点，市里的消防救援队已经快抵达现场，有先到的人跟他们实时更新那边的情况。

过去要开接近三个小时的车。

一路上，许呦又给谢辞打了几个电话，都打不通。她手微微颤抖，打开网页搜索有关泥石流的新闻。

××年，××山区遭遇大规模泥石流袭击，3座村庄被埋，至少94人死亡，约320人失踪……

××年，××山区泥石流，造成806人死亡，约300人下落不明……

车开到山里，越靠近出事的地方，越难开。晕眩，颠簸。许呦脸色苍白，不知道因为什么，胸口一阵发闷。

山路不断有急转弯，有几个同事受不了，拿出晕车袋开始吐。

最后一段路要步行，外面还下着暴雨，风一阵一阵地刮着，因为要带很多东西，不能撑伞，下车前每个人都套上厚重的雨衣，穿着防滑的雨鞋。

粗大的雨点打在许呦身上，大雨把她的头发迅速浇透。

越靠近出事的地方越混乱，现场有消防员，有民警，有医护人员，还有志愿者……外面的人进不去，里面的人出不来。由于持续暴雨，救援工作很困难，挖掘机停在一边不能动。

现场一片尖叫声，妇人和小孩跪在地上号啕大哭，不断有人被担架抬着，浑身泥泞。还有一对盲人中年夫妇，一直抓着救援人员的手说："我的儿子还在里面，你们一定要把他救出来啊！求你们了，我们跪下来求你们。"

目睹灾难的发生，一同在现场感受着这种痛苦，体会这种煎熬，和在家里只看新闻是两种截然不同的感受。

许呦一行人等在警戒线之外，旁边陆续有人转移，他们分头开始工作。

崎岖的山路已经变成泥浆地，许呦一声不吭，帮忙扛器材，邱于已经去旁边开始架摄影机。

走到一片碎石多的地方，路滑得几乎要站不住脚。她拿的东西重，雨衣帽檐上的水滑下来早就模糊了视线，走在她前头的男同事没带好路，绊了一下堪堪站住，许呦跟在他后面，身量体格不如他，一绊就栽倒在泥泞地上。

许呦下意识护住器材，手压在地上，掌心被沙粒碎石硌出痕迹，手背被大些的石块直接划破，旁边还有根小钉子。

同事们连忙过来帮忙。

"没事，正事要紧。"许呦站稳，重新扛起器材，手背渗出鲜红的血。

大家关心了几句，见她坚持，便没再劝。

到达情况最严重的地方，面对最前线的场景，每个人心里都像梗着什么。

摄制开始，大家分头工作，许呦像上紧的发条，铆着一股劲奔忙。

时间过得飞快，她的手越来越严重，同事看不下去："还是先去医院吧，忙到现在差不多了，你这么拼何必呢？万一破伤风怎么办？"

许呦想拒绝，她想留在这儿……

还有谢辞。她还不知道他在哪儿，还不知道他现在是什么情况。

一切未知，像一只大手，狠狠将她忐忑的心捏紧。

许呦很坚持，但同事们不敢让她再拼，几个人一起劝，最后半拉半拽，把她塞进了一支要回市区的救援小队中。

许呦手受伤有点严重，被送到当地的医院打破伤风针。

小护士帮她处理伤口。许呦茫然地看着陆陆续续送来的伤者发呆。

有人在旁边聊天。

这次事故，一些在灾情现场附近的车辆逃过一劫，当地酒店已经住满了人，连小招待所也没了位置。

许呦膝盖刚刚磕破了，手也疼，十指连心，心更疼。

外面天色已暗，到傍晚雨势渐停。她独自坐在医院的长廊上，不知道发了多久的呆，心底一种无由来的软弱蔓延开来。

来势汹涌，身不由己。

小护士推着车路过，好奇地问她："小姐，你在等谁吗？"

她提不起力气说话，只摇摇头当作回答。

她在等谁啊……

许呦开始恍惚，似乎又回到多年前的医院，也是这样人来人往，谢辞躺在重症监护室里。

同样的地点，同样的无助。

她不敢再继续想，真的不敢再想，没缘由地一滴泪就落下来。

不知过了多久。

"许呦！"

熟悉的声音响起来的瞬间，她抬头，看到谢辞从涌动的人群里冲过来。

直到他跑到她面前，许呦都反应不过来。

谢辞身上脏得很,一道道泥土未干的痕迹,脸上还有黑色的机油。

他蹲下,手撑着旁边的座椅,仰头看着许呦。因为刚刚剧烈的奔跑,止不住胸口起伏大喘气。

"你电话怎么打不通?吓死我了。我刚刚碰到你同事才知道你也来了,本来想给你打电话要你别担心,结果一辆消防车坏了,我就去帮忙修,然后——"

话没说完,许呦就忍不住用手指遮住自己的眼睛,放声大哭。

她哭得肩膀发颤,手指也在发颤。

滚烫的泪水一滴滴滑下。

谢辞蒙了,又担心,着急道:"你是不是被灾情吓坏了啊?别怕别怕,有我在。"

然后,他脖子被许呦用胳膊钩住,往前一带。许呦抱着他的脑袋,下巴抵住他的头顶,哽咽地说:"别说话,让我抱抱你。"

深情直至溃不成军,她到现在才明白这句话。


晚间又下起了雨。

许呦在狭小昏暗的浴室里打开热水龙头。

她一只手受伤了,不太方便,只能潦草地用白毛巾擦干净身子。

因为临时在这边住下,没有拿换洗的衣服,只能在路上随便买了一件。

已经接近午夜,不太合身的白棉布 T 恤穿在身上,袖口也卷起来。许呦光裸着双腿坐在床头,手机的电量差不多充到满格。

她刚拔下插头,头顶的灯闪了两下,整个房间突然陷入黑暗。

窗外一道雷闪过,紧接着就是暴发的雨声。

许呦抬起手臂去按墙上的开关,反复两下,熄灭的灯毫无反应。

许呦四处观望了一下,黑漆漆一片,什么都看不清楚。她摸索着站起来,没走两步,门就被敲响。

"许呦,在吗?"是谢辞的声音。

她慢慢摸着墙壁,把门拉开:"怎么了?"

"停电了。"

许呦侧身,让他进来:"我知道。"

谢辞顿了顿,举着手里的东西给她看:"我给你送蜡烛,一个人你怕不怕啊?"

"你先进来吧。"

夜深人静,破旧的小旅馆,外面下着暴雨。房内摇摇晃晃的蜡烛火焰亮着,坑坑洼洼的墙壁上投影出两个扭曲的黑影。

没地方可以坐,谢辞就坐在床上。床身有些矮,他双腿跨开,手肘撑在膝盖上，模样一本正经，连眼睛都不带乱瞟的。

眼睛不乱瞟，不代表思想不开小差。

胡思乱想了一会儿，他开口："那个……"一转头，就撞上她的眼睛，猝不及防。

许呦问："你要说什么？"

一豆昏黄的光里，谢辞看了许呦几眼："你刚刚在医院跟我说的，是不是真的啊？"

她沉默。

"你说你好怕我出事，说真的不知道该怎么办了，还有——"他一板一眼复述。

"等一会儿，你先别说了。"许呦睫毛颤了颤，恨不得捂住他乱说话的嘴。

她咬住嘴唇，面色微红，眼若含着秋波。谢辞看得心神荡漾。

坐着荡漾了一会儿，他突然想起一件事："你还记不记得高中的时候，有一次上晚自习，也是下雨断电。

"然后老师走了，教室里特别乱。我们都离开座位疯玩，就你一个人打着手电筒，在位子上默默学习。我凑上去瞄了一眼，居然还在算物理题，当时就很佩服你，我还想，真的是学霸中的战斗机啊这个新同学。"

许呦被他奇怪的形容词逗乐，哑然失笑后，又默默地说："我当然记得。"

而且记得非常清楚。

谢辞惊讶了："你记得？"

"你和宋一帆拿着雨伞在我旁边闹来闹去，还踩了我一脚，撞翻我桌子，把我手电筒撞到地上摔坏了。"

谢辞听得笑吟吟："噢，还有呢？"

她神色开始变得不自在："好像没了，其他我已经不记得了。"

谢辞笃定道："你肯定记得。"

许呦："……"

谢辞慢悠悠地说："你捡完手电筒站起来。"

"你好烦啊。"她打断他。

谢辞忍着笑："这都过去多久了，不就是起来的时候在我面前摔了一跤，跪在我旁边了吗？"

"……"

"我还想着怎么了，新同学给我行那么大一礼。

"我扶你站起来，还被你踹了一脚，现在想起来都疼。"

"……"

"你是不是害羞了？"他试探性地问。

许呦别过头，脸分明红着。

"好了，我不说了。"谢辞侧着头笑了下。他喉结滚动两下，目光触到她光裸白皙的大腿，停了两三秒就移开。

过了会儿，谢辞又回到原来的话题："其实也没多大关系，你别记仇啊，我都怀疑你后来那么讨厌我，是不是就是那天晚上我不小心——"

没说完的话被堵在嘴里，谢辞眼睛睁大，心里只剩下震惊。

许呦跪在床上，直起身，双臂圈住他的脖子，唇对唇贴上。

她微微张开口，身上似有若无的香皂清香萦绕在鼻尖。

谢辞大脑死机片刻，很快反客为主地亲回去，把她压在床上。

发散乱铺在床上，许呦被吻得七荤八素。她的手指摸索到他黑色柔软的短发，另一只手被谢辞按着，十指相扣，指缝交错。

薄薄的唇与纤细的颈相触。他从她发烫的耳郭啃咬，一路滑到下巴，听到她喉咙里发出闷闷的呻吟声。

真的要命了。

寂静的房间里，只有交错混乱的呼吸声，柔软的舌交缠，牙齿轻磕到一起，有些疼。不知过了多久，谢辞用尽此生最大的克制力，强忍着离开许呦的身子。

他忍得额头冒汗，腰、背和脖子上也布满了薄汗。谢辞哑着声音，低而又低："我……"

灯光下，他这副汗水淋淋的样子，沉醉在情欲里，实在是有种不可言说、无法自拔的性感。

谢辞只说出一个字就停住，不得不起身离开床。

手握紧，连指关节都发白。

刻意拖着，忍到了极限，但他觉得自己需要走了，不能再留下来。

再留下来……

许呦身子瘫软，浑浑噩噩地撑起来，心跳得很快："谢辞，你别走了。"

他脚步一顿，无法克制地喘息，胸膛起伏："你确定？"

身后，房间里最后一点光亮被吹灭。

黑暗里，她慢慢地下床，赤着脚，摸索着过来牵住他的手。

谢辞重重呼吸了两三秒，反身把许呦推到墙上，双手撑在她的耳侧，低头去寻她的唇。

第二天下午五点回申城，谢辞开车，许呦坐在副驾驶座上昏昏欲睡。

车子沿着盘旋的山路往下开。

她昨晚被折腾几次，醒了又睡，睡了又被折腾醒，反反复复。现在又累又

303

乏，困得不行。

路上颠簸，许呦被颠了一次碰到头，醒了。她整个人疲倦又脆弱，缓缓神，看着窗外飞驰而过的风景，嗓子完全哑了："还有多久到？"

"你醒了？"谢辞边开车，边小心翼翼地看她，"还有一个小时，你要不要多睡会儿？"

他那声音，温柔得都快掐出水来了。后面坐着的庞峰励眼睛盯着许呦看了会儿，突然一拍脑门："原来是你啊！"

他说："我就说谢辞昨天给一姑娘送蜡烛，怎么就一去不回了呢。"

谢辞从后视镜看他一眼，做了一个"闭嘴"的口型。

外面的雨差不多停了，谢辞怕许呦闷，就随手关掉了空调，把两边车窗打开。

新鲜的空气涌入，还有潮湿的风。

"谢辞。"许呦揉了揉额角，仰起脸喝水，喊他。

谢辞嘴巴到下巴的线条绷紧，"嗯"了一声。

她说："你别看我，好好开车。"

谢辞："……"

回到申城，谢辞直接把许呦送回家。她匆匆洗了个澡，在床上睡得昏天黑地。

醒来已经是吃晚饭的时候，许呦出了房间，见尤乐乐端着一杯果汁，盘腿坐在沙发上看电视。

尤乐乐眼睛盯着许呦，来回扫了扫，幽幽地说："许呦，你昨天晚上跟哪个男人鬼混了？"

许呦拨头发的动作一顿，没说话，随便拉开一把椅子坐了下来。

放在桌上的手机嗡嗡振动两下，许呦拿起来看，正准备接，尤乐乐把果汁放到一边，三两步跑过来："你看看你！"

脖子上，还有锁骨，甚至手臂、小腿，都有暧昧的痕迹。尤乐乐想都不用想就知道……

许呦护住胸口，不和她闹，抽空接了电话："喂？"

"你怎么这么半天才接电话？"谢辞问。

许呦一边推开尤乐乐的魔爪，一边说："我刚刚在睡觉。"

"你……这几天，别乱跑。"他声音不太自然，"还……疼不疼？"

听他这么说，许呦脸也红了，有点尴尬，支支吾吾地道："没事。"

临挂电话前，谢辞突然问："对了，后天七夕节你有时间吧？"

许呦"嗯"了一声。

电话一挂断，尤乐乐就迫不及待地扑过来，一脸促狭的八卦样子。

许呦哪能招架这种场面，逃似的回了房间。

七夕节。

许呦没有化妆的习惯，随便收拾了一下就出门。

谢辞坐在公园的一个栏杆上等她。看到许呦走近，他若无其事地跳下来。

公园里很热闹，路上全是成双成对的情侣，霓虹灯闪耀的灯火下，许呦脚步停滞。

恍惚间，看到眼前的人，还以为回到多年前。

谢辞穿着学生时代的黑色骷髅短袖，面容更加清俊。他双手插在牛仔裤的兜里，懒懒地笑着看她。

然后，许呦才知道谢辞让她出门前记得带身份证，还有穿白裙子的原因。

从申城到临市的飞机是晚上六点。

一路上，她的心都在怦怦跳，感觉就像在一场梦里。

"你怎么突然想到买回临市的机票？"

"什么突然，早就想好了。"谢辞坐在飞机上，一直在乐，"开不开心？"

重新回到临市。

这个城市，这么多年了还是一如既往，到了夜晚就格外热闹。

穿过热闹拥挤的人群，谢辞揽着许呦的肩，和她逛遍大街小巷。

公园旁边的夜市，还有小河、烧烤，地摊的小玩意儿前依旧聚着许多人。

在市区中心的广场上，广告灯牌闪耀。商店的橱窗映照着来来往往的行人，大厦玻璃门前人流不断。生活依旧美好，没有多大变化。

他牵着她的手，一路走过去，隔几步就有供行人休息的木质长椅。

"你还记不记得，我和你在这里看过日出？"谢辞俯下脸，很近地看着她。

他的瞳仁又黑又亮，倒映在她眼底。

许呦心里发软，又有些酸楚："记得。"

他们一起看日出，那时候是冬天，晚上又冷又冻。

"我也记得，我那次摸了一下你的头之后，结果你好久没理我。"

她轻轻咬住嘴唇："谁叫你动手动脚！"

谢辞不管不顾，在大街上亲了亲她，无声地笑起来。

是甜的滋味。

两人在街上走了很久，然后上了一辆公交车。

快到九点，车上只零零散散坐着几个人。车子缓缓启动，他们找了个靠窗的位子坐下。

坐到一中门口下车。

高一、高二不上晚自习，高三晚自习还没下。校园的正门和侧门都关着，只有保安室和高三教学楼亮着灯。

"我们……要进学校吗？"她犹豫着问。

"不然来这里干什么？"

"可是保安不让我们进怎么办？"

"不从正门进，我带你翻墙怎么样？"

许呦震惊了："翻墙？！"她转头不敢置信地看了他一眼，"你确定？"

谢辞一本正经地说："不然呢？你以为当年我一中传说白当了啊？"

许呦："……"

最后还是没翻墙，两个人去保安室，说是来探望老师，登记了就被放进去。

学校这么多年翻修过几次，大体模样还是没变。校门口的彩色喷泉，栽在路两旁的梧桐树，黑色铁栏杆上开得正好的蔷薇。

从操场上的塑胶跑道，一路逛到篮球场、升旗台、校园食堂。

他们牵着手散步。

以前的高二教学楼已经改成高一教学楼。他带着她摸黑上了西边的楼，凭着记忆找到原来高二九班的教室。

教室门关上了，谢辞手撑在窗台上，额头抵着玻璃往里看。

很幸运，刚好有一扇玻璃窗没锁上。谢辞翻窗进去的动作自然流畅，丝毫不减当年风采。

他翻进去后，把门打开让许呦进来。

夜晚的月光很亮，没有开灯，刚刚够他们看清彼此。

许呦有些无所适从，她走上讲台，内心像潮水慢慢翻涌，无声地感动着。

两人站在空荡荡的教室里，好像真的回到了过去，这么多年恍然如梦，似乎什么都没变。

谢辞坐在课桌上看着她，她四处张望的样子很可爱。

"许呦。"

"嗯。"

许呦慢慢走下讲台，挨着他坐下，过了会儿，头靠上他的肩膀。

谢辞把她的脸托起来，他的眼睛微眯："你开心吗？"

她没说话，轻轻闭上眼睛。

谢辞说："我前天做梦，梦到我们还在上高中。"

许呦强忍住眼眶的泪水，听他漫不经心地说："然后你对我伸手，我就跟你走了。"

安静漆黑的教室里，他的声音温柔又模糊，好像又回到最初。

"我以前上课老是偷看你。

"故意拧紧你的水杯，读课文的时候学你说话。

"体育课跑步，故意蹭到你身边。

"经过你旁边，把你的书和笔碰掉。

"放学了偷偷跟着你回家。

"后来跟你分开，我还以为你注定不属于我。"

"谢辞，"许呦的声音很轻，也很淡，"我给你个家吧。"

他怔怔的，良久之后，笑了："好。"

我给你一个家，照顾好你。

反正这么多年了，我也没能忘记你。

再也不能认真持久地喜欢一个人。

往后无论朝夕，还是百年，再也不能像多年前。

十八岁的谢辞，逃课打架，喜欢和高年级的男生混在一起。

盛夏的一天，许呦抱着书，在众目睽睽下推开教室门进来。

有男生坐在桌上吹口哨。

教室里喧嚣吵闹，谢辞单手撑着头，腿交叠着搭在椅子上，穿着牛仔裤和黑T恤。

她穿着白棉裙停在他面前。

窗外的天很蓝，树林青葱，阳光格外灿烂。

番外篇

# 圆满

YUAN
MAN

● 从年少到白首，每一秒，每一分，每一年，他要一直一直陪着她。

## 番外一　xcxy

高二冬天，许呦吃完晚饭进教室自习。

教室里开了暖气，玻璃窗都起了白雾。谢辞刚刚打完球，别人穿羽绒服，他只穿一件黑色骷髅 T 恤，袖子卷到肩膀上，身上冒着热气，脑门儿也是，汗珠顺着脸和下巴往下掉。

他两只手撑在桌上，脑袋垂得低低的，正在听别人讲话。

许呦抱着水杯，经过他身边。

谢辞侧了侧头，一边跟人讲话，一边视线跟着她移动。

"眼珠子都要出来了。"

听到声音，谢辞回神，嗤笑了一声，上下瞄他："怎么，我看我未来女朋友，你嫉妒？"

宋一帆分外好笑："谁嫉妒你啊？我心疼许呦。"

"心疼她？"

宋一帆故意挖苦："你不能仗着自己脸皮厚就恐吓别人当你女朋友啊！唉，阿辞，这样搞没意思，真的。"

"恐吓？"谢辞直起身子，撸了一把汗湿的头发，"懒得跟你说许呦多喜欢我。"

"是吗？"

谢辞还在装："她什么都听我的，没我不能活，知道吗？"

宋一帆："你要笑死我是不是？"

谢辞看着坐在位子上翻书的人，忽然踢了宋一帆一脚："帮我干个事儿。"

宋一帆狐疑："啥？"

谢辞凑到他耳边说完，好半晌，宋一帆一脸无语："真有你的。"

教室有点吵，许呦拿了英语书，去走廊上背单词。

天气特别冷，凛冽的寒风似刀。她是南方人，没见过这么大的雪，背了一会儿单词，就被漫天飘洒的雪花吸引。

看了一会儿，一转身，撞上一个人，她不由得惊呼一声。

谢辞不知道来了多久，她看得太入神，竟然一点都没发现。

许呦背后是栏杆，谢辞双手打开，撑在她身侧。

同年级学生都认识谢辞，有人经过，看着他们的方向窃窃私语。

许呦犹豫了一下，左手还拿着书，用另一只手推了推谢辞，小声说："谢辞，你让开，我要进去了。"

他不让，懒洋洋地说："再看会儿雪。"

许呦无奈，压低声音："别人都在看你。"

谢辞慢条斯理，眉毛微微一挑，理所当然道："长这么帅，不给别人多看两眼？"

许呦："……"

她呆愣的模样让谢辞笑意更甚。他克制了一下，还是忍不住俯身靠近她。

许呦挣扎："这是学校！"

谢辞一脸无所谓："怎么了？"

她挣扎无果，偏过头去，看到走廊尽头有老师走来，有点慌了，推拒得更用力。

谢辞逗她逗得好玩儿。她慌忙地向左走一步，他就跟着挡，赖皮一样。

他个子高，许呦又这么小，被严实挡住，根本绕不过去。

幸好老师在打电话，急匆匆走过，压根儿没注意他们。

不过许呦还是被吓到了。

她瞪了他几眼，一句话不说，转过身背对着他。她也不管谢辞怎么闹，把书摊开，继续背单词。

谢辞斜靠着，戳了戳她的肩："许呦，你现在脾气是越来越大了啊！"

她还是不理。

"行，你还挺高傲。"

许呦把书翻了一页。

无论他说什么，她都充耳不闻。谢辞都气笑了："我身边敢这么对我的也没几个了，许呦你真牛！"

许呦拿着书抬脚就走。

谢辞伸出手臂，一下把她拉了回来。

许呦把他的手甩开。

"行行行，我错了错了。"见她真的生气，谢辞咳嗽一声，终于收起嬉皮笑脸，又求又哄地，好半天，终于把许呦重新逗笑了。

后来宋一帆他们都说他贱兮兮的，可谢辞就是觉得许呦可爱，非要坏心眼地把人逗生气了，生气了还不行，最好是欺负哭了，不理他了，然后他再哄才行。

谢辞对上许呦就犯贱的臭毛病，一辈子都改不掉。

正巧此时，下面有人喊谢辞。许呦刚想往下看，便被他用手遮住眼睛。

她想把他的手拉下来："干什么？"

311

谢辞在她耳畔轻声低语，语气漫不经心："给你个惊喜。"

几秒过后，谢辞把手放下来。许呦眨了眨眼，往下面望去。

宋一帆和另外几个男生围在一起说笑。

他们身边的空地上，一片雪白，再旁边，用雪堆出来一颗巨大的爱心，里面写着 xcxy。

谢辞相当满意，颇有些骄傲地"哼"了一声："怎么样，浪漫不浪漫？"

话音刚落，底下就传来教导主任的怒吼："宋一帆，你们又在干什么！"

许呦吓了一跳，转头看谢辞："怎么办？老师来了。"

谢辞一瞅她水汪汪的眼睛就心软："放心，没事。"

谢辞见惯不怪，甚至还看起了热闹。

宋一帆他们被罚站十分钟，又去打扫楼道卫生，灰溜溜地用扫帚把雪扒拉平了。

等几个人上来，其他人敢怒不敢言，宋一帆破口大骂："谢辞，你自己开屏爽了，兄弟都被你连累了。"

谢辞不耐烦地掏了掏耳朵："别废话，不服就干。"

宋一帆："……"

其他人："……"

只有许呦嘴角微微扬起，笑了出来。

## 番外二　怎么这么可爱

暑假。

许呦性子懒，一直宅在家里写作业，谁喊都不出去。就这么过了几天，结果吹空调吹出一身病，又是咳嗽又是嗓子疼。

恰好过两天是班级聚会，她穿了长袖长裤去，收到一大票人震惊的目光。

"许呦，你北极来的吧？我的天。"宋一帆指着她惊声呼叫，紧接着包厢里都是他"哈哈哈……嗝嗝嗝"的大笑声，直到最后笑得失声。

因为这，包厢里大部分人的视线唰的一下瞬间集中在她的身上。

有什么好笑的……

在原地僵立了两秒，许呦正尴尬得不知如何是好，旁边的门被猛地拉开。

里面有些男生在玩游戏，他们听到了动静，探头探脑地往外看。

谢辞刚从游戏局抽身，一手搭着门把手，一手撑在门框上。他先是懒懒打量了许呦两秒，接着视线掉转，似笑非笑问了一句："哟，欺负我女神呢？"

没人说话。

谢辞突然冲宋一帆吼："宋一帆！"

"在！"一声洪亮的应答。

"姿势摆好，滚出我的视线！"谢辞说着，把门把手一松，走上前来拉许呦。

她有些抗拒，一躲。

剩下的人大声鼓掌，吹着口哨笑道："谢辞，你就护着吧！"

宋一帆嚷嚷着说："阿辞有没有人性？"

这会儿没到饭点，饭桌旁没坐几个人。许呦拉了一把椅子坐下来，随即身边有人落座。

她懒得理，径自把双肩包卸下来。

"许老师，来讲课还是来吃饭？还带个书包来。"

他一喊她，她就把胳膊肘撑在桌上，捂住耳朵。

谢辞单手撑住下巴，长腿大剌剌伸到她凳子下，偏头探究地问："你不会还生我气吧？"

许呦不理他。

"我不就是上次——"他的声音故意拔高。

"闭嘴！"许呦赶忙用手捂住他的嘴。和谢辞对视两秒后，她先反应过来，慌忙撤下自己的手。

"你别瞎说。"这里人多，她又不敢太大声引得别人注意，只好小声对他发脾气。

他没回话，一时间就这么安静下来。

谢辞就这么看着她，身子不动，也不知道想干什么。只是他那痞样，笑不笑都让人觉得坏。

正被他看得浑身不舒服，付雪梨不知从哪儿冒了出来，许呦心里悄悄松了口气。

付雪梨是来要暑假作业的——在许呦书包里装着，一大堆的卷子。

许呦低头翻找的时候，付雪梨和一旁的谢辞闲聊起来。

"谢辞，你干什么了，变这么黑？"

暑假没过多久，谢辞原来白皙的皮肤已经晒得几乎只比宋一帆白一度，接近小麦色。

付雪梨的声音带点匪夷所思的味道："我以为你怎么都晒不黑！"

谢辞低着头，手里把玩着茶杯盖，漫不经心地说："打篮球啊。"

"打篮球能晒这么黑？"

他嘴角一撇，不置可否。

许呦把卷子找出来递给付雪梨。付雪梨接过来，临走时又调侃了一句："你不是去天上打篮球了吧？"

她的话引得许呦一下没忍住，"扑哧"笑了出来。

谢辞一直侧头看着她。

刚刚在炎炎酷暑里走了半天，还穿着长袖，她脖子后全是细密的汗珠。

他伸出手，还未碰上，她敏感地一缩，转头怒瞪他。

谢辞心不在焉地收回手，又突然拽住她衣服上装饰的兔耳朵，往自己这边拉。

"你干吗？"许呦有点生气。

他们前几天吵架，她就一直没理他，结果到了这里，他又恢复本性了。

"许呦。"谢辞低声叫她名字。

"……"

看许呦被堵得没话说，谢辞又笑起来。

我女神怎么这么可爱！

## 番外三　钥匙

这几年，许呦跟着谢辞回临市过年。

大年三十前一天。傍晚时，仍在下小雪，街上处处挂着红灯笼。

和家里人吃完饭，谢辞开车，带许呦去他们第一次看烟火的江边。

那块地方原来的建筑都已经被拆迁得差不多，只剩下一座爱情桥。

谢辞随便找了个地方停车。

许呦先推开车门下来，清冽的空气迎面灌来，冷得肩膀一耸。她拉高毛线围巾，把下半边脸遮住，在原地跺了跺脚。

谢辞熄火下车，手里拎着钥匙。刚好吹过一阵刺骨的寒风，他被冻得一激灵，哈出一口白雾："江边怎么这么冷？"

许呦站在不远处，只露出一双湿漉漉的黑眼睛，淡淡地看着他："活该，谁让你穿这么少！"

这是他从小没改过的毛病，犟得不得了，不管多么冷的大冬天都不穿羽绒服，打死也不穿秋裤。

高中时候就是这样，许呦那时候坐在位子上，怀里抱着热水袋，每次看他穿着黑色夹克在眼前晃来晃去就觉得冷。

谢辞穿着蓝色毛衣、黑色外套。他咧开嘴笑，张开手："老婆，快点来给我抱抱。"

许呦不动，对视了一会儿，还是妥协地走过去，把脖子上的围巾一圈一圈绕下来，准备给他围上。

谢辞突然猝不及防地凑近，一歪头，亲了亲许呦冰凉的脸蛋一口，然后猛地抱住她。

两人顶着冷风在桥上走了一会儿,习惯了,也没觉得有多冷。

在爱情桥栏杆上趴着,眺望远处的夜景,光影浮动。许呦想起以前的一件事。

"谢辞,你记不记得以前我们来这里,也在这座桥上挂过一把锁?"

这座爱情桥有个传说,被月老庇佑了几千年,只要互相喜欢的人来这里挂一把锁,就能爱情美满。就算暂时分离了,这辈子也注定会纠缠在一起,永远不分开,直到他们亲自打开这把锁为止。

谢辞侧头看她:"记得啊。"冷冷的风吹动着他柔软的黑发。

她看着湖水和灯光,感叹道:"一转眼都这么多年了。"

只是觉得和他在一起的日子,都过得很快。

"谢辞。"她喊他名字。

谢辞望着远处,随意应着:"嗯。"

"我把锁的钥匙给你了,你还保管着吗?"

他有一瞬间的犹豫:"钥匙?"

"你弄丢了。"许呦没有意外,一向淡定的语气。

谢辞立刻反驳:"没有!"

于是没有再进行这个话题,她也没有再问。

走下桥,江边栽种了几棵蜡梅树,深冬凛冽的夜,枝头还剩一些黄色的小花。许呦停下脚步,随便选了一朵,凑上去闻香味。

谢辞站在她后面,伸出手臂,极其自然地把她圈进怀里,得寸进尺地凑近。

"人很多,放开我。"许呦想拿走他放在腰间的手,却被反握住手腕。

谢辞指尖很冰,用唇亲了亲她的耳垂,轻描淡写地问:"许呦,你是不是生气了?"

"没有。"

"真的没有?"

许呦沉默。

"钥匙不是掉了。"

是他故意丢的。刻完名字,许呦转身的瞬间,谢辞就把钥匙抛进了江里。

他那时候就知道,自己可能一辈子再也不会喜欢上别的女生。

后来就真的一辈子了。

## 番外四 回忆

"这一生,也挺短的,在不在一起又怎么样呢?

"终归日子也要过,总有一个人要重新开始,只是无论好的坏的都不能再分享了。"

有一年五月天的一场演唱会唱过一首歌，后来风靡各种社交平台。

那首歌的名字叫《温柔》。

那时候许呦已经大学毕业，谢辞也离开了几年。

午夜，她抱着腿蜷缩在沙发上，用电脑看演唱会的视频剪辑。

现场很多忠实粉丝举着应援牌，嗓子几乎要喊哑了。

视频只有十几分钟，大概是最后一首歌，所有人都已经精疲力竭。

那个主唱说最后一首歌叫《温柔》，话音刚落，全场的灯光突然暗了下来。

台上的人问："有带手机吗？拿出来，打电话给你喜欢的人，把这首《温柔》传给他。"

大屏幕里，粉丝陆陆续续掏出手机，全场都被手机屏幕微弱的光照亮。有一个镜头特写，是个小姑娘，大概刚刚失恋，已经哭得不能自已，边抽噎边拨电话。

许呦窝在沙发上没有动，入迷地听阿信说：

"如果你对我说，你想要一朵花，那么我就会给你一朵花；如果你对我说，你想要一颗星星，那么我就会给你一颗星星；如果你对我说，你想要一场雪，那么我就会给你一场雪。"

"如果你对我说，你想要离开我，那么我会说——"那一瞬间，场中的灯光全部亮了起来，有白色的碎屑从空中慢慢飘扬下落，"我给你自由，我给你全部全部全部全部自由，这是我的温柔。"

许呦瞬间湿了眼眶，匆匆关了视频，不敢再看。

听了一晚上的《温柔》，也想了一晚上的谢辞，分不清是梦境还是现实。

谢辞在偷看她，看着她笑，又坏又有点痞痞的温柔。

## 番外五　自来熟

高中时期，谢辞每每过生日的时候最热闹，总有一大群人送礼物，来教室里闹。

那时候许呦刚刚转进来，和谁都不熟。中午到学校，她刚踏进教室，就被一个跑着的男生撞到肩膀。她低着头，退开一两步，揉着被撞到的地方。

"哎哟，许呦啊！"

一抬头就是宋一帆笑嘻嘻的一张脸，头发很凌乱，沾满了蛋糕的奶油。他侧了个身，灵活地躲到许呦后面，探出头对不远处的谢辞扬扬得意道："你再来追我呀，有本事你过来呀！"

谢辞身上也是乱七八糟，好不到哪里去，黑T恤也皱皱巴巴的。他手里还举

着半块小蛋糕，站在走廊上，闻言真的朝这边走了过来。

宋一帆脖子一缩，眼睛刚闭上，就听到谢辞似笑非笑的声音："你站在我面前干吗？"

许呦被问得不知如何回答。她身后有人，前面又被他挡了去路，怎么走？

谢辞跟她说话的时候，下巴微仰着，无所事事的模样，手指顺势往她脸上一抹："让路！"

"……"

直到在位子上坐下来，许呦才后知后觉地有些生气。她抽出纸巾往脸上擦拭，在心里郁闷地想：刚刚那个叫谢辞的男生，怎么这么自来熟？

## 番外六　生日（一）

一切都要归于那个风和日丽的下午。

谢任年放学回到家，跟坐在客厅打游戏的某人说："跟你说件事。"

谢辞头也不抬："说。"

"我今天听到别人议论我。"

"议论你啥？"

"说我是校草。"

"呵呵。"谢辞听完极为不屑，"谁年轻时还不是个校草了？你爸我那时候还是个传说呢。"

"你能有我受欢迎？"

"你搞笑呢！你爸当年那书桌里，书包都没地塞，全是情书。不然你以为我学习为什么差？天天都想法子怎么拒绝女同学。"

谢任年持怀疑态度："可是付雪梨阿姨跟我说，她老公才是校草。"

"许星纯？"谢辞更加不屑，"听她瞎吹，不信你去问你妈。"

过了会儿，谢任年从书房跑出来。

谢辞："你妈怎么说？"

"我妈说校草是他们的班长。"说完，谢任年还怕不够具体，又补充了一句，"就是许叔叔。"

"……"客厅电视机上血红的 GAME OVER（游戏结束）浮现，谢辞把游戏手柄一摔，"你妈就是个转学来的，压根儿不知道实情。那群女同学表面说喜欢正经的，私下迷恋的还是你爸这种坏坏的。"

谢任年若有所思："哦，是吗？"

晚上睡前，谢辞坐在床边，背对着许呦，一坐就是半个小时。

许呦放下手里的书，望向那道倔强的背影："你怎么了？"

谢辞终于等到她主动开口，转过头："我怎么就不是校草了？"

许呦一下无言，没想到这人儿子都有了，还幼稚地在意这种事。

她老老实实回答："我当时一转学过去，就听室友说校草是许星纯。"

"那你觉得呢？"

许呦看着他没说话。

谢辞："不是吧你？"

许呦："你要听实话吗？"

谢辞火都起来了："你觉得那个小白脸长得比我帅？开玩笑呢吧。"

"你当时的行事作风，确实不在我的审美范围内。"

"什么作风？"

许呦尽量说得委婉："私生活。"

"我私生活怎么了？要等到入土了才能证明我的忠贞吗？"

"忠贞？"许呦有点无语，"你当初什么德行，我又不是没见过。"

谢辞不服："你有本事说说看，别在这儿空口白牙污蔑人。"

许呦沉默了几秒，给他报出几个名字。

谢辞："……"

没想到女人这么能记仇。

安静了三分钟，他开口："你好样的，许呦，你今天一个人睡吧。"

当晚，谢辞悲愤地滚去书房。

过了十二点，书房门被敲响。

等了两个小时零三分钟，终于等来了许呦哄人。谢辞一大老爷们儿委屈得眼泪都要掉下来了，硬挺着躺在书房的床上，望着天花板。

许呦推门进来，随手摁开灯。

谢辞幅度极大地翻了个身，继续面壁。

许呦心里暗暗发笑，走到床前蹲下，戳了戳他的肩膀："喂。"

谢辞岿然不动。

许呦抿了抿唇，使出必杀技："老公。"

谢辞终于给了点反应："干吗？"

"还生气呢？"

谢辞冷哼一声。

"今天是你生日。"

谢辞"哦"了一声。

"起来，去客厅吃蛋糕。"

谢辞冷笑一声："不去。"

许呦有点不耐烦了："有话好好说，别闹脾气。"

她正打算起身，手腕被人抓住。

谢辞瞪着她："你这就走了？还没把我哄好呢。"

许呦无奈。

谢辞继续指责她："你觉得我没许星纯帅，那你还跟我在一起？"

许呦叹了口气："没有啊。我当然觉得你最帅。"

谢辞狐疑："真的？"

"当然。"她心里忍着笑，摸了摸他耷起的毛，"其实……我也是当初那群口是心非的女同学之一。"

谢辞这才起来，被许呦拉去客厅吃蛋糕。

但一直到睡前，他还是臭着张脸，一副不情不愿的模样。

许呦生物钟极其规律，熬到现在已经有点坚持不住，想着先睡，明天起来再哄哄。

半梦半醒间，腰被人抱住，谢辞把头埋入她的脖颈。

许呦翻了个身，迷迷糊糊地反抱住他。

"老婆。"

她困倦至极，"嗯"了声。

"我刚刚许了个愿。"

"什么？"

"如果有下辈子，我要晚点认识你。"

"为什么？"

"我那个时候还不懂事，犯了很多错。"谢辞声音很低，把她抱得更紧，"对不起。"

如果再晚一点，他能长大成熟，让许呦认识的谢辞没有那么不堪就好了。

许呦立刻清醒。

原来他一晚上闷闷不乐的原因是这个。

沉默半晌，她喊他名字："谢辞。"

许呦坐起来一点儿，谢辞就在她的怀里，仰起头。

许呦双手捧住他的脸："我不是个很擅长表达感情的人，所以，好像没跟你说过，我从来都没后悔过那时候认识你。"

"不论我们什么时候相遇，你变成什么样子，我想，我应该都会爱上你。"

在黑漆漆的夜里，她的声音带着怀念，格外温柔。

"谢辞一直都是个很好的人。虽然有时候很笨，脾气也很大，但是每次在我伤心的时候，他都会陪在我身边。会陪我去看阿嬷，帮我买真知棒，带我去看烟花。"一口气说完，许呦停住，她神色认真，透过夜色直直望进他的眼里，"所以，我不要晚点认识谢辞。"

"我要谢辞一直一直陪着我。"她一个字一个字地说。

几乎是一瞬间，谢辞就红了眼眶。

他撇过头，掩饰性地咳了声："嗯，我知道了。"

许呦："知道什么？"

"明天再买个蛋糕。"

许呦不解："嗯？"

谢辞把许呦拉下来，吻落在她的脸侧："我重新许个愿。"

重新许个愿。

如果真的有下辈子，谢辞一定要早点儿遇到许呦。

从年少到白首，每一秒，每一分，每一年，他要一直一直陪着她。

## 番外七　生日（二）

谢辞生日那天，各路"狐朋狗友"纷纷发来贺电。

男人上了年纪，都喜欢回忆当年往事，宋一帆深夜突发感慨，在微信上拉着谢辞聊天：咱们认识多少年了？

宋一帆：一晃眼，你儿子都有了，听说还成了校草，挺有出息啊！

谢辞：谁还不是个校草？哥们儿年轻时候也是。

宋一帆不得不提醒他：没记错的话，咱校当初的校草是许星纯。

宋一帆：人呢？怎么消失了？

宋一帆：大好日子，兄弟找你说两句，你就这个态度？

半个小时后，谢辞发了条语音："烦不烦？"

宋一帆："？"

"滚啊！"

第二天，谢辞中午起来，一打开微信，发现都炸了。

他睡眼惺忪，到群里一看，才知道宋一帆昨晚发了个视频。

人人都有黑历史，谢辞年少轻狂犯下的破事更是"罄竹难书"。

视频里是高中的元旦晚会，谢辞和宋一帆合唱了一首《征服》，唱到中途直接被黑着脸的领导给撵了下去。

不知道这个视频被谁发到了网上，还小火了一把，标题是：论男高中生能有多销魂。

谢辞的微信响了半天没停过，不断有陌生人加他，就连许久不联系的初中同学都来私聊：辞哥，今晚打算被谁征服？

谢辞气得差点骂人。

他烦不胜烦，拒绝添加好友后，把朋友圈背景图和个性签名全部改成：已婚，人很正经，只爱老婆，勿扰。

晚上，谢辞洗完澡，跑去书房找许呦。

她盘腿坐在椅子上，正在专注地写明天的新闻稿。

谢辞看不得她这副认真的小表情，一看到就心痒痒，忍不住上前动手动脚。一会儿拉拉头发，一会儿戳戳手，一会儿把脸凑上去挡住屏幕。

许呦岿然不动，不搭理他。

谢辞哼笑一声，俯下身，干脆把人抱起来，直接抱到怀里使坏。

她挣扎了一下："你放我下来。"

"叫声老公听听。"

许呦瞪了他一眼。

谢辞亲了她的嘴唇一下："老婆，你今天怎么这么凶？"

用手腕挡住他乱动的脑袋，许呦开口："我问你件事。"

谢辞浑不在意，又亲了一下她的手："问呗。"

许呦盯着他看了几秒："你是谁的俘虏？被谁征服？"

谢辞一时无语。

许呦："怎么了？记不清了？"

谢辞一脸理直气壮："你说的是人话吗？当然是你，就你一个。"

许呦："我当初听别人说过……"

"听什么？你就是个转学来的，压根儿不知道实情。"

"我又不是没见过你是什么德行。"

谢辞把人抱到沙发上，叹了口气："当年你老公就是人气太高，老是被造谣，那群人没有心的。我真的就你一个，唯一真挚的感情都给你了。"

许呦推了推他："行吧，你让我起来，我还有工作没弄完。"

谢辞看着她："老婆，你吃醋了？"

许呦否认："我没有。"

"脸都红了，还说没有。"

"本来就没有。"许呦被他无赖的模样弄得气闷，"滚开。"

谢辞咬了她下巴一口，敷衍道："嗯嗯，没有，今天别工作了，我生日呢，多好的日子，我不能滚啊，你得亲自检查检查，我可干净了……"

"……"

第二天，许呦腰酸背痛，睡到了下午。

谢辞正在浴室洗澡，她摸索着拿起手机，查看消息，刷到了一条朋友圈。

几十分钟前，谢辞刚刚发的：

> 我谢辞这辈子求别人的次数不超过一千次，这次算是放下身段，求你们把我辣眼睛的视频删了。
>
> 在此声明：
>
> 这辈子能征服我的只有我老婆一个。
>
> 至于其他小丑，都别妄想啊。

## 番外八　婚礼

谢辞和许呦的婚礼是回临市办的。

在盛夏的一个艳阳天，天空透蓝。

高中同学都被安排到了一桌，付雪梨靠在许星纯肩膀上，有一搭没一搭地玩着消消乐。

把第五十四关过掉，她百无聊赖地瞅向许星纯。

这人到哪儿都吹毛求疵，把她的杯具、筷子用开水烫了两遍还没完。

付雪梨开口喊他："老公，宋一帆和李杰毅人呢？"

许星纯面无表情："不清楚。"

坐在一边的徐晓成接话："在二楼跟谢辞一起吧，今天他俩是伴郎呢。"

付雪梨一听就来了兴致："我想去找他们玩。"

许星纯动作一顿，淡淡看了她一眼。

付雪梨和他对视两秒，又生无可恋地倒回他肩上："好好好，不去不去。"

许星纯平日里话就少，神情冷淡，一副冰清玉洁的模样。徐晓成从高中起一直就不敢开这位优等生的玩笑，只能打趣付雪梨："梨姐，地位呢？咋变成夫管严了呢？"

付雪梨狠狠瞪了他一眼："就你话多。"

她愤愤地打开微信。

大梨子：许呦！你能不能来救救我！许星纯好烦！！！

许呦：怎么了？

大梨子：许星纯管人管上瘾了！以前他就喜欢管我，结婚了管我，今天这种大喜日子他还要管我！！我都是成年人了，怎么就一点自由都没了？！

许呦：你别生气，等等，我这就去。

付雪梨放下手机，顺势张口喝下许星纯递到嘴边的温水。

"怎么了？"许星纯低头，用只有两人能听到的声音问她，"生气了吗？"

付雪梨不说话，火气下去稍许。

"你想去就去吧。"

付雪梨瞄了他一眼。明明许星纯脸上还是那种寡淡的表情，像个木头一样，可她偏偏就看出了一点可怜的意味。

付雪梨心里恨自己不争气，重新摸起手机。

大梨子：算了，呦呦你忙吧，不用管我了。

许呦：和好啦？

大梨子：许星纯这人交不到朋友，我不陪他，他就得一个人。

许呦：班长很受欢迎，怎么会交不到朋友？

大梨子：唉，微信跟你说不清，他又在卖惨！！演技真不是盖的，我但凡有他半分功力至于被骂花瓶吗？

明明每次都看得出来许星纯在故意装可怜，可付雪梨还是心软，被他吃得死死的。

酒店二楼休息间。

"那什么，感谢大家来参加我和许呦的婚礼。"谢辞望向天花板，磕磕巴巴背着稿子，"我从高中就喜欢她，不对，有个词儿叫什么来着，哦，暗恋，对，我从高中就暗恋我老婆。"

宋一帆正在喝水，差点喷出来："你就差没把别人绑你家去了，还叫暗恋啊辞哥？"

谢辞顿了顿："有你说话的地吗，宋一帆？"

"主要是暗恋这个词不准确啊！"

"我喜欢她，她不喜欢我，这不就叫暗恋？"

"那您好歹也构成一个明恋。"

"别人大喜日子你在这里指点什么？"李杰毅踹了宋一帆一脚，"别听他的，辞哥，你继续背。"

谢辞清了清嗓子，继续："在这个风调雨顺的晴天，我们终于结婚了。"

"不是。"李杰毅也有点忍不住了，"'风调雨顺的晴天'有点过分了啊，到时候咱语文老师还在台下呢，你不怕她老人家晕厥过去？"

"废话什么呢！"谢辞叼了根烟到嘴里，烦躁道，"爱听听，不听滚！"

宋一帆叹气："当初你非要一个人写稿子，我是极力反对的。"

"你也滚！"

宋一帆：" ……"

临近中午时分，宾客陆陆续续到齐。

和许呦要好的几个同事专门坐飞机来临市参加她的婚礼。

许呦长得乖，性格好，一直也单着，这些年不少人给她牵线搭桥，都被她婉拒了。因为她平日行事低调，也没听说在谈恋爱，忽然就要结婚了，倒是让许多人讶异。

车停在酒店门口，张莉莉下车，四处望了望："新郎在哪儿呢？你们看到了吗？"

"不清楚。"范琪也有点好奇，"听说是高中同学呢。"

张莉莉瞄了眼走在前面的李正安，低声跟范琪八卦："你说许呦怎么就看不上李正安呢？人家家里有钱，长得也挺周正，不也是苦等了她好几年……"

范琪觉得不妥，打断她："这都是过去的事啦，安哥都来参加婚礼了，咱就别说了。"

几人被引到酒店大堂门口，远远地，张莉莉一眼就认出了许呦。

她穿着荷色礼服，皮肤白皙细腻，脸上带着柔和的笑意。站在她身边的男人不知低头说了句什么，许呦羞瞪了他一眼。

范琪他们快步走过去。

李正安和谢辞握了个手："恭喜恭喜。"

"新娘子，你今天好漂亮呀！"

许呦心里开心，温声细语招呼道："我带你们进去坐。"

临走前，范琪忍不住偷偷瞄了眼谢辞。

他西装笔挺，长得已经超出了她平日里所认知的帅哥范围，黑发被撸上去了，一双眼睛漆黑，薄唇带笑，笑意也懒洋洋的。

"呦呦姐，你老公好帅啊！"范琪低语。

"嗯？"许呦反应了一下，"他啊，是长得还行。"

"你就别低调啦。"张莉莉叹口气，"我算是明白你这些年单着是为什么了。"

许呦正经道："为了工作。"

几人走到厅内，路过某桌时，许呦被几个人拉住寒暄。

许呦给付雪梨介绍："这几个是我的同事。"

"哦哦，你们好。"付雪梨站起来和他们握手。

李正安觉得她有点眼熟，迟疑道："这是？"

"这桌都是我的高中同学。"许呦说。

"幸会。"

张莉莉朝许呦嘟囔："许呦同志，你高中读的哪个学校啊？你好看就算了，怎么你高中同学都这么好看啊！"

付雪梨笑容明媚:"过奖啦。"

许星纯听到动静,望过来,朝他们颔首。

直到走远了,张莉莉还在感叹:"许呦,幸好我读的不是你们高中,这么多帅哥在我身边,太影响学习了,我估计连大学都考不上。"

"欸,对了,刚刚那个穿白衣服的帅哥是谁?"

"白衣服?"许呦回想了一下,"你说许星纯啊,他是我们班长。"

张莉莉好奇:"有女朋友了吗?"

"结婚了。"许呦小声跟她说,"刚刚跟你们讲话的就是他老婆。"

"哦哦,这样。"张莉莉有点失望,随即说,"郎才女貌,很配很配。"

十一点二十八分,婚礼正式开始。

司仪在台上致辞,谢辞看着高朋满座的台下,破天荒有点紧张。

"每个女孩一生中都有两个重要的男人,一位是将她养育成人的父亲,另一位,则是我身边这位将陪伴她走过一生的先生。这两位男人,以及台下的诸位,将见证她此生最重要的时刻。此刻,她已经站在了幸福的起点,现在,我们以热烈的掌声欢迎新娘入场!"

浪漫的《婚礼进行曲》响起,随着屏幕上的三二一倒数,酒店尽头那扇紧闭的大门缓缓被打开。

一道白光从中间缓缓倾泻。

许呦手里捧着花,披着圣洁的白纱,拖地的长裙,一点点在谢辞的视野里清晰。

忽然之间,耳边的嘈杂都消失了,周边都变得模糊,全世界好像只有这个朝自己走来的人。

谢辞明显感觉心跳渐渐加速。

一切都像是在梦里。直到被司仪喊了几声,谢辞才回过神。

从岳父手里接过许呦前,他需要发表一段致辞。

看着台下黑压压的人,谢辞就想来根烟。

他握紧话筒,清了清嗓子,还没说话,高中同学那一桌就开始笑。

他拿手指了指李杰毅,示意他安分点。

谢辞调整了一下呼吸:"谢谢各位今天来参加我的婚礼,想谢的人很多,亲朋好友就不重点感谢了,主要感谢一下我的岳父、岳母和许呦。"

台下人鼓掌。

"我本来写了个稿子,但是感觉写得不行,就不念那个了。我有点儿激动,也没认真读过书,等会儿要是说话不体面,希望大家别介意。"

"第一次见我老婆,她也是这样,穿着白裙子走到我旁边。"谢辞笑了笑,"当时看着挺乖,没想到脾气挺大。我那时候就喜欢她,可她瞧不上我。

"后来好不容易和她关系好点,又被我闹僵了。是我对不住她。我每天都后悔,每天都在想她,又没脸回去找她,就跟我哥们儿说,以后我要是死在许呦前面,把她喊来给我上个香,我最后看看她。"

宋一帆双手做成喇叭状,冲台上喊:"辞哥,做鬼也不放过人家啊!"

台下一阵哄笑。

谢辞也跟着笑:"那时候我没想过有一天能娶到她,估计也是我谢辞上辈子积了不少德。"

谢辞卡壳了半天,望向许呦。

"怎么了,说完了?"

谢辞摇头:"接下来这些话是我想对你说的。"

别人都在笑,只有许呦没笑。许呦眼眶湿润,认真地回答他:"好。"

"我觉得我一直都欠你一句对不起。

"我后来总是想,要是能回到高中,我一定要对许呦好点。"

许呦说不出话来,缓了几秒,开口时略带哽咽:"谢辞,你已经对我很好了。"

"你记得吗?我十八岁那年问你,许呦你信吗,我谢辞这辈子就爱你一个。"

"嗯,我记得。"许呦回答他,"我说我不信。"

"那你现在信吗?"

头顶灯光璀璨,在所有人的掌声里,父亲将她的手交给谢辞。许呦望着眼前的男人,笑着,眼泪却掉下来:"我信。"

图书在版编目（CIP）数据

她的小梨涡 / 唧唧的猫著. —— 贵阳：贵州人民出版社，2023.12（2025.6 重印）

ISBN 978-7-221-17948-7

Ⅰ.①她… Ⅱ.①唧… Ⅲ.①长篇小说－中国－当代 Ⅳ.① I247.5

中国国家版本馆 CIP 数据核字 (2023) 第 178447 号

TA DE XIAO LIWO
## 她的小梨涡
唧唧的猫　著

| 出 版 人 | 朱文迅 |
| --- | --- |
| 策划编辑 | 夏　夏 |
| 责任编辑 | 赵帅红 |
| 装帧设计 | 桃　子 |
| 责任印制 | 蔡继磊 |

| 出版发行 | 贵州出版集团　贵州人民出版社 |
| --- | --- |
| 地　　址 | 贵阳市观山湖区中天会展城会展东路 SOHO 公寓 A 座 |
| 印　　刷 | 嘉业印刷（天津）有限公司 |
| 版　　次 | 2023 年 12 月第 1 版 |
| 印　　次 | 2025 年 6 月第 13 次印刷 |
| 开　　本 | 700 毫米 ×980 毫米　1/16 |
| 印　　张 | 20.5　8 面彩插 |
| 字　　数 | 400 千字 |
| 书　　号 | ISBN 978-7-221-17948-7 |
| 定　　价 | 49.80 元 |

如发现图书印装质量问题，请与印刷厂联系调换；版权所有，翻版必究；未经许可，不得转载。